CW00507598

БОЛЬШАЯ ПРОЗА
ДИНЫ РУБИНОЙ

**Роман в трёх книгах
«Наполеонов обоз»:**

НАПОЛЕОНОВ ОБОЗ
КНИГА 3. АНГЕЛЬСКИЙ РОЖОК

МОСКВА
2020

УДК 821.161.1-31
ББК 84(2Рос=Рус)6-44
Р82

Оформление серии *А. Дурасова*

В оформлении обложки использована репродукция
картины *Б. Карафёлова*

Рубина, Дина.

Р82   Наполеонов обоз. Книга 3. Ангельский рожок / Дина Рубина. — Москва : Эксмо, 2020. —
480 с.

ISBN 978-5-04-106025-1

Жизни Надежды и Аристарха наконец-то страстно и мгновенно срослись в единое целое, запылали
огненным швом — словно и не было двадцатипяти-
летней горькой — шекспировской — разлуки, будто
не имелась за спиной у каждого огромная ноша тяж-
кого и порою страшного опыта. Нет, была, конечно:
Надежда в лихие девяностые пыталась строить свой
издательский бизнес, Аристарх сам себя заточил на
докторскую службу в израильскую тюрьму. Орфей и
Эвридика встретились, чтобы... вновь разлучиться:
давняя семейная история, связанная с наследством
наполеоновского офицера Аристарха Бугеро, обернулась поистине монте-кристовской — трагической —
развязкой.

УДК 821.161.1-31
ББК 84(2Рос=Рус)6-44

© Д. Рубина, 2020
© Иллюстрация, Б. Карафёлов, 2020
© Оформление. ООО «Издательство
«Эксмо», 2020

ISBN 978-5-04-106025-1

Глава 1

ЗАВТРА

— Я старая и толстая...

— Ты царственная и роскошная.

— Нет, я старая и толстая.

— Ты дура и дылда. Я тобой надышаться не могу!

Он поднялся с кровати, подобрал подушку с пёстрого половика, закинул её в глубокое кресло, разлаписто и кудряво занявшее целый угол. Походил босиком по приятному теплу деревянного пола, будто проверяя собственную устойчивость, и подошёл к окну... Сияющий поплавок луны танцевал в стремительной дымке облаков; полчища кузнечиков дружно выжигали серебряную чернь деревенской ночи; комната плыла сквозь перистые тени медленно, как в волшебном фонаре, — тюлевая занавеска шевелила плавниками.

Он потоптался у стола, включил настольную лампу и залюбовался — эх, и лампа же: бронзовый сатир держит в поднятой руке увесистый гриб густого жёлтого света — мёд текучий, золотой пчелиный рай.

И чего только не найдёшь на этом столе! Под приподнятым копытом сатира лежит серебряная гильотинка для сигар, с двойным лезвием (кто, интересно, курит здесь сигары?); уютно уселись друг в дружку две кофейные фарфоровые чашки, в верхней — сохлая бурая лужица. А чернильный прибор какой: чёрное дерево, золочёная эмаль, всё до блеска начищено, и часы, и обе чернильницы. Да на черта ж человеку ныне письменный прибор?! И вдруг вспомнил: такой же обаятельный *кавардак* был в мастерской у дяди Пети, на гигантской плоскости его рабочего стола. А приглядишься — всё под рукой, и всё необходимо, всё на своих местах. Так и тут: каждый предмет кажется уместным, и поставлен-положен в порядке, потребном именно хозяйке. И огромное окно, в котором *мчатся тучи, вьются тучи,* — и оно стоит в правильном месте: напротив кровати, чтобы, средь ночи проснувшись, увидеть, как скачет луна в бородатой улыбке разбойного неба.

Но главное, плыл по комнате, утягивая к нутряному теплу расхристанной постели, запах любимой, аромат её разгорячённого лона, — потерянная и обретённая мечта, сны, страсть, тайная суть всей его почти минувшей жизни. Всё, что обрушилось на него часа три назад, выдернуло из годами накопленной хандры, из обрыдлых скитаний; что контузило, швырнув лицом, дрожащими губами в воронку взрыва — в благоуханную тишину её незнакомой полной груди, белой шеи, длинных сильных ног, в тисках которых минут пять назад блаженно содрогалось его тело.

— А этот шеф-повар на все времена, — осторожно заговорил он, покручивая и наклоняя козлоногого так и сяк, отчего жёлтая патока света лениво перетекала со стола на стену, доплёскивала до кровати, золотила голое плечо Надежды, огнисто вспыхивая в волосах. — Этот велеречивый Цукат... он тебе — кто?

— Он мне — душевный раздолбай.

Хороший правильный ответ. Приструнить чудовище. В незапамятные времена он бы кинулся в ванную проверять — сколько зубных щёток стоит в стакане.

«Начинается, — думала она, мысленно усмехаясь, с томительным потягом перекатываясь на бок и уютно подминая подушку под локоть. — Полюбуйтесь на него: уже прощупывает границы вернувшихся владений. Неисправим!»

— ...и мы же договорились: всё — завтра...

— Завтра, завтра, — поспешно согласился он. Сатир мигнул, погас и вновь озарил напряжённое и уже страдающее лицо, которое совсем недавно восходило и восходило над ней в изнеможении расплавленного счастья.

Они и впрямь договорились.

Едва выпроставшись из первой то ли сшибки, то ли погони друг за другом, то ли совместного улепётывания по тропинке длиною в жизнь; едва, откинувшись на подушку, ещё задыхаясь, он простонал:

— Годами... го-да-ми!..

Надежда, прикрыв ладонью ему губы, строго сказала:

— Завтра!

Сейчас, подперев голову рукой, она молча следила за тем, как со сдержанной опаской он осваивается в комнате, *в её спальне*, в её любимом логове, — ещё робея, ещё не понимая своего места: гость? хозяин? бывший муж? новый любовник? — как сторожко двигаются ноги его, плечи, спина... Смотрела и думала: надо же, как жизнь сохранила это поджарое тело, даже досадно. И чего он вскочил, будто кто за ним гонится, и кого высматривает в окне, в тёмной деревенской глуши? Нет, приказала себе, не думать, не задавать вопросов. Всё — завтра...

Последние часы она и сама переплавилась в чьё-то молодое-пытливое тело и жадно плыла, как в отрочестве — в реке или в бассейне, с удивлённой радостью ощущая гибкую хватку потаённых мышц, очнувшихся от многолетней спячки, и сладость узнавания его естества, его самозабвенной яростной нежности. Одного лишь боялась: вот закончится ночь, они увидят морщинки друг друга и осознают всю тщету, всю запоздалость этой встречи; навалится вновь одиночья тоска, протяжённая пытка окаянной разлуки, трусоватая гниль его давнего предательства, — вся эта горечь отравленной пустоты.

* * *

Тремя часами ранее, едва Изюм деликатно и огорчённо притворил за собой дверь веранды, Аристарх, с грохотом отшвырнув с дороги стул, молча ринулся на неё, рванул к себе, сграбастал!

Она пыталась отпрянуть, вырваться... Шарила онемевшими руками по его спине, упиралась ладонями в грудь. Горло дрожало, не в силах выдавить ни звука:

— ...нет... я не... н-не смей! — всё это полузадушенным писком.

— Ну, хватит! — рявкнул он, обоими кулаками впечатывая её в себя так, что сквозь свитер она чувствовала, как гулко-дробно колотится его сердце. — Мало тебе, что ты с нами сделала?!

Ткнулся носом, губами в её шею, за ухо, шумно и протяжно вдохнул, как ныряльщик перед погружением в глубину. И пока они стояли так на пороге кухни, в радужной арке света от лампы — сцепившись, сплетясь в странном разрывающем объятии, — поток жалких суетных мыслей проносился в её голове, защищая сознание от того подлинного, невероятного, что происходило в эти вот минуты: «Душ не успела с дороги... ужас... потная мерзкая старуха. А этого изгнать беспощадно! Всю жизнь... ни капли тепла...»

Ноги дрожали, как после долгой изнурительной болезни.

Аристарх вновь глубоко втянул в себя воздух:

— Наконец-то! Четверти века не прошло... — отшатнулся, обхватил ладонями её лицо, обежал судорожными пальцами, обыскал синими волчьими глазами:

— Хрен ты теперь от меня сбежишь, осуждённая! Я был тюремным врачом, да и сам стал отбросом общества. Я просто тебя убью!

«Главное, до постели не допустить...» — думала Надежда в панике, ужасно ослабев, как-то внутренне обмякнув: её тянуло бессильным кулём свалиться на пол, в глотке застрял протестующий вопль, голова плыла в оранжевом пожаре — как на Острове, когда он напоил её, пятнадцатилетнюю, дорогим Бронькиным рислингом. Мысли вскачь неслись, сталкиваясь и топча одна другую: «Не допустить, чтоб увидел толстую задницу, сиськи эти пожилые... Нет, никогда, ни за что!»

...Минут через десять они оказались в её спальне, как-то умудрившись доковылять туда по тёмной лестнице, по-прежнему обречённо сплетясь, поминутно заваливаясь на перила, обморочно нащупывая губами друг друга. И уже совсем загадочным образом исхитрились одолеть пуговицы-петли, рукава, штанины и «молнии», ежесекундно бросая это занятие, чтобы в темноте вновь нащупать, схватить и не отпустить... — будто неведомая сила могла растащить их по далёким закраинам вселенной.

— Молчать, это медосмотр, — сказал он, освобождая её грудь от лямок-бретелек и прочих ненужных материй. — Вряд ли сегодня доктор сгодится на нечто большее, от страха.

И она засмеялась и заплакала разом: с ума же сойти, двадцать пять лет! — и оба, неловко рухнув на кровать, закатились к стенке, где затихли в медленном, нежном, сладком ожоге слившихся тел.

* * *

...Птица заливалась где-то рядом, в ближней тёмной кроне за карнизом — неистово, пронзительно, острыми трелями просверливая темноту. Аристарх и сам не заметил, как отворил окно — видимо, когда в очередной раз его сорвало с постели. Его нещадно трепало, а время от времени даже подбрасывало, и тогда он пускался рыскать по комнате, пытаясь унять трепыхание в горле странного обжигающего чувства: счастья и паники.

Хотя самое первое, самое пугающее было позади.

Смешно, что он боялся, как пацан, — матёрый самец в расцвете мужской охотной силы. Да нет, думал, не смешно совсем. И никогда бы не поверил, что с первого прикосновения их разлучённые тела, позабывшие друг друга, смогут мгновенно поймать и повести чуткий любовный контрапункт оборванного давным-давно, древнего, как мир, дуэта. Это было похоже на отрепетированный номер, нет, на чудо: так с лёту подхватывают обронённую мелодию талантливые джазисты; так, не переставая болтать после трёхнедельной разлуки, бездумно сплетаются в собственническом объятии многолетние супруги.

Но жизнь была прожита, и прожита без неё; и в отличие от девичьего образа, за минувшие годы источённого до прозрачности в воспоминаниях и снах, там, за спиной его, на истерзанной кровати лежала зрелая сильная женщина, его прекрасная женщина, дарованная ему детством,

12 юностью, судьбой... и наотмашь, чудовищно отнятая.

Сознавать это было невыносимо, гораздо больнее, чем просто жить без неё изо дня в день, из года в год, — как он и жил все эти четверть века.

Он вскакивал, метался, замирал перед окном и возвращался к ней, до изнеможения стараясь вновь и вновь слиться до донышка, очередным объятием пытаясь навсегда заполнить все пустотелые дни их бездонной разлуки... Он уже чувствовал, как она устала, и понимал, что надо бы отпустить её в сон.

Но невозможно было представить, что он опять останется один, что она опять исчезнет — хотя бы и на час. Ночь раздавалась и раздваивалась, струилась, убегала по чёрным горбам шепотливых крон; стрекот кузнечиков давно рассеялся по траве и кустам, зато кто-то залихватский тренькал и пыхал тлеющими угольками неслышно подступающей зари...

— Это что за...

— ...поёт, в смысле? Может, дрозд...

— ...нет, соловей, конечно... Дрозд в конце полощет так, а этот... Слышь, как сверлит и перехватывает... В Вязниках, помнишь, они и на прудах, и в городе...

— ...и в зарослях жимолости-бузины... а уж в садах!

— Мама знала всех птиц...

— ...у тебя рука, наверное, занемела...

— Нет, не шевелись! Прижмись ещё больней. Двадцать пять лет...

— ...молчи!

— ...двадцать пять лет мы могли вот так, обнявшись, из ночи в ночь, из года в год! Что ты наделала с нашей жизнью, мерзавка!

— Перестань! Ну, перестань, умоляю... лучше про маму.

— ...мама очень птичьим человеком была. Знала все их имена и кто как поёт... Когда мы с ней шли куда-то, по пути показывала и объясняла. Я всегда удивлялся: «Откуда ты знаешь?» Она лишь улыбалась. А потом, годы спустя, понял, когда узнал...

— Узнал — что?

— Её бабушка была известным фенологом... орнитологом? — ну птичьим профессором.

— Это которая — с маленькой мамой по поездам, и руки примёрзли к поручням, и умерла в Юже на станции?

— ...да-да. Ты всё помнишь, отличница. Боже, что ты натворила с нами, что ты натворила, горе какое...

— ...а соловьёв ходили слушать на пруды. На первый и на третий. Там островок питомника тянулся в сторону Болымотихи, смородинный такой островок, одуряюще пахло. Ты стал... таким...

— ...м-м-м?

— ...другим, новым. Тело... повадка иная...

— ...Я старый хрен. А ты разве помнишь меня — прежнего?

— Я помню всё, каждый раз...

— ...ты вспоминала...

— ...каждую ночь. Что это за шрам тут?

14   — ...ерунда, заключённый пырнул осколком лампы. Не убирай руки, да, так! Ещё... не торопись... господи... господи...

Ей подумалось: а я ведь и забыла, как это вообще бывает, как это... ошеломительно. Но то была другая любовь: властная, неторопливая, взрослая. Оба они изменились, но сквозь биение пульса, сквозь кожу давно разлучённых тел с первого прикосновения жадно, неукротимо пробивалась та, предначертанная тяга друг к другу, та *положенность* друг другу, которую не уберегли они и вдруг вновь обрели — бог знает где, в какой-то деревне, посреди вселенной, посреди — да и не посреди уже, — остатней жизни...

— А ты знал, что мы встретимся?

— Никогда не сомневался...

— ...я с утра чего-то ждала, психовала... даже с работы ушла...

— ...и чего, думаю, меня тянет к этому балаболу в бригаде, на что он мне? Вечно какую-то хрень несёт...

— ...а когда возвращалась, чудом не столкнулась с лошадью. Белая, смирная такая кобыла, на ней — парнишка. У меня чуть сердце горлом не выскочило... А он, дурачок, совсем не испугался, представляешь? — к окну склонился и говорит, улыбаясь: «Ты что, совсем меня не ждала?»

— ...думаю, какого чёрта согласился к нему ехать, деревня какая-то, опять его болтовня... И вдруг он говорит: «Оркестрион!» — а у меня сердце: «Бух!» И говорит: «Соседка эксклюзивная...»

— ...а часов с шести вечера уже просто знала, — ждала. Потому так разозлилась, когда Изюм со своим: «Эй, хозяйка!» — появился...

— ...и ударило уже на ступенях веранды: сначала — запах, как в доме на Киселёва, потом — голос, и, как в снах все эти годы, — огненная вспышка волос! Дальше не помню...

Где-то звали рассвет петухи, по окрестным дворам разноголосо брехали собаки, а с опушки ближнего леса то и дело задышливо ухал филин.

Ночь тронулась в обратный путь, и небо повисло над крышами деревни исполинским куском ветчины, с розовеющими прослойками зари. Слепая луна застряла в нем алюминиевой крышкой от пива.

Он подошёл к окну, выглянул наружу, дав прохладному воздуху себя обнять, окатить волной и слегка успокоить. Вернулся к Надежде, неподвижно лежащей лицом к стене (мелькнуло: библейская жертва под занесённым ножом), тихонько прилёг сзади, уже не смея будить. Лишь продел обе руки у неё под грудью, сцепил их, вжался всем телом и замер, тихонько поглаживая подбородком её плечо. Бормотнул еле слышно: «Это моё».

— М-угу... начертай: «Здесь была талия», — отозвалась она сонно, хрипло.

— Вот здесь... а здесь? — нежно провёл пальцем линию вдоль бедра.

— Здесь задница. Можно подняться на эту гору... или укрыться в тени этой туши.

— Я тебя вышвырну из постели, если не прекратишь оскорблять мою красавицу жену.

16   — Я похудею...

— Ни в коем случае! У меня проблема с четвёртым позвонком, мне велено спать на мягком.

— Наглец. По тому, как ты кувыркался, никаких проблем у тебя нет.

— Ты просто не в курсе: я старый больной человек.

— Ха... — она опять затихла, но минуту спустя прошептала самой себе: — ...волосы на груди стали гуще, лопатками чую... кудрявые...

— ...и седые...

— Да?!

— Вот утром увидишь. Первым поседело сердце — давно и сразу, ещё когда по первому кругу тебя искал. Когда твой армянский святой меня не пожалел.

— А сколько их было, этих кругов?

— Много разных. Дольше всех — бумажный. Запросы, запросы... Сначала на Надежду Прохорову, а их толпы обнаружились, ты вообразить не в силах. Только моей нигде не оказалось.

— ...я же сменила...

— Потом стал варьировать фамилии. Материнскую помнил, а бабкину не знал. Не догадался... Потом появился интернет... Нет, это длинная сага. Всё — завтра.

— ...завтра, да...

— Постой. А родинка?!

— ...какая ещё родинка...

— ...моя любимая, вот здесь! Чечевичное зёрнышко! Караул!

— А! Кожник сказал убрать. Лет восемь уж...

— Кража моего имущества!

— ...ну, давай уже спать, у меня всё плывёт, я лыка не...

...кто-то на цыпочках пробежал по листве, шёпотом пересчитывая наличность. В комнату плеснуло прохладой, рассветные шорохи потекли внутрь суетливой *струйкой-шебуршайкой*... Сквозь бисер тонкого дождя он слышал или чуял, как вспарывают землю выпуклые шляпки грибов...

— Ты задремал и говорил на каком-то рваном языке.
— Это иврит...
— О! Где подхватил?
— Завтра, завтра... другая жизнь...
— Ты всё расскажешь?
— ...почти...
— У тебя было много женщин?
— ...не помню, какая разница...
— А ты... почему не спрашиваешь?
— ...м-м-м?
— ...ну, был ли у меня кто-то...
— ...не хочу знать...
— ...никого.
— Врёшь!
— Ни единого раза.

Она помолчала... Это было правдой, но не вполне: она дважды пыталась, честно пыталась. В обоих случаях сбегала прямо из постели, в первый раз — торопливо натянув лифчик только на левую грудь, во второй — оставив в шикарной прихожей любимую босоножку, другая была запущена ей вслед талантливой рукой «нашего известного автора».

18   Аристарх за её спиной не шевелился, только руки сильнее сжал, аж дыхание пресеклось.

— Эй, ты чего? — окликнула его тихонько. — Отпусти. Что там за мокрища у меня на плече? Ты что, ты... плачешь, дурень?!

Вдруг он возник на пороге её комнаты, в доме на Киселёва: тощий, голый, семнадцатилетний, — в день, когда их чуть не застукал папка. За спиной сияли красно-жёлтые стёкла веранды, и цветной воздух клубился в отросших кудрях (опять надо стричься: ну и волосья!) — на мгновенье превратив его в первого человека в райском саду.

Разбежался, прыгнул к ней в кровать.

— Чокнулся?! Ты меня зашибить мог!

— Ни за что. Я прицелился... давай подвинься.

Кровать у неё была узкая, девичья. Как они умещались, уму непостижимо.

— Почему ты никогда не признаёшься мне в любви?

— Че-го-о?— вытаращил свои синие зенки.

— Как все люди. Как в книгах, в поэзии: «Я вас люблю безмолвно, безнадежно...»

— Ну, это... — обескураженно произнёс он, — это же как-то... не про нас.

— Как это — не про нас?!

— Нет, я могу, — перебил торопливо: — Люблю-люблю-люблю-люблю-люблю-люблю... и ещё два миллиона раз, если тебе так нужны эти идиотские...

— Идиотские?!

— Ну, послушай... — он ладонью открыл её лоб, запорошённый рыжими прядями. — Это вот как: стучат в дверь, на пороге — человек с вываленными

кишками, мычит: «Спаси меня!» А ты ему: «Вытирайте ноги и не забудьте волшебное слово «пожалуйста». У нас же всё на лбах написано, и кишки вывалены, и зенки вытаращены... Мы — это мы, на виду у всех. Теорема Пифагора: две руки, две ноги, голова и хер...

— *Фу! Что за слова...*

— *Хер? Слово как слово, а как его ещё назвать? Хер он и есть... штука полезная...* — Скосил вниз глаза: — *Вон, глянь, отзывается, знает свою кличку... как собака...*

— *...хвостом вертит... хороший пёсик.*

— *...правда он лучше выглядит без... намордника? Погладь его, скажи: «хороший пёсик»!*

— *Хороший пёсик... хороший пёсик... хороший...*

Так и плыли в сон тихой лодочкой...

Голоса ещё сочились по капле, замирая, обрываясь, проникая друг в друга, — рваный судорожный вздох, два-три слова, бесстыдно обнажённых, и это уже были не слова и даже не мысли, а просто выдох, голая боль, разверстая рана; незарастающая, пульсирующая культя ампутированной жизни.

Одинокая песня жаворонка, висящего над глубоким медным глянцем вечерней реки.

* * *

Под утро он снова поднялся, невольно её разбудив (*да что ж это за синдром блужданий? Привязывать тебя, что ли? Вспомнилось, как маленький Лёшик каждую ночь босиком прибегал к ней в кровать*).

Шатался где-то по дому, шлёпал босыми ногами по лестнице. Из тёмного коридора глухо донеслось:

— Где здесь туалет, етить-колотить?

Да, ночник забыла. Впрочем, им было не до ночника.

— От двери направо.

— Ну, и полигон...

— Тут хлев был. Председатель коз держал.

— Это какие-то прерии, а не... и где тут нащупать... а-ябть!!! — похоже, налетел на книжный шкаф.

— Выключатель над деревянной лошадкой.

— Твоя милая лошадка и лягнула меня по яйцам!

Надежда вновь засыпала в изнеможении...

Сознание норовило улизнуть, сбежать в сон от неподъёмного потрясения последних часов, от непомерного, высоченного, тяжеленного счастья. Вскользь подумала, что спать-то теперь вообще нельзя, надо время ценить, каждую горестно-сладкую минуту, когда, теперь... вместе... не отрывая глаз. Так и ходить — боком, не расцепляясь, как инвалиды, — *а мы и есть инвалиды, два старых пердуна, контуженных юношеской страстью...* Только не было сил; силушек не осталось ни капли. Она засыпала, уже скучая по его телу у себя за спиной (*сквозь дымку сна: он что, не привык засыпать с женщиной? а ты — ты привыкла хоть с кем-то засыпать? ваши потерянные тела просто ошалели друг от друга, и потому ты лежишь как подранок, а он мечется как подорванный*), — неудержимо погружаясь в рассветный, заливистый птичий дребадан...

Уже баба Маня прошлась-проплясала по избе (на плечах — шерстяной лазоревый платок с золотыми розами), задорно припечатывая: *«Одна нога топотыть, а другая нэ хотыть, а я тую да на тую, да и тую раздротую...»*

...как вдруг Аристарх — где-то рядом — резко двинул стулом и проговорил изменившимся, осевшим каким-то голосом:

— Не понял. Где это я? Когда?

Она с усилием разлепила глаза и зажмурилась от света лампы: он стоял у стола и держал в руке фотографию. Поскольку там одна только и стояла, Надежда всё поняла. И всё это было так некстати!

Там, победный и праздный, в элегантной куртке и дорогущих джинсах, в каких-то дурацких крагах, на фоне мотоцикла запечатлелся Лёшик: прошлым летом мотался по Сан-Марино с кодлой своих инфекционистов. Где-то они выступали вроде бы — на бульварах, в барах... или, чёрт его знает, — в ратушах.

«О, не-е-т, боже мой, — подумала она, закрывая глаза в безуспешной попытке защититься ещё и от этого. — Только не сейчас!»

Вообще, она не имела привычки расставлять по столикам и книжным полкам фотографий любимых лиц, ибо всё носила в себе и пока ещё, как считала, ничего не растеряла и не нуждалась в предъявлении фотографической и топографической любви. А эту небольшую, снятую чьим-то телефоном и овеществлённую в фотокиоске карточку принёс сам Лёшик, — во-первых, помириться после долгой и хамской с его стороны размолвки, во-вторых, похвастаться мотоциклом, который недавно освоил. Фотографию втиснул в дешёвую золочёную рамку (намёк на якобы мещанский вкус матери) и выставил в центр стола — любуйся, мать! Мир и мотоциклетное благоволение во человецех. После его ухода Надежда отодвинула подарок подальше и слегка отвернула к окну, уж больно поза да и физиономия были у сына самодовольные.

Так вот на что Аристарх наткнулся в своих ревнивых инспекциях! А с первого взгляда, в жёлтом мареве лампы, сходство действительно невероятное.

— Странно... — обескураженно бормотал он. — Ни черта не помню! Маразм. Что за куртка... и мотоцикл?! Мистика, маскарад. Где это, ёлы-палы, и откуда — тут?! Да нет, это кто-то... другой, да?!

— Не сейчас. Мы же договорились: завтра. Всё зав-тра...

Он прыжком оказался возле кровати, рухнул рядом, схватил её за плечи и основательно тряханул.

— Ты рехнулась?! Ты правда думаешь, что я дам тебе спать?! Кто этот парень?! Где он? Когда?!! Отвечай, или я придушу тебя!!!

Она со вздохом подтянулась на обеих руках, села в кровати. Подоткнула подушку за спину.

— ...дай сигарету.

— Нет! Ты бросила курить.

— Когда это я бросила?

— Шесть часов назад. И навсегда... Давай! Расскажи мне сейчас же, что это за... мальчик. А потом я тебя точно убью! Когда. Он. Родился.

Она год назвала запухшими губами...

Огромная тишина вплыла в открытое окно, застрекотала-затрепетала предрассветным говорком каких-то птах.

— Се... Семён? — прошептал он, осекшись. Каким он маленьким вдруг стал, мелькнуло у неё. Маленьким, съёженным, потерянным...

— Иди ты в задницу со своей семейной сагой, — проговорила почти снисходительно. — Он — Алексей, в честь моего деда. Хотя доброты его, увы, не унаследовал.

Аристарх повалился рядом навзничь, перекрыл глаза скобой локтя, будто хотел ослепнуть, не видеть, будто боялся до конца осознать и зарыдать, и разодрать к чёрту какое-нибудь покрывало, стул какой-нибудь разломать в этой уютной чудесной спальне.

— Как ты... посмела, — пробормотал глухо. Лёгкие его трепетали от нехватки воздуха, от горя, горящего внутри. — Как посмела отнять... всё разом: себя, нашего ребёнка...

— Это не наш ребёнок, — оборвала она спокойно. — Наш погиб. Вместе со мной.

Поднялась, нашарила босыми ногами тапочки (где вы, светящиеся тапки Изюма!), накинула халат, нащупала на тумбочке пачку сигарет. Щёлкнула зажигалкой и жадно затянулась. В свете огонька сигареты её лицо с припухшими губами казалось осунувшимся и резким, и поразительно юным. Выдохнула дым, погнала его ладонью мимо лица, сощурилась и проговорила:

— Ладно. Это «завтра», собственно, уже настало. Сядь вот здесь, напротив, я всё расскажу. Только портки надень. Я эту сцену двадцать пять лет репетировала...

* * *

«Дорогая Нина, простите-простите-простите, что не отвечала так долго. Тому были причины, вернее, одна громадная причина, о которой не здесь, не сейчас, а когда-то, возможно, расскажу и даже покажу.

У вас там сейчас жара, а у нас только что бушевал неистовый ливень. Вдруг налетели чёрные брюхатые тучи и сразу же пролились мощными струями. Помните: «Катит гром свою тележку по торговой мостовой, и расхаживает ливень с длинной плёткой ручьевой»?

Ветер, ежесекундно бросаясь в разные стороны, закручивал струи в фантастические вытянутые фигуры на одной ноге. Несколько таких, раскачиваясь и утолщаясь, как удавы, носились по моему лужку и яростно лупили о плитку дорожки, а в это время на небе быстро чередовались молнии: вертикальная, косая, трезубец, белая, алая и, наконец, горизонтальная — во все мои окна — длинная, изгибистая, с коралловыми отростками. Небо треснуло вширь огненными щелями. Удары грома были такой силы, что испуганный Лукич хватанул меня за колено.

Ещё мгновение, и эти буйство и красота, закипая в небесных парах, понеслись дальше. Я побежала наверх, на третий этаж, досматривать парад молний. Там у меня, Вы же помните, шаром покати, один огромный пустой кованый сундук стоит, купленный у Канделябра, — Изюм спину надорвал, пока его на верхотуру затащил. Мне почудилось, именно в нём спрятался и, стихая, ворочался уходящий гром. А на небе остались только слабые сполохи. Всё это напоминает сильную, но быстротечную страсть или гремучую реку...

Вы когда-нибудь наблюдали громокипящее шествие смерча? Со мной такое однажды произошло.

Когда Лёшик был маленьким, два лета подряд мы с ним провели в захолустном, но милом предгорном селе на Чёрном море. Снимали комнату в доме у одной вдовы, неряхи и лентяйки. Когда она выпивала рюмаху, то вспоминала о супруге, и в её хнычущем голосе слышалось явное облегчение: видимо, покойный заставлял её хоть как-то прибираться в доме. Дом был запущенный, полы рассохлись, голубая терраса облупилась и заросла перевитыми жгутами глицинии, но вот сад... За этот сад, как в старинном романсе, *объятый бархатной жарой*, душу было не жалко отдать! Библейский Эдем, огромный, изобильный, весь засаженный деревьями: гранатом, инжиром, абрикосом и вишней. Вечерами мы там ужинали — в виноградной беседке, за колченогим деревянным столом, поднимая руку и отщипывая от тяжёлой винно-красной грозди парочку виноградин.

Однажды как-то особенно быстро стемнело, над деревьями выкатилась баснословная луна, залила весь сад призрачным гробовым светом. Силуэты деревьев и кустов вдруг обрели потусторонний или, скажем, театрально-постановочный вид: воздух заполонили яркие светлячки, медленно, как во сне, дрейфующие в зеленоватом мареве. Мы с Лёшиком притихли...

А за волшебно мерцающим садом простирался морской горизонт, над которым — это и в темноте было видно — уплотнялось небо, набухая грозным асфальтовым мраком. Внезапно тучу вспорола ледяная рукастая молния, и ещё одна, и ещё! За исполинским харакири в душной мгле прокатился оглушительный рык, будто сотнями тысяч глоток возопила боевой клич какая-то небесная армада.

Вдруг рядом очутилась Таисья, хозяйка... Сощурилась, вглядываясь в горизонт, и тихо проговорила: «Есть!» Мы стали таращиться в том направлении и увидели, как в брюхе необъятной чёрной тучи возникла и бешено завертелась бородавка. Она росла, росла... вытянулась вниз и завилась штопором. «Смерч, — спокойно пояснила Таисья. — Если до моря дотянется, то на нас пойдёт». И, заметив моё первое движение: схватить Лёшика на руки и переть с ним в горы, пока достанет сил, — придавила рукой моё плечо и сказала: «Не бздо. Нас не тронет. Вверх по реке пойдёт».

Между тем циклопический хобот смерча дотянулся-таки до моря и стал пить воду. Сколько он набрал? Сотни, тысячи тонн воды? Не знаю, но в какой-то момент насытился и двинулся к берегу. «По реке пойдёт, — повторила Таисья и зевнула, — спите спокойно».

А утром ждала нас развязка спектакля, эпилог действа античного размаха. Смерч прошёл по меленькой речушке, запасливо подобрал из неё водицы, поднялся в горы и уже там вывалил в её русло многотонную массу воды. Вмиг жалкая речушка превратилась в неукротимый поток, сметающий любое препятствие: волна библейского потопа ринулась вниз, сшибая по пути гигантские валуны, с корнем выдирая мощные деревья, — так что наутро мы увидели широкую запруженную реку...

Вот, собственно, что с моей жизнью на днях произошло, с той только разницей, что несёт меня и дальше в самой сердцевине смерча — с вырванными корнями, ошалелой кроной, ободранной корой.

Только не беспокойтесь обо мне. Я счастлива...

Кстати, насчёт сборника рассказов о любви. Ваша идея хороша, но вспомните, что в пятнадцатом году у нас с Вами выходил уже сборник с похожим составом. Я бы двинулась в другом направлении: в сторону истоков и... внутренней свободы, и памяти, и хулиганства. У Вас, помнится, есть куча устных зарисовок о бакинском детстве: ярких, смешных и не совсем приличных, которые Вы рассказываете за рюмкой смачно и с акцентами, смешно тараща глаза. Это самое то! Пока Вы год или два будете в слезах и в поту строгать увесистый том своего романа, нас покормят эти хлебные крошки. Сядьте и вывалите из-за пазухи на бумагу всё: детство, родню, соседей, все обиды и драки, и детскую вороватость, и подростковую любовь, и страх... и вообще, стыдобу всех мастей.

28   Оно всё давно у Вас в голове и в сердце, так что времени на всё про всё даю два месяца.

Подумайте над некой общей струной, что звенит и стягивает детские впечатления каждого из нас, где бы мы ни родились, где бы ни выросли, и не забудьте присобачить те байки про соседку, которая, помните, говорит сыну: «Не надо привыкать к бабушке, она скоро умрёт...», а заодно и про саму бабушку: «Клара Вениаминовна, меняю свою больную ногу на ваш цвет лица». Я правильно помню? Мы сидели у Вас на балконе, на ближней горе зелёными кольцами светились минареты, а Вы рассказывали про своё детство. Пару бутылок красного мы тогда уговорили; оно называлось как-то чудно: «Псагот» — от чего в воображении возникали псарни, готические крыши, созвездие Гончих Псов. Было очень хорошо, свежо так, природно... И дышалось легко, потому что из ущелья к нам поднимались духи ночной пустыни: чабрец, лаванда, мята и розмарин, а Иерусалим сверкал на горах и стекал по склонам ручьями жёлто-голубых огней.

И вот ещё, вот ещё что (чуть не забыла!): про соседскую девочку напишите, как та выносила горшок брата на помойку и, опорожнив его, надевала на голову и шла так наощупь, вытянув руки, — голова в горшке, а Ваша бабушка, глядя на эту картину с балкона, растроганно говорила: «Как она любит братика!» И про армянскую свадьбу во дворе не забудьте, когда невесту спрашивают: «Сусанна-дорогая, пачему ты нэ плачешь в такой день?!» А она гордо так: «Дядя Гурген, пусть плачут те, к кому я иду...» В общем, вспомните всякое такое, что у Вас пока лишь в памяти, а нужно выковырять его наружу, это богатство, для Вас привычно затверженное, а для читателей — чистый восторг и упоение. Не всё ж кормить людей трагедиями и философией, дайте им чуток улыбчивой, забавной, тёплой южной жизни: про то, как Ваша бабушка готовила «латкес», про виноградную беседку, где Вы, как лисица, закапывали «клады», и про похороны молодого бандита с соседней улицы — когда Вас, пятилетнюю, послали в булочную, а тут процессия, и гроб опустили на два табурета, и Вы подошли, встали на цыпочки и положили на грудь покойнику связку сушек, а молодая вдова зарыдала... Помните, в этом месте Вашего иронического рассказа я тоже зарыдала? Умоляю, Нина, ничего из этого не забыть, не потерять! Залудите веселуху, чтобы все заплакали.

А меня опять простите, я сейчас не могу долго сидеть у компа, я вообще не могу надолго присесть, — не стану ничего говорить, даже не спрашивайте, только одно: жизнь мою сотрясло, закрутило и подняло на гребень такого девятого вала, что меня качает и качает, и вообще, что-то неладное с гравитацией. Как бы мне совсем не улететь, несмотря на мой вес.

Ваша Надя».

* * *

Вот, ей-же-богу, мало что могло в этой жизни оглушить Изюма или там помешать ему шествовать по этой самой жизни невозмутимой модельной походкой. Не довольно ли колотила его судьба — и башкой, и многострадальной задницей — о стены-кирпичи-заборы! Нет, Изюм был человеком бывалым, прозревающим события и людей, как сам говорил: «сквозь говнецо, шарады и мечты».

Но то, что с ним стряслось — там, на веранде Надеждиного дома, и потом, когда, бесславно его покинув и прометавшись на своём одиноком диване всю ночь без сна, он пытался разгадать, сопоставить, нащупать вывод... — нет, всё это не поддавалось осмыслению. Двери-окна у соседушки наутро были закрыты, и тревога, обидное чувство непричастности и упущенного шанса одолевали Изюма с грызущей настойчивостью. Он даже на халтуру к Альбертику не поехал, а всё утро бродил по двору, искоса поглядывая на соседские окна: а вдруг там убийство произошло?! А чё, и запросто: один убил другую, а потом закололся сам — у Петровны, кстати, прекрасные ножи фирмы Wüsthof, полный поварской набор. Слыхал же вчера, как этот доктор недоделанный возопил душераздирающим шёпотом: «Дылда!» — что само по себе, согласитесь, оскорбительно и может служить началом разборки. А Петровна...

Вот с ней как раз всё было неясно: то ли испугалась она, то ли занемела вся, то ли изнутри занялась каким-то сияющим пожаром... А теперь — что? Куда бежать, кого звать, в какое МЧС звонить — трупы вытаскивать из-под завалов трагедии? А то, что меж этими двумя простёрлась трагедия, у Изюма сомнений не было.

Когда беспокойство достигло напряжённой дрожи в груди, а тишина на соседнем участке набухла *зловещим преступлением*, Изюм, прихватив ломик в сарае, двинулся к заветному лазу в заборе. Напоследок бросил взор на окно соседской спальни... и ломик выпал у него из руки, больнёхонько хрястнув по ноге в кроссовке.

Окно было настежь, а в нём — *хоба*! — стоял тот же самый, только голый, доктор. То есть виднелся он голым по пояс, в верхней, так сказать, модели корпуса, но, судя по выражению лица и блаженному взгляду, убегавшему куда-то поверх крыш и верхушек деревьев, впивал красоту деревенского утра целиком-голяком, посылая всей грудью привет этому миру, всеми потрохами отдаваясь облакам, столбам-проводам, пруду, деревьям и стоголосой птичьей рати. Да что там гадать: голым тот был, как есть голым, в чём мать родила. Уж Изюму-то не знать: человек в трусах взирает на мир куда более ответственно и деловито.

Изюма натурально пришибло; его даже зазнобило, видно, микроб какой подхватил, хотя он и догадывался — что за микроб его буравит. Он поплёлся к себе, заварил чай с имбирём и лимоном, выпил и лёг на диван.

Несправедливость этого мира накрыла его свинцовой задницей, уселась на грудь, терзала невиданными хамскими картинами, какие присочинить его богатому воображению ничего не стоило. Значит, вот она, моральная высота некоторых якобы достойных женщин: не успел мужик ступить на её веранду своей посторонней ногой, как с него в мгновение ока спадают труселя? А раз так, то с очей Изюма спадает пелена благоговения! И не надо нам ля-ля, не надо классики и музыкального момента, не надо многолетних чинных чаепитий из кузнецовского фарфора, и даже скатерти друзской работы — спасибо, не надо, — если всё сводится к этой банальной картине: голый проезжий в окне её спальни!

Господи, ну почему он-то, Изюм, только раз и глянул в её спальню, и то когда в прошлом году там батарея текла, а этот, бродяга безродный... этот бритый сумрачный дундук, чёрный ворон окаянный, — да что она в нём нашла, а?!

«Нет-нет, при чём тут «что нашла», — укорил себя Изюм. — Тебе-то, парень, что с того? Нашла и нашла. Ты — человек семейный, хоть и разведённый, и никаких видов на Надежду иметь не мог, не должен, и привет тебе горячий! А чего ж ты залупаешься? — честно спросил он себя, и честно ответил: — Да просто обидно!»

И вдруг, часа три спустя — звонок, и голос Надежды — утренний, звонко-рыжий, каким он его любил, воскликнул:

— Эй, сосед! Изюм Алмазыч! Прости за вчерашнее, а? Нездоровилось. Ты приглашён, слышь? Давай, подваливай. Тут не то поздний завтрак, не то ранний обед наметился... А который час-то? — спросила она в глубь комнаты, и голос *того* ответил: — Я не смотрел, часы наверху.

Часы его наверху, где вся его одежда, мысленно добавил Изюм, а в столовой напольные старинные, с гравировкой серебряной, он, конечно, и не заметил. И о настенных-дивных, что в малой зале, с медными гирьками под еловые шишки, а вызванивают так, что сердце млеет... — и о тех понятия не имеет, потому как всю ночь совсем иным *тик-таком* занимался. Изюм представил, как тот бродит сейчас, голый, по столовой, *гремя причиндалами,* и помогает Надежде собирать на стол. Вслух же прокашлялся и степенно спросил:

— Принести чё-нить? У тебя обычно с соусами как-то не танцует.

— Какие соуса?! Глазуньей перебьёшься, — отрезала она.

Когда Изюм вошёл и неуверенно встал на пороге, обнимая кастрюльку, стол в столовой был уже практически накрыт, а скатерть постелена — отметил он, — та праздничная, от Нины.

— Я рис сварил, — простецки сказал, — такой, неформатный. Однако на стол поставить можно — для интриги. Хотел ещё супчик соорудить, деликатесно-элитный. Но у меня супчик острый, не все бывают довольны.

— Знакомься, — отозвалась Надежда, кивнув куда-то себе за плечо и сосредоточенно нарезая огурец в салат.

— Чё знакомиться-то, — удивлённо буркнул Изюм. — Его кто вчера привёл...

— Нет, ты познакомься, — терпеливо и твёрдо повторила Надежда. — Это Аристарх Семёныч, мой муж.

Ну, тут Изюм что — совсем охренел. Глупо так ухмыльнулся, спрашивает:

— Как муж? В каком смысле?

Хотя что там спрашивать: не дураки, понимаем, картинку в окне видали.

Нет, конечно, сейчас тот был вполне одет, и даже, по всему видать, свою рубаху в синюю клетку успел выстирать, высушить и отгладить — будь здоров (а скорее всего, эти действия сама Петровна и произвела). А ещё Изюм отметил то, чего раньше не замечал, трудясь с Сашко́м на объекте бок о бок, а может, раньше тот как-то горбился или ноги подволакивал да и глаза прятал? Сегодня он выглядел каким-то... молодым, что ли, синеглазым, ладным и совсем не хмурым: рубашечка отглажена и красиво так расстёгнута у ворота, шея открыта, загорелая, рукава по локоть закатаны, джинсы так ладно сидят, прям танцор, хоть в Аргентину его — танго крутить. По кухне плавал зигзагами, как крупная рыба в знакомом пруду, и по кругам этим заметно было, как он старается быть поближе к Надежде, как любовно, тесно её оплывает, то и дело мимолётно касаясь плеча или шеи, а разок даже тайком огладил её в районе задницы — думал, не заметно? — срамота и несдержанность!

Нет, вообще-то свободный человек может объявить себя кем угодно, хоть королём-лиром, но уж «мужем» так называемым... давайте не будем! И дело не в том, что никакими «мужьями» вокруг Петровны никогда и не пахло, а в том, что и Лёха, сынок её, уж на что заковыристый перец, редко осчастливливает местный пейзаж своим появлением, а, знакомясь с Изюмом, простодушно представился Алексеем Петровичем (а вовсе не — как? — Арис-тар-хо-ви-чем? язык сломаешь!). «Что, тоже — Петрович?» — удивился тогда Изюм, а тот шутовски поклонился и: «За неимением гербовой пишут на той, что подвернулась», — и руками развёл, и бог его знает, что этим хотел сказать.

— Хм... ну, муж так муж, — деревянно заметил Изюм. Отодвинул стул и остановился в ожидании: неудобно как-то первому садиться, а увлекательные разговоры затевать... эт увольте, в такое странное утро. Да и о чём говорить? — У Нюхи-то течка, — сказал он, нащупав наконец нейтральную тему. — Лижет меня, как безумная одалиска. Стоит прилечь, она — прыг на диван и пошла языком чесать: лижет-лижет, прям до смерти зализывает, я весь в синяках.

Ну и что он такого сказал? Эти двое переглянулись и просто согнулись от хохота: Надежда салатницу еле до стола донесла. Рухнула на стул и давай заливаться, слёзы вытирать, салфетки под носом комкать. И Сашок туда же — гогочет, гогочет... остановиться не может. Что ж: синяки им показать? Изюм и показал: руки вскинул, стал рукава рубахи закатывать... Ржут, дурачьё, чуть не икают, а Петровна всё: «Прости, Изюм... прости, это не над тобой... это просто...»

И тут понял Изюм: это не над ним, это они от счастья гогочут, это из них неуправляемое счастье прёт и грохочет во всех регистрах; просто он, Изюм, своим невинным замечанием о Нюхе отворил, может, тайный клапан, что заперт был много лет в отсутствие персонажей, а оттуда хлынул пьянящий, сладкий, горький дурман. Вспомнил, как вчера Надежда имя произнесла:

«Аристарх», — с какой болью, с какой кровью его выхаркнула! И вновь подумал: это что ж между ними стряслось, что имя его прямо горло ей рвёт!

И всё же у Изюма был неисчерпаемый кредит доверия к слушателям. Смутить его или обидеть хорошим настроением было практически невозможно. Как только Надежда прямо со сковороды вывалила ему на тарелку симпатичный шмат глазуньи, да с помидорами, да с луком, да с грибочками, и селёдочку серебристую, «Матиас» его любимый, в тонком кружеве лучка, подвинула поближе, — он сразу всё и простил, смазал в памяти утреннюю картинку в окне и пошёл наворачивать:

— Лукич-то наш — герой! На прошлой неделе вон рыбачили с Ванькой на Межуре, взяли Нюху с Лукичом. Пока с удочками то-сё, глянь — с того берега лось переправляется. Во пейзаж: башка над водой, рога ветвистые — на десять шляп минимум... Нюха, свинья моя алабайская, напердела от ужаса, струхнула так, что легла за корягу и лапами голову накрыла. А Лукич — шасть к воде и давай лаять как подорванный, я аж испугался, что разорвётся от надсады. Лосяра этот охеренный опешил, подумал, видать, своими рогами... и решил не связываться. Развернулся и обратно попёр. А наш перспективный лабрадор... представляешь — в воду за ним! Тут уж мы с Ванькой побросали удочки и тоже — в воду: всё ж таки лось, большой зверь, опасный. Вытащили, короче, твоего задиру! Такие вот заплывы и рекорды...

— Правда, что ль? — восхитилась Надежда.

У неё глаза сияли, хотя лицо она старалась держать в строгости. Волосы свои победоносные тоже строго убрала сзади в пучок. Но вот голос и глаза выдавали какое-то безумие: то ли счастье, то ли отчаяние, в общем — оторви и выбрось! И ещё губы какие-то другие: молодые-пухлые, воспалённые, поди, после ночи-то, ещё бы. А тот, Сашок, только на неё и смотрит, глаз не сводит.

Да что ж это они, как обречённые, вдруг подумал Изюм, будто их обоих на телеге — прямо к плахе дубовой! И сам себя оборвал: тю, дурак, какая плаха, что за поэзия?! Смотрит и смотрит, и понятно: на кого ему — на тебя, что ль, глядеть? Нагляделся небось в бригаде у Альбертика.

— Да я этого лося потом аж два раза во сне видал!

— А я... — вдруг проговорил Сашок, как очнулся, — я однажды видел ангела. И не во сне.

Изюм с Надеждой на него уставились, а он потянулся вилкой в середину стола, где стояла белая фарфоровая бадья с наваренными сардельками, подцепил одну, донёс до своей тарелки и принялся методично её нарезать.

— Меня после операции привезли в палату, а я ещё в полунаркозе плыву. То вынырну, то снова барахтаюсь в тумане. Отворил глаза — вокруг меня муть, голубизна, косые стены куда-то летят, а прямо надо мной ангел парит: сам алебастровый, голова в белом облачке, глаза длинные-прекрасные, как на грузинских фресках... У меня язык едва шевелится. И я на иврите, потому как — ясно же, на каком языке *там* следует разговаривать: «Ты — ангел?» — спрашиваю...

38 «Нет, — говорит. — Я — Мухаммад, медбрат».

Смешной моментик, да; но никто из них не улыбнулся. Надежда спросила тихо: «Это когда... тот шрам?», а Изюм подумал: «Ни хрена себе — с ангелами на иврите...»

— Да нет, — легко отозвался Сашок. — Это в другой раз.

Тут Изюма как поленом по башке: а может, и правда муж? А вдруг он — разведчик, и всю жизнь где-то там... по рации, тайным шифром, или как это сейчас? Заслан, заброшен много лет назад, и так далее, и даже сын отца не знает, и отчество другое, для прикрытия.

Изюм прямо похолодел от восторга: точно! Наш шпион, внедрённый для какой-то важнющей государственной задачи. Приехал жену повидать, которую сто лет не видел. Вон Штирлицу-то жену издали как раз в шалмане показывали, и та сидела-плакала, бедная баба. Ну, дела-а-а!

Правда, не очень как-то всё оно сходилось: подённая работа Сашка́ в бригаде у Альбертика, и то, как Изюм вдруг пригласил его к себе, а мог ведь и не пригласить? — и то, с какой неохотой тот согласился наведаться к его соседке... Что ж получается: они оба не ждали этой встречи? В общем, запутался Изюм, притих...

И хотя его никак нельзя было назвать бирюком, и свободные мнения всегда изливались из его организма без всяких, как сам он говорил, таможенных деклараций, всё же он не решался заслонить своей персоной интимную суть данного застолья.

Тогда уже Петровна подсуетилась насчёт светской беседы. Спросила — как, мол, поживает Маргоша, супруга дражайшая, и как она смотрит на его мозговитую деятельность. Тема, прямо скажем, больная — на что, ясен пень, Петровна и рассчитывала, надеясь Изюма разбередить. Ну он и понёсся с места в карьер:

— Марго-то? — отозвался радостно. — Да мы с ней без конца срёмся. Коллапс и ужас. Она бы хотела устроить мне *брекзит навеки*, но понимает, что тогда её драгоценному имению настанет полный и окончательный аншлюс. Ну, и делает разные пакости: позавчера высыпала в мой ящик с инструментами банку мелких гвоздей. Говорит: «Я подам на алименты за десять лет», — Костику как раз десять исполнилось. «Ну, что ж, — я ей в ответ совершенно незамутнённо: — Тогда встань с моего стула, вынь изо рта кусок моей колбасы. И не забудь посчитать за пять лет алименты на собаку».

— Эт что за алименты такие, на собаку? — поинтересовалась Надежда.

— А кто Нюху шарлоткой кормил, херес ей в рюмочке подносил? Кто ей педикюр делал?.. Вот чего ты ржёшь опять, не понимаю?— спросил Изюм с физиономией лукавой донельзя. — Кстати, и тебе бы следовало насчитать за Лукича... А Маргарита всё: Дэн, Дэн! Это герой её нынешнего романа. Дэн то, Дэн сё... Дэн зарабатывает шестьдесят тыщ в месяц. А забыла, говорю, как твой Дэн сюда приезжал и в икре чёрной валялся?

— В икре-е?! Прям так валялся? Откуда ты столько икры надыбал?

— Я ей говорю: давай совместно двигать в будущее стезю нашего ребёнка! Я уже не пью, мозги у меня разморозились, стали мультикультурно объёмными. А она опять: алименты! И, знаешь, пропёрло меня. Ладно, говорю, я тебе устрою: сначала бесплатную распродажу, потом — короткое замыкание! И Серенадке скажу. Та не посмотрит: племянник — не племянник, живо отправит в Омск картошку копать!

Надежда испытывала странное чувство гордости и удовольствия за Изюма, — как всегда, когда тот взбирался на невидимую трибуну и нёс вот такую восхитительную байду. И, как всегда, по мере наращивания пылкости и отваги в спонтанно возникающих диалогах, которые — подозревала она, хорошо зная Марго, рабовладелицу Изюма, — в реальном времени просто никак не могли прозвучать, фигура этого незадачливого деревенского Санчо Пансы обретала социальное бесстрашие и даже некоторое величие. Всё же Изюм был на диво театрален и, в отличие от литературных своих потуг, говорил всегда как по писаному, вернее, как *по написанному* неким небесталанным драматургом, удачно смешавшим в прямой речи персонажа разные пласты современной городской, телевизионной и простонародной бодяги.

— Ну, хорошо, — решительно оборвала она соседа, зная, что тот ненароком может забрести в самые дремучие дебри и долго потом искать дорожку назад. — А что на изобретательском поприще, как там ноу-халяу, продукт твоего блистательного интеллекта?

— Давай, смейся-смейся... Хе! Скоро будешь ползать у подножия моего чугунного монумента, помпу у меня вымаливать.

— Помпу?! Что за помпу? — искоса поглядывая на Аристарха и улыбаясь ему, воскликнула Надежда. Ей сегодня, после пережитого утром, очень хотелось развеяться, завить верёвочкой прошлое горе, заново полюбить окружающий мир, соседей — всю округу.

Изюм слегка откидывается на стуле, смотрит, прищурившись то на Петровну, то на гостя её (мужа-немужа), несколько мгновений сучит короткими пальцами, словно отряхивая с них пыль или муку... Наконец говорит:

— Да банальная вещь, видишь ли... Банальная, в сущности, но изысканная мысль пришла мне в голову. И никому же раньше это не стукнуло, а? Вот смотри: приезжает разно-всякий народ на Межуру, всё лето ездиют, все домики постоянно заняты. Но! Объединяющая примета: каждый тащит на горбу пятилитровый баллон воды. А я такой сижу-думаю: что, если в каждый домик поставить по кулеру? Воду туда наливать хорошую, чистую, из колодца: у Натальи, вон, или у тебя, или ещё у кого брать. Ситечко туда вмонтировать — комаров отлавливать. Эти кулерные бутыли́ — сто рублей штука. А помпа для больших кулеров — пятьсот рубликов. Клиент заходит в дом, а его встречает услуга золотыми буквами: «Платите сто рублей, пейте вечно живую воду из наших кулеро́в!» Что, скажешь, не заплатит человек такую мелочёвку, чем волочь на себе бочки с «Ашана»?

42 — Пожалуй, заплатит.

— Ну! Вода же чистая, глубокая. У нас в колодце водичка очень вкусная. Не ржавеет, не плесневеет, не хмурится, — настоящая народная живая вода.

Изюм, когда хочет убедить слушателей, и сам вдохновляется, расправляет свои роскошные оперные брови, рубит ладонью воздух на кубики, аргументами так и сыплет... В сущности, он похож на лунатика, который гуляет по коньку крыши — бесстрашно, бездумно, под магическим светом луны. Потом спроси у него — как получилось, что влип в очередной майонезный цех, он и сам растеряется, не понимая ни черта. Это всё натура проклятая — артистическая. Изюм просто в образ входит, и его, как лунатика, не дай бог окликнуть или оплеуху залепить: загремит с крыши как пить дать, не опомнится.

— А для православных можно у батюшки бутыль освятить, с отпущением грехов... Дайте же мне сотнягу за эту благородную купель! Что я, за месяц не нахреначу на десять тыщ с молебнами? Это ж, ты вдумайся, какое ноу-халяу! Да отсюда люди будут святую воду в бутылочках возить, как из Лурда — помнишь, Петровна, ты мне детектив привозила, убийство в Лурде?

— Мысль... плодотворная, — подтвердила Петровна с некоторым сомнением в голосе.

— Ну! Я с докладом к Гнилухину: так и так, Петруха, есть, говорю, бизнес-проект, готов обсудить деловое партнёрство с тайной исповеди. И что ты думаешь? Вчера узнаю, что они закупили кулера с помпами, а мои материальные интересы опять безжалостно попраны... Блинадзе! Опять меня объегорили, идею грабанули. Что ещё им отдать, акулам мирового капитала, светящиеся тапки, мою заветную мечту, вершину научной мысли? Так те мгновенно всюду появятся, где только не хошь.

— А эти самые тапки... — осторожно произнёс Аристарх, обращаясь, скорее, к Надежде, — я второй день о них слышу. Они вроде такого символа, да?

— И не только тапки! — горячо воскликнул Изюм. — Можно ведь и стульчак этими нитками обшить, в темноте мужику ловчее целиться! Тут в целом бизнес-идея грандиозная! — Он подался к Надежде: — Петровна! Это не у тебя я швейную машинку видал? Нет? Жалко... Я ходил, думал: блинович, у кого я видал машинку? На ней же можно эти тапки прострачивать. Нет? Тогда шило купи! Я-то умею им пользоваться. Я эти твои экспериментальные тапки шилом простегаю. А нитка, то вообще ерунда! В интернете её много фирм продают. Она разных цветов и разной толщины, стоит копейки. И принцип работы прост весьма: днём она заряжается — вон, поставь тапки на подоконник и вдохновляйся, — а ночью свет отдает, как далёкая звезда...

Минут сорок уже, как понял Изюм, что пора уходить, ибо заметил, что Сашок правой рукой то хлеб щиплет, то дольку огурца в рот положит, а левую под столом держит на хозяйской коленке, просто так спокойно, уверенно держит, и ясно, кому это колено теперь принадлежит.

44   Три раза уже заводил Изюм протяжное: «Ох-хо-хо-ошеньки... Ладно, пойду». И всё не уходил. Не отпускало его... Странная штука: было в этих двоих, даже спокойно сидящих, что-то багряно-тревожное и такое полное, будто вчера соединились разодранные когда-то половинки одной жизни, и вот сидит эта жизнь, так жадно, так страстно и мгновенно сросшись в единое целое, пылает огненным сросшимся швом, и вроде больше ничего ей не нужно, а сосед, брехун... ну, пусть его болтает. Может, он даже как-то украшает их новую полную жизнь.

Вот, значит, как, думал Изюм, вот как оно бывает: доплёлся бродяга безродный, нога за ногу, подняв повыше ворот. А его тут, как в сказке, всю жизнь царица ждёт, да в каком тереме ждёт — ты ж оглянись, чувак, какие чудеса вокруг! Одна только печь, облицованная знаменитой московской керамисткой, со скульптурной группой наверху: Пушкин с Лукичом, обнявшись, вдаль глядят, — одна эта печь чего стоит! Ты разгляди, чувак, в старинной горке чудеса императорского фарфора, сквозь три столетия пронесённые из Санкт-Петербурга через Ленинград, и вновь в Санкт-Петербург! Ты разгляди эту хрупкую синеву, эту невесомость, ты ощути, как едва ли не в воздухе парит прозрачная чашечка, сквозь которую что кофе, что чай, что компот мерцают золотым слитком очарованной мечты!

Нет, ничего ему, кроме неё самой, не нужно. Сидит, чувак, хлебушек по-тюремному крошит, держит руку на дорогом ему колене. И должно быть, ждёт не дождётся, чтобы Изюм отвалил...

— Не-ет, заниматься каким-нибудь строительством-фигительством... — это не моё. Пора ставить жизнь согласно генеральному замыслу. Пора думать о творчестве на коммерческой основе.

— Изюм, ты вроде не пил, но что-т тебя в открытое море понесло, — терпеливо заметила Петровна. — Бери вон ещё сардельку, она очень творческая.

— У меня какой план был? Вот думаю: ещё две зарплаты, и куплю себе станочек по нанесению шедевров на стекло, а ещё станочек для холодной ковки. И это будут не просто слова, а конкретное творчество, наконец. Понимаешь? Ты веришь в меня? Принесу тебе, скажу: «Смотри, Петровна! Вот поднос я сделал: залитый поднос, два подстаканника». Тебе ж приятно будет, что это лично я сделал, а не купил анонимно в магазине?

— Ну? Где же?

— Да погоди ты, Петровна... куда мчишься. Дальше с этим надо что-то делать, реализовать продукцию, строить на своём участке студию, открывать галерею. Можно и центр искусств засандалить...

— Нью-Васюки, — подал голос Сашок.

— Что?

— Ничего.

— Ага, вот, к Витьке, «Неоновому мальчику», за щенками много народу ездит. Можно договориться на акцию: покупаешь щенка, получаешь бонус: поднос с подстаканниками. Круто? С другой стороны, Витька мгновенно потребует доля́, а я ему тогда: ты мне сначала за Дед Мороза — доля́. Доля́ за доля́... — и пошёл ты на

46 хер, и не ходи сюда боле. О! Я этот сценарий очень даже предвижу! Я это прекрасно мысленно рисую...

Надежда видела, что на Аристарха речуги Изюма особо развлекательного впечатления не производят, что он, пожалуй, наслушался этого клоуна по самое не могу; уже подумывала завершить «извинительное», как мысленно его определила, застолье, но неожиданно для самой себя проговорила:

— Изюмка, ну хватит бодягу лить. Слышь, а что твой архив — далёко? — повернулась к Аристарху, сказала: — Рожи там совершенно изумительные, не пожалеешь!— И к Изюму: — Тащи его сюда на сладкое, а я чай заварю.

Она набрала воду в чайник, включила его, потянулась за чашками к навесному шкафчику. Аристарх смотрел на неё не отрываясь. Так шли её длинным ногам синие вельветовые джинсы и просторная блуза лавандового цвета, и вообще, чёрт подери, так ей шла полнота! Вот сейчас он по-настоящему понял толстовское описание внешности Анны Карениной, которое в юности его, пацана, озадачивало и даже шокировало: Анна, писал Толстой, была «полной, но грациозной». Как это возможно, думал. В их посёлке было видимо-невидимо толстущих баб, и все они настолько отличались от мамы — вот уж кто действительно был грациозной и вовсе не полной. Вот мама, думал, очень подошла бы к образу Анны.

Сташек пропускал толстовские приземистые описания, считая их «стариковскими» и, прощая с натяжечкой, скакал по страницам дальше, дальше — до самого поезда, до трагического Вронского, уезжавшего на войну... Видимо, надо было пожить, ну не столько, сколько Толстой, а вот как раз до вчерашнего вечера, чтобы ощутить это описание как пленительное, манящее, чуть ли не обнажённо чувственное. Сейчас он уже не вспоминал и не представлял, да и не хотел бы представить Дылду иной, чем вот такой: плавной, манящей, ладной и очень притом подвижной и ловкой.

Очевидно, и вполне объяснимо, что трепливый соседушка по уши в неё влюблён. И охота же ей сидеть и слушать этого шалтая-болтая! Вот к чему им сейчас его идиотский «архив», какого лешего, когда им обоим надо бы денька три помолчать, просто стоя у окна в обнимку, как стояли сегодня утром оба с заплаканными лицами — после её-то рассказа. Постоять, глаза в глаза, отирая ладонями скулы друг другу, вмещая все потерянные годы в одно — отныне — бесконечное объятие.

Только он знал, что не выйдет, не выйдет, приехали на конечную, — хотя она пока и не догадывается, бедная...

— Ты не злишься? — мельком оглянувшись, спросила она, ссыпая из ладони заварку в пузатый красно-золотой чайник. — Что-то супишься... Потерпи. Это он от нервов такой растерянный и болтливый. Изюм — человек хороший, но несчастный и одинокий.

— Просто пока не вижу, как мы можем сделать его счастливым. Разве что шило для тапок подарить.

— Ну, не будь же сволочью, — ласково заметила она, и тут примчался Изюм со своим архивом, утрамбованным в коричневый докторский портфель годов пятидесятых прошлого столетия. Влетел — деятельный, раззадоренный приглашением Надежды Петровны. Осторожно отодвинув чашки, вывалил прямо на скатерть богатое и разнообразное содержимое портфеля: грамоты, старые письма, чёрно-белые фотографии, визитки и газетные вырезки. Вот не было печали...

— Ты погоди, не нужна тут куча-мала! — Надежда пыталась ввести энтузиазм Изюма в какое-то повествовательное русло. — Ты сначала мамку с литовцем изобрази, где та фотка, что они сидят на фоне Версальского замка с выпученными глазами, а у мамки банты на плечах, из бархатных занавесок пошиты, и понизу такая изумительная вязь с ошибкой: вместо «Фотоателье Самуил Жуппер» — красиво так: «...Жоппер». Или про интернат. Ну? Где тот выпуск интернатский, группа дебилов?

А только хрен Изюма собьёшь с курса, заданного самому себе.

— Не, Петровна, я понял, про что тебе ещё не рассказывал! Я про Алика Бангладеша ни разу не вспомнил! Это ж мы с ним майонезный цех забурили.

Бангладеш, еврейский хохол. Он и не скрывал. Но странный был еврей: блондин, худой и после первой рюмки — гуляй, рванина! Фамилия у него, конечно, не Бангладеш была, а Зильбер, и отчество какое-то дикое: Фердинандыч, но он, понимаешь, чуть не единственный в Москве знал бенгальский язык, потому как родом был из КГБ и говорил, что наладит торговлю с кем хошь, а с ихней Народной Республикой Бангладеш — как два пальца. То была птица высокого полёта. Какие дела проворачивал! У него пять фур выехало — и пять фур не приехало.

Во, смотри, фотка: мы с ним на Ленинских горах с пивом. Там пивнуха была классная на углу. Главное, он знал Махмуда Эсамбаева — помнишь, я тебе рассказывал: танцующий горец? А старик Эсамбаев познакомил его со смотрящими от Иосифа Давыдовича, откуда к нам и пришла крыша: Савва Джумаев... А потом, когда рухнуло всё, потому как в котельной лопнули батареи, и огромная партия майонеза, три фуры, оказалась прокисшей, тогда всё и пошло пухом и прахом по окрестным городам и сёлам. Тогда Алик-то мой, Бангладеш, съездил в Грозный к Савве, и тот ему конкретно сказал: «У меня денег нет», — и посоветовал пойти к Иосифу Давыдовичу. Ну, сам-то Бангладеш пойти не рискнул, но через посредничка́ рухнул в ноги. Ни Алик, ни я лица Иосифа Давыдовича не видели, но посреднично́к ходил-сновал, и тот вроде передал: «Ты коммерсант, ты и думай, где деньги взять». Типа знать не знаю, ведать не ведаю. Сумма-то была охеренная. Мы даже хотели квартиру продавать. Но выкрутились: потом я фанеркой, лесом подторговывал. Я даже ценные бумаги продавал. В общем, выполз из майонезного дурмана пришибленный, но живой... Удалось ещё спасти партию шпротного паштета, целую машину. Ну, я затащил эту партию в квартиру к другу с женой — где-то же надо

50 было всё это сгрузить. Жрите, говорю, сколько хотите, продавайте, дарите на Пасху, на Рождество, на Женский день... Хотя — ну сколько можно сожрать шпротного паштета? Тем боле там иногда попадались глаза... Эх, какую книгу можно было бы написать! Бравый солдат Швейк отдыхает. Но когда я ручку беру, мысли останавливаются. Вот спроси у Нины, есть ли у них сейчас в продаже «Доктор Коккер»? — специи молотые из Израиля. Я о чём, сейчас объясню: вот, подогнал мне Бангладеш два вагона риса, чтобы я продал дешевле всех на десять процентов. Это револьверная поставка. Дают фуру в день, надо перефасовать, развести по базам и магазинам. Тут у меня почему-то и всплывает бравый солдат Швейк, хотя я книжку не читал. А что у него было там с револьверными поставками? Ничего не было?.. О! Понял, почему Швейк всё время всплывает: у его командира был большой револьвер — вот в чём суть!

— Что-то у меня башка разболелась, — сказал Аристарх Надежде. — Пойду наверх, пожалуй...

— Стой, стой! — крикнула она, блестя глазами. — Изюм, ну что за херню ты понёс про Кобзона, про Швейка, кому это интересно! В жопу твой майонезный цех. Ты лучше про армию, как золото намывал целыми днями и как тебя прапор, сука, грабанул. Ну-к, покажи ту доблестную статейку в газете, где вы сняты с ним в момент, когда он тебе только-только морду начистил, и вдруг к вам привезли корреспондента местной газеты, и вы оба застыли-вытянулись, а фотограф вас щёлкнул с этими обалдевшими харями... Ну, где эта газета, что за бестолковщина! Давай армейский архив. Ты вообразить не в состоянии эту парочку на фотке! — заверила она Аристарха. — Сейчас сдохнешь от хохота.

— Он не только меня ограбил, — заметил Изюм беззлобно, — он спиздил бункерный ксерокс. Ты знаешь, что такое бункерный ксерокс, Петровна? Он размером с твою веранду, и печатает тыщу плакатов в минуту. Кому нужно печатать «Родина-мать зовёт» с такой скоростью?

Газета «Пограничник Азербайджана», сложенная вчетверо, пожелтелая и уже махристая на сгибах, довольно быстро нашлась в серой папке, на которой рукой Изюма чёрным фломастером печатными буквами было начертано: «*МолАдАсть*».

— Вот, — с застарелой горечью произнёс Изюм, разворачивая статью во всю ширину листа. — Я тут, конечно, поименован не полностью, только инициалами — газетчик сказал, что такого мужского имени — Изюм Алмазович — не встречается в природе и что его военная цензура не пропустит. А прапор — ему что, таких имён, как у него, — мильён в каждой подворотне. Вот, пожалуйста, с полным уважением: Павел Викторович Матвеев. Мордоворот — стрёмно глядеть!

Изюм, усмехаясь, поднял глаза на Сашка́ и осёкся: тот стоял побелевший; такой белый, что на фоне стены его лицо казалось махом закрашенным кистью того же маляра. Он слегка попятился, будто хотел вырваться из чего-то душно зловонного, — даже Надежда отступила на шаг, пропуская его, — развернулся и молча взбежал по лестнице наверх.

— Эт что с ним такое? — спросил Изюм. Она быстро проговорила:

— Живот прихватило. Бывает. Ничего.

Внезапная помертвелая бледность Аристарха напугала её страшно. И напугала, и озадачила. Изюма надо было немедленно выпроваживать, а ему пока не укажешь на дверь прямым указательным пальцем, он никакого намёка не поймёт, деликатности не оценит, всегда лаптем за порог зацепится, договаривая свои неосуществлённые ноу-халяу.

— Видала, — сказал, мотнув головой в сторону лестницы, — какое впечатление на людей производит моя судьбина?

— Изю-ум... — тихо и значительно проговорила Надежда.

— Понял! — отозвался он заговорщицки. — Пора линять! — и на сей раз довольно быстро прибрал своё архивное хозяйство. Удалился без обычных комментариев, если не считать некоего странного замечания на пороге:

— Сегодня день, я заметил, не располагает к работать. Располагает к выпить. Ну, если не к выпить, то просто — к не работать. Так что ты *его,* — и голосом присел и глаза так значительно поднял к потолку, — не слишком к Альбертику гони...

Дверь в спальню была прикрыта, и Надежда подумала, что найдёт Аристарха лежащим на кровати, раскисшим, чем-то расстроенным. Станет выяснять — что стряслось, где болит... Вот уж она возьмётся за него по-серьёзному, прогонит сквозь строй самых дорогих врачей. Первым делом — анализы по полной шкале. Тоже мне, медик — а у самого-то, сам-то...

Нет, он стоял, отвернувшись к окну, будто продолжал любоваться крышами, серебристой полоской пруда за деревьями, альпийской горкой на ухоженном участке Надежды и безмятежными облаками, какие плывут над русской деревней исключительно в прозрачном июле. Будто, услыхав её шаги, сейчас обернётся, облапит её...

Она подошла, обняла его за шею, прижалась виском к плечу.

— Видал, — сказала, — какие у меня рябины? Были прутики-дохляки, а сейчас красавицы. Через месяц развесят грозди, совсем как у нас...

Он молчал, и спина была каменной.

— Так что же, — тихо спросила она, — теперь вроде твоя очередь рассказывать?

— Не начинай... — попросил он сдавленным голосом. — Не разбивай наш первый день.

Внизу живота у неё стало пусто и холодно, как в последние минуты перед разбегом, перед тем как взлететь над обрывом.

— А что, такое страшное, что и не вымолвить? — спросила. — И думаешь, я буду ждать-гадать, что там — вилами по воде? Давай, парень, растолкуй мне: чего тебя сюда занесло, что за прихоть врача — в бригаде ханыг полы настилать? И что это тебя так пробило, когда Изюм ту фотку армейскую, с прапором... Тебе что там привиделось?

— ...Как грохнул я его — привиделось, — отозвался Аристарх. — Того бывшего прапора, Пашку-брательника. Как он лежал на земле, а брюхо ещё трепыхалось.

Обернулся к ней — мальчишка в рябиновом клине, — и всё закружилось и вспыхнуло в багряных брызгах тяжёлых гроздей. Она протянула руку, раскрыла кулак с вертлявой змейкой внутри, крикнула, хохотнув:

— Зырь! — и уже не могла отвести взгляда от этих синих-синих-синих глаз, что смотрели на неё со взрослой беззащитной верой, с какой отдавал он ей наперёд всю свою жизнь, чтобы она приняла эту жизнь и спасла её.

Он шевельнул губами:

— Я убийца, Надя! — проговорил глухо. — Я в розыске. И недолго нам осталось.

Глава 2

РЕМЕСЛО ОКАЯННОЕ

Первое оглушительное впечатление от новой страны: удар в грудь горячего, как из открытой печи, воздуха; жёсткий, как сварочная дуга, солнечный свет в глаза; тёмно-фиолетовые лезвия теней под белыми, до боли, стенами зданий и слепящая гармоника приоткрытых жалюзи на окнах. А ещё — вездесущий запах апельсинов.

Лёвка с Эдочкой осели в неприглядном Лоде, в двух шагах от аэропорта, окружённого плантациями цитрусовых. Снимали однокомнатный флигель с верандой во дворе у Нахума, водителя автобусной компании «Эгед». Бритоголовый бугай с бычьей шеей, Нахум был похож на чечена или какого-нибудь кабардинца, хотя фамилию носил Коэн. Когда его жена готовила *марак-ку-бэ,* странную похлёбку с плавающим внутри жареным пирожком, Нахум заносил кастрюльку жильцам; входил не стучась, руки были заняты, просто распахивал дверь ногой. Суп был острейшим и вкуснейшим. Нахум громко и отрывисто говорил пару фраз на невозможном языке; Лёвка почему-то его понимал, смеялся в ответ и хлопал Нахума по могучему плечу, для чего поднимался на цыпочки.

— Говорит: «Мужчина может голодать, а женщина должна кормить ребёнка во чреве своём».

Тут явно имелась в виду Эдочка, в то время уже беременная первой девчонкой.

— Так и сказал: «во чреве своём»?

— Ну да. Это ихний басурманский язык такой.

Над халупой, как и над всей округой, со свистом распиливали небо неугомонные самолёты. Этот грохот и запах апельсинов составляли густой фон здешнего бытия, такой вот пряный *марак-кубэ*. Местные жители ни того, ни другого не замечали.

В первые недели, непроизвольно втягивая голову в плечи всякий раз, когда над его макушкой взлетал или шёл на посадку самолёт, Аристарх думал: как вообще здесь можно жить? Он и на уроках иврита спрашивал себя: как в обыденной жизни можно объясняться на языке, в котором «кит» — это «левиафан», а простенькое: «мне нравится» выражается фразой: «это находит милость в глазах моих»?

С годами оказалось: можно. Можно и жить, можно и говорить, и довольно быстро, запальчиво, с грубоватым юмором говорить, употребляя слова, которым на курсах тебя не учили. Можно орать, цедить через губу, в крайнем случае материться — если имеешь дело с упёртым бараном и у тебя просто не осталось аргументов.

Первые два месяца, самое трудное время, жил он у Лёвки с Эдочкой. Спал на веранде, больше негде было, да и не хотел стеснять молодых. Осень в том году выдалась непривычно жаркая, и бездонные ночи, сбрызнутые сиянием ярких созвездий, присыпанные красными огоньками идущих на посадку и взлетающих самолётов (которых через месяц он почти не замечал), приносили грустное утешение.

Лёвка готовился к экзамену и вкалывал как безумный, помимо санитарства в больнице прихватывая дежурства в доме престарелых. Спал часа по три и, столкнувшись со Стахом ночью в коридоре, по пути в туалет, пугал его красными, как у вурдалака, глазами. Со смехом рассказывал: полез вчера под кровать вытаскивать обронённые старичком очки и обратно не вылез, там и сомлел.

— А старичок? — ахала Эдочка.

— Старичок забыл и про меня, и про очки. Их Альцгеймер — моё отдохновение. А что: урвал полчасика, спал в мягкой пыли, как младенец в утробе. Когда хватились меня, старичку задницу мыть, — я и вылез на зов из-под кровати, с очками. «Ревизор», немая сцена. Стыдновато, но старичок так обрадовался, что подарил мне пятьдесят шекелей. За такие чаевые я брюхом вытру пыль на всех этажах нашего заведения.

Для начала Лёвка, друг сердечный, пристроил его к тем же старичкам, в ту же обитель благостного забытья. Опыт хороший: Аристарх научился там ворочать неподвижных пациентов, переносить их с кровати на кресло, грамотно распределять вес человечьего тела на руки, на спину, на

58 ноги. Научился делать массаж, быстро и опрятно мыть мятые стариковские ягодицы. При этом часто вспоминал дядю Петю. Эх, думал, вот бы тому такое кресло. Не говоря уж о лекарствах, не говоря уж о памперсах — благороднейшем изобретении человечества!

Когда, протаранив, пробурив пещеристый известняковый язык, незаметно для себя выскочил на простор складных шуточек и не задумчивых ответов, когда в шершавом ветвистом клёкоте, к себе обращённом, стал различать сочувствие, презрение, добродушие и даже ласку — он стал открывать для себя и лица вокруг. Каждое утро, сбегав к почтовым ящикам, приносил почту заодно и соседу, безногому инвалиду ЦАХАЛа, неистощимому балагуру: «Да знал я, знал, что там заминировано, просто хотел успеть до пятницы в увольнительную». Всегда застревал на кассе в соседней лавке, покалякать с курчавой, как негритянка, продавщицей-марокканкой: «Я тебе про своё детство в палаточном лагере расскажу, ты заплачешь горькими слезами!» На чём свет она костерила «русских»: «Явились к нам на всё готовое!» — но в трудную минуту могла отпустить в долг под честное слово пачку сигарет.

Люди вокруг стали обрастать своей трудной жизнью, потерями, анекдотами и грубовато-непрошенной задушевностью, а улицы обрастали знакомыми адресами, дешёвыми лавками, прачечной, пока ненужной ему «Оптикой» и очень нужной фалафельной на углу, где за два шекеля можно перехватить питу между дежурствами.

Он снял недорогую квартиру в старом районе Лода, в двухэтажном, вусмерть зажитом доме, взывающем о сносе. Две безлюбые клетушки размером с катафалк, наспех побелённые съехавшими жильцами, даже не притворялись уютными, — так старой шлюхе-алкоголичке уже плевать на дырку в чулке и пятно на блузке. Пятиметровая кухня шамкала висящими дверцами раздолбанных шкафов и воняла застарелой накипью сбежавшего молока на ржавой газовой плите. Душевая, явно встроенная позже, гремела твёрдой клеёнчатой занавеской шестидесятых годов. Унитаз, разумеется, присутствовал, но так стыдливо и кособоко приставленный к стене, что важнейшие минуты утреннего туалета можно было засчитать за упражнения на растяжку мышц. Эта берлога лелеяла ночные кошмары длинной череды неприкаянных безденежных жильцов, да и сам он, просыпаясь на надувном матрасе, брошенном под стену в пустой комнате, частенько спрашивал себя: «Что я тут делаю?»

Но депрессивное логово таило сюрприз, волшебное зёрнышко граната: узкий, как пенал первоклашки, балкон выходил в густые кроны четырёх неимоверно разросшихся фикусовых богатырей, и в перелётные месяцы на твёрдые лопасти их красноватых листьев прилетала семья зелёных до оторопи, нежно-изумрудных, переливчатых попугаев, картаво скандальных, скороговорчатых акробатов... Никого не боялись; когда Аристарх выходил на балкон — развесить на единственной протянутой проволоке выстиранное вручную бельё, — прыгали на перила, радостно вопя, и казалось, в чём-то его убеждали, что-то доказывали: может, бросить всё к чёртовой матери и улететь с ними на Азорские острова?

* * *

Какое-то время он работал подменным врачом — если, бывало, штатный доктор заболел или в отпуск ушёл; если на резервистскую службу врача призвали или, скажем, пришло время ей рожать.

Иногда подменял врачей в поликлинике бедуинского городка Рахат. Тогда его смена совпадала с часами работы доктора Ибрагима.

Отпрыск богатой арабской семьи из Умм-эль-Фахма, тот был исполнен плавной важности, и при общем худощавом сложении слегка топырил холёное брюшко. Всегда благоухал дорогой туалетной водой, носил редкие по тем временам очки-хамелеоны и с подчёркнутым осуждением поглядывал на старые, ещё питерские джинсы доктора Бугрова. Впрочем, был умён и, бывало, удачно шутил: раза три на его замечания доктор Бугров одобрительно хохотал.

Однажды — дело было в конце марта, на склоне дня, — одновременно выглянув из своих кабинетов, они обнаружили, что оказались в пустой поликлинике вдвоём, если не считать старенького Меира в регистратуре. Редкий случай — ни одного пациента! Блаженные минут пять, десять...

«Попьём чаю?» — предложил Аристарх. Он всюду, в любом, даже временном, пристанище первым делом обустраивался со своим «чайным домиком» (наследие незабвенного Мусы Алиевича Бакшеева: всегда иметь при себе заварочную ёмкость, пару чашек и хороший «нормальный чёрный» чай).

Устроились на террасе; она выходила в покатые, медленные, как волны, травянистые холмы, сбрызнутые крапинами пылающих маков. Такой благодати весной выпадало недели три от силы, потом наваливалась жара, трава выгорала, небо казалось усталым и изнывающим от зноя.

Меира тоже позвали к чаю, но, человек старой закалки, тот считал, что в казённом медицинском учреждении оставлять без присмотра регистратуру нехорошо. Меир был человеком дисциплины, про себя говорил: «Я самолёты на себе держал, у меня ни один не разбился!» — всю жизнь он проработал диспетчером в аэропорту. Выйдя на пенсию, отыскал дело для души — трижды в неделю торчал в поликлинике, страшно надоедая пациентам. Он следил за порядком, строил больных, запуская их в кабинеты, и, кажется, в старой своей голове слегка уже путал людей с самолётами.

Аристарх привык, что такие вот старички-добровольцы приносят ежедневную и весьма ощутимую пользу во многих больницах, поликлиниках, библиотеках и клубах. Сначала думал, что это одинокие вдовцы-вдовицы, которым некуда себя деть от пустоты и скуки, но однажды обнаружил, что старушка, выкликающая из очереди больного, в прошлом была замминистра юстиции, что она — мать пятерых детей и бабушка двенадцати внуков. Просто здесь это было *принято*. А что дома делать, удивлённо ответила ему однажды такая вот старушка, тихо помирать?

— Ну, как чай?

— Я люблю кофе... — уклончиво заметил доктор Ибрагим. Ногти у него были изящные, продолговатые и, кажется, отполированные. Наверное, больным приятно, когда врач прикасается к ним такими ухоженными мягкими руками. — Это русский чай?

— Индийский. У меня тут и китайский есть. Заварить?

— Не надо, — торопливо отозвался тот.

Косые тени скатывались по склону вниз с кошачьей негой, трава отзывалась на легчайшее дуновение ветерка, а небо отсвечивало уже летней лавандовой синевой, от которой глаз не отвести, сидя в послеполуденной тени. Аристарх вытянул ноги, заложил руки за голову, откинулся на стуле и глубоко вдохнул воздух, свежий после вчерашнего дождя. Пробормотал:

— Тишина какая, простор... маки... Хорошо-то как. Правда хорошо, Ибрагим?

— Хорошо, — согласился тот. — Но, когда вас тут не было, ещё лучше было.

Доктор Бугров выпрямился на стуле, подобрал ноги, локти упёр в подлокотники. Не ожидал выпада; во всяком случае, не сейчас, не в этой благодати, не с чашкой душистого чая в руке. Хотя он уже разбирался в здешнем раскладе отношений, при подобном обороте беседы уже не уточнял оторопело «кого это — нас?», а научился быстро и жёстко отбивать ракеткой мяч; у него, как у хорошего спортсмена, были и свои приёмы, не всегда дозволенные.

Вообще, в подобных словесных баталиях доктор Бугров бывал прямолинеен и груб. Говорил то, что думал, а думал порой вразрез с «общепринятыми культурными кодами лучшей, либеральной части общества». Эти самые «коды» он в гробу видал и любил вынести академическую дискуссию на простор дворовой драки.

— И что тогда было у вас хорошего?— полюбопытствовал он, пока ещё с приветливым интересом. — Ваша поголовная неграмотность? Засухи, малярия, нищета? Голые скалы-пески-болота?

— Это взгляд пришлого человека, который судит всё и всех на свой высокомерный лад.

— Хорошо, — кротко отозвался Аристарх, — возможно, ты прав. Чужой уклад — потёмки. Может, твоей бабке даже нравилось, что из восемнадцати детей у неё выживали трое.

Он видел, как презрительно тонко улыбается в усики его собеседник, и понимал, чем тот манипулирует. Доктор Ибрагим привык иметь дело с представителями местного истеблишмента, а те с головы до ног были задрапированы в тогу «либеральных ценностей» и при первой же сигнальной ракете, как полковая лошадь при звуке трубы, принимались покаянно извиняться за своих дедушек-бабушек, слабогрудых мелитопольских и одесских гимназистов, которые, лет сто назад, в поту и в собственном дерьме, в липкой невыносимой жаре, посмели осушать здесь малярийные болота и сажать деревья и виноградники (впрочем, и постреливая при надобности; а надобность возникала частенько).

— Значит, так было нужно природе, — продолжал доктор Ибрагим с назидательной усмешкой. Маникюр он всё-таки прятал, опустив руки на колени. Чай его остывал в чашке: видимо, чело-

64 век действительно любит кофе. — Природа мудра, и мой народ из века в век жил по её законам, — продолжал он. — Что хорошего в том, что сейчас сохраняют жизнь всем убогим, носителям бракованных генов? Это всё ваша хлипкая мораль. Моя бабушка была готова к тому, что не всех детей ей оставит Всевышний. А мой дед...

— А твой дед, — подхватил Аристарх с той же приветливой лаской в голосе, — если не мог купить себе жену, просто трахал ишака.

Доктор Ибрагим завизжал и бросился на коллегу через стол, опрокидывая горячий чайник, чашки, сахарницу...

Они выкатились в коридор, расшибая друг друга о стены, наваливаясь и лягая один другого. Каждый помнил, что разбитая физиономия может иметь неприятные, далеко идущие судебные последствия.

Перед дверьми их кабинетов, вскочив со стульев, жались по углам два пациента, а ошалевший старенький Меир метался вокруг, не зная, с какой стороны подступиться к драке; это было труднее, чем выпускать самолёты на взлётную полосу. Перебегая от стенки к стенке, он всплёскивал руками и растерянно кричал:

— Доктора! Доктора! Позор! Позор!

* * *

Упитанный голый человек отплясывал жигу на внутреннем тюремном дворе. Руки и ноги его развинченно болтались, он воздевал кулаки, как грозящий небу пророк, приседал и подскакивал. Залитый светом фонаря бетонированный двор, как и тело голого плясуна, казался рябым из-за железной сетки-рабицы, натянутой поверху.

— Это кто? — спросил Аристарх, подходя к окну. Нет, не сон... Хотя минуту назад он ещё спал на узкой и высокой смотровой кушетке в своём кабинете. Едва заступив на должность тюремного врача, угодил в самую неприятную катавасию: массовую голодовку заключённых. Третьи сутки голодали террористы ХАМАСа, так что весь персонал, тем более медицинский, не покидал территории тюрьмы. — Кто это?

— Стоматолог финский, — отозвался фельдшер Боря Трусков. — Я его по заднице узнаю. Задница мясистая, как у бабы.

— Откуда здесь финский стоматолог, почему голым бегает? — буркнул доктор Бугров, массируя лицо, чтобы проснуться. — Он заключённый? Где охрана?

— Та нет, — нетерпеливо отмахнулся Боря. — Он стоматолог. Финский — это фамилия. Просто наш стоматолог.

— Не понял, — пробормотал Аристарх, следя за пируэтами голого.

Тот совершал наклоны и бег на месте, отрясал кисти рук, широко разводил колени в присядке, будто гопак отплясывал, и потряхивал тем, что поневоле потряхивается, когда ты пренебрегаешь трусами.

— Он мудак?

— Он мудак, — подтвердил Боря, — но не так, как ты понял. Он просто полотенец не любит, говорит, на них всегда остаются бактерии. После душа вот так выбегает — на просушку.

— Ясно, — вздохнул Аристарх, обозревая тюремный двор, при лунном освещении ещё более дикий, чем днём.

— Ничего тебе не ясно, док, и ты даже приблизительно не представляешь, что это за мудак. Возьмём случай на недавнем корпоративе. Это в загородной промзоне, где несколько банкетных залов под одной крышей. «Жасмин» называется. У нас как: набьётся охрана за столы, а поликлиника всегда последняя, всегда затёрта. Вот ты увидишь. Сидим на задворках зала, пока начальство втирает нам про достижения и успехи. Мы ж не успеваем места занять: пока здесь приберёшь после рабочего дня, пока домой смотаешься приодеться... А Финский далеко живёт, в Иерусалиме, ему туда-сюда колесить не с руки. Мы и говорим: доктор Финский, ты нагрянь загодя, займи нам целый стол: на один стул ботинки поставь, на другой — портфель, на третий пиджак навесь... В общем, охрану близко не подпускай! Приходим, всё как обычно: зал — битком, места все заняты, народ уже на жратву налегает, одни мы, как сироты, в дверях торчим. Звоним: доктор Финский, ты где?! Где стол занял, не видим тебя? Он орет: «Идиоты, куда вы запропастились, я тут сижу, и мне скоро морду будут бить!» Как думаешь, где он сидел? В соседнем зале, где играли грузинскую свадьбу. Весь стол занял, как ему велели: на одном стуле — ботинки, на другом — пиджак, на третьем портфель, на четвёртом — не помню, трусы. Никого не подпускает, и огромные носатые грузины уже нависают над ним, примериваясь, с какого боку его херачить...

Доктор Бугров, новый сотрудник службы Шабас, штатный врач тюрьмы «Маханэ Нимрод»[1], смотрел, как в лунном рябеньком свете на тюремном дворе сучит ляжками голый стоматолог Финский, и, как частенько с ним бывало, старался различить в недавнем прошлом тот первый завиток безумия, из которого вырастало развесистое чудо-дерево его здешней жизни.

* * *

После драки в Рахате и дисциплинарного скандала несколько месяцев он работал врачом на военной базе «Эльоним»[2].

В начале девяностых на страну рухнули двенадцать тысяч советских врачей, для которых в здешних клиниках рабочих мест не приготовили.

Увенчанные славой советские хирурги вкалывали в ординатуре, получая за это гроши, но всё равно радуясь, что работают по профессии, а не осматривают рюкзаки и дамские сумочки на входе в супермаркет. Так что непыльную работёнку на военной базе можно было считать синекурой.

Здесь проходили платный курс начальной боевой подготовки сынки богатых родителей со всего мира; три недели этой потной романтики приносили государству Израиль весьма недурную прибыль.

---

[1] Стан Нимрода.

[2] «Высоты».

Записывались на лютую солдатскую муштру с разными целями: либо оболтус рвался хлебнуть настоящей мужской жизни; либо отчаявшиеся родители привозили шалопая, чтобы тому «вправили мозги»; но чаще всего юные энтузиасты приезжали «поддержать Израиль... и вообще!» — чтобы, лет через десять на адвокатской *пати* вокруг бассейна, в богатом пригороде Сан-Франциско, небрежно обронить перед тамошними тёлками: «...Это было в тот год, когда я проходил курс молодого бойца в одной из лучших армий мира».

Занятное было местечко...

Командир военной базы, одышливый толстяк с застарелой астмой и апоплексическим румянцем, болел всеми болезнями, кроме родильной горячки. Рабочий день доктора Бугрова начинался и заканчивался в его кабинете измерением давления.

Зато замкомандира, гончий голенастый бедуин Али Абдалла Бадави (доктор Бугров, известный своим *шовинизмом*, именовал его «Али-об-стул-задом-бей»), свою воинственную жилку подчёркивал всюду, где только возможно, неукоснительно надевая парадный берет бойца спецназа даже перед вечерней молитвой.

Английского он не знал, а в святом языке особенно чтил и чаще всего использовал два понятия: «бен зона́»[1] и «тахана́ мерказит»[2] — этого вполне хватало для общения с курсантами («Не подберешь сопли, сукин сын, живо отвезём тебя на станцию — и лети в свой Балтимор!»).

---

[1] Сукин сын (*иврит*).

[2] Центральная станция (*иврит*).

Справедливости ради, инструкторы гоняли этих привилегированных цуциков нещадно, без малейших сантиментов, сапогом в жопу. Боевая подготовка была настоящая, без поблажек и без балды: ребята сполна отрабатывали папашины вложения (стоил-то курс немало, кусков пять, причём не шкалей цитрусовых, а жёстких зелёных денег).

По окончании курса на торжественную церемонию приезжали довольные папы, заключали в объятия своих чад, возмужалых и облупленных под злым левантийским солнцем. Один такой миллионер из Хьюстона приехал в сомбреро — может, спутал наши палестины с Мексикой. Ходил по казармам, всюду нос восторженный совал, цеплялся полями сомбреро за дверные косяки, страшно был доволен таким вот классным «настоящим летним лагерем»: сын выглядел по-хорошему ободранным, жилистым и отчаянным.

На прощальном вечере тощее чадо, измордованное инструкторами, поднялось и («Вот же сукин сын!» — восхищённо заметил Али Абдалла) громко, во всеуслышание, объявило: никуда я, папа, не еду, остаюсь я, папа, в армии.

Подобное случалось, между прочим, не так уж и редко: было что-то цепляющее в грубоватой здешней жизни, в горластых простых людях, что покоряло сердца наследников упитанных американских состояний. Бывало и так, что они уезжали, но... возвращались спустя год, затосковав по воплям Али Абдаллы, по пинкам и оскорблениям безжалостных инструкторов.

Зато доктор Бугров, наблюдавший здешнюю сердечность сквозь вечный свой прищур, уже волком выл в полном отсутствии практики среди юной компании загорелых бугаёв.

Нежность давалась ему куда труднее и только в те дни, к сожалению редкие, когда он вырывался в Лёвкину семью, где росли три грибка, три дочки-погодки с местными именами: Шарон, Шайли, Яэль, с местными бойкими повадками, с привычным ожиданием подарков от «Стахи», — такую смешную кличку он у них носил, как нянька какая-нибудь или престарелая домработница. Три девчонки с хрумким «р» на юрком кончике вертлявого язычка, — как выбегали они к нему навстречу, сияя кудрявыми гривками!

Три смешные рыженькие пигалицы, — те самые, что должны были расти у него с Дылдой, да не случилось.

* * *

Работал в медпункте той военной базы фельдшер, Офир Кон его звали, — из бывших тюремных охранников. Он-то и присоветовал однажды...

Они сидели в *кантине*, цедили холодное пиво из банок.

Странно, думал Аристарх, что это итальяно-испанское словцо застряло именно в армейском сленге, и на любых военных базах подобные одноэтажные сараюшки при входе — нелепый симбиоз ларька с придорожной кофейней — назывались *кантинами*. Здесь стоял автомат с холодным пойлом, другой автомат, выстреливающий тебе в физиономию пакетиком с ржавыми чипсами; кофейная машина, три пластиковых стола со стульями и два дивана времён британского мандата с продранной обивкой. Июль, середина дня, старый кондиционер одышливо гонит переработанную жарь наружного воздуха, вот-вот окончательно сдохнет! — доктор Бугров жаловался на скуку и осточертелую ряху начбазы, трясущийся бицепс которого в манжете тонометра снится ему в ночных кошмарах. Офир отхлебнул пива и сказал:

— А не податься ли тебе в Шабас, Ари?

— Тюрьмы?! — уточнил тот и усмехнулся: — Вот только их в моей биографии ещё не было.

— А чего ты рожу кривишь, — отозвался Офир. — Служба безопасности тюрем — контора, между прочим, государственная: хорошая зарплата, приличная пенсия. Опять же: статус постоянного работника со всеми вытекающими социальными надбавками. Ну и форма, звание: ты — врач, начинаешь с майора.

Офир поднялся с продавленного дивана, выщелкнул из автомата ещё одну банку пива, поддел пальцем крышечку и прицелился ею в открытое мусорное ведро, бросил щелчком, попал! — и плюхнулся рядом с Аристархом:

— Ты что, дружище! Зря носом крутишь. Это, знаешь, особый мир, со своими законами, историей, своим эпосом... У нас там есть потомственные надзиратели: папа охранником был, дядя, даже дедушка. Мощные кланы! «Грузин» много. Они ещё в начале семидесятых попали в Шабас. Знаешь, как это получилось? Сидела лет пятьдесят назад компания «грузин» на *Тахане мерказит* в Ашдоде, пили кофе... Проезжала мимо полицейская машина, вышел из неё офицер в форме, подошёл и спрашивает: «Мужики, кто хочет служить в тюрьме — условия хорошие?» — «А что делать надо?» — спрашивают. «Да ничего, ключи на пальце вертеть. Сидеть, кофе пить. Если заключённый возбухает — палкой его по башке». — «А, хорошо, это нам подходит». И вся компания поднялась и, как грачи, разом перелетели на новое место обитания.

Доктор Бугров расхохотался. Представил картину: хитрюгу-офицера, шумную компанию «грузин», своеобразный тбилисско-батумский клуб за колченогими пластиковыми столиками на автостанции. К тому времени он встречал немало грузинских евреев: люди были в основном торговые, незамысловатые, но симпатичные.

— К тому же там-то как раз не скучно, — добавил Офир многозначительно.

Был он человеком лукавым, шутил без малейшего намёка на улыбку; да у него и шрам был застарелый через обе губы, ещё со времен Первой Ливанской войны, не больно-то улыбнёшься. Но всей глубины этой лукавой многозначительности доктор Бугров тогда прочувствовать не мог. Прочувствовал позже. И в полной мере.

* * *

Фамилия начмеда, его непосредственного начальника, была Безбога. Михаэль, понимаешь ли, Безбога. Когда Аристарх взялся растолковать ему смысл этой фамилии, тот подмигнул и сказал:

— Да знаю, знаю. Неужто, думаешь, ваши поганцы — «русские» — не расписали мне всё про моего несчастного дедушку, бежавшего в Палестину от украинских погромов?

— А ты поменяй фамилию, — посоветовал Аристарх, глянув на кипу начальника. — Заделайся каким-нибудь... ну, не знаю: Михаэлем Набожным, к примеру.

— Ну, хватит бла-бла, — насупился тот. — Если кто тут без бога, так только ты.

— Это правда, — кротко отозвался подчинённый.

Михаэль, между прочим, был человеком интеллигентным и время от времени произносил какие-нибудь фразы по-русски, причём не бытового, а исторически-назидательного значения. Это было неожиданно и трогательно.

Это впечатляло... Так гид провинциального музея, затвердив суконный текст многолетней экскурсии, написанный лет тридцать назад его предшественником, вдруг приведёт ту или иную цитату из Толстого или Тургенева, и смысл этой фразы, прозрачность слога вдруг осветит залу старинной усадьбы, приоткрывая на миг красоту пожелтелой липы за окном, изящество деревянной резьбы наличников на окнах флигеля и неизвестно откуда взявшуюся рябую курицу на гравии дорожки запущенного усадебного парка...

Именно так, впервые показывая доктору Бугрову казематные просторы его нового бытования, Михаэль вдруг остановился и, подняв указательный палец, практически без акцента произнёс по-русски:

— Тюрьма — есть ремесло окаянное, и для скорбного дела сего истребованы люди твёрдые.

— Ух ты! — восхитился подчинённый. — Откуда выкопал? Чьи слова?

— Петра вашего Великого. Кажется, он и сам был «окаянный» и «твёрдый»?

— Как же ты это вызубрил?

— Так же, как мы с тобой зубрили латынь, — пожал плечами начальник и продолжил маршрут вдоль высокого, метров в пять-шесть, тюремного забора из типовых бетонных блоков, по верху которого вились рулоны колючей проволоки с милым названием «концертино»; *чубчик такой кучерявый*.

А над всей этой глухой безнадёгой плыли безмятежные голубоватые облака.

Тюрьма «Маханэ Нимрод» располагалась в старом каменном здании времен Оттоманской империи, со всеми присущими той эпохе архитектурными приметами: мавританскими арками глубоких окон, высокими потолками, квадратными плитами розовато-жёлтого пола, благородно волнистого от тысяч подошв, полировавших его в течение столетий. Был бы ещё фонтан во дворе да сад с десятком-другим апельсиновых деревьев — и это величественное здание, при известных затратах на реставрацию, могло бы принять шумные стайки студентов какого-нибудь достойного вуза, а возможно, и стать резиденцией премьер-министра.

Но, как любил повторять тот же Михаэль Безбога, «нужно же где-то и эту швань разместить».

И потому здание подверглось кардинальной перестройке под нужды пенитенциарной системы страны, — впрочем, каменные полы в аркадах первого этажа не тронули, любые шаги порождали раскатисто-гулкое эхо, и казалось, вот сейчас из-за колонны выйдет гонец и с поклоном подаст султану письмо от наместника дальней провинции.

Тюрьма, любил повторять Михаэль, это место, где обитают живые покойники.

— Сами они этого не понимают. Их убогие радости дороже им, чем наши настоящие. Возьми доппитание, что полагается диабетикам... Один здоровенный хмырь нажрался у меня тут халвы до одурения, чтобы сахар поднять.

— Зачем?

— Как зачем: диету диабетика заработать, творожок трижды в неделю получать. Только не в творожке дело, а в статусе. Ему теперь положено! По-ло-же-но! И за творожок этот он порвёт сокамерника на лоскуты. Или вот один больной СПИДом — как же он за статус боролся! Сначала бомбил письмами администрацию тюрьмы, потом принялся слать депеши в Верховный суд. Ты только вдумайся: у каждого выблядка есть право прямого обращения в Верховный суд! Горжусь своей страной... Его потом заключённые убили, — заметил Михаэль с той же меланхоличной интонацией, — свои же, больные спидом. Они считаются угнетённой прослойкой тюремного населения, спят отдельно, из них формируют спецотделения. И знаешь что? Как только их обособляют, они принимаются насиловать более слабых.

— Как?! А что же... охрана...

— А вот так: носок в рот, и поехал, — невозмутимо перебил Михаэль. — К каждому заключённому не приставишь надзирателя. В отделениях только по двое охранников.

Он вздохнул и повторил:

— Да, кокнули его. Колото-резаное. Видимо, достал их своим творожком... Тут, конечно, людей различать надо, — спохватившись, добавил Михаэль. — Есть нормальные ребята. Уголовники, но не опасные. Они работают. Вон там, видишь — жёлтый флигель? Наша фабрика-столярка.

Там офисную мебель чинят, строгают для тюрьмы разные полочки-шкафчики. Человек пилит-шкурит, песенку свистит; а денежки капают. Отбыл срок — получи котлету. Красота! Но это, конечно, не с террористами. Тем в руки ничего давать нельзя, те и карандашом тебя так отделают, как солдату спецназа не снилось.

Михаэль порылся в кармане синих форменных брюк, достал оттуда бумажную салфетку, явно бывшую в употреблении, сложил пополам, вытер пот со лба и вновь убрал в карман. Они проходили мимо высокого плечистого парня, тот мыл из шланга чей-то серый «БМВ». Оглянулся, увидел Михаэля, почтительно кивнул, продолжая смывать пену с крыши автомобиля.

— Вот, Мадьяр. Удачный пример нашей работы. Мы его поощрили, он моет машину начальника тюрьмы, генерала Мизрахи. Весёлый, заводной такой парень. Вообще-то Мадьяр — убийца, срок большой, но ведёт себя хорошо, мы рассматриваем возможность дать ему отпуск.

— Отпуск?!

Начмед остановился, задумчиво оглядел своего нового сотрудника. Аристарх тоже приостановился, жалея, что влез со своими непрошеными эмоциями в ознакомительную и очень познавательную для него речь Михаэля.

— Эй, доктор, — мягко окликнул начмед, — ты должен понять, что это — люди. Живые люди, со своими страданиями, привязанностями, жалобами на здоровье. Они преступники, так как *преступили* закон, но общество обязано... — Прервав себя на полуслове, Михаэль вздохнул, оглянулся на высокую ловкую фигуру со шлангом в руках. — В общем, держи на цепи своего внутреннего цербера, — проговорил утомлённо, — и ты притерпишься. Научишься фильтровать базар...

Они шли по гигантскому открытому пространству. «Интересно, — подумал Аристарх, — зачем здесь это Марсово поле при этаком адском пекле?»

— А бывает, человек попадает в тюрьму совершенно случайно, — заметил Михаэль.

— То есть как? — удивился Аристарх. На замечания начмеда он реагировал почти машинально. Всё вокруг настолько отличалось от привычной жизни, от человеческих пространств, от людского обихода, что его заботило сейчас только выражение собственного лица, за этим он и следил.

— Ну, например. Работяга-экскаваторщик пришёл домой после тяжёлой смены. Там орёт телевизор: сын смотрит футбол. Работяга принял душ, подогрел себе в микроволновке еду, поел, открыл банку пива и выпил. И пришла ему охота поговорить с сыном. «Как дела в школе, сынок?» — «Нормально». — «А уроки задавали?..» Сын упёрся в телик, там мяч гоняют здоровенные бугаи, которых он обожествляет. Папа, с его брюхом и вечерним пивом, давно ему осточертел. «А почему ты уроки не делаешь, сын? Ну-к, показывай, что там тебе задали». — «Отстань, надоело!» — «Как это отстань?! Ты кому это... на кого это?!» — «Я тебе не подчинённый, что хочу, то и делаю, а сейчас футбол смотрю!» Слово за слово, сын хамит, папа разогревается — нервы-то не железные, дневная усталость, собачья жизнь, жена на работе, и непонятно, чем там и с кем занята. И хватает он пустую бутылку и в сердцах запускает в телевизор. Грохот, вопли, осколки вокруг... Сынок убегает в свою комнату, запирается там и вызывает полицию — наши детишки на это наточены, им ещё в детском садике объяснили, что их родители — преступники, пока не разоблачённые. Приезжают менты, застают рыдающего пацана, размазывающего сопли, разбитый телевизор и ошалелого папаню, от которого несёт спиртным. А далее по сюжету: папаню уводят в браслетах, затем следует суд, и дают мужику три года.

— Три года?! — поразился Аристарх, забыв про достойное выражение лица.

— А ты как думал? Картина же ясная: насилие в семье, скажешь — нет? Или вот: не любит невестка свёкра. Надоел до икоты, старый хрен, надсмотрщик чёртов: и юбку, видите ли, такую короткую замужняя женщина надевать не должна, и лак на ногтях слишком яркий, кого это ты прельщать собралась... Ну и строчит озорница заяву в полицию, что свёкор проклятый её за задницу хватает и всячески к ней пристаёт. Тоже, замечу тебе, вещь вполне обиходная. И — пожалуйте, строгий папаша, к тюремной параше — за сексуальные домогательства.

Начмед остановился, достал из кармана свёрнутую вчетверо давешнюю салфетку, аккуратно вытер ею лоб, после чего сложил уже ввосьмеро, будто собрался вечно хранить собранную со лба праведника святую влагу, и водворил на место — в карман.

— Знаешь, что самое страшное в тюрьме? Пока ты смотришь на них как на ворьё и отребье, как на убийц и насильников, — их легко ненавидеть. Потом узнаёшь историю каждого: детство-болезни, того мать высрала и выбросила в мусорный контейнер, того отец насиловал с пяти лет, тому в интернате физрук глаз выбил, а тот один добирался пешком из Эфиопии и чуть не сдох в песках... И начинаешь ты вязнуть и барахтаться во всей этой чёртовой тине, и просыпаешься по ночам, и представляешь эти картины применительно к собственным детям, и начинаешь тихо молиться, потому что тебе страшно до поноса: ты же видишь изо дня в день, как легко выпорхнуть из-под крылышка своей благополучной судьбы и полететь камнем — прямо в адский котёл, под нашу милую гостеприимную крышу. И понимаешь: их можно убивать, пока ты не смотришь им в глаза.

Он опять остановился, не обращая внимания на обжигающее пекло, оглядел подчинённого, словно проверяя — дошёл ли тот до нужной кондиции отвращения и ужаса.

— Это я — о мелкой уголовной шушере, — уточнил Михаэль. — А есть ребята похлеще, резкие есть здесь ребята, опасные, с известной историей; этих не только в наручниках водят, но и к ремню на поясе эти наручники защёлкивают.

Он вновь поднял палец, и Аристарх решил, что услышит ещё одну цитату из русских классиков. Но Михаэль сказал:

— Разница между уголовниками и террористами огромная. Запомни это и будь всегда собран и внимателен. Террористы отлично организованы, это бойцы, причём хорошо обученные. А чему не научились на воле, то восполняет тюрьма. У каждого срока в среднем лет по двадцать пять. Тут всему научишься: и взрывному делу, и научному коммунизму. Кстати, головорезы ФАТХа содержатся отдельно от головорезов ХАМАСа, ибо ненавидят друг друга лютой ненавистью. А с нами они и в тюрьме воюют беспощадно, ежедневно...

— Каким образом?

— А вот кран не закручивают, свет не гасят... Плати, окаянный сионист. Как думаешь, сколько на каждого такого милягу отстёгивает наш налогоплательщик? Двадцать семь тыщ зелёных в год! В самих Штатах, между прочим, только двадцать две тыщи. Да: и по нашей с тобой части, по медицинской, допекают как могут: болезни придумывают, требуют дорогостоящих проверок, которых какая-нибудь тётя Фанни на воле месяцами ждёт. Ну ты сам увидишь.

— А нельзя ли их...

— Нельзя, — вздохнул начмед. — Есть такая

графа отчётности: количество жалоб. И проверяет её не кто-нибудь, а Красный Крест, с которым ещё познакомишься.

Он перебил себя:

— Ну, вот. Наша вотчина.

Тюремная медсанчасть занимала дальнее крыло главного здания, расположенное так, что из окон коридора просматривалось то самое огромное Марсово поле — нечто вроде армейского плаца, только шагали по нему отнюдь не строевым шагом, — которое сейчас одолели Аристарх с начмедом. Из окон видно было, кого ведут или несут, если случалось очередное ЧП.

Звуки по каменной цитадели разносились далеко и раскатисто, и со временем Аристарх научился по длительности и интенсивности эха определять, как именно отделывают какого-нибудь заключённого: вышибают дух, лупят по башке дубинкой или раздают затрещины. Это музыкальное сопровождение усиливалось в те дни, когда по тюрьме прокатывался бунт, когда взвывала сирена и открывались двери казематов, и охранникам выдавались каски, бронежилеты, дубинки... Когда в открытые окна медсанчасти докатывалось средневековое эхо ударов и воплей и становилось ясно: сейчас кого-нибудь приволокут.

И вот на плацу появлялась процессия: впереди офицер охраны, в вытянутой руке на отлёте у него — массивный прямоугольный предмет: мобильник, из тех первых, увесистых. Сзади двое охранников тащат носилки с заключённым, на лбу которого отпечатан синий след от удара тем самым мобильником.

«Здоровый, чёрт! — жаловался доктору офицер охраны. — С третьего раза только упал!»

Михаэль открыл дверь, посторонился, пропуская нового сотрудника, и Аристарх Бугров впервые переступил порог той «обители скорби», которая...

...которая на многие годы станет его долгом, работой, ночным прибежищем, местом странных и диких встреч, адской рутиной жизни, адской тяготой...

Но именно здесь, в муторные ночи обысков или голодовок, в минуты клочковатого сна на неудобной смотровой кушетке ему были дарованы самые яркие, самые живые видения: её девичья узкая кровать, скользящие по её плечам, по груди, по спине красно-синие отсветы от окошек террасы и огненный каскад волос, сквозь который он снова и снова прояснял любимую родинку на левой груди. И склонялся над ней, и медленно-томительно ощупывал губами крошечную, но такую реальную выпуклость этого зёрнышка, не отрывая взгляда от приоткрытых прерывистых губ, впивая любимый запах, задыхаясь... задыхаясь...

Он ступил в помещение, и его передёрнуло от застоявшейся плотной вони, от дикой какофонии звуков: выкриков и воплей заключённых, ора телевизора, лязганья стальных ворот.

Большую часть предбанника медсанчасти занимала камера за железными прутьями — просто клетка, три на три, с лавками, привинченными к полу. Стены расписаны арабской, ивритской и русской матерщиной и непременными «доктор — сука!» или «врачи — гестаповцы!».

Собственно, такой «обезьянник» для задержанных бомжей и прочих подозреваемых можно встретить в любом отделении полиции, в любой стране. Разноязыкий ор оглушал уже из-за двери: в «обезьяннике» сидело человек пятнадцать. Вонь была сложносоставной: плохо стиранное в камере бельё, въевшиеся в одежду запахи пищи, которую стряпали там же, на плитках; запахи пота, больных зубов, грязных ног... Непрошенный, всплыл из подвалов памяти незабываемый аромат портянок в цыганских бараках.

— Сколько их... — пробормотал Аристарх. — Это всё больные?

— Бывают и больные, — странно отозвался начмед. — Ты оглядишься. По закону каждый, кто жалуется на плохое самочувствие, должен быть осмотрен. Но не волнуйся, не все до тебя дойдут: сначала их осматривают фельдшера, а те — ребята бывалые, всякого навидались, их объегорить трудно.

— А почему все вопят?

— От возбуждения. Дурака валяют. Им же скучно в камере, а это хоть какое-то развлечение: встретиться, потолковать, обменяться новостями или наркотой...

— Но разве...

— Обыскивают-то их не ретиво, — обронил Михаэль.

84   Сквозь оглушающий рёв «больных» невозмутимый начмед провёл нового сотрудника по кабинетам, на ходу представляя его фельдшерам и врачам, показывая все закоулки и закутки помещения: кабинет нарколога, стоматолога... «аптечку» — тёмную комнату-кладовку, где хранились лекарства; кабинет самого начмеда.

— В конце коридора — видишь ширму? — я умудрился выгородить закуток с двумя кушетками, там фельдшера могут покемарить.

Аристарх уже не вдавался в детали и не стал уточнять, как можно «кемарить» посреди этого бардака. (Впоследствии выяснилось: можно. Сладко, отдохновенно можно покемарить, стоит лишь глаза прикрыть.)

Начмед завернул по коридору за угол и открыл дверь в ещё одну комнату, довольно тесную, зато с двумя окнами: одно смотрело на тот огромный плац, по которому шли передвижения всех тюремных обитателей, второе, небольшое, окошко выходило в закрытый тюремный двор для прогулок. Весёлое местечко, подумал Аристарх. Духоподъёмное.

— Ну вот, Ари... Твой кабинет. Не «Хилтон», а? Но кушетка, стол, кресло — приличные, полгода назад я выбил. И шкафчик вчера из столярки притащили, кособокий, зато свой, — понятно, кто делал его? Какой-нибудь проворовавшийся заммэра. Со столом только небольшая загвоздка: три болта тут потеряны, завтра я эту проблему решу, а пока осторожней с правой тумбой, не стоит на неё облокачиваться.

Начмед потоптался ещё пару мгновений, достал из кармана давешнюю салфетку и, аккуратно подобрав осьмушкой капли пота с седых висков, наконец выбросил комочек в мусорную корзину, — будто на протяжении всей долгой экскурсии по девятому кругу ада пронёс его с одной лишь целью: выбросить именно здесь.

— Короче, приступай к обязанностям. Удачи тебе в первый рабочий день!

Михаэль вышел, Аристарх остался стоять у стола, озирая отсек, где отныне должна проходить изрядная часть его жизни. Новенькая форма майора тюремной службы аж хрустела при малейшем движении, создавая не то чтобы приподнятое настроение — где уж тут, декорации подкачали, — но придавая некоторую собранность, сообщая некие, скажем, ожидания неординарных впечатлений.

Он снял форменную голубую рубашку, расправил её на «плечиках», повесил в шкаф; накинул белую медицинскую куртку и сел в кресло, вполне удобное. Покрутился... Крикнул в проём приоткрытой двери:

— Пожалуйста!

В предбаннике что-то лязгнуло, крики заключённых выплеснулись в коридор, зашаркали шаги...

В дверь протиснулась троица: два надзирателя — один из закрытого блока, второй Нехемия, охранник медсанчасти, — и фигура в оранжевой робе. Мужичок нестарый, невысокий, с угловатым щетинистым лицом, такого встретишь на улице — взгляд проскочит мимо. Вот только

86 пружинистость во всём теле, беспокойство сразу обращали на себя внимание: он раскачивался с пятки на носок, не останавливаясь. Оба пожилых надзирателя (будничные лица, увесистые животы) подпирали его, как покосившийся забор. У обоих стражей на поясе висел «мастер», верига любого охранника: здоровенный, в ладонь величиной, ключ, отпирающий все камеры и все помещения внутри тюрьмы, похожий на те, какими запирали ворота средневековых городов. И у того, и у другого нательным крестиком висел на шее крошечный ключ от наручников.

— Какие жалобы? — спросил Аристарх, внимательно всех разглядывая. Картина была для него новой и, до известной степени, загадочной. Заключённый выглядел более живым и сообразительным, чем охрана, но в целом каждый из троих, при известном повороте событий, мог бы заменить другого на сюжетном поприще.

Новый доктор ещё не знал, что, когда заключённый входит, ему сразу предлагают сесть — сидячий он менее опасен. (Новый доктор, признаться, вообще не знал здешнего протокола. Михаэль Безбога, начмед, слишком быстро откланялся. По-хорошему, ему бы следовало провести с новичком первый рабочий день приёма неординарных, скажем мягко, пациентов.)

— Голова болит, — с тихим напором произнёс мужичок, раскачиваясь с носков на пятки и с пяток на носки. — Болит и болит. Нету больше терпения. Требую МРТ.

Аристарх молчал, не отрывая взгляда от всей троицы.

— Послушай... — наконец проговорил он дружелюбно. — Так не делается. Зачем сразу МРТ? К чему по воробьям из пушки палить. Для начала я измерю тебе давление и, если оно высокое, выпишу хорошие таблетки. Подождём, поглядим динамику... Садись, приятель. — Он кивнул на стул. — Снимите с него наручники, — велел надзирателям.

Те медлили, молча переглядываясь поверх головы своего подопечного.

— Я должен измерить ему давление, — нетерпеливо пояснил доктор.

Нехемия снял с шеи ключик и отомкнул наручники.

— Вот если таблетки тебе не помогут, тогда...

Он не договорил: заключённый прыгнул на него через всю комнату, — словно рыбку выкинули в пруд. Плюхнулся на стол, выбил столешницу и с грохотом рухнул на пол.

В воздух взметнулись бумаги, воспарили дымки застарелой пыли из потаённых щелей, куда годами не добиралась тряпка уборщика.

Начмед оказался прав: не стоило облокачиваться на правую тумбу стола.

Когда, через мгновение, охрана очнулась, заключённый лежал на полу в вихре летающих по комнате бумаг, а доктор сидел на нём верхом, заломив руки за спину. Бесценный опыт общения с алкашнёй на «скорой» не подвёл и на сей раз.

Тут и надзиратели запоздалыми стервятниками ринулись на акробата, вздёрнули на ноги, защёлкнули браслеты. Тот отчаянным фальцетом верещал непроизносимую похабень на двух языках, трясся и дёргался, как припадочный.

— Здоров! — сказал доктор, поднимаясь и отряхивая брюки. — Приятно видеть такую физическую подготовку. Забирайте говнюка!

Покидая в тот день территорию тюрьмы, он замешкался в проходной, ощупывая карманы в поисках сигарет. Поодаль, за каменной колонной стояли два надзирателя, перекуривали; один из них — Нехемия.

— Видал нового доктора, русского? — донёсся до него приглушённый и уважительный голос. — Убийца!

* * *

Так оно и потянулось за ним: безжалостный доктор Бугров.

Уже недели через две все заключённые знали, что от доктора Бугрова ты получишь — *от мёртвого осла уши*. Возможно, этой лютой репутации способствовала история молодого и шустрого обитателя блока для особо опасных террористов.

Тот повадился на ежедневный утренний осмотр с жалобами на чесотку. Отрастил ногти, демонстративно раздирал себя ими в кровь. «Я чешусь!!! — орал благим матом. — Мне чешется, твою мать, долбанную в рот и в жопу!» Обещался порезать не только суку-доктора, но и всех фельдшеров, выл дурным голосом, требовал полного обследования и консультации профессора-дерматолога. Врач, которого сменил доктор Бугров, трижды посылал его в приёмный покой больницы, где тот, надо думать, с большой пользой провёл время: в местах повышенной плотности посетителей, в экстремальной ситуации высокого напряжения, как ни охраняй клиента, он рыбку свою непременно выловит. Поди знай, кто из «страждущих» сунет ему в руку или куда угодно очередную дозу.

Возили «чесоточного», как положено, в двух машинах с усиленной охраной, снятой с других отделений. Начальством подобный форс-мажор не приветствовался, но что делать? Парень не унимался. Строчил жалобы начмеду, писал в Красный Крест: «К мировой общественности! Помогите! Я чешусь, как брошенный шелудивый пёс, а мои тюремщики унижают меня и весь мой народ!»

Как и его предшественник, доктор Бугров ничего явного и опасного у пациента не находил, утверждал, что «эта сволочня развлекается».

Наконец он был вызван к начмеду, где получил нагоняй за упрямство.

— Отправь этого мерзавца в больницу, — велел Михаэль. — Его чесотка мне осточертела. Я скоро сам чесаться начну.

— Он явно и нагло симулирует.

— Это приказ! Иначе мы здесь не оберёмся дерьма от Красного Креста.

Вновь на двух машинах, под усиленной охраной, больного отконвоировали в столичную «Адассу». На сей раз юный склочник попал в лапы тамошних экспериментаторов: умельцы-фармацевты вручили ему особую мазь, которую сами же изобрели и готовили там, в больничной лаборатории. Строго-настрого велели намазываться трижды в день, с головы до пяток; заверили: «Очень действенная!»

Из окна своего кабинета доктор Бугров наблюдал триумфальное возвращение пациента. Из автозака вылезли надзиратели, затем выскочил бодрый «больной». Он потряс баночкой в сторону окон медсанчасти, победно выставив средний палец.

Ну-с, ладно...

Уже через день больного приволокли на носилках — воспалённого, с высокой температурой; кожа сползала с него клочьями, он весь был в коросте и в свежих язвах. И стонал самым натуральным образом.

Доктор долго его не принимал — видимо, сильно был занят; затем ушёл на обед — у нас ведь каждый человек имеет право на обед? Вернулся через полчаса и, минуя предбанник, как бы случайно заметил носилки с прокажённым. «Опаньки!» — сказал. Заинтересовался, подошёл... Осмотрел, не торопясь, того, багрового, будто ошпаренного. Поцокал языком, поохал, покачал головой. Сказал, что это — классическая аллергия на ту самую чудодейственную мазь коварных сионистов. Ничего не поделаешь: время лечит.

И, глядя в мутные глаза пациента, удовлетворённо произнёс:

— Вот теперь я вижу, что ты чешешься.

Михаэль Безбога, которого втайне забавлял «беспредел этого гестаповца», однажды, сидя за обедом в столовой для персонала, рассказывал, посмеиваясь: пациенты тюремной больницы написали жалобу на доктора Збарского — мол, никогда тот не улыбнётся, не повысит им настроения, не способствует изменению взгляда на мир. (Збарский, действительно, был немногословным, очень вежливым, но сумрачным человеком: у него в автокатастрофе погибла единственная дочь.)

— Я беседовал с вдохновителем жалобы этих аристократов духа, — рассказывал Михаэль, отделяя кусочки баранины от кости. — Говорю ему: «Я понял. Согласен, неприятно видеть мрачное лицо. Я пришлю к вам другого врача, тот всё время улыбается. Доктор Бугров, может, слыхали?»

И расхохотался, вспомнив картинку:

— Шарахнулся, будто я чёрта помянул. «Бугров?! Нет, — говорит, — только не он. Ничего, мы Збарского потерпим». Чем ты их так привечаешь, Ари?

Аристарх усмехнулся, хотел объяснить, что с детства имеет немалый опыт дворовых стычек и драк до крови, что в любом человеке сидит зверь, который чует в противнике другого зверя, и от того, насколько он силён... — но промолчал. Михаэль, признанный тюремный интеллектуал, ел с таким удовольствием, так забавлялся своим рассказом, повторяя с улыбкой: «Странно! Ей-богу, странно!» Не хотелось портить ему аппетит.

Хотя лечил-то он хорошо; лечил, как должно лечить больных, не экономя на лекарствах, изучая сложные случаи всеми доступными способами. Но любил повторять, что тюремный врач, прежде всего, должен быть следователем, а врачом... — это уж что анализы покажут.

* * *

Для начальства он оказался удобным сотрудником: редко брал отпуск, без особых проблем соглашался на дежурства по выходным и не впадал в истерику, когда, в силу экстремальных обстоятельств, приходилось сутками жить в тюрьме, ночуя на кушетке или вовсе не смыкая глаз. Дома, в скудно обставленной квартирке, его не ждал никто, кроме семи зелёных попугаев, да и те — в сезон перелётов.

Но все свои отгулы он оговаривал заранее, и уж тогда отменить или перенести их было невозможно, ибо все знали: дело в каникулах. У доктора Бугрова, мужика одинокого (фельдшер Боря Трусков, скорый на клички, именовал его «бобылём» чуть ли не в глаза, и тот не обижался), — у одинокого доктора Бугрова были то ли племянницы, то ли дети друзей, то ли внучки соседей, — словом, три девочки, которых он называл «мои рыжухи», подарки покупал строго равноценные по весу-интересу (ревнивые девицы всегда сравнивали!) и в каникулы развлекал их на всю катушку, замучивая потом суровый персонал тюрьмы «Маханэ Нимрод» своими фотоотчётами, где три практически одинаковые девчонки, самые обычные, на посторонний взгляд, высовывали языки, ставили доктору рожки и с аппетитом уписывали башни шоколадного, бананового и фруктового (каждой по её вкусу) мороженого. Ну что ж, молча переглядывались сослуживцы. Всякие бывают привязанности; тюрьма — дело такое, тут и рехнуться недолго.

А у них, у каждой, были свои, данные им клич-ки: «Толстопуз», «Брови-домиком» и «Эй, отойди!». Как они ждали его появлений! Как торчали с утра на балконе, высматривая его натруженный, линя-лый от солнца синий «пежо», как грохотали вниз по лестнице, выпущенные мамой навстречу Стахе, и, вылетая в солнце, в утро, в дождь или ветерок, как запрыгивали на него, обхватывая ногами, виз-жа и колотя его кулачками по плечам!

Как-то они на нём умещались, особенно когда были совсем малышками: оба колена заняты, да на закорках — троглодит. Каждый праздник, каждые каникулы — два дня зарезервированы: он возил их по всей стране, благо любой дальний путь здесь под-разумевал часа три, по каким-то ярмаркам, празд-ничным базарам, заповедникам-водопадам, инте-ресным музеям... В багажнике машины подпрыгивал и тарахтел мангал, в сумке-холодильнике лежали замаринованные в кастрюльке куриные крылышки, кусочки индюшки, сосиски...

Они выбирали уютную опушку где-то в зоне от-дыха, с деревянными столами и лавками, останав-ливались, укоренялись, ставили мангал... И, надев цветастый Эдочкин фартук, Стаха жарил сосиски и куриные крылышки, нарезал овощи, раскладывал одноразовые тарелки-ложки-вилки, разливал по картонным стаканам сладкое питьё... Потом са-дился и смотрел на них, подперев кулаком щёку, за-поздало отзываясь на оклики и вопросы, — просто смотрел, как скользит солнце по рыжим косичкам и чёлкам, по их тощим плечикам в сарафанных лям-ках, как жуют их рты, оттопыриваются щёки, как блестят их глаза.

*А вечером, по обратной дороге, усталый и лип-
кий от сластей народ всегда устраивал в машине
славную потасовку. Стаха улаживал скандалы,
рассказывал страшилки и смешилки, придумывал
беспрерывные конкурсы и шарады.*

*Наконец, в полном изнеможении, хрипатый от
строгих окриков и уговоров, ставил диск: «Сейчас
молчим и слушаем Брамса!» — «Пошёл он к чёрту!» — «Брам-са-Амбрам-са!» — «Дура!» — «Сама
дура!» — «Ти-ха! У нас в машине только дружат!
Ругатели идут пешком!» — «О! О! Стаха, это стих!»*

*И вот уже тремя лужёными глотками они орут
из открытых окон автомобиля на всю долину Ая-
лон: «У нас! в машине! только дружат! Ругатели!
идут пешком!»*

*Ему было хорошо: две лапки в руках — третья
держится за ремень джинсов; хорошо ему было,
так он отдыхал.*

*«Бугров, — выговаривала Эдочка. — Ты возна-
мерился детей у меня украсть? Эт что за слоган
они мне двигают насчёт ругателя, который идёт
пешком? Роди себе своих и таскайся с ними по разным помойкам». «У меня родилка не работает», —
отвечал он, на что Эдочка привычно бросала: «Ой,
Бугров, не трынди, что-то мне подсказывает, что
очень даже работает».*

*Она и сама тяжело работала, посреди жизни
переучиваясь из русского филолога в израильские
фармацевты, так что якобы недовольство её было
понарошным: когда Стаха по праздникам забирал
на весь день честную компанию, Эдочка с Лёвкой
отсыпались на всю катушку и усталых путеше-
ственников встречали вечером с примятыми от*

подушек, благостными лицами: ай, славная ком-
пашка! два шоколадных зайца плетутся по бокам,
третья — спит на плече у Стахи.

* * *

Ежеутренне, в семь тридцать, толпа тюремной
обслуги — надзиратели, начальство, повара и рабочие кухни, фельдшеры и врачи — валит через
проходную. Каждому нужно отметить служебную
карточку. Каждому, как верблюду сквозь иголь-
ное ушко, нужно просочиться сквозь металло-
искатель и двух прапоров. И чтобы не зазвенело,
народ торопливо вынимает из карманов и кладёт
на поднос мобильники, зажигалки, ручки, очки;
снимает ремни, часы и штиблеты с пряжками.
Штаны падают, и если ты вовремя не проскаль-
зываешь дальше, подбирая их на ходу, то получаешь ногой в жопу от тех, кто напирает сзади.

Оружие сдаёшь тем же двум прапорам, ибо на
территории тюрьмы с пушкой ходить запреще-
но: всегда реальна опасность захвата оружия заключёнными. Его запирают в сейф, а ты получи
номерок. Оружие посерьёзнее, чем пистолеты,
хранится в закрытых казематах, — те открываю-
ся в случае бунта, когда орёт сирена, надзиратели
строятся, и каждому выдаётся по трудам его —
шлемы, дубинки, автоматы.

Впрочем, бунт в тюрьме — жанр особый.

Рабочий день доктора Бугрова, как и любого
поликлинического врача, начинался с утреннего
приёма больных.

96   Подходя к воротам медсанчасти, он уже знал, что за ними увидит. В «обезьяннике» сидят человек двадцать заключённых. Несёт от них пёстрой вонью цыганского барака, смешанной с запахом дешёвой дезинфекции. При виде доктора они улюлюкают, отпускают матерные замечания и, как им кажется, шутят. Это — приветствия. Волна гудящей брани поднимается, выхлёстывает за решётку, несётся по коридору до кабинета, куда доктор неспешно направляется.

В кабинете чаще всего уже сидит кто-то из фельдшеров, например, Боря Трусков. На его лисьей физиономии — всегдашняя готовность к служебным разборкам, а тонкие очочки в золотой оправе торчат в нагрудном кармане белой куртки. Когда он их надевает, то становится похож на врача гораздо больше, чем доктор Бугров.

Боря Трусков был невинным брачным аферистом. По сути дела, он вполне мог поменяться местами с каким-нибудь заключённым, но искренне удивился бы, обвини его кто-то в противоправных действиях.

В Израиль он приехал из Кривого Рога с женой, официально расписанной с ним в тамошнем ЗАГСе. Здесь Боря немедленно покинул свою беременную советскую жену, просто выйдя из дому в соседний супермаркет. Уже через два месяца он сочетался еврейским религиозным браком с девушкой-сиротой, которую замуж выдавал благодетель-дядя. Стоя под традиционным брачным пологом, он восклицал положенное жениховское: «Если забуду тебя, Ерусалим!» — и разбивал каблуком бокал на грядущее супружеское счастье...

Боре не пришло в голову предварительно развестись с предыдущей супругой, ибо, утверждал он, раввинату начхать на советские бумажки!

Сирота оказалась благословенной Господом во чреве и за полтора года родила Боре одного за другим двух пацанов. Счастье было безоблачным и полным... но, уехав в отпуск всё в тот же Кривой Рог, он привёз оттуда привлекательную блондинку, правда, с одним стеклянным глазом. Блондинка дрогнула под напором Бориных ухаживаний, потому что с детства мечтала венчаться на Святой земле, в церкви Марии Магдалины. И Боря слово сдержал, неоднократно повторяя, что он — порядочный человек. Разводиться с предыдущей женой не озаботился, потому как понятно же: на хрена попу еврейские пляски под балдахином!

Время от времени его преследовали тати из раввината с требованием дать законной жене «гет», разводное письмо. Однако Боря вовсе не считал своих жён лишними в хозяйстве, мало ли, что человеку может в жизни пригодиться. Со всеми поддерживал отношения, а от татей скрывался за бетонными стенами тюрьмы «Маханэ Нимрод».

Он утверждал, что принадлежит к доисторической аристократии и что его фамилия прежде звучала как Этрусков, но в революцию буква «Э» была утеряна одним из горячих белогвардейских предков. Он во всеуслышание провозглашал себя «этрусским евреем», нисколько не смущаясь тем, что, судя по всему, является последним сохранившимся экземпляром данной этнической группы. Когда доктор Бугров пытался выразить сомнение в древних этнографических слоях окрестностей Кривого Рога, Боря

*запальчиво восклицал: «А айсоры?!» — «Что — ай-
соры?» — «Айсоры — потомки древней Ассирийской
империи. Их полно в Виннице». — «А этрусков —
полно в Кривом Роге», — спокойно резюмировал не-
возможный доктор Бугров, с этой своей улыбочкой.*

Второй фельдшер, Адам, — полная противо-
положность Боре, и не только потому, что он отнюдь не этруск. Адам — друг, и это многое объясняет. Он выдержан, не треплив, умён и оборо-
тист; он справедлив и в любой сложной ситуации
инстинктивно ведёт себя самым достойным образом. Недаром Михаэль говорит: «Друзы — это
израильские швейцарцы». Они, как правило, за-
точены на армейскую или полицейскую карьеры,
ни черта не боятся, горячи и благородны. Словом, друзы — настоящие мужчины. В армии друз
непременно — офицер-отличник. А в государственной тюремной службе...

Вот с тюремной службой у них единственная
закавыка: они безжалостны к арабам. Впрочем,
фельдшер — не надзиратель; он обязан ставить
клизмы любому страждущему. И Адам их исправно ставит.

Когда Адам дежурит, у него нет ни минуты
покоя, особенно по утрам: кому-то уколы, кому-
то температуру мерить или капельницу ставить,
кого-то порезали и надо шить... Всё это он делает быстро, молча, толково, не замечая матерных
воплей и издевательских шуточек — в отличие от
вспыльчивого Бори, который то и дело выясня-
ет отношения с доктором или ругается на пациентов.

Впрочем, *с этим* доктором не больно-то права
покачаешь, так что и Боря начинает шевелиться.
«Док, — говорит он, — похоже, я тут один и па́-
шу. Шо б ты без меня делал, док!»

Есть ещё Арон — грузин, высоченная башня два метра пять сантиметров, с устрашающей
бородой и усами людоеда из мультфильма «Кот
в сапогах». Арон нетороплив, тяжеловесен и, на
первый взгляд, туповат. Но работу свою делает
отменно; просто он не любит, когда его заставля-
ют суетиться, но уж если разгонится, то оказаться
у него на пути или под рукой опасно — сметёт.

Сегодня с утра дежурит Арон, что весьма кстати, ибо минуту назад в медсанчасть доставили
двух пострадавших в массовой драке: двух бедуинов из враждующих кланов. Отделаны оба на сла-
ву, так что весь кабинет потом придётся отмывать
от крови. У одного, забитого, как свинья на бойне, висит наполовину откусанное ухо, у другого
физиономия заплыла чудовищным кровоподтё-
ком, левый глаз закрыт, правый истекает слезами.
Обоих держат охранники, ибо даже тут, в тесной
комнате, они рвутся продолжить смертоубийство.
«Пусти, я его прикончу!» — ревёт один. Другой
визжит: «Он — труп, труп, ему не жить!» — и вис-
нет на руках надзирателя, как боксёр на канате.

Арон невозмутимо настраивает поляроид —
делать снимок, ибо к протоколу прикладывается
фотография повреждений.

— Док, — говорит он вошедшему Аристарху. —
Не знаю, как быть: остался последний кадр.

— Чёрт! Ну, попытайся как-то снять обоих одним кадром.

Под надрывные кличи врагов, рвущихся в драку, Арон так и сяк неторопливо прилаживается, пытаясь найти ракурс, при котором оба попадут в кадр. Ничего не выходит. И Арон теряет терпение.

— Встать рядом! — тихо произносит он.

В его глухом утробном голосе таится нечто неизбежное, как дальний рокот грома с грозового неба, и бедуины, дети пустыни, мгновенно это уловив, безропотно сдвигаются и застывают... Арон нависает над ними грозной башней, то откидываясь назад, то надвигаясь до ужаса близко.

— Не, не влезают...

— Постарайся.

— Ну-ка, обнимитесь! — внезапно говорит Арон, угрожающе шевельнув усами. И поскольку оба, оторопелые, медлят, гремит:

— Сдвиньте рожи в лепёшку!!!

Лютые враги, как по команде, припадают щеками один к другому: сладостное объятие, разве что мелодии танго недостаёт.

— Глаза на меня... Есть! — удовлетворённо говорит Арон, извлекая кадр.

Утренний приём продолжается.

Большинство заключённых рвалось сюда развлечься: в камере скучно, и любая смена впечатлений для них — театр, представление. Они и сами артисты, легко входят в роль и способны, говорит фельдшер Боря, «выкрутить мозг»: «...Когда я ступаю на правую ногу, у меня отдаёт в печень и в подколенку. Выпишите второй матрас, доктор!» или: «Всю ночь промучился — ужасная отрыжка! Я думаю, доктор, надо меня проверить на рак. Лучше сразу всего, с головы до ног...»

— На выход!

— Доктор, подождите! У меня ещё это... родинка на спине пульсирует и от икоты горло вывихнуто!

— На выход!

— Доктор, я ещё не всё рассказал!

— Завтра расскажешь...

Тюремный врач процентов на девяносто — следователь, повторяет он своё коронное, и лишь на десять процентов — медик.

— Там этого привели... Йоси Гиля, — брезгливо докладывает Боря.

— А, который с яйцом? — оживляется доктор Бугров. — Прекрасно, прекрасно, подавайте сюда этого страдальца!

Насильник Йоси Гиль славится изумительным почерком. Ему не раз уже предлагали стать переписчиком святых книг, тех, что, как известно, пишутся, вернее, рисуются виртуозами-каллиграфами. Именно таким почерком Йоси пишет за всех заключённых жалобы в высшие инстанции, тем самым покупая себе сносную жизнь в камере. О себе же, о своей судьбе он слагает поэмы. «В продолжение моих предыдущих писем, уважаемые господа судьи Верховного суда, хочу добавить, что распоследний гад и насильник, вор и мерзавец, начальник нашей тюрьмы генерал Мизрахи не разрешил мне свидания с невестой в целях продолжения моего древнего и уважаемого рода...» — завитки, крылатые форшлаги, тончайшая вязь перемычек и мушиные лапки невесомых царских корон. («Невестой» всегда оказывалась очередная полногрудая шалава, подцепленная опытным Йоси Гилем на очередном омерзительном сайте «быстрых знакомств».)

«Когда этот сукин сын выйдет на волю, — любит повторять начальник тюрьмы генерал Мизрахи, — я все его вонючие жалобы оправлю в золотые рамки и открою в тюрьме музей каллиграфии».

Всю минувшую неделю, пока доктор Бугров находился в отпуске, больных принимала доктор Яблонская. На первый взгляд эта хрупкая, даже утончённая женщина совсем не подходила на должность тюремного врача. Однако за плечами Вики была служба в контрразведке и, по намёкам сослуживцев, участие в нескольких опасных операциях за пределами страны.

За эту неделю Йоси Гиль повадился в медсанчасть с одной неизменной жалобой: у него болит яйцо. Правое. Пощупайте, доктор. Как можно знать причину болезни, не пальпируя пациента?

Среди сотрудников Шабаса тюрьма «Маханэ Нимрод» славилась особо тяжёлым контингентом заключённых. Вернувшись из отпуска, доктор Бугров захотел Вику отблагодарить. Он пригласил её на ужин в «Самарканд»; это заведение на одной из промышленных улиц Яффо, из-за пластиковых столов и стульев, выглядело обычной дневной забегаловкой, однако владельцы, четверо братьев из Самарканда, готовили отменный плов и восхитительную самсу.

С явным удовольствием приняв подарок —

флакон «Chanel Coco», купленный на получасо-
вой пересадке в аэропорту Амстердама, — и выслушав благодарственную речь коллеги, Вика
с улыбкой отмахнулась:

— Да нет, всё не так страшно. Рада, что ты хорошо отдохнул. Но если представится случай, про-
учи как-нибудь этого мерзкого Гиля. Если б ты
знал, как он меня достал своим вонючим яйцом.

— Пожалуйста! — весело крикнул доктор. —
Следующий!

Пожаловал грациозный каллиграф в сопровождении надзирателя Нехемии.

— Вот, — тот кивнул на Гиля и почесал брюхо
«мастером». — Опять со своим яйцом. Я ему говорю: уже высиди цыплёнка, раз такое дело.

Пациент с глазами раненой лани на поно-
шенной физиономии итальянского мафиози
пребывал в ожидании пусть краткого и неприяз-
ненного, но волнующего контакта с прекрасной
женщиной. Увидев доктора Бугрова, приуныл:
заключённые обычно сникали, когда доктор так
широко улыбался.

Стриженный чуть не под ноль, с напряжён-
ными плечами, с пружинной походкой, доктор
Бугров, признаться, и сам походил на опасного
уголовника. И как бы широко он ни улыбался,
немногие выдерживали жёсткую синеву его при-
щуренных глаз.

— Привет тебе, яйцекладущий! Ну что ж, давай, снимай штаны, милый. Посмотрю я, покручу
твоё многострадальное яйцо. Ты, кажется, жаловался, что доктор Яблонская отказывается паль-

пировать твою гирьку? Я пропальпирую, будешь в экстазе, обещаю... Правое, говоришь? Давай посмотрим, не нужно ли тебе его от-че-кры-жить...

Гиль отшатнулся, инстинктивно защищая область паха обеими растопыренными руками.

— Нет! — крикнул. — Не трогайте меня! Я уже... у меня уже к лучшему пошло... Чувствую, идёт к выздоровлению!

— Нет-нет, — доктор надвинулся, жутковато скалясь, — я просто обязан удалить гангренозный орган. Адам! — бросил через плечо. — Скальпель и местную анестезию... Что? Лидокаин кончился? Ладно, обойдёмся, так отчикаем, он у нас известный терпеливец. А, Гиль? Пожертвуем яичко голодающим детям?! — Шагнул к нему и умолк: Гиль тоненько, тошнотворно завыл и обвис в руках Адама, намертво вцепившись в собственную мошонку.

Доктор Бугров не то чтобы впечатлён был, но озадачился — и тем, что Гиль поверил в подобную экзекуцию, и тем, насколько тот перепугался.

— Держите этого мудака, он в обморок хлопнется, — брезгливо рассматривая томного каллиграфа, заметил доктор. — Адам, усади его, слышь?! Он поверил, вонючка.

Бледный Гиль сполз по стенке на подставленный стул... Выразительные чёрные глаза его закатились, физиономия выглядела линялой, как старая майка. Кажется, и вправду — обморок. Адам хмыкнул: «Ты покусился на самое его дорогое, док!» — «Не смейся, у нас с тобой это тоже — самое дорогое», — отозвался док. Адам сунул под нос Гилю ватку с нашатырём, и голова того вяло мотнулась, запрокинулась... глаза открылись: перед ним, сложив руки на груди, стоял страшный доктор Бугров.

— То-то же, скотина, — сказал он негромко. — Не забудь написать на меня жалобу в ООН своим каллиграфическим почерком. — И в коридор: — Забрать его! На выход!

Когда, много лет спустя, Аристарх перешёл работать в клинику на Мёртвом море и ему приходилось принимать богатеньких пациентов по программе «медицинский туризм», он любил пошутить, что тоскует по времени в своей жизни, когда больного из кабинета выводили в наручниках.

Перед ним сидела дородная дама в бриллиантах и полчаса повествовала о том, как у неё вибрирует верхнее веко; тогда он вспоминал мошонку Йоси Гиля, и ему хотелось привычно гаркнуть: «На выход!»

* * *

После утреннего приёма начинался кромешный ад, череда нескончаемых ЧП. Тот накинул на голову матрас и поджёг его, и сидел так, пока в камере не завоняло шашлыком. Другой порезал себе вены, спину третьего сокамерники исполосовали бритвой. Четвёртому в ухо залез таракан. Пятый проглотил батарейку. Зачем? Да побыть в больничке дня два, пока там разберутся, глотал или нет. Громкая селекторная связь включалась чуть не каждую минуту, и надо было бежать осматривать или принимать в кабинете, перевязывать, обрабатывать, зашивать...

— Док, слыхал, какая вчера залипуха случилась?!

Это Боря Трусков. Сдаёт смену Адаму и торопится рассказать доктору про «залипуху».

— К одному из четвёртого блока явилась на свидание жена. Ну, тот уже по комнате свиданий мечется как тигр, с полотенцем на бёдрах, глаза из орбит, готов трахнуть электрическую розетку. Надзиратель приводит бабу, а мужик ему: «Эй, ты кого привёл?! Это не моя жена!»

А тому — что? бывает, перепутал. Ведёт бабу обратно, и в предбаннике эта ошибочная жена сталкивается с настоящей. Та бросает обе сумки жратвы, которые притаранила мужу, и вопит: «Где она сейчас была?! С моим мужиком?! Ах ты, твою перетак!!!» — и ну её мутузить. Та, другая, не растерялась и пошла из этой волосья драть. Прям театр!

Боря от своего рассказа получает массу удовольствия, даже похрюкивает от смеха, — возможно, представляет, как, выстроившись в затылочек, к нему рвутся его собственные жёны, ради сладостного свидания готовые порвать друг друга в клочья, выдрать волосья, выцарапать последний глаз.

— А тебе мало, что тут тюрьма, тебе тут ещё театр нужен, — негромко замечает Адам. В эту минуту дверь распахивается ударом ноги, и целая группа пытается протиснуться в кабинет: двое надзирателей волокут под руки заключённого — странно синеватого, с запрокинутым опухшим лицом.

— Э-э... ну ладно, я пошёл. Удачного дежурства, — говорит Боря и сматывается.

Это шутка. Какое там удачное дежурство! Работа фельдшера — адова карусель, огненная мясорубка: их ежеминутно рвут на части и во все стороны. Дважды в день фельдшер тащится в обход по камерам, бегает по мелким жалобам — проверяет, стоит ли перетаскивать больного в медсанчасть, раскладывает лекарства, делает перевязки, ставит клизмы, даёт по морде... — чёртова вертячка мелкого беса в смердящем зеве рутинного Ада. «Удачного дежурства!» — хмыкая, повторяет про себя Адам, крутит головой и думает — а правда, что бы это значило: какой-нибудь локальный взрыв, который бы смёл с лица земли всю здешнюю нечисть вместе с тюремной обслугой?

Синего субъекта между тем втащили в кабинет и пытаются пристроить на кушетке. Тот вскрикивает от каждого прикосновения и тоненько воет, не находя себе места, присаживаясь то на одну, то на другую ягодицу. Наконец примащивается на кушетке боком, как птичка на ветке.

— Это что за чучело? — доктор хмуро разглядывает заключённого.

— Сокамерники расписали... — докладывает охранник. Пострадавший лишь мычит короткими стонущими вздохами, глаз не открывая, словно боится увидеть даже малую часть собственного тела. — Всю ночь трудились.

— Разденьте его.

Легко касаясь, Адам осторожно стягивает с парня оранжевую робу и... перед бывалыми тюремщиками, «людьми твёрдыми», предстаёт картина, которую просто жалко не запечатлеть. Адам её и запечатлевает, качая головой и присвистывая от жалости и... восхищения. Тело парня, от затылка до пят, включая ягодицы, пах, спину, шею и даже уши, покрыто густой паутиной свежей татуировки, несколько однообразной по художественному замыслу: это всё телефонные номера и имена многочисленного персонала тюрьмы — надзирателей, офицеров, фельдшеров и врачей.

— О господи, — бормочет доктор. — Да что ж это за... телефонная книга?

— Эти гады... они узнали, догадались как-то, что Шикал — осведомитель, — говорит охранник. — Потому телефоны на нём выкололи, мол, для удобства, чтобы не забыл. Звони, мол, в любое время. Мой тоже тут есть... Где же он, Шикал? Ну-к, подними руку. Ага, здесь, вот он, мой номер, под мышкой, — произносит с гордостью, подняв руку заключённого, как судья — руку боксёра, победившего на ринге. — Вы себя поищите, доктор, может, и ваш телефончик тут есть?

— Два оптальгина, абитрен в мышцу, повязки с синто... — говорит доктор Бугров фельдшеру. — И успокоительное...

— Отвали, — Адам отодвигает охранника локтем и идёт в «аптечку» за лекарствами. Доктор продолжает ощупывать вспухшие грудь, бицепсы, шею, спину стонущего пациента, бормоча про себя: «Остроумные, мерзавцы... Чем же это они выкалывали?»

— Делов-то! — спокойно отзывается вернувшийся из «аптечки» Адам. — Берёшь магнитофон эм-пи-три, всаживаешь в него иголку; включил и поехал. Позвольте, док...

Расписного стукача перевязали, оформили в тюремную больничку, ещё час искали начмеда, затем тот добивался начальника тюрьмы, в кабинете которого обсуждали ситуацию и искали решение.

Заключённого, понятно, переправят в другую тюрьму. Но делу это не поможет: каждый клочок его телефонной кожи просто вопиет о нынешнем его месте в тюремной иерархии.

— Я вот что думаю, — сказал доктор Бугров генералу Мизрахи. — Если мы не хотим потерять полезного человека, придётся его «отмыть».

— Что?! Говори по-человечески.

— Сделать пластику кожи.

— Ты спятил? — поинтересовался генерал. — В какую сумму станет государству этот «Голливуд»?

— Тысяч в шестьдесят, — подумав, отозвался доктор.

Из тюремного блока вернулся Адам с новостью:

— Ночной истерик, помнишь, на той неделе три ночи подряд орал? Так он опять за своё принялся. Вопит после отбоя до самого утра, душу вынимает, покоя никому не даёт. И, главное, сука, орёт так пронзительно — сирена! — по всем этажам слышно.

— Ага. Почему его не прибила братва?

— Однажды избили, потому в одиночке сидит.

— И чего он хочет?

— Помереть якобы. Орёт: «Я не хочу жить! Дайте мне умереть!» Всю ночь орал без перерыва, теперь дрыхнет.

— Будите тенора, — велел доктор. — Тащите сюда.

Приволокли заспанного *потенциального самоубийцу,* рожа мятая, разомлевшая. Сладко спал, доложил надзиратель.

Виновник ночного дебоша стоял, исподтишка рассматривая доктора. Тот тоже молча рассматривал новую здесь персону. Занятная фамилия у заключённого: Сивец, а он и правда весь сивый: сивые патлы, сивые глаза в красных прожилках. Сидит за серию квартирных краж. По здешним меркам, при здешнем тюремном населении — просто младенец. Но когда младенец орёт ночами — это утомительно. Надо с младенцем провести воспитательную беседу.

— У меня для тебя хорошая новость, — наконец участливо проговорил доктор Бугров.

Адам поднял голову и бросил взгляд на того и другого: когда док начинал говорить с кем-то из заключённых по-русски, это всегда обещало особо интересное кино.

— Сегодня сбудется твоё заветное желание. Решено дать тебе умереть.

— Доктор... э-э... но...

— Это было нелегко, у нас в стране нет смертной казни. Но руководство тюрьмы направило просьбу в Верховный суд, и вот пришёл ответ, — Аристарх помахал в воздухе рецептурным бланком (вряд ли пациент потребует бумажку на прочтение, иврита он наверняка не знает: приехал в Израиль туристом, *на гастроль*), — твоя просьба удовлетворена.

— Как это? — в замешательстве пробормотал Сивец. — П-подождите! Доктор!

Вытянув шею, он всматривался в серьёзное и сочувственное лицо врача, лицо последней инстанции; не может быть, чтобы тот шутил! Да и с какой стати этот лепила, которого боятся и ненавидят все заключённые, станет с ним шутковать?!

— Э! Э! я никуда ксиву не писал! — Сивец заметался глазами, отступил к двери. — Это я так, в бессознанке орал, я травмированный...

— ...по особой просьбе отчаявшегося пациента возможны исключения, — продолжал доктор негромко, сочувственно, будто и не слыша заполошных выкриков Сивца. — И я полностью солидарен: надо прекратить твои страдания. Когда человек не хочет жить, безжалостно и безнравственно длить его мучения. Сейчас тебя отведут в специальную комнату, где ты подпишешь кое-какие бумаги и выберешь способ умерщвления: газ, пуля, удушение... Поверь, мы уважаем твой выбор.

— Вы... вы не имеете права!!! — выкрикнул Сивец. — Я гражданин другой страны! Это насилие... это преступление! Я не безумный! Я — против! Это нацизм! Вы нацисты, я буду крича-а-ать!!!

— Да-да, покричи от души, это естественная реакция. Здесь у нас звукоизоляция, кричи. — Доктор Бугров был по-прежнему доброжелателен и невозмутим. — Советую выбрать восточный вариант: отсечение головы — тогда и криков будет меньше. — Он поднялся из-за стола. — Рад, что смог удовлетворить твою просьбу. Тебе недолго осталось страдать. Адам, зови охрану, приступайте...

— А-а-а-а!!! Помогите-е-е!!!

Бледный Сивец сполз по стенке на пол, вытянул дрожащие, прыгающие ноги. Руки его, сжатые в кулаки, стучали по полу, как барабанные палочки ударника-виртуоза.

Доктор подошёл к нему, присел на корточки и с минуту близко рассматривал лицо вора — молча, безжалостно и пристально, явственно ощущая исходящее от того зловоние ненависти и страха. Адам, который не понимал ни слова, тоже поднялся: ему почему-то сделалось знобко и неуютно, и, переводя взгляд с доктора на заключённого, он уже не впервые подумал, что не захотел бы оказаться с доком по разные стороны драки.

— Вот так-то, сволочь, — негромко проговорил доктор Бугров. — Ещё хоть раз завоешь на луну, лично отрежу язык. Это быстро. Скальпелем: чик! и прощай, опера.

Поднялся, кивнул подбородком на дверь:

— На выход!

* * *

Каждый день, во избежание массового отравления тюремных насельников, на кухне снималась проба съестного. В отдельный стаканчик наливался суп, в отдельную чашку откладывался кусок котлеты. Две ложки пюре или другого гарнира, а также салат, хумус и всё остальное, что значилось в меню, тоже подвергалось самой тщательной проверке. Всё должно было быть задокументировано и описано в специальном кухонном журнале и хранилось в холодильнике двое суток.

Ногти заключённых, работавших на кухне, тоже были заботой тюремного врача — в советской школе дежурные на входе проверяли так чистоту ногтей. (Вообще, обиход израильской тюрьмы сильно напоминал Аристарху советскую школу.)

На кухне работали только уголовники, причём проверенные и *уважаемые*. Не то чтобы без крови на руках, но кровь должна была быть отмыта, ногти острижены, а репутация — кристальна. Лет десять уже один убийца резал цыплят — отлично резал, профессионально: он напрактиковался на воле.

Курица, кстати, должна была быть разрезана *на правильные* части, от этого зависело многое. Был случай, когда заключённый убил сокамерника: тот посмел взять *более уважаемый* кусок курицы; не по чину взял, зато и съесть не успел — проткнули его заточкой.

Резали они себя и друг друга ежедневно. Орудием убийства или ранения могло служить что угодно, любой гвоздь, подобранный во дворе на прогулке. Такой гвоздь неделями точат о кафельный пол, получается стальная игла, которую вставляют в пустую зажигалку — отличная заточка! Или взять осколок лезвия, который они выковыривали из одноразовой бритвы. Хранили такой осколок в подъязычной полости, и в нужный момент натренированным движением бритву выхаркивали, вмиг становясь опасно вооруженными.

Каждую ночь кто-то из заключённых пытался порешить себя, чаще всего стараясь разбить голову о стену.

114   Однажды (Аристарх едва приступил к своим обязанностям) надзиратель приволок в медсанчасть бедуина, мальчика лет семнадцати. Был тот невероятно тонким, в профиль — как стебелек: тонкие плечи, тонкие руки, длинное тонкое лицо. А волосы — шаром, как у Анжелы Дэвис.

— Бился башкой о стену, — доложил надзиратель. — С такими волосьями хрен её разобьёшь. — Повернулся к пареньку, гаркнул: — Что, братануто по башке ловчее было кирпичом засандалить?

— Оставь нас, — сказал Аристарх.

У мальчика запеклась кровь на красиво очерченных губах, и на виске кровь запеклась, но раны были пустяковые. Доктор сам выстриг островки ушибов и ссадин на голове, промыл их, продезинфицировал, заклеил пластырем. Всё — молча. Парень сидел безучастный, будто отключённый. Доктор придвинул стул, сел напротив. Коснулся его плеча — застывшего.

— Ну, что, *сынок*, — спросил мягко. — Что это ты? Брата долбанул, сейчас себя хочешь убить. Зачем это?

Бедуин так же отрешённо смотрел мимо доктора в окно, и тот знал, что он там видит: тюремный двор для прогулок, не Женевское озеро.

— Доктор, ты не понимаешь... — хриплым шёпотом пробормотал юноша. И умолк.

Из «обезьянника» неслись привычные вопли, яркое солнце выстелило на полу комнаты два косых белых коврика. Двое, врач и заключённый, сидели и молчали.

— Я не хочу жить... — наконец сказал юноша. — Нельзя мне жить. У меня огромная семья, огромная *хамула*...[1] Только родных братьев девять, а ещё двоюродные, троюродные, племянники, дяди... Много мужчин, понимаешь? Все воруют, дерутся, наркотики толкают. Если надо им — убивают. Наша хамула известная и страшная, нас уважают, боятся. Мы перекачиваем наркотики из Сирии в Египет. А я другим родился. Почему? Не знаю. Просто не хочу этой грязной жизни. Сам выучился читать, в школу сам пошёл... Они все надо мной смеются. Но я не могу без книг. Все деньги на них трачу... — Он говорил тихим гортанным голосом довольно грамотно, хотя и короткими фразами. — Люблю те, которые про историю разных стран и про верования разные. Особенно про Ислам. Я жизнь Пророка всю наизусть знаю, по дням. Братья надо мной издеваются. Старший брат вынес все мои книги в загон для овец, построил из них трон, теперь сидит там, под ногами — ступенька из моих книг. Вот, говорит, смотри, как я поумнел. В меня вся твоя книжная мудрость через жопу вошла. Ну, я не выдержал, подобрал кирпич и треснул его по башке. Он в больнице сейчас, без сознания. А я? Как я домой вернусь? Я трёх часов не проживу. Даже если брат выкарабкается, моя жизнь всё равно кончена, нет смысла ждать.

За спиной парня открылась дверь, в ней появилась фигура Бори Трускова. Доктор покачал головой, сказал ему по-русски очень уважительным, даже проникновенным голосом:

— Отвали, этруск. Очисти сцену. Влез не ко времени.

---

[1] Клан (*араб.*).

И Боря понимающе кивнул и исчез, прикрыв за собой дверь.

— Послушай... — наморщив лоб, как бы в усилии что-то вспомнить, проговорил доктор. Он поднялся, отошёл к окну, закрыв своей спиной дивный пейзаж, который так притягивал горестное внимание мальчика. — Мне это что напоминает: вот, Мухаммад, пророк... да ты же читал, сам знаешь: у него то же самое было. Он любил учение, родные его не поняли, высмеяли, отвергли, он еле ноги унёс: бежал из дому, покинул семью и...

Взглянув на мальчика, он озадаченно запнулся. Бедуин, с потрясённым лицом, с прижатыми к груди кулаками, медленно поднимался со стула.

— Доктор... — пробормотал, — ты... веришь в перерождение великих душ?! Ты думаешь, что я... Мухаммад?

Аристарх растерялся. Вообще-то у него не было намерения проводить подобные аналогии. Он просто хотел приободрить парня, совершенно упустив способность восточного человека мгновенно впитывать в воображение и преобразовывать религиозные смыслы. Пытаясь скрыть замешательство, он стоял напротив своего юного, явно экзальтированного пациента, не зная — что делать.

— Ты думаешь, я — Мухаммад?! — страстным шёпотом повторил мальчик. Губы его дрожали, пальцы скребли рубашку.

«Ты что творишь?! — спросил себя Аристарх. — Совсем сбрендил? Не хватало ещё накачать парнишку угарным газом религиозного экстаза. — И себе же ответил: — Ну и что? А если это поможет ему вынести кошмар тюряги?»

— Ты думаешь... думаешь... — дрожащими губами повторял юный бедуин, — что я — возрождённый Мухаммад?!

Доктор подошёл к нему, положил на плечо ладонь, сжал это тощее, почти детское плечо и медленно, с внутренней силой проговорил:

— У меня в этом нет сомнения!

Его безумная поездка в одиночку в бедуинское становище, километрах в пятнадцати от Беэр-Шевы, была едва ли не самым страшным воспоминанием за все годы жизни в этой стране. К тому же выехал он после работы — уже наступили сумерки, а затем и тьма хлынула, неудержимо заливая рваную рогожу пустынных холмов.

Спустя годы он вспоминал страшный разбойничий лагерь как сон: покатые, на склоне, загоны для скота и кошмарные шатры бедуинов, составленные из кусков жести, шифера, досок, крытые брезентом или пластиком.

Освещая факелами путь, как в глубокой пастушьей древности, под блеянье овец и коз, под перестук лошадиных копыт, его конвоировал к большому шатру целый отряд возбуждённых парней, каждый с ножом в руке, — они мгновенно выхватили ножи, когда он сказал, что врач и явился насчёт их брата, не того, что в больнице, а другого, который в тюрьме.

Зато после разговора с отцом и с дядей, двумя классическими голливудскими головорезами (ни слова не осталось в памяти; он говорил, говорил, го-

ворил чуть ли не исступлённо, боясь умолкнуть), — после того разговора он запомнил бархат бездонного чёрного неба и алмазные подвески созвездий над дышащей пустыней: они блистали так чисто и больно, когда, уже без ножей, молча и угрюмо его вели молодые разбойники назад, к его машине.

И помнил, как возвращался пустыней — счастливый, пусть и коротко, но впервые счастливый, — потому что выпросил у семьи, вымолил и, конечно же, выкупил (деньги приличные, но не миллион, три тысячи долларов; вынул тугой комок из кармана джинсов, отдал с радостью, с облегчением), — словом, выкупил душу мальчика, Мухаммада — ха! его таки звали Мухаммад.

* * *

Второй раз напали на него лет через пять.

К тому времени он уже, бывало, оставался в кабинете один на один с настоящими душегубами, способными, глазом не моргнув, вспороть тебя и выцедить по капле, растащить по мышце, как бабушка-старушка распускает пряжу. Ему уже казалось, что он способен учуять тот градус опасности, за которым следует нападение. Наверное, просчитался.

В тот день надзиратель привёл на приём одного заключённого из блока опасных преступников, из закрытой камеры. Он жаловался на головные боли, и, собственно, никаких сомнений жалобы его не вызывали: человек немолодой, принимал таблетки от давления — вполне возможно, их следовало поменять или увеличить дозу.

Он и выглядел убедительно: одутловатый, лицо в багровой сетке, движения замедленные и скованные — видно, замучен мигренями. Хотя вежливо поздороваться не забыл.

— Сними с него наручники, — велел он Нехемии.

Дальше всё произошло как на показательных выступлениях фигуристов, словно оба репетировали месяцами эту сцену, и вот она отлично получилась — высший бал за слаженность пируэтов!

Лёгким, неуловимым движением фокусника выхватив из рукава обломок арматурного прута, заключённый удивительно легко для его возраста и комплекции прыгнул на доктора и, сжав коленями его локти, заточкой нанёс в голову три удара. Нехемия, идиот, горе-охранник, взвыл и осел на пол, тряся брюхом. Хорошо, что Адам в те пять-семь секунд был неподалёку, в коридоре. Он влетел, споткнулся о Нехемию, со злостью двинул его в брюхо, чтобы не валялся на дороге, и вдвоём с доктором они худо-бедно скрутили молодца.

— Дуррак! — сказал доктор Бугров, обливаясь кровью. — Кретин тупой! Это же голова — череп, кость! — И для наглядности постучал по макушке согнутыми костяшками пальцев. — А родничок у меня давно зарос.

Фигуриста, уже закованного в наручники, Боря с Адамом избили вдохновенно, до потери сознания. Бил в основном Адам, Боря кричал по-русски с азартом: «Пизди его, братан!!! Пизди как грушу!» — пока доктор Бугров не заорал:

— Оставьте его, идиоты! Кто-нибудь зашейте меня, кровь глаза заливает!

Фельдшеры, вместе с очнувшимся Нехемией, волокли по полу на выход тушу бессознательного окровавленного зека (его отправляли в тюремную больницу), и все трое выглядели группой довольных рыбаков, тянущих из воды мокрый невод, полный рыбы...

На расследовании инцидента выяснилось: в тот день исполнился год со дня смерти дружка его, сокамерника, зазнобы; правда, тот умер от астмы и при другом докторе, но все они, суки, нацисты, одинаковы. Захотел безутешный любовник отметить годовщину усопшего друга по-своему. Помянуть, как полагается.

— Тебе идёт забинтованная голова, — сказал Аристарху начмед Михаэль Безбога. — Твоему скорбному образу вообще идёт страдание. — Он помрачнел и добавил: — Тем более что тюрьма — последнее место, где человека можно перевоспитать.

«Наверняка цитата», — подумал доктор Бугров.

Но были здесь и настоящие больные, хронические больные, с тяжкими недугами.

Старый грузинский еврей, погоняло Доллар — наркоман и наркодилер, владелец подпольного казино и парочки борделей, торговец краденым и самый известный в Иерусалиме меняла — перенёс девять инфарктов! Его кардиограмма могла потрясти бывалого патологоанатома: у недельного трупа она выглядела более перспективной.

Каждую неделю, как по расписанию, Доллар организовывал себе сердечный приступ, и ни один, даже самый подозрительный, врач не усомнился бы в его подлинности. Он стонал и посинелыми губами выговаривал единственное слово: «П-печёт...»

А везти заключённого в больницу... это Песнь Песней, это геморрой, это битва при Цусиме: нужен автозак и, по меньшей мере, четыре охранника. То есть ребят снимают из других отделений, оголяя там охрану, оставляя на посту лишь одного надзирателя, так что бедняга из своего стеклянного стакана отлучиться отлить не может. Вообще, охранники ненавидели врачей, посылающих заключённых в больницу!

Но «Доллару» автозак подавали мгновенно, ибо Доллар подыхал на глазах у всей тюрьмы. Его выносили бегом, вдвигали носилки внутрь, и, истошно трубя, машина выползала за ворота. А в приёмном покое больницы Доллара — вот совпадение! — уже поджидали неизвестно кем предупреждённые родственники и в толкотне и суете вечно голосящего, стонущего и вскрикивающего приёмного покоя передавали ему наркоту.

Долгое время начальство не могло понять — какими путями пополняются в тюрьме запасы наркотиков. Пока тот же доктор Бугров, проследив динамику припадков старого лиса, не решился под свою ответственность просто послать кровь больного в лабораторию больницы на анализ тропонина — фермента, который увеличивается при поражении сердечной мышцы.

И точно по расписанию, через неделю, гонец на мотоцикле был снаряжён в госпиталь с пробиркой.

В приёмном покое его облепили трое небритых сыновей вечно умирающего патриарха.

— А где папа?! — угрожающе воскликнул старший, с головы до ног осматривая не успевшего снять мотоциклетный шлем надзирателя, точно старый мафиози мог быть спрятан в коляске мотоцикла и оставлен на больничной стоянке.

— Где папа мой, Доллар?!

— Вот тебе папа Доллар! — и охранник сунул ему под нос пробирку с бурой кровью.

Как говорил в таких случаях Михаэль Безбога: «В аду нет ничего из ряда вон выходящего». Кажется, это цитата из Элиота.

В семнадцать ноль-ноль рабочий день доктора Бугрова официально заканчивался. Но все эти годы он ежеминутно готов был к звонку дежурного фельдшера: врач обязан ответить на звонок в течение тридцати секунд.

И потому многие годы в душ или в туалет доктор Бугров шёл с мобильным телефоном. Если фельдшер докладывал о кровотечении, травме или сердечном приступе, врач вызывал «скорую», после чего, непонятно зачем, — ночью ли, на рассвете — приезжал сам, дабы проследить и удостовериться, что тот или иной *говноед* получил экстренную помощь уже до приезда в больницу.

«Этот мир — комедия для тех, кто умеет мыслить, и трагедия для тех, кто умеет чувствовать», — говорил Михаэль Безбога. Тоже, поди, цитата.

Но если бы кто-то посмел предположить, что беспощадному доктору Бугрову совсем не всё равно, сдохнет по пути в больницу последнее тюремное чмо или врачи всё же вытянут его жалкую, дикую, но... человеческую жизнь, — он бы рассмеялся в лицо тому сентиментальному болвану. Просто его упорное стремление сохранить их больные души и облегчить их страдания — на самом дне кипящей преисподней — было его талисманом, залогом того, что, возможно, кто-то, когда-то, где-то спасёт жизнь или облегчит муки его потерянной любви — его Дылде, его Эвридике, безымянно канувшей в жёлтую ночь бескрайней державы.

Глава 3

ЧЁРНАЯ КОРОБОЧКА «HARRY WINSTON»

Пожалуй, наиболее деликатные, наиболее странные и неуютные отношения связывали Надежду Петровну Авдееву с самым знаменитым писателем современной русской словесности; с флагманом, так сказать, отряда VIP издательского мира; с автором, чьи книги неизменно и победно пребывали в верхних слоях атмосферы всех, без исключения, бестселлерных списков.

Странные, неуютные отношения...

Дело в том, что Надежда в глаза его никогда не видала, — добавим: как и прочие современники и соотечественники.

Кое-кто из старейшин издательского планктона, обитавшего на восьми этажах самого крупного в России, да и в Европе, издательства, утверждал, что когда-то, на заре его ослепительной литературной судьбы, книги автора выходили с его портретом на задней сторонке обложки, и хотя фотография была величиной с почтовую марку и писатель представал на ней в непременных чёрных очках, всё же можно было что-то там разглядеть: некую обыкновенность, среднерусскую равнинность в очертаниях плотного носа и узкой и твёрдой линии губ над несколько смазанным подбородком. Ну так и что: у Иисуса тоже навалом разных сомнительных изображений.

Очень быстро гений понял, что настоящий Бог должен оставаться невидим, как ветхозаветный Бог-отец. И — исчез. Он исчез не только с обложек собственных книг, не только с рекламных афиш и флаеров; он прекратил доступ к телу всей журналистской своре, поклонявшейся своему высокотиражному идолу. Он стал, наконец, невидимым.

Тут надо заметить, что за границей Мэтр отечественной словесности временами материализовывался, приобретая некоторую телесность, ибо западные литературные агентства, как и ректораты университетов, привыкли к более осязательным фигурам в литературе и в жизни. И уж если они издают иностранного автора, то требуют от него какого-то минимального присутствия на публике и личного участия в продвижении книг.

Вспомним: ветхозаветный Бог тоже являлся кое-кому в разных неудобных местах и при неудобных обстоятельствах — то в горящем кусте, то посреди Синайской пустыни. Правда, показывался, в основном, лишь Моисею, да и то — с тыла, дабы не устрашить чрезмерно.

Что ж, решил наш бог, — покажемся.

Так, однажды Мэтра пригласили на семестр в один из крупнейших университетов Соединенных Штатов Америки — речь шла о курсе лекций по современной русской прозе.

Это было время, когда в читательской среде муссировался слух, миф, легенда — называйте эти глупые сплетни как угодно, — что автор популярных романов — женщина.

Да нет, уверяли очевидцы, студенты университета, кому посчастливилось оказаться в нужном месте в нужное время; нет, он явился в первый день нового семестра в студенческую столовую абсолютно голым, — голым, как есть, и, поверьте, женщиной там и не пахло, а пахло нормальным потным мужиком, только что с самолёта. При всей западной толерантности явление голого Мастера всё же вызвало не то чтобы замешательство или ажиотаж, но разные толкования: ему здесь жарко, после России; у него болезнь повышенной чувствительности кожи; он гениален и потому рассеян: сняв одежду перед тем, как войти в душ, задумался над сюжетным ходом в новом романе и... забыл про одежду, а заодно и про душ. Тело у бога было обыкновенным человеческим, слабо волосатым, с незагорелой задницей.

Словом, оригинальный русский писатель настолько заинтриговал студенческую братию, что на курс к нему повалили записываться толпы. От него ждали сенсационных откровений, парадоксальных изречений, бунта против скисших эстетических... ну и тому подобное, чего эти обалдуи всегда ждут и восторженно приветствуют. Однако...

Однако ни единой лекции вообще в данном семестре не случилось: Мэтр — голый или одетый — исчез из поля зрения и студентов и администрации колледжа. Его искали, в номер к нему деликатно стучались, затем встревоженно ломились...

Тщетно: он исчез таинственно и бесследно.

Впрочем, в последний день семестра вновь материализовался: в той же студенческой столовой и в том же неприхотливом перформансе. Голый, с подносом в руках, проследовал к свободному столику перед окном, уселся спиной к обедающим и, в молчании всего зала, невозмутимо схомячил всё до последней крошки. После чего отнёс поднос с грязной посудой в специально отведённое для того место и удалился навсегда.

— А что кушал? — с нездоровым интересом обычно спрашивал кто-нибудь в этом месте рассказа.

— Морковный шницель с рисом.

— И где, где был-то весь этот семестр?!

А вот на этот вопрос пусть уже отвечают биографы Великого.

Батюшки, а ведь мы даже забыли его назвать! — вот как въелась-то в нас атмосфера таинственности, окружающая его имя, пока ещё вполне произносимое и вполне обыкновенное: Георгий Анатольевич Крамсков.

Да, Георгий Анатольевич, его так и Надежда называла в телефонных беседах. И надо сказать, голос его — тоже равнинный, весьма обыкновенный, скорее, высокий, скорее, приятный, — она узнавала сразу, ибо порой часами ждала, сидя у телефона.

Дело в том, что Георгий Анатольевич, верный себе, время от времени бесследно исчезал, оказываясь не доступным ни телефонным, ни электронным, ни каким-либо иным способом. Кое-кто считал, что он уединяется в монастырской келье где-то в горах Тибета; кто-то выдвигал ещё более туманные, оккультные, а то и фантастические предположения, связанные с внеземными контактами Великого. Надежде, однако, он назначал день и час, когда позвонит на телефон редакции, ведь в работе автора с редактором всегда есть какие-то текущие заботы, всегда есть о чём поговорить.

Почему-то происходило это ночами — возможно, из-за разницы во времени. Оставшись одна в огромном пустом здании (не считая охранников на входе), Надежда сидела возле телефона в своём закутке, в тупике лабиринта из пачек книг, как собака у дверей сельпо в ожидании хозяина; вздрагивала от малейшего звука, и когда — всегда оглушительно и страшно! — в ночи голосил телефон, вскакивала и от волнения разговаривала полушёпотом, стоя на негнущихся ногах.

Эта паранойя имела под собой некоторые основания.

В стародавние времена, когда Великий был просто популярным автором и издавался в другом издательстве, произошла утечка информации: за неделю до выхода бумажной книги, в рекламу которой были вбуханы немеряные тонны капусты, а градус ожидания её превосходил накал ожидания у британцев рождения наследного принца, из издательского компьютера украли сакральный текст.

Золотая рыбка махнула электронным хвостом и уплыла в народ — самый читающий в мире.

В те времена издателей кормила только бумага, так что убежавший или украденный из компьютера текст «свежака» от «самого популярного писателя современности» означал страшные убытки, десятки тысяч пиратских версий, судебный иск от самого Великого, ну и прочие беды.

Вероятно, это можно сравнить с тем, как если бы чистую голубицу, святую Деву Марию, перед Непорочным Зачатием попользовал какой-нибудь мимоезжий прощелыга (собственно, этот сюжет уже разработан в «Гаврилиаде» самым гениальным прощелыгой русской литературы А. С. Пушкиным).

Так или иначе, грандиозным воздаянием и покаянием скандал был замят, книга всё равно разошлась огромным тиражом, электронный текст прельстил далеко не всех, а то, что кто-то кое-где у нас порой что-то и сопрёт, так, во-первых, писателю и самому должна быть приятна столь неугомонная любовь народа, во-вторых, и Христос бы крал, кабы руки не прибили.

Но Великий ничего не забыл: сменил гавань, из которой отчаливали в плавание его величавые лайнеры, завёл сурового литературного агента и, главное, обозначил новый порядок передачи текста издательству.

Отныне ТЕКСТ на флешке попадал в руки Надежды Петровны Авдеевой прямо от литагента Рудика — волнующий и торжественный момент

130 передачи Слова: тебе, тебе одной доверена эта привилегия первой прочесть откровения всегда неожиданного, всегда парадоксального Ума. И хотя в отделе распечатки работали несколько старейших сотрудников, в кристальной честности и преданности которых Надежда усомниться никак не могла, текст Книги она распечатывала на собственном принтере, и лишь тогда, когда последний человек покидал чертоги издательства. Затем она тщательно проверяла: не осталось ли в заданиях для принтера какой-либо информации (имя Книги в системе тщательно шифровалось), прятала флешку каждый раз в новом месте, как прячут в коммунальной квартире бриллиантовое кольцо, а сама, с увесистой пачкой бумаги в морщинистой серой суме, похожей на слоновью мошонку, ехала домой. И все сотрудники знали, что «у Надежды Петровны завтра редакторский день».

Что сие значило?

То, что назавтра, не вставая с кровати и подоткнув подушку за спину, она принималась за чтение. Это было похоже на продвижение в колючей и влажной поросли джунглей крошечного отряда первопроходцев. Читала она так медленно и внимательно, как не читала никогда и никого. Ибо всякий раз Великий обращался к таким сферам человеческого бытия, о которых Надежда имела только самые смутные представления. И для того, чтобы оценить иронию и мудрость автора, ей приходилось попеременно погружаться в глубины то устройства американской финансовой системы, то в хитросплетения тайных политических интриг в правительстве Эквадора, провинция Галапагос, то в историю месмеризма, то в научно-технические дебри о роботах и симулякрах. За что она неизменно была Великому благодарна: он всякий раз способствовал расширению её сознания.

Закончив книгу, она садилась писать Ему письмо: всегда особое, всегда иное, с огромной искренностью отдаваясь размышлениям о Книге, не жалея красок и чувств, помня о страшной уязвимости любого творца...

И знаете что? Георгий Анатольевич, как и любой другой, самый заурядный, автор, ждал её отзыва и, получив его, сразу перезванивал, был неизменно взволнован и благодарен — щедро, по-детски. И когда она слышала его мягкий, скорее высокий, скорее приятный голос — все анекдоты и мифы о нём, вся таинственная шелуха куда-то исчезали, и она чувствовала, что заглянула, возможно, в самую сердцевину его беззащитности, сомнений и страхов, хотя бы на минуту облегчив тяжкий и одинокий путь в создание миров.

Затем она писала мобилизующее письмо всем посвящённым — руководителям подразделений допечатной подготовки, работы с типографиями, закупки бумаги, стараясь и в их жизнь внести праздничную приподнятость: «Дорогие мои, сердечные, свершилось! Бумагу такую-то закупаем на тираж такой-то с учётом такого-то количества печатных листов, в кратчайшие сроки!» И сроки всегда были кратчайшими, и успеть надо было всегда к высокому сезону, к книжной ярмарке, и нервотрёпка, ошибки, описки, скачки и падения чередовались с невероятной скоростью — индекс стресса у всей редакции взлетал под небеса...

Вот это она и ощущала, и считала полнотой жизни. Её конкретной жизни. Что не мешало в следующий раз дежурить ночью в редакции, и вскакивать от оглушительного верещания телефона, и стоя вслушиваться в далёкий нереальный голос Великого, зыбким шёпотом ему отвечая.

* * *

Мигрень на сей раз грянула без увертюры всем составом симфонического оркестра — в обоих висках, во лбу и в затылке. Ещё бы: Надежда уже час с лишним искала и не могла найти спрятанную в своём кабинете флешку с текстом нового романа Георгия Крамскова, переданную ей неделю назад его литагентом Рудиком.

«Рудик» — это была заглазная редакционная кличка; в глаза, разумеется, этого господина величали Рудольфом Вениаминовичем, и даже Сергей РобЕртович, не слишком озадаченный отчествами кого угодно, хоть и президента страны, при встречах и переговорах всё же выдавливал из себя кое-какое «рудамнаминч», за спиной того угадывая призрак Великого, перед которым трепетал, как и все, ибо Кормильцу любой поклонится.

Внешне Рудик очень подходил своему укороченному имени: был он маленьким, с длинной шеей, бритой остроконечной головой, на коротеньких ножках; вообще, внешне напоминал какого-то полевого зверька, вставшего на задние лапки. Но едва открывал рот, как ошеломляющим диссонансом внешности звучал его подземный бас — таким в рок-опере «Иисус Христос — суперзвезда» поёт певец, исполняющий партию первосвященника Каиафы. От этого баса, как от огненного дыхания преисподней, стелились травы и никли головы всех сотрудников редакции современной русской литературы.

Надежда Рудика уважала, но ненавидела. Как-то всегда получалось, что культурно начавшаяся встреча двух высоких сторон непременно заканчивалась перепалкой. Она подозревала, что именно Рудольф Вениаминович, этот мелкий бес, науськивает Крамскова на издательство, внушает тому пугающую паранойю, всячески третируя и ту, и другую заинтересованные стороны вплоть до самого выхода книги.

Она сидела на скамье в скверике перед Консерваторией, где ей и предложено было сегодня сидеть. Большая Никитская текла себе мимо, унося прохожих, автомобили, оперные голоса и звуки рояля и струнных из окон. Место встречи, удобное ему, всегда назначал Рудик. Не исключено, что сегодня у него были билеты на концерт в Консерваторию. Надежда мысленно каждый раз придумывала Рудику другое имя-отчество, её фантазия в этом была неисчерпаема: Адольф Скарлатинович, Вервольф Скорпионович...

— Надежда Петровна... — пророкотал утробный бас за её спиной. Она не обернулась. Что за манера — всегда появляться сзади?!

Рудик обошёл скамейку и присел рядом.

134

— Смотрите на памятник, — глухо продолжил он. — Делайте вид, что мы не знакомы.

Да я б на тебя век не глядела.

— Флешка у вас? — кротко спросила Надежда, упершись взглядом в композитора Чайковского. Замечательный памятник, плавные линии, благородная сдержанность позы. Ещё бы: скульптор — Вера Мухина. Композитор в глубокой творческой сосредоточенности. Цвет — зелёный: окислился, бедняга.

— Вы напрасно торопитесь, потому что — да, роман *пока* у меня. — И голосом подчеркнул это «пока», сука! Мол, захочу и не отдам. Как, мол, пожелаю, так и будет.

Надежда вздохнула и проговорила всё ещё вежливо, вдохновляясь отрешённым видом композитора:

— Давайте флешку, Рудольф Вениаминович (Гундольф Пластилинович!). Мне некогда.

— Нет, погодите... — недовольно возразил он. — Это что у нас за гопак такой получается? Значит, что: выдающийся писатель трудился год, адским трудом трудился! А редактору некогда...

Нет, не получалось у Надежды хотя бы раз благополучно провести подобные *встречи в верхах*. Она молча поднялась со скамейки и направилась в сторону метро. Подумала: непременно пожалуюсь Сергею РобЕртовичу.

— Постойте! — нервно окликнул Рудольф Вениаминович (Филадельф Палестинович!). — Я не могу передать вам... будущее достояние мировой литературы... вот так просто...

Надежда резко обернулась:

— Что за чушь?! В прошлом году вы передали мне флешку с текстом романа на метро «Маяковская». У вас там, видно, пересадка была.

— Но... вы обязаны хотя бы написать расписку!

— Пожалуйста, напишу. Есть у вас бумага?

Видимо, идея с распиской посетила Рудика три секунды назад. Великий не мог санкционировать подобное издевательство над своим редактором и явно даже не подозревал, что вытворяет этот говнюк подколодный. (Пожалуюсь, обязательно пожалуюсь!)

Что-то бормоча густым волнующим баском, тот принялся обыскивать карманы своего длинного коричневого пальто, в котором ещё больше похож был на линялого по весне зверька, вставшего на задние лапки. Шея торчала из великоватого воротника и по этой погоде казалась слишком тощей и голой, и слишком белой. Интересно, что он станет делать, если не отыщет клочка бумажки?

— Вот! — с облегчением Рудик протянул Надежде использованный билет на метро.

— И где здесь писать? — презрительно спросила она. — И что писать?

— Пишите: «получено», дата и подпись.

Она вернулась к скамейке, села, пристроила билетик на ладони левой руки, принялась выводить каракули огрызком синего карандаша, которым обычно отмечала огрехи в рукописях своих авторов. Карандаш был толстым, билетик известно каким. Вот ведь Гандон Вазелинович!

— Название романа не указывайте! — горячим шёпотом велел он ей под руку.

— Знаю без вас.

Она бы и не смогла вписать название. В этом году новый роман Великого носил длинное раскатистое имя, как всегда у него, — завораживающее, утягивающее в глубь символов и смыслов.

Она протянула чепуху эту, вздор этот, Рудольфу Вениаминовичу, тот схватил, спрятал во внутренний карман пальто, из которого извлёк чёрную фирменную коробочку «Harry Winston». Увидев, что Надежда собирается проверить — что там внутри, заполошно воскликнул:

— Не открывайте!

— Нет уж! — злорадно отозвалась она, сжимая в кулаке добычу. Внутри коробочки в бархатной прорези для колечка была вставлена крохотная флешка — Великий, просвещённый во всех компьютерно-интернет-инновациях, каждый раз нёсся впереди самого прогресса, а уж впереди своего редактора — само собой. Надежда, немало лет имевшая дело с электронными текстами *своих випов*, так и не могла привыкнуть к постоянному скукоживанию носителей, ощутить не могла и поверить, что в такой вот крохотуле-скорлупке таится большой роман.

Не говоря ни слова, она повернулась и пошла.

— Надежда Петровна! — крикнул Рудик. — Подождите! Вы на метро?! Вы на работу?!

Он подбежал, юркий, вёрткий мелкий бес, метущий тротуар полами длинного пальто.

— Если по пути... — произнёс, задыхаясь, — что-то случится... Если кто-то подозрительный приблизится...

— Я поняла, — покладисто отозвалась Надежда Петровна, не оборачиваясь: — Проглотить, затем высрать.

...И вот теперь она не могла найти эту чёртову флешку! Проклятую скорлупку, заветный носитель огромного романа! Надежда помнила, что в целях конспирации спрятала драгоценный ноготок особенно хитроумно. Но забыла, забыла — куда! Все ящики всех столов в комнатах редакции были выдвинуты и обысканы по миллиметру. Уже минут сорок Надежда, бледная как полотно, молча плакала. Слёзы лились и лились, неизвестно уже, из какого источника черпая неостановимую влагу. А мигрень разгоралась во лбу и в затылке какими-то особо ядовитыми сполохами.

Преданные девочки, сотрудницы Надежды (старшая выходила на днях на пенсию, младшая год назад родила двойню), буквально оледенели в ожидании беды: впервые за годы своей работы они видели, как плачет их начальница, сильная женщина Надежда Петровна Авдеева. Сообщать ли о катастрофе Сергею РобЕртовичу? — этот вопрос буквально висел над головами, но задать его вслух они боялись. Часа через полтора самолёт из Ларнаки (последние дней десять директор пребывал на Кипре со своими лошадками) должен был приземлиться в Шереметьево. «Нет, нет! Ни за что! — кричала Надежда, — он сойдёт с ума! Он не простит, он порвет меня в клочья!» — «А что же делать?» — «Искать!!!» — орала она, колотя кулаком по столу.

Однако через час сдалась. Опустилась в свое кресло, уронила голову на руки и зарыдала —

безутешно... «Украли... — донеслось сквозь рыдания, — украли, украли...»

Света Кулачкова, старший редактор, решительно набрала телефон Сергея РобЕртовича, вышла в коридор и что-то нервно придушенно говорила в мобильник. Из всего разговора выплеснулось только «...покончит с собой!».

И Сергей РобЕртович, который, вообще-то, мечтал отоспаться после бессонной ночи, птицей прилетел в издательство. К себе в кабинет подниматься даже не стал. Влетел — взбудораженный, окоченелый от ужаса, с воплем: «Душа моя!» И девочки наблюдали, как он обнял Надежду и как рыдала та на его плече, выкрикивая: «ОПЭЭМ! Это бандиты из ОПЭЭМ спёрли!»

— Но как они могли спереть? — усомнился РобЕртович.

— Ночью! Охранники — шпионы! — выкрикнула Надежда и прикусила язык — буквально и очень больно. Она взвыла, открыла рот и глубоко задышала, обеими ладонями загоняя в рот воздух. Кончик языка пылал от боли.

— Ну хватит тебе рыдать, несчастная! — сказал Сергей РобЕртович. — Бывает! Всё на свете случается. Ты не виновата, дура! Нечего было устраивать всю эту идиотскую конспирацию. Не бойся, я сам с ним буду говорить. Я тебя покрою!

(В его лексиконе в последние годы возникло много конюшенных, конезаводческих слов.)

И все девочки, кто находился в комнате, в который уж раз подумали, что всё-таки их директор — очень хороший мужик.

— Ты вот что, — решительно продолжал

он. — Прими успокоительное и баралгин какой-нибудь, — у тебя ж наверняка мигрень разыгралась. А я поднимусь к себе, соберусь: выпью что-нибудь покрепче перед... (хотел сказать «казнью», но милосердно запнулся) перед разговором.

Надежда, к тому времени объятая пульсирующей болью под черепной коробкой, подумала, что баралгин — дело правильное, может, он и в прокушенном языке боль слегка уймёт. Подвывая и шепеляво приговаривая «узас, узас!», полезла в нижний ящик своего стола, где держала таблетки от мигрени в миниатюрном бисерном кошелёчке.

...Душераздирающий вопль ударил в спину выходящего Сергея РобЕртовича, вылетел из редакции современной литературы и прокатился по этажу. Надежда Петровна Авдеева, растрёпанная, с зарёванным красным лицом, с открытым ртом, в котором дрожал прокушенный язык, вопила, тряся кошелёчком. А что она там вопила, понять было невозможно из-за потревоженной дикции:

— Фэска, фэска!!! Сама сп'ятала, ста'ая ду'а!!!

Когда осознали... когда заглянули-проверили, когда каждая пощупала, чтобы ощутить тактильно! — вся редакция пустилась в разнузданный хип-хоп. Девочки отплясывали, вздымая юбки, задирая ноги, обнимались, визжали, как фанатки футбола на трибунах. Ещё бы: жизнь была спасена! Жизнь редакции современной литературы продолжалась. Позора не будет! Великий не узнает! ОПЭЭМ — выкусит! И мерзкий Гандон Вазелинович не ворвётся сюда — жарить их всех в кипящем масле, вздымать на вилы и макать с головой в бочки с дерьмом.

— Та-ак... — выдавил Сергей РобЕртович, прислонясь к стене, медленно растирая ладонью грудь в области сердца. Он и сам, между нами говоря, испытал огромное облегчение: ну кому охота ползти с повинной головушкой на плаху к этому Великому Мудаку! — Вот что. Умой лицо, поедем обедать, я в самолёте ни черта не жрал, а с твоими трагедиями и вовсе ... — Он вздёрнул руку, глянул на часы: — У-у-у-у! Поехали.

И хотя Надежда высовывала кончик языка, всплёскивала руками и показывала, что есть ей совершенно не хочется и невозможно, — Сергей РобЕртович чуть не силком потащил её к лифту, усадил в машину и повёз в «Тётю Мотю», в Спиридоньевский. Время от времени они проводили там переговоры с партнёрами из «Звучащей книги».

Ресторан был домашний, милый такой, ностальгический; декорирован под коммунальную кухню пятидесятых. Здесь готовили знатный украинский борщец и совершенно фантастическую фаршированную щуку.

— А вот борща я поем, — оживлённо приговаривал Сергей РобЕртович, пробираясь в любимый уголок, поближе к окну. — И ты поешь борщецкого, душа моя. Похлебай. Больно, а ты через не могу. Ты стресс пережила, калории потеряла...

— Я так посизу... Осень бойно...

— А я говорю: похлебаешь борщаговского-то, сразу в себя придёшь. Принеси ей, душа моя, —

велел официантке, а себе затребовал чуть не половину меню. Поджарый, сутулый, как старая поседелая гончая, Сергей РобЕртович жратву уважал. И борща ему, и щуку, и солёные грузди под водочку принесли — проголодался со всеми этими кошмарами. Да, хорошо здесь кормили.

Выпить Надежда согласилась: язык продезинфицировать, ну и успокоиться. И мгновенно перед ними поставили советские рюмашки пятидесятых годов, дутое стекло, всё в стиле *нóлито* всклянь.

Сергей РобЕртович поднял рюмку и сказал:

— Ну что, душа моя, поехали? Знаешь, за кого пьём? За Великого!

— А посол он к сёлту! — в ярости отозвалась Надежда.

— Почему? — растерянно спросил Сергей РобЕртович, глядя на неё с грустной укоризной. — Великий — это, знаешь, целая эпоха в моей биографии. Я ему по гроб жизни обязан. Он просто спас меня от депрессии, он в мою жизнь привнёс... волю к победе! Может, без него-то меня б уже и в живых не было... — В глазах Сергея РобЕртовича забрезжила грустная нежность, и это Надежду насторожило: её начальник был равнодушен к литературным достоинствам книг, которые выпускало принадлежащее ему издательство.

— Выпьем, помянем его животворную мужскую силу, — вздохнув, продолжал Сергей РобЕртович, — потому что, знаешь... я его охолостил. Уж очень он темпераментный, а это опасно для окружающих.

Надежда в замешательстве отняла от губ тёплую ладонь, которой грела свой несчастный прикушенный язык, и уставилась на Серёгу. Что это с ним, подумала, совсем чокнулся: что он несёт? Охолостил?! Великого?!

— Ну не смотри на меня с такой укоризной. Да, я его кастрировал. Это делают для безопасности. Ему же самому спокойней будет. — Он вновь грустно усмехнулся: — К тому же я... я съел его яйца.

— Сто?!! — пролепетала Надежда.

Она во все глаза смотрела на своего начальника. Пить, что ли, снова принялся, дурак, или совсем не в себе?

— А чего ты скривилась! Великому они больше не нужны, а это, говорят, мужскую силу укрепляет, — пояснил тот. — В моем возрасте не повредит. А что: пожарил и съел. На вкус — ничё особенного, как бычьи, примерно. Что?..

Несколько мгновений они молча глядели друг на друга. Затем в глазах Сергея РобЕртовича вспыхнуло что-то диковатое, подбородок поехал в сторону, изо рта вырвался сдавленный рык... И он зашёлся таким хрипатым гоготом, что едоки за соседними столами все как один вздрогнули и повернули к ним головы.

— Ты что подумала?! Великий... это же конь мой, ко-о-о-нь! — он не мог говорить, всхлипывал, утирая слёзы, давился истеричными рыданиями и трясся, как в падучей. — Эт же лошадка моя, коняга любимая, там, на Кипре... Не классик, нет! О-о-о-о-ох!!! Не классик! У того яйца несъедо-о-о-бные!

В этот день, как в старые добрые времена, они сидели до упора. Надежда пила компот из сухофруктов, он ласкал и успокаивал язык, пострадавший в битвах за русскую литературу.

А Сергей РобЕртович прилично набрался. Он тянулся рукой к её красивой крупной руке на белой скатерти, гладил её, повторял:

— А помнишь, душа моя, помнишь, какими мы были глупыми, смешными и мужественными засранцами? Как мы ни хрена не понимали ни в бизнесе, ни в людях: не знали, кому взятку дать, как бумагу на тираж посчитать... Помнишь, как меня отделали бандюки, нанятые «Логистом-W», и бросили подыхать на запасных путях Савёловского, а ты меня искала с двумя купленными ментами?

— И нашла! С пробитой башкой и сломанными рёбрами.

— Когда я упал, мне хотелось замереть и притвориться мёртвым. Но я слышал, как один сказал: «Надо ещё найти ту рыжую суку и вырвать у неё сиськи», и я поднялся на карачки и ползал под их сапогами, пока не рухнул, — чтобы ты успела уйти из офиса...

— ...и мои сиськи остались при мне. Просто мы хотели делать книги.

— Это ты хотела. И мне велела хотеть. А я за тобой и тогда хвостиком бегал, и сейчас бы побежал, не оглядываясь на семью, на бизнес... Душа моя! Почему ты не вышла за меня, дурака, а?

Официанты давно убрали со столов, на кухне звенела посуда; прощально взмахнув белым крылом, отправлялись в стирку скатерти. Эти двое

144 сидели, держась за руки, протянутые через стол, будто отплывая на плотах друг от друга, пытались удержать себя — прошлым; и говорили, говорили, то принимаясь петь, то хохоча, то отирая слёзы.

Любого другого посетителя здесь давно погнали бы вежливо в шею, но здешние ребята слишком хорошо знали, кто такой Сергей РобЕртович, за минувшие годы видали его разным: суховатым, сумрачно-деловитым и отстранённым, и в гневе видали, и сильно пьяным, но всегда — очень щедрым. Так что беседе старались не мешать.

Тюлевые занавески на окнах поминутно вспыхивали зимним узором — за окном шарили фары машин, взрывались трескотнёй мотоциклы, струилась по узкому тротуару запоздалая компания. А за ней странным эскортом, с тяжёлым цокотом прошествовали две лошади. Это было так неожиданно — в центре столицы, — что и Надежда, и Сергей РобЕртович примолкли и повернули головы к окну, за которым близко-близко и медленно, как в воде, мерно кивая гривами, проплыли соловый с буланым.

Глава 4
«МОЙ НЕЖНЫЙ ЧЛЕН...»

Почему она за него не вышла...

Про себя усмехалась: хороший вопрос. Смешно не смешно, а в молодости Серёга смиренно принимал её насмешливую дружественность, хотя так и не смог понять и принять отказа — вначале шутливого, потом угрюмого, категоричного, отрывисто, сквозь зубы брошенного. «Но почему, почему?!» — повторял он шёпотом. Без комментариев, как любят писать борзописцы. Без комментариев, без объяснений, без единого ласкового слова. А сколько лет может надеяться мужик?

Второй раз в её жизни он возник, когда Лёшику исполнилось месяцев девять. В дверь позвонили, и Надежда, как обычно, когда не ждала кого-то знакомо-привычного, вроде няни, подкралась на цыпочках к двери и приложилась к глазку. Там, на лестничной клетке, торча вперед носом и подбородком, стоял кто-то длинный, тощий, аккуратно стриженный, весь в варёной джинсе.

146 Она его не узнала. Выждав ещё два-три мгновения, он подался к двери, привалился к ней плечом и проговорил:

— Ты дома. Я видел, как ты коляску затаскивала.

И поскольку Надежда по-прежнему молчала, от страха покрывшись мгновенным жгучим холодом, он, запинаясь на каждом слове, продолжал:

— Я всё сделал, как ты велела. Я здесь, башли там. Адвокат попался супер-класс, но меня не выпускают. — Он помолчал, собираясь с мыслями или от волнения подбирая слова. — Я тебя искал, искал... Никто там, в газете, адреса не хотел сказать. Ну, я сунул штуку зелени дядьке седому, стол справа, у окна, и он молча начертал адрес на бумажке. Душа моя!

В это мгновение Надежда его и узнала: это ж был тот лабух с американским наследством, тромбон несчастный, дурацкий РобЕртович! Она загремела цепями-замками, рванула дверь и возмущённо крикнула:

— Сколько-сколько ты дал этому козлу Поворотникову?! Он всё вернёт как миленький!

Сергей РобЕртович переступил порог, будто прибыл на конечную станцию, откуда не собирается дальше двинуться ни на шаг, и тревожно проговорил:

— Женись на мне! У меня будет до хрена зелёных, и все они твои и твоей девчонки... или пацана. Только женись на мне, душа моя!

— В смысле, ты меня покупаешь? — уточнила Надежда презрительно. — Но за бóльшую сумму, чем Поворотникова.

Он топтался в прихожей, не смея снять куртки, уже совсем не понимая — что и как правильно говорить этой потрясающей девушке, от волос
которой в свете потолочной лампы лучи отходи-
ли, как от святых на картинах старых мастеров.

— Проходи, миллионер, — сказала она. —
Только не топай, ребёнок спит. И женщине говорят «выходи замуж», а не «женись».

В то время она уже носила гордое звание «представителя зарубежного издательства в Москве»,
не заработав пока на этом ни копейки. А вокруг
по всей стране сыпалась и кусками отваливалась
жизнь, еду добывали по карточкам, спекулянты
зверели, шахтёры бастовали, по окраинам импе-
рия истекала кровью и уже загнивала в гангрене
в преддверии неминуемых ампутаций.

Газетка «Люберецкая правда» хирела и чадила, как догорающая свеча. Учёба в универе тоже чадила, держась, как на ниточке, на отмен-
ной памяти Надежды, на умении по чужому не-
брежному конспекту, выданному ей на две ночи,
воссоздать, проработать и представить на зачё-
те-экзамене целый пласт убедительных знаний.
Последние доллары за родительский дом она держала в почтовом конверте за батареей, свою квартиру в Люберцах сдавала за ничтожную, каждый
месяц усыхающую плату.

Но заработки мерцали! Заработки уже стояли
стеной за её порогом, и явление рабочей силы, ещё
одной пары мужских рук, она расценила как добрый знак. Усадив РобЕртовича на кухне, сварила
ему кофе, подогрела жареной картошки с грибами

и, усевшись напротив нового своего сотрудника, стала «вводить его в курс бизнеса», методично проговаривая всё по три раза, ибо незваный гость смотрел на неё глазами оглушённого кролика. Она говорила, поминутно возвращаясь и трижды объясняя детали: издательский план, бизнес-модель... бухгалтера, курьеры, типографии, поляки... Почему — поляки, откуда и при чём здесь поляки, он просто не спрашивал — какая разница? Говорила Надежда быстро и чётко — надо было уложиться часа в полтора, пока Лёшик не проснулся. Через каждые пять минут откидывалась на стуле и требовательно чеканила: «Задавай вопросы!»

(Единственное, о чём пока умолчала, боясь лабуха испугать, что книжный бизнес в сегодняшней России — дело опасное, всё равно что намывание золота на калифорнийских приисках лет сто назад.)

Напрасно она боялась его испугать! И вопросы лабух не задавал, просто сидел и смотрел ей в глаза — медовые, янтарные, горячие... золотые! Он просто не хотел отсюда уходить — никогда и никуда. И готов был на всё: на бизнес-модель, на типографию, на поляков, которых надо было то ли уважить, то ли убить — опять же, какая разница?! Он сделает всё, что она велит, просто чтобы каждый день видеть этот сияющий нимб над её головой.

* * *

А началось всё с невинной поездки в Вильнюс, в гости к другу и сокурснику Мартинасу (кто бы тогда мог прозреть в застенчивом носатом увальне будущего флагмана эротической женской прозы — Светлану Безыскусную!).

Марти пригласил Надежду и Ирку Кабанову в Вильнюс, на каникулы, дня на три. До появления в её жизни Лёшика оставались несколько недель, не зачёркнутых в ежедневнике. Она ещё не понимала, только догадывалась, как изменятся с появлением на свет этого шёлкового горячего тельца её жизнь, её душа и воля, распорядок дня, образ мыслей...

Праздничная новогодняя неделя оставалась последним шансом, сказал Марти, «прогуляться-проветриться». Ирку она прихватила на случай, чтобы пылкий и романтический Марти не строил лишних иллюзий, и ещё потому, что у той в Вильнюсе жила троюродная сестрица, готовая пустить девочек на три ночи в чулан — вполне, между прочим, уютный, хотя и безоконный, оклеенный афишами фильмов пятидесятых годов, пропахший сухофруктами и настоящим индийским чаем.

Так вот, по дороге домой единственным соседом в купе поезда Вильнюс — Москва оказался пожилой симпатичный господин с церемонными манерами и неуловимым акцентом. Станислав — можно без отчества. Он курил трубку с каким-то ароматным табаком. Запах был лёгкий, немного терпкий — волшебный, и всё-таки, перед тем как разжечь трубку, попутчик каждый раз деликатно осведомлялся — не будут ли юные особы возражать, если он...

— Да что вы, курите, курите! Такой аромат необычный!

Дяденька немедленно доложил, что это табак особенный, сорта «Кентукки», а запах такой — оттого, что листья томят в амбарах, в дыме тлеющих поленьев. В общем, беседа завязалась естественно, с лёту:

— Что это вы читаете?

— Божена Озерецкая, — отозвалась Надежда, — польская писательница.

— О! — почему-то удивлённо заметил попутчик, словно Надежда читала Вергилия в подлиннике.

— Вы читали? — обрадовалась она. — Её у нас не знают, так странно. А пишет превосходно, с таким, знаете, тонким польским юмором.

— О! — вновь коротко и одобрительно отозвался милый господин, склонив голову набок и глядя в окно, за которым свивалась в пряди и раскачивалась белая завеса налетевшего снега. И тотчас перевёл разговор на другие темы. Видимо, всё же не читал Озерецкой; так сказал, за компанию.

Засиделись за полночь. Уже Ирка давно спала на своей верхней полке, в купе горела только слабая голубая лампочка, из-за чего призрачный снег за окном казался могущественной стихией, заполонившей весь мир и лишь чудом не захлестнувшей крошечное пространство их обитания. Когда попутчик, вздохнув, заметил, что в его возрасте беседа, даже столь приятная, уже не заменяет сна, Надежда решилась на бестактный вопрос, который хотела задать ему последние часа полтора (с должными извинениями, конечно!):

— Мне показалось, или у вас всё-таки есть лёгкий акцент, который вот никак разгадать не могу?

С краткой заминкой Станислав ответил, что белорус он, учитель русского языка из Барановичей.

— Ну, нет, — спокойно возразила Надежда. — Я в детстве все летние месяцы жила у бабки в Белоруссии, меня не проведёшь. У вас и акцент не тот, и язык отнюдь не школьного учителя, и лицо ваше, и манеры, простите, не из Барановичей. Не говоря уже о вашей трубке.

— А что такое с моей трубкой? — комично вытаращив глаза, осведомился Станислав.

— Она тоже, скорее всего, не из Барановичей, как и табак. — Надежда улыбнулась, спросила — «позволите?», потянулась к трубке, взяла, повертела в руках. Кивнула с довольным видом: — Фирма «Росси», причём коллекционный экземпляр. Видите, выточена из цельного куска чёрного дерева, в стиле старинных голландских. Скорее всего, она из партии, изготовленной по спецзаказу для офицеров Военно-морского флота Российской империи. Год 1905-й. Война с Японией...

Онемев, Станислав молча смотрел на Надежду уже без улыбки. Медленно сказал:

— А ведь точно: трубка дедова, а он был флотским офицером. Я и не задумывался. Как это вы...

Надежда сказала просто:

— У купца Сенькова была такая же, друг ему подарил, моряк. Мой отец полжизни работал реставратором в музее, ну а я крутилась там у него, под руками.

Подняла на попутчика глаза, улыбнулась:

— Колитесь, кардинал!

Станислав откинулся на диване, расхохотался, так что видны стали тонкие золотые коронки на коренных зубах. Сказал:

— А знаете, Надежда, вы — совершенно необыкновенная молодая особа. И такая красивая! Счастлив будет тот, кого вы одарите своей благосклонностью... Будь по-вашему, «колюсь»: я — профессор-русист из Гданьского университета. Поскольку совсем не понимаю, что сейчас происходит в России, предпочитаю побыть учителем-белорусом из Барановичей.

И далее тема сна была напрочь забыта, и они проговорили до утра, перебивая друг друга: о польской «Солидарности», о митингах «Демроссии» и «Московской трибуны», о войнах в союзных республиках, о нищете и голодухе, о полном развале жизни, о повальном бегстве всех, кто может, из Союза, агонизирующего в корчах «перестройки».

К утру были лучшими друзьями, обменялись адресами, телефонами...

Поезд уже катил к вокзалу, вперебивку постукивая на подъездных путях, и величавый отвесный снег, источник утреннего знобкого света, тоже словно замедлял движение, отгораживая холодную чистоту природы от тёмной суеты вокзала, носильщиков, проводников; от пассажиров, снующих в сумрачной глубине перрона...

— А пани Божена Озерецкая — да, замечательная дама, — проговорил Станислав, заметив, что Надежда вкладывает книгу в наплечную сумку. — Неплохо с ней знаком.

— Вот бы у нас издать все её романы, — вздохнула Надежда. — Уверена, был бы огромный успех!

— Знаете что... — Он мгновение помедлил... — В том издательстве, где я подрабатываю переводами, не так давно висело объявление. Вроде они искали кого-то на представительство в Москве. Могу разведать подробности, хотя... — Он с некоторым сомнением оглядел свою очень молодую попутчицу. — Вы ведь понимаете, Надежда: любить книжки и издавать их — отнюдь не одно и то же. Порой издатели весьма далеки от волнений любви, если понимаете, о чём я. Вы хотя бы что-то знаете об издательском деле?

Она хотела отчеканить: «Всё!» — но эта ночь задушевной беседы с симпатичным ей человеком удержала от абсолютного вранья. Она запнулась и сказала:

— Через неделю всё буду знать!

Да уж, конечно: не через неделю, и не через месяц, и даже не через год она почувствовала себя настоящим профессионалом в книжном деле. Ибо с того момента, когда у неё в квартире зазвонил телефон и Станислав, торопясь (дорогой международный тариф!) и от скорости мешая русские слова с польскими, сообщил, что директор издательства согласился рассмотреть её кандидатуру на должность своего представителя в Москве, только надо приехать срочно, пока кто-нибудь шустрый не увёл счастье, а остановиться можно в его семье... — с того момента много воды утекло, и много чего стряслось прекрасного и ужасного, пока Надеж-

да могла бы твёрдо заявить, что в книжном деле знает все ноты и может сыграть любую пьесу на любом инструменте этого сложнейшего и капризнейшего оркестра.

Она так и стояла над телефоном в своей кухоньке, задумавшись.

До рождения человечка оставалось четыре недели, последние деньги за дом она держала крепко-накрепко, но сильно потратилась на приданое для будущего малыша, на все эти импортные коляски да шубки-ботиночки. Может, зря? Дети как-то растут и в штанах попроще... Вот теперь надо ехать, предстать в приличном виде перед — кем там? — директором, редакционным советом? — а ты глянь-ка на себя: зима-лето-осень-весна, — всё в своём растянутом свитере ходишь, как сирота казанская.

«Включай «Якальну»!» — приказала себе и бросилась доставать дефицит через знакомых спекулянток. Её уже научили, что *холостой-порожней за бугор одни только дуры ездиют.*

Несколько дней провела в сущем дыму и кошмаре: куда-то мчалась, взмокшая, на окраину Москвы, где что-то ей «оставляли», а она тоже что-то передавала и оставляла, потом везла, тащила, оттягивая руки. К отъезду набила два чемодана и сумку, где в немыслимой патронташной плотности были уложены: банки индийского растворимого кофе, комплекты постельного белья, консервы с ветчиной и тушёнкой, с тунцом, лососем и сайрой, а также отвёртки, шурупы, дрель и плоскогубцы, павловопосадские платки, гжельские дурацкие свинки да лягушки и ещё кое-какое барахло, что присоветовала брать эксперт по международной торговле Земфирка — та ходила в Польшу наезженной челночной тропой, знала, что в тех краях ценится на чёрном рынке.

«А ехать туда надо через Израиль, — добавила тёртая Земфира и, отмахиваясь от вытаращенных глаз Надежды, пояснила: — Ну якобы, типа того. Таможня в Бресте эмигрантов не так шмонает, как нас, всё ж таки те на чужую голытьбу едут, всяко везут. Прицепись к евреям, попроси сумы на себя взять».

Надежда покумекала, полистала записную книжку в поисках нужных фамилий. И в результате таки «прицепилась к евреям».

Вообще, «включённая «Якальна» творила чудеса: Надежда умудрялась решать самые разные вопросы в течение пятнадцати минут. Как-то удачно обнаружилось, что в Израиль на ПМЖ отправляются знакомые ей сёстры Фромченко с четвёртого курса филологии (практичная торгашка «Якальна» задала вопрос: почему ж не закончить образование? И сама же себе ответила: больно там пригодится им русская филология! Небось сразу на курсы помощника стоматолога запишутся, и правильно сделают!).

Буквально через три дня она с девчонками брала штурмом поезд Москва—Варшава, а в Бресте стояла, с закушенной губой глядя, как таможня конвейерно расправляется с отъезжантами: как пограничники выбрасывают из тюков вещички, сверяясь с длинным списком «товаров, запрещённых к вывозу». «Это вот они очень правильно едут», — отметила про себя, и данное яркое впечатление навсегда уберегло её от любых имперских позывов, от патриотических осуждений и прочего прокисшего кваса.

Станислав, золотой человек, встретил её в Варшаве; подплывая к перрону, она видела его высокую фигуру в полушубке и франтоватой клетчатой кепке с опущенными ушами, каких до того не встречала. Эти славные длинные уши делали его похожим на преданного и учёного немолодого пса. Снова шёл снег, обильный и без-граничный, оседал на шапках и воротниках. Вдруг под сердце подкатило: другой снег, метельные пряди, жёлтый свет в дверном проёме, в котором... «Так что, мне нет места в твоём горе?» — и его неостановимые рыдания: «Надя... Надя...»

Станислав подхватил, удивлённо крякнув, оба её чугунных чемоданища, но промолчал. Надежда смущённо пояснила: «Там разное барахло... на продажу... Это стыдно?» — «Да нет, — он пожал плечами. — Тут многие торгуют. Сам я никогда не пробовал. Не умею».

Они погрузились на гданьский поезд и уже там, в чистом и тёплом вагоне, Станислав принялся просвещать Надежду на предмет деятельности издательства «Titan-Press», одного из самых крупных в стране.

— А что они издают?

— Всё! Вы бы удивились, узрев в ассортименте их книг европейскую классику рядом с пособиями по китайскому сексу.

— Китайский секс?.. — в замешательстве повторила Надежда. — Не слышала никогда. Он чем-то отличается от японского или... индийского?

— Понятия не имею, — улыбнулся Станислав. — Но, судя по тому, как весело продаётся, его последователей у нас становится всё больше.

Его душевное желание помочь — совершенно чужой, в сущности, девушке — она по-настоящему оценила, лишь когда очутилась в тесной квартире Станислава, заселённой его большой семьёй: жена и двое своих детей да племянницы-близняшки тринадцати лет. (Он пояснил вполголоса: «Мои сироты, дети погибшей сестры» — и Надежда не стала расспрашивать.)

Ужасно переживала, что не привезла *настоящих подарков*, да и где их сейчас найдёшь! — просто отгрузила часть своих торговых запасов, которые, впрочем, Станислав с супругой одобрили и на торговое поприще её благословили.

Ждать встречи на высоком издательском уровне пришлось дней пять, и все эти дни Надежда провела толкаясь, ругаясь, торгуясь и ударяя по рукам.

Гданьская барахолка — огромное поле под открытым небом, то крошащим сухие снежинки, то вываливающим щедрые вёдра голубого снега, — простёрлась на окраине города, куда ходили редкие автобусы. Надежда не роптала: когда пускаешься в торговый оборот, ты ступаешь на тропу преодоления самых разных трудностей — транспортных в том числе. И хотя сильно мёрзла в своей тощеватой куртёнке — а в те дни, как назло, ударили холода, — с утра и до вечера она выстаивала над товарами, приткнувшись в уголке под навесом у доброго дяденьки, — тот за небольшую мзду разрешил присоседиться, пояснив, что у него внучка «така же руда».

Здесь тянулись целые улицы, составленные из дощатых прилавков с навесами. Многие приезжали на своих машинах, торговали прямо из открытых багажников. Кое-кто расставлял раскладушки, на которые вываливали товар. Это был подлинный интернационал барыг: поляки, русские, украинцы, белорусы, литовцы...

Бродили меж покупателями и «блуждающие звёзды» — торгаши без места и роду-племени.

Заметный отовсюду, очень чёрный на фоне белейшего снега, с холщовой сумой на шее ковылял хромой негр на костыле — он торговал сигаретами. Какой-то мексиканец, а может, и киргиз, продавал настоящие сомбреро, надев их на голову все, одно на другое, — пёстрая башня плыла на голове диковинной юртой. Надежда своими глазами видела, что народ это дело покупает — может, на карнавал или на праздник какой?

Отдельным переулком стояли то ли вьетнамцы, то ли китайцы с перемётными сумами разного плёвого, но культурненько запаянного в целлофан шмотья.

В самом сердце рынка, на небольшой площади, не заставленной прилавками, на расстеленных газетах, на ковриках, кучками было разложено старьё — копайся на здоровье, выбирай, что приглянулось. В Польше в то время уже можно было купить почти всё, но стоили товары недёшево, а на рынке люди изрядно экономили.

Здесь продавалось всё, что душа пожелает, всё, что нужно и не нужно в хозяйстве и в жизни: продукты, текстиль, косметика, янтарь и гжель, самовары, — и великаны, и крошки сувенирные; продавались новые и пользованные краны-унитазы, кое-какая мебелишка, гвозди-шурупы, слесарные и столярные инструменты, а также всевозможные часы — от наручных, в том числе советских-армейских, до каминных, красоты изумительной, до напольных гренадеров. Отдельно и как-то бытово, как картошка, продавалась война: пистолеты, гранаты, патроны... За десять тысяч злотых один мужик предлагал почти новый автомат Калашникова с боеприпасами. А уж советскую военную форму, полное обмундирование, медали и ордена и вовсе можно было недорого сторговать.

«Якальна», включённая в Надежде на полтораста ватт, торговалась, не спуская цены, на «товары оптом» не соглашалась. Весьма скоро она уже понимала две-три фразы и бойко отвечала по-польски. Стоило ей услышать: «То може пани жартуе: таки шмэльц то и за дармо не варто брачь»[1], она бойко отвечала: «Спрубуй пан зналэжчь таней!»[2]

Разговор между мужиками часто был сдобрен матерком, но не грубым, а так, для красочности. Словечко «курва» употреблялось почём зря и служило в предложении знаком препинания.

---

[1] Вы шутите, пани? Такое барахло и даром не стоит брать (*польск.*).

[2] Пусть пан попробует найти дешевле! (*польск.*)

Она держалась молодцом, растирая уши и сильно топая ногами по снегу, в глубине души кайфовала: товар уходил, злотые копились. «Якальна» внучку бы одобрила. Она дула на замёрзшие руки и бодро прикидывала: не выйдет с издательством, сделаюсь «челноком».

Вечером, замёрзшая и голодная, брела в милую, но тесную квартирку Станислава на улице Столярской.

По пути разглядывала витрины умопомрачительных кондитерских и кафе: больше всего на свете ей хотелось выпить настоящий, не из банки, кофе с пушистой пористой пенкой и съесть одно из обольстительных пирожных, красочный хоровод которых в витрине кружил ей голову.

Город ей нравился: он был дружелюбным, *иностранным*, заманчивым — её первая заграница! Небо над частоколом узких разноцветных фасадов казалось высоким и стремительным, по нему с бешеной скоростью мчались пузатые, с низкой осадкой, бурые тучи-корабли. Она шла и разглядывала улицу — снизу вверх, в ширину и вдаль: там, в перспективе, часто громоздилась церковь с мощными колоннами и высоченным куполом, и казалось, что кто-то по ошибке занёс на сцену декорацию из другого спектакля, и теперь та громоздко и некстати выглядывает из-за кулис.

Почти на каждой улице в шеренге красивых старинных домов размещались пивные, кондитерские, пабы или варьете. Каменные ступени с узорными чугунными перилами сходили в полуподвал, и так хотелось заглянуть туда, спуститься по лестнице в уютный золотисто-коричневый сумрак, подсвеченный лампами в стиле «тиффани», вдохнуть восхитительные, до головокружения, запахи еды...

Но она держала себя в ежовых: ишь чего! Вкусненького ей захотелось!

И упрямо продолжала свой путь — до угла улицы, до дома с чугунной вензельной калиткой, где на каждом кирпичном столбе сидело по чёрной горбатой вороне, заворачивала за угол и выходила к каналу, а там покачивались высокие голые мачты. И казалось, что недавно тут проходил крестный ход, но хоругви сняли, а голый остов теперь качается на ветру... Над серой морщинистой водой летали хрипатые чайки и орали, как пьяные матросы, вполне различимыми ругательными словами.

Она стояла у воды, щурила глаза, слезящиеся от порывов ледяного ветра, и, стягивая на горле мягкий ворот старой зимней куртки, повторяла себе: «У меня будет большой красивый дом... И я поеду, куда захочу: в Италию, во Францию... в Тунис! Куплю себе двадцать пирожных и съем за один присест. И буду делать книжки, много хороших книг. Всё это будет в моей жизни. Будет, будет, будет!»

Наконец настал великий день, и Станислав повёз Надежду в издательство. К тому времени она распродала почти все свои запасы и даже принарядилась: купила тёмно-зелёное шерстяное платье и сапоги на деликатном каблучке, а нитку мелкого розового жемчуга надела ей на шею жена Станислава, Гражина.

Сам Станислав, рекомендатель и переводчик, тоже прекрасно выглядел: в сером костюме, в бордовом галстуке, с бордовым же платочком, углом торчащим из нагрудного кармана. Станислав смешно скашивал на него глаза и называл «свиным ухом».

«О Божене Озерецкой пока не заикайся», — посоветовал он, и, когда Надежда увидела, а главное, услышала директора, пана Ватробу, она этот совет оценила вполне.

Маленький и щуплый, лысый как колено, пан Ватроба был элегантен и высокомерен. Надежда сильно волновалась и потому запомнила только его до странности маленькие ноги в ботиночках, явно сделанных на заказ. Они сверкали, забавно отзываясь такой же сверкающей лысине, и можно было бы мысленно пошутить, что и ту, и другую поверхности пан Ватроба может чистить одной и той же тряпочкой с ваксой... Но шутить не хотелось.

Непонятно, почему эта встреча называлась *собеседованием* и для какого такого перевода прибыл с ней Станислав — Надежде не удалось вставить ни единого слова. Станислав сосредоточенно слушал и кивал, иногда легко касаясь локтем руки Надежды, незаметно этим её подбадривая... Говорил один пан Ватроба. Он говорил и говорил, притоптывая ножкой, почему-то всё больше раздражаясь, будто ему кто-то возражал. Видимо, попросить его умолкнуть минуты на полторы, дабы претендент на должность смог бы услышать — что, собственно, до него хотят донести, — было стратегически неправильным. Станислав кивал, Надежда вежливо мрачнела.

По обратному пути так же мрачно она слушала Станислава, его запоздалый и сильно смягчённый перевод.

Как он и рассказывал в первый день, махина «Titan-Press» выпускала в свет огромное количество печатной продукции. Титаническая мельница вертела адские жернова: европейскую классику, польских авторов, англоязычные детективы, кулинарные книги, порнуху, женские страдания, пособия по успешному ведению бизнеса, наконец, Камасутру — вечную и бессмертную кормилицу вечно вожделеющего человечества. Россию они считали страной отсталой и малокультурной, вообразить не могли, что там, как и в Польше, благодарные читатели заглатывают книги любых жанров, тем более после многолетнего книжного голода.

Задумывая экспансию на российский книжный рынок, они успели отдать в перевод множество книг (пяток из них, в холщовой сумке, выдала Надежде на ознакомление секретарша пана Ватробы Богумила). Беда лишь в том, что переводы эти делали отнюдь не профессора, вроде Станислава, а студенты, причём студенты нерадивые.

Весь вечер, лёжа на раскладной подростковой кровати за ширмой в кухне — в самом просторном, как ни странно, помещении квартиры, — Надежда читала выданные ей шедевры. По мере чтения изумлённо приподнималась, садилась на кровати и ржала, выкрикивая ту или другую выловленную фразу: «То твоё верное сердце говорит с любовью из твоего нутра! — декламировала она. — Эта здравая пани заслужила истинное почитание на поприще делового содержания своего чистенького и уютного борделя!» Минут через десять она уже рыдала от брезгливого восторга, вскакивая и опять падая навзничь, так что в одно из самых драматических сотрясений организма («Мой нежный член, достойный её пылкости, достиг её сердца!») кровать под ней таки сложилась.

Наконец предстала перед Станиславом и мрачно проговорила:

— Они идиоты, понимаете, Станислав? Высокомерные идиоты. Хорошо, что я ему не понравилась, и потому считаю себя свободной.

Однако ещё через два дня, когда последний шуруп и последнее полотенце были проданы на осточертелой барахолке и Надежда, отчаявшись получить вразумительный ответ от издательского унтер-пришибеева, уже складывала бельишко, брюки и всё тот же растянутый свитер в дорожную сумку, — из «Титана» позвонили. Секретарша Богумила сообщала, что пан Ватроба, переговорив с несколькими претендентами на представительство в Москве (враньё, ожесточённо подумала Надежда, где эти чёртовы претенденты?), остановился на кандидатуре *вот той, молчаливой рыжей девушки* и приглашает её на вторичное собеседование и обсуждение дел.

На сей раз, отставив церемонии и низкопоклонство перед Западом, они со Станиславом явились на встречу с директором в самом будничном виде. Надежда выслушала указания: за месяц она должна найти соучредителей нового совместного предприятия, провести маркетинговое исследование российского книжного рынка, зарегистрировать фирму... Там было ещё десятка три указаний, она решила пока не пугаться и действовать наощупь. На всё про всё ей выдали штуку зелёных — деньги по той погоде огромные. Первыми книгами на русском рынке должны были стать: некий английский детектив самого простенького разбора, какой-то женский роман (она не успела прочитать это великое произведение) и как раз та порнуха с нежным членом.

Надежда прекратила изучать мыски своих новеньких сапог, подняла голову и сказала:

— Я бы хотела издавать талантливых польских авторов. Марека Хласко. Станислава Лема. Божену Озерецкую...

Пан Ватроба затопал ногами. Это было неожиданно и очень пугало с непривычки. Странно, что такой дробный топот издают столь изящные ножки, мелькнуло у Надежды, — будто стадо косуль бежит по асфальту к водопою. «Никаких польских авторов, — орал он высоким голосом, срываясь на фальцет, — английские детективы! *хорроры*! женские романы! Всё, что тебе скажут!!!»

— Пойдёмте, — сказала она Станиславу и направилась к двери.

— Чьто ти хочьеш?! — крикнул издатель. — Чэго хцэш?!

Надежда вернулась, сказала:

— Пан Станислав, прошу вас переводить дословно, без купюр, не смягчая... Уважаемый пан, если то, что мне предложили почитать, — примеры основной продукции вашего издательства, то мне просто жаль ваших читателей. А тот, кто перевёл их на русский язык, должен быть немедленно расстрелян. Переводы ужасны, презренны, нелепы, это вздор и позор. Начинать издательство с выпуска дурных книг — значит провалить дело с самого начала. Возможно, у русских сейчас проблемы с продовольствием, но читать они не разучились и знают толк в литературе, это наш национальный промысел.

Станислав переводил, подавленно снижая голос на крутых виражах, но слов Надежды не смягчая.

Пан Ватроба был взбешён и великолепен. Он тряс руками и топотал ногами: кто это говорит?! От кого он это слышит?! Кто учит его издательскому делу — нищебродка из Москвы?!

Она вновь направилась к двери, и вновь, брызжа и топоча, ей кричали что-то в спину по-польски. И она возвращалась и повторяла, что, возможно, им стоит поискать представителя посговорчивей, чем она, но... «Озерецкая», — повторяла тихо. «Озерецька?!!» — вопил Ватроба в полуобмороке. Станислав, бледный и потрясённый, тоже всплескивал руками, пытаясь встрять в скандал и как-то умерить его, обращаясь то к издателю, то к девушке, которая — он уже точно это знал — конечно же, станет успешным представителем издательства в России.

На обратном пути он, встрёпанный и вспотевший, без клетчатой кепки на голове (забыл её у Богумилы), несколько раз повторил, зачарованно, чуть ли не испуганно на неё глядя: «Надежда, вы совершенно необыкновенная молодая особа! И вы далеко пойдёте...» — «Далеко, — усмехнулась она, — вот только — куда?»

Итоги издательских торгов (а иначе и не скажешь, Надежда была удивлена и даже потрясена сходством своей торговли на рынке с этой беседой «на высшем уровне») вылились в следующее соглашение. Она пойдёт на компромисс, выберет две книги из числа предложенных — неплохой английский детектив и сентиментальную историю любви, автор Анеля Ковальская. В Москве отдаст их в умелые руки профессиональных переводчиков, сама сделает редактуру и корректуру, найдёт художника, типографию, распространителей... Взамен она увозила заветный договор на издание трёх романов Божены Озерецкой.

Это была победа, и торжествующая радость окрыляла Надежду на протяжении всего обратного пути с двумя пересадками, в безразмерных вагонах битком набитых поездов, куда заносила её толпа, где ей сломали чемодан, намяли бока, выдавили локтями рёбра и оттоптали ноги, заодно вытащив деньги, оставшиеся от удачной торговли на Гданьском рынке.

* * *

Вернувшись в Москву, она ринулась искать партнёров для создания совместного предприятия. Это оказалось легче лёгкого; произнесённые по телефону сакральные слова «доллар» и «зарубежные партнёры» совершали животворящие евангельские чудеса: давно протухший Лазарь оживал и строил глазки; телефонная трубка в руке расцветала листьями, цветами, венчалась плодами и благоухала, как святые

168 мощи в позлащённой раке. Оттуда лились задушевные песни, вибрировали пылкие голоса, и каждый потенциальный «партнёр» хотел назначить встречу на сегодня, минут через сорок, если можно, адресок только продиктуйте, уже пишу! Так, за два дня, на скамеечке Тверского бульвара она протестировала с десяток потенциальных соучредителей.

Стоя неподалёку, у телефонной будки, наблюдала со стороны — как подходят, садятся, оглядываются... Троих отбраковала из-за походки и суетливости: нервные соучредители ей не нужны; к одному даже не подошла, рожа оказалась — чистый капитан Сильвер, только без костыля и попугая на плече; двоим посулила перезвонить, ещё об одном думала дня три... Но остановилась на редакции газеты «Московская правда». Никчёмная была газетёнка, но коммерческий директор, с которым она просидела на скамейке часа полтора, произвёл благоприятное впечатление: молодой, образованный, азартный, готовый рыть копытами землю. И весёлый: пока разговаривали, она раза три заходилась от хохота.

— Я алчный, Надежда, — признался он. — Не духовный — низкий, алчный человек, случайно наученный в детстве мамой, что долги, к сожалению, нужно отдавать, а чужого не брать. Но это — мой единственный недостаток. Это и трое детей, которых я обязан вырастить.

— Вы мне подходите, — сразу отозвалась она. — Вас так и зовут: Марьян... Феоклистович? Или это розыгрыш?

— Да нет, не розыгрыш, — усмехнулся он. —

Отчество можно похерить, я своего папаню в глаза не видал, а жена и друзья зовут меня Марьяша, приглашаю в этот престижный клуб.

Так и работали вместе семь лет, рука об руку, без единой ссоры-трещинки. Ни одной тучки не омрачило их дружбы. И никогда, даже в самые тяжёлые времена, она не видела на его лице ни следа озабоченности или тревоги. Эту лёгкую улыбку, чуть съехавшую влево, она потом всю жизнь вызывала в памяти, как талисман: он даже в гробу улыбался этой насмешливой улыбкой — в девяносто восьмом, в девяносто проклятом году, когда грабительская власть оглушила народ очередной дубиной, когда бандюки прошивали друг друга в каждой подворотне, заодно укладывая на асфальт мирных граждан, когда отчаявшийся РобЕртович свалил в свои Штаты, а сама она чуть не сгорела заживо, запертая и подпалённая в старом совхозном сарае.

Когда Марьяшу зарезали в собственном подъезде, в двух шагах от жены и детей.

* * *

С Божены, счастливой звезды, всё и началось.

Издательство было зарегистрировано и названо напыщенно-железнодорожно: «Титан-Москва-Пресс», этого требовали поляки.

Получив по почте книги Озерецкой, Надежда приступила к поиску переводчиков. Через агентство по авторским правам добыла телефон старейшей-именитой — не подступиться! — боярыни-толмачихи, которая когда-то уже переводила роман Озерецкой. По телефону та держала себя с Надеждой как герцогиня с вороватой прислугой.

Это была московская переводческая элита, в советские годы получавшая квартиры на Патриках и на Смоленской, в крайнем случае, на метро «Аэропорт»; кормившаяся за счёт «Прогресса» и «Радуги»; жировая прослойка переносчиков культуры — с дачами, домами творчества, продуктовыми спецзаказами и прочими номенклатурными *ништяками*.

Надежда была для них никому не ведомой самозванкой. Старые зубры, блистательные корифеи советского перевода, они ещё не поняли, что все эти замшелые *прогрессы и радуги* тихо погружаются в тину безымянных болот, а на их место с гиканьем и свистом врываются такие вот самозванцы и самозванки, без специального образования, без знания языков, погоняемые одной лишь любовью к книгам и страстью: делать дело! Без начальников. Без худсовета. Без идеологического отдела райкома партии. По одной лишь любви и желанию.

Именитая боярыня с дочерью приняли Надежду у себя дома, разговаривали через губу, устроили экзамен: понимает ли девушка, что такое издательский процесс, сможет ли составить грамотный авторский договор?

Надежда была вежлива, ангельски тиха и терпелива. Отвечала, что всему научится очень быстро «с вашей помощью», «руководствуясь вашими советами». Но на одном из поворотов беседы не выдержала.

— Видите ли, в чём дело, — проговорила с простодушной улыбкой, выпрямившись на стуле (прямо-таки примерная ученица, разве что руки поднимать — чтобы позволили говорить — не стала). — Понимаю я что-то в издательском процессе или пока не очень, но права на эти три книги Озерецкой принадлежат именно мне. Если вы откажетесь со мной работать, их переведёт кто-то другой.

И поднялась...

Тётки, обе, тоже сорвали личины, зашипели, пригрозили, что будут писать Озерецкой и жаловаться.

— Да-да, обязательно пожалуйтесь, — поддержала их Надежда тем же сладким голосом, — тем более что, по моим сведениям, ваш знаменитый «Прогресс» издал Озерецкую, не уплатив ей ни копейки. Вы-то, конечно, получили гонорар по своим высоким советским ставкам, а вот автору можно и не платить, — такая, думаю, практика вообще была принята в этих конторах.

Она покинула поле боя, взведённая, как курок, но очень собой довольная, готовясь искать молодых, талантливых-голодных... Но дома застала трезвонивший телефон: профессиональная ли ревность взыграла или доллары поляков шелестели так громко, но только назавтра договор с великой *толмачихой* был подписан, и две из трёх книг Божены Озерецкой Надежда передала в руки великой, никто ж не спорит, переводчицы.

Но «торгашка Якальна» всё долдонила в уши: «Не клади всех яиц в одно лукошко!» — интуиция требовала расширения поля деятельности, свежей переводческой крови требовала. После педантичного опроса всех и каждого среди «иностранцев» университета Надежда, по рекомендации профессора Шестипалова, познакомилась с юной румяной девой, словно сошедшей с полотен Левицкого. Ей-то и была с должным трепетом передана третья книга.

Когда пани Божена была пристроена, сама Надежда закатала рукава и за две недели собственноручно и не без удовольствия переписала человеческим языком обе выданные ей Богумилой книги: и английский детектив-ужастик, и любовный, взволнованно-нежный, в меру эротичный, но не позорный опус польской дамы. В некоторых местах, с улыбкой вспоминая свои сочинения на темы природы, решительно и безмятежно вставила пару пейзажиков, украсила второстепенных персонажей кого усами, кого лысинкой, кому дала в зубы трубку Станислава, кого обула в кукольные ботиночки пана Ватробы. Расширила два-три диалога, внедрила в них три переделанные английские шуточки, а также впендюрила одно малоизвестное высказывание Уинстона Черчилля, а в совсем уже безнадежных психологических тупиках объяснила читателю, что, собственно, этот кретин, герой-любовник, намеревался делать с письмом героини.

И всё-таки нужно было озаботиться поисками необходимых для любого издательства людей: корректоров, редактора, верстальщика... Одной, пусть даже с помощью Марьяши, заниматься всеми этапами издания книг было не под силу. Конечно, уже через полгода она умела всё, понемногу обучилась даже бухгалтерии, но для себя на всю жизнь поняла, что любую работу надо доверять профессионалам.

Для начала Марьяша дал объявление в своей «Московской правде». Текст он набросал сам, уверяя Надежду, что писать надо именно так, просто: всем поклонникам Божены Озерецкой, владеющим навыками набора текста, редактирования, корректуры, вёрстки, просьба обращаться туда-сюда. Куда — туда-сюда? Да всё туда же: к ней, Надежде Петровне. Отчество теперь всегда пришпиливала к себе для уважения, как фронтовик — орденскую планку на пиджак. При её молодости надо было как-то обороняться от презрительной фамильярности, от снисходительности. По телефону проще было: Надежда Петровна Авдеева, добрый день, хотела поговорить с вами на предмет... А «предметами» этими жонглировала уже как опытный артист народной филармонии на гастрольном чёсе.

Однако буквально за пару дней нашлись все, кого она искала! Мало того: ради возможности первыми читать книги любимой писательницы почти все были согласны работать бесплатно. Деньги она, разумеется, всем платила, но была так впечатлена порывом!

С некоторыми из этих людей проработала не один год, а верстальщицу Людку Попову — задрыгу и нахалку, но золотую голову! — спустя много лет перетащила с собой в издательство к РобЕртычу. В те времена РобЕртыч был уже суровый вспыльчивый господин в туфлях за два куска «зелени».

* * *

Поляки звонили, подгоняли, требовали от Надежды какую-то бизнес-модель — она с готовностью заверяла, что вот ещё неделька-другая, и... Что за фрукт это, бизнес-модель, — ломала голову, с чем его едят?

Марьяша сказал:

— Ай, брось. Вот мы сейчас заварим кофейку и вдарим по полякам. Ещё польска не сгинела![1]

И худо-бедно, не с одной, конечно, а примерно с пятнадцатой чашки кофе дня через три они выдали «бизнес-модель» на ближайшие месяцы. Получалось, что нужно принять на работу: бухгалтера, пару корректоров, верстальщика, курьера, складского работника, секретаря, менеджера по продажам, лучше двух...

— А редактора, лучше двух...? — спросила она.

— Это бери на себя, будешь ты за редактора. Лучше за двух.

Вновь дали прочувствованное объявление, потянулась вереница бухгалтеров-курьеров-верстальщиков. Вновь Надежда сидела на скамеечке бульвара, отбирая потенциальных сотрудников.

Акционерных денег было до смешного мало, и потому в первые месяцы многое Надежда делала сама. Ей хотелось издавать ровно столько книг, сколько сама она могла прочитать, обдумать и выпустить; это была своего рода ручная сборка. Поляки бесились. Марьяша успокаивал. Он говорил: «Ну, что ж:

---

[1] Ввеки Польша не погибнет... — первые строки государственного гимна Польши.

есть фабрики, есть комбинаты, а есть — бутики, где арт-персоны сами давят виноград чистыми босыми ногами и цедят вино из одуванчиков».

В конце концов взяла она только бухгалтера, да и то внештатного, из Люберец. Провинциальная тётка была, допотопная, и характер сволочной, но — бухгалтер с большой, вензелисто закрученной буквы: *Бухгалтер* — с головы до пяток.

Тут надо прерваться на небольшую поэму...

Вера Платоновна, Верка, Веруня, всё, что не бухгалтерия, считала лабудой. Верка многие фирмы вела, но со всеми непременно разругивалась: алчная была и очень злопамятная. Возможно, потому, что несчастной была её семейная жизнь, которая закончилась очень быстро, с рождением сыночка Глебушки. Глебушка родился шестипалым на обеих ручках и обеих ножках. А жили они тогда в городе Воротынске Бабынинского района и уехать не могли — где деньги такие взять? И оперироваться не могли — времена ещё были тухлыми. Так что Глебушка рос зверьком при активной позиции окружающих: соседей, детей во дворе и в садике. Верка зверела вместе с ним. В какой-то момент она очнулась, устроилась в кооперативную контору, воровала, по лезвию ходила, да кто её осудит — дитя спасала. В общем, положила все кишки на алтарь материнской любви, но переехала в Люберцы, и Глебушку на операцию успела пристроить до школы, так что в первый класс он пошёл человеком — смело руку тянул, если знал ответ.

Специалистом Веруня была изумительным: всё в голове, расчёты мгновенные и самые верные, а на-

счёт схимичить, от налогов уйти, сочинить схему тройную-десятерную, где никто не разберёт, что к чему пристёгнуто... — это только скажи. Но вся эта акробатика её не интересовала. Захватить её душу, полонить и увлечь могло только... сооружение баланса. Баланс — вот была её Ода к радости, её Великая Месса... К сожалению, составление баланса требовалось только раз в квартал. Она дождаться не могла. Перед тем как приступить к работе, навещала парикмахера, делала маникюр, и — завитая как баран, с ярко накрашенными губами — приступала к священнодействию.

Квартальный отчёт её выделки по стройности и выверенности цифр и деталей напоминал кальки летательных аппаратов Леонардо да Винчи. О, квартальный отчёт! А потом — полугодовой! А потом — годовой! «Обнимитесь, миллионы!»

Верка-Веруня отшивала многих заказчиков, знала себе цену. Но деваху эту отчаянную, Надежду, полюбила, ибо считала её «принципиальной». В их отношениях была лишь одна печаль: ряд документов заполнять могла только Надежда — как глава фирмы. А вот это в докомпьютерную эпоху следовало делать твёрдой рукой и прилежным почерком.

Тут и начинались скандалы.

— Кто так пишет! Кто так пишет! Это ж кассовая книга! Бляди так не пишут! Перепиши!

— Вера, отцепись...

— Ну хорошо, Надя. Я тебя прошу. Прошу тебя! Я не могу иметь документы с таким почерком.

— Отцепись, Верка!

— Свинья! Ты всегда была свиньёй! Да! Не директор, а свинья!

— *Будешь браниться, я вообще писать не стану...*
— *Хорошо (пауза, нервное покашливание)... У ме-*
ня тут вишнёвочка — высший класс. Мировую,
хочь? Пьём мировую, только перепиши!

В конце концов Надежда шла на мировую. Вера
приносила стаканы, разливала... Однажды, во вре-
мя такого замирения, Надежда — нечаянно! — про-
лила вишнёвку на кассовую книгу.

Лицо Веры опрокинулось, как тот стакан. Она
села на табурет — потрясённая, онемевшая...

— *Верочка, прости!* — *завопила Надежда.* — *Ве-*
рочка, я всё сейчас перепишу! И за прошлый месяц!
Вера, только прости!

Молчит горько Вера, золотой бухгалтер, где ещё
такую возьмёшь. И Надежда очень быстро и очень
аккуратно, разборчивым почерком всё переписыва-
ет. Может, когда хочет! Свинья, а не директор...
Уф! Вроде пронесло... Они убирают документы,
опять пьют мировую. После третьей рюмки Вера
расслабленно откидывается на спинку стула, глаза
её блестят, губы томительно полуоткрыты. «Эх,
Надюшка! — *говорит мечтательным тоном.* —*
Что ты в любви понимаешь, сопля! Когда у меня
сходится баланс, я кончаю!»

Это Вере Платоновне принадлежала гениальная
по краткости фраза: «Организм стоит!» Она озна-
чала, что побаливает сердце, или желудок, или под-
водит печень, не соображает башка... Либо очень
устала, в конце концов; короче — нет возможности
пахать за четверых, расслабиться надо! Тогда она
звонила: «Надюшка! Организм стоит!» И надо бы-
ло ехать, выпивать красненькую, выслушивать про
Глебушку, который годам к шестнадцати полно-

стью оперился и преобразился в красавца-бандита широкого профиля. Но всё это было уже за чертой деловой карьеры Надежды, несколько лет спустя. Пока же Глебушка называл Надежду «тёть Надя», Веруня сооружала балансы, дело расцветало.

И совершенным бриллиантом оказался художник Витька Скобцев.

Он пристал к Надежде на переходе в метро — через три недели после её возвращения из Гданьска. Следовал по всем пересадкам, не отставал. Она бы отбрила его, как многих, — привыкла, что за пламенным кустом её гривы, за длинными ногами, которые про себя именовала «граблями», устремлялись на улице и в общественном транспорте многие лица мужской расы. Умела резко обернуться, бросить через плечо пару слов... Она и обернулась! Увидев его жалобное лицо, остановилась. Их толкала толпа пассажиров, поезда гремели.

— Ты кто? — крикнула она. — Тебе что нужно?

— Не знаю! — крикнул он. — Просто иду...

— Ну и иди!

Он стоял, и она стояла. Что сказать этому парнишке?

Вдруг, непонятно почему (а может, и понятно — ведь все дни и недели она тогда только и думала, что о своём издательстве), Надежда крикнула:

— А что ты умеешь делать?

Он ответил, поезд прогрохотал...

— Чего?!

— Рисовать. Нарисовать тебя хочу.

Меня уже рисовали... Сердце её смялось, как лист бумаги под властной рукой, и, брошенное на землю, медленно стало расправляться.

— Пошли, выйдем! — прокричала она, как парни на танцплощадке её родного города.

И через полчаса они уже сидели в кондитерской над чашками кофе, не притрагиваясь к ним.

О таком попадании в яблочко она и мечтать не могла! Витька Скобцев, четвёртый курс Полиграфического, эскизы обложек делал, не читая книгу. Надежда подозревала, что читать он не умел, а шрифты выучил каким-то отдельным способом. Содержание книги она ему пересказывала, и он выдавал единственно верный образ. К той элегантно-эротической бодяге набросал эскиз прямо на салфетке; детектив-ужастик предложил оформить в стиле чёрно-белом, остром, жёстком — вот так... примерно. А та полька... как, напомни, её имя? — тут надо бы... Постой, а давай, мы на обложку твой портрет дадим? Обернись-ка мельком, через плечо... Да, именно так!

Домой в этот день Надежда вернулась счастливая. Месяца не прошло с её поездки в Гданьск. И сегодня, встретив Витьку Скобцева, от которого так и несло *настоящим кондовым профи*, — сегодня она поверила, что издаст все эти книги! Вот так, оказывается, и сбываются мечты: если своим яростным желанием ты прожигаешь каучуковую плотность пространства и времени!

Она металась по квартирке и напевала — впервые за долгие, долгие месяцы.

180   В кухне на разделочной доске лежал размороженный ломоть мяса, который она собиралась немедленно поджарить с лучком! Именно так, о-ля-ля, именно так: брутально и вкусно — поджарить с лучком!

Зазвонил телефон.

Чужой голос в трубке, серый и какой-то... мёрзлый, не здороваясь, проговорил:

— В общем, это... Я отвёз её, и почти сразу он родился.

— Кто — он? Что... — И поняла, и внутренности скрутило такой жгучей болью, поистине родовой, невыносимой, прошило сердце, обожгло лёгкие — Да... — прошептала, давясь тишиной. — Да! Это... мальчик?

— Роддом на Миусской, — сумрачно добавил Рома. — Я ещё позвоню, когда... выписка.

Глава 5
КРАСНЫЙ КРЕСТ

«Палестинское агентство Маап утверждает, что руководство тюрьмы «Маханэ Нимрод» согласилось рассмотреть требования, выдвинутые палестинскими заключёнными: снять ограничения на свидания с родственниками и на покупки в тюремном ларьке. В случае, если их требования будут отвергнуты, палестинцы угрожают начать голодовку. Международный Красный Крест уже предупреждён о назревающем конфликте».

Большинство заключённых террористов знали только арабский, да и то — разговорный. И потому образованные представители этого мощного отряда обитателей тюрьмы, особенно те, у кого в активе имелся драгоценный английский — язык международных правозащитных организаций, ценились превыше всего и на особый манер: ведь именно они писали сотни писем и жалоб в разные инстанции.

182   Такого ценного кадра в камере всячески оби-
хаживали, его прихоти и поручения выполнялись
рабами неукоснительно и мгновенно, и никто не
смел сесть в его кресло или на его стул, украшен-
ный вышитым ковриком или *богатой* восточной
тканью.

Раз в полгода в тюрьме появлялись с провер-
ками представители Красного Креста. Как правило, это были врачи, сотрудники миссии ООН.
В течение нескольких дней подряд, каждое утро
посланец возникал на пороге офиса генерала Мизрахи, и тот, вытянув брюхо из-за стола, вздыхая
и мысленно произнося длинный ряд слов на иврите, арабском и французском (родители генерала приехали из Марокко, и домашним языком
в семье был язык Мольера и Флобера), сопровождал инспектора в медсанчасть, где и разворачи-
валось главное побоище.

Игнорировать эти визиты было совершенно
невозможно: речь шла о репутации страны и всей
её пенитенциарной системы. Особенно доставало
лось медицинскому персоналу, будто кто-то за
кулисами мировой политики задался целью ис-
пытывать порог терпения врачей.

Угрюмое ожидание этих проверок и трепет начальника тюрьмы сравнить можно было только
с ожиданиями торнадо «Катрина» у берегов Лу-
изианы.

Являлся такой странствующий *крестоносец*
в сопровождении переводчика, хотя все поголов-
но тюремные врачи английский знали и впол-

не могли объясниться с иностранным коллегой. Но то ли протокол проверок включал непременный перевод, то ли эти господа исполняли ещё кое-какие, не слишком афишируемые функции, а только монотонный синхробубнёж неуклонно сопровождал любую беседу, затрудняя и затягивая процедуру и без того муторных проверок, быстро исчерпывая невеликий запас доброжелательности у медицинского персонала тюрьмы.

Хотя переводчики бывали первоклассными. Так, на памяти Аристарха, с несколькими *крестоносцами* приезжал один и тот же приятный разбитной парень, Равиль, татарин родом из Казани. Раза три им удалось урвать минут десять, перекурить на крыльце и переброситься парой слов. У того и голос был приятный, и безупречные оба языка — английский и иврит. Он знал чёртову пропасть анекдотов и сам искренне ржал над ними, даже рассказывая один и тот же в восемнадцатый раз.

Но едва инспектор Красного Креста открывал рот и начинал говорить, Равиль на глазах превращался в робота, механическим голосом молотящего дословно всё произносимое, включая ругательства, вводные слова и слова-паразиты. Когда доктор Бугров говорил: «Да на хрена его исследовать, когда он классический симулянт!» — Равиль переводил это буквально, не меняя ни одного слова в предложении, с абсолютно непроницаемым лицом.

Эти самые инспекторы, как мужчины, так и женщины (каждый раз являлся кто-то новенький), всех террористов неизменно величали «по-

184 литзаключёнными», а если Аристарх, безуспешно пытаясь сдержаться, произносил нечто вроде: «Этот политзаключённый зарубил тесаком для разделки мяса двух воспитательниц детского сада, старика-охранника и покалечил восьмерых детей, за что сейчас, сидя в тюрьме, получает зарплату от своих боссов», — лица их становились каменно-бездыханными, как у жующих коз.

— Молчи, Ари! — говорил генерал Мизрахи трагическим голосом. У него в дни таких инспекций подскакивало давление, и кто-нибудь из фельдшеров по указанию доктора Бугрова засандаливал ему укол в задницу. — Не создавай мне проблем. Умоляю тебя памятью мамы: заткни своё неуёмное русское хлебало!

Приезжал такой представитель с заранее составленным списком из двух-трёх десятков имён самых славных работников ножа и топора, ибо те знали адреса абсолютно всех международных инстанций и безостановочно строчили письма в ООН, в Красный Крест, чёрту-дьяволу и пророку Магомету.

Первым делом, в сопровождении начальника тюрьмы, *крестоносцы* шли по камерам — лично беседовать со страждущими; затем возвращались в медсанчасть требовать от врача убедительных разъяснений: почему больному политзаключённому... — список подносился поближе к глазам — Аббасу-аль-Хаддаду не прописана диета из авокадо?

— Авокадо?! — щурил глаза неукротимый доктор Бугров. — А что, огурцов не принимает его террористический организм?

— Ари-и! — тихонько взвывал генерал Мизрахи.

— Если бы вы потрудились прочесть... — Инспектор протягивал доктору письмо. — Этот документ убеждает нас в полном небрежении...

Все их письма были поэтичными по слогу, даже цветистыми — Восток есть Восток: «Я стою на коленях, умоляя вас о милосердии: полгода я, инвалид и страдалец, не могу даже попасть на приём к врачу, ибо мною намеренно пренебрегают, унижая и уничтожая тем самым весь мой народ...» (Народ фигурировал неизменно во всех жалобах, вставая за каждой строкой во весь свой политически исполинский рост. Это напоминало Аристарху песню его школьного детства «Бухенвальдский набат» — в ней грозный густой голос Муслима Магомаева тоже поднимал миллионы — «в шеренги, к ряду ряд».)

— Брехня, — отзывался доктор Бугров; доставал пухлую папку с медицинским делом заключённого (впрочем, на смену папкам тогда уже приходил компьютер, большое облегчение), раскрывал её, листал, показывал и говорил: «Убедитесь, коллега: за последний месяц он был у меня на приёме восемь раз, сука, падла!»

— He's been at my clinic eight times over the last month; bitch, crud! — переводил дословно Равиль.

Короче, на время инспекций Красного Креста тюремному врачу требовалась немыслимая выдержка. Главным было — не сорваться. А ведь срывался, да ещё как! Дважды от дисциплинарного наказания, даже увольнения, брызжа слюной, проклиная вдоль и поперёк по матери и отцу, спасал его генерал Мизрахи.

* * *

Впервые это произошло во время далеко уже не первой в его тюремной биографии инспекции Красного Креста. В то утро он вышел на работу после отпуска, в хорошем настроении...

...исходил с «рыжухами» весь Старый Акко, накупил на рынке потрясающих арабских специй для баранины, выбрал в антикварной лавке тяжёлую турку для кофе с очень удобной деревянной ручкой... ну и так далее, включая дивный обед в порту, в рыбном ресторанчике, под синими полотняными тентами, где Толстопуз скормила бродячей кошке чуть ли не всю рыбу со своей тарелки, а Брови-домиком всю дорогу изображала американскую туристку и потому говорила с безобразным акцентом даже с официантом, милым, скромным арабским мальчиком, у которого от этой двенадцатилетней девчонки брови тоже стали домиком.

Шёл второй день проверки, и Аристарх, переодеваясь у себя в кабинете, выслушивал интереснейший доклад фельдшера *Бори-нашего-этруска* о том, как накануне *крестоносец* («здоровенный такой лось, волосы белые, аж крахмальные!») *выгонял душу из плоти* доктора Орена: «Ты не поверишь: до сердечного приступа. А сегодня, значит, очередь твоя, док...»

Аристарх привычно расправил на вешалке форменную рубашку, повесил её в кривобокий шкафчик. Накинул медицинскую белую куртку.

«Идут! — крикнул Боря из коридора. — Глянь

на этого лося. Сейчас всё у нас здесь перевернёт и затопчет».

Доктор Бугров из кабинета не отзывался.

Вошёл генерал Мизрахи с белобрысым детиной, и вправду двухметрового роста, одетым с особым европейским шиком: в костюме-тройке — в этакой жаре! — и при галстуке. Белые волосы, белая шкиперская бородка, — колоритная внешность. Судя по апоплексическому цвету лица генерала Мизрахи, тип оказался особенно тяжёлым.

— Иди, измерю тебе давление, мон женераль, — сказал доктор Бугров. — Ты загнёшься. Опять не принял таблетку?

— Какие таблетки, — отмахнулся начальник. — Тут столько всего...

Переводчик из-за спины *крестоносца* привычно переводил каждое слово.

— Я бы просил вас переводить исключительно по делу, — сказал ему Аристарх. Тот аккуратно перевёл и эту фразу.

— А если я пёрдну, он это переведёт? — спросил доктор Бугров своего начальника.

— Ари! — взревел тот. — Уймись! Тут неприятности с этим... Азизом Халили.

— И что с ним? Здоровый бугай... У него геморрой, трещины в заднем проходе. Больше ничего. Он получает предписанное лечение.

— А ты вот, говорят, не назначил это... проверку эту... Длинное слово, чёрт, ни за что не выговорю!

— Зачем? Трещины в заднем проходе есть у половины населения земного шара. Помнишь, я тебе мазь прописывал? Этот самый Азиз пользует точно такую.

— Вы должны были назначить ему ректороманоскопию, — впервые подал голос инспектор Красного Креста. Приятный густой бас. Вид добродушного шкипера, не хватает только трубки. Ему бы на судне команды чеканить: *взять на гитовы! лечь на правый галс!*

Доктор Бугров впервые к нему развернулся.

— С какой стати? — спросил вежливо, переходя на английский. — Проверка редкая и в нашем случае пустая. Ректороманоскопию — я не знаю, кому делают. Возможно, наследному принцу Великобритании, если он в плохом настроении.

— Давайте для начала познакомимся, — широко улыбаясь, проговорил викинг, — чтобы у нас обоих настроение пришло в норму. — Шагнул, руку протянул: — Матиас Хейккинен.

— Доктор Бугров.

— Прекрасно, чудесный день, давайте присядем. Я тут вчера устроил вам некоторый... беспорядок.

— Ну, это не мне, — с ледяной любезностью отозвался Аристарх. — Это у нас доктор Орен трепещет перед инстанциями. Кстати, неплохо бы за собой прибрать. Это ведь моё рабочее место.

Шкипер расхохотался... Генерал Мизрахи, решив, что с такими обоюдными улыбками диалог налажен, тихо покинул кабинет. Но инспектор, судя по всему, не был уверен, что мосты наведены, и решил ещё поболтать перед тем, как выдвигать коллеге серьёзные обвинения в недостаточно добросовестном лечении пациентов.

— Ручаюсь, вы не запомнили моё длинное неудобное имя, — добродушно проговорил он, — и даже не догадываетесь, откуда я родом.

— Ну, почему же, — возразил Аристарх, легко откидываясь в кресле. Он мгновенно забыл, что дал начальнику слово не открывать рта. — Я помню лично вас ещё по временам вашего сухого закона. Знаменитый поезд Хельсинки — Ленинград. Мы на «скорой» называли его «пьяный поезд». Вечером ездили по всему городу, собирали бесчувственных турмалаев в разных живописных позах. Приезжали вы хорошо одетые, вот как сейчас, в дорогих куртках, в костюмах, в прекрасной обуви, а в вагон мы вас забрасывали в одних рубашках и бывало, что в трусах. В одном ботинке без носков. Оставалось много ценных предметов одежды. Помню меховой ботинок — я подарил его одноногому инвалиду, бывшему фронтовику. Вот кому бы точно не помешала защита Красного Креста.

Багровый, как мак, инспектор поднялся, вскочил и переводчик. Доктор Бугров продолжал сидеть в своём кресле, невозмутимо покручиваясь, с предупредительной вежливостью уставясь на громадного финна.

— Вы понимаете... — пробормотал тот, — вы отдаёте себе отчет, что жалоба в отношении оскорбительного выпада против сотрудника Красного Креста может вам стоить...

— ...очень многого, — подхватил Аристарх. — Например, я лишусь удовольствия заглядывать в задний проход Азиза Халили, великого борца за свободу чего угодно — при условии, что ему платит кто угодно.

— Возмутительно! — пробасил инспектор, выскакивая в коридор.

— Возмутительно... — перевёл переводчик и, перед тем как закрыть за собою дверь, неожиданно подмигнул доктору Бугрову.

Долго, долго утрясал этот скандал генерал Мизрахи. Симпатичный белобородый шкипер (*полундра! прямо руль! пошёл шпиль!*) оказался последовательным и мстительным ябедником: пять или шесть, не соврать бы, жалоб были направлены им на официальных бланках Красного Креста во все возможные инстанции, даже в канцелярию премьер-министра Израиля. Генерала Мизрахи трепали, как треплет зайца охотничья собака, но подчинённого он не сдал. Доктор Бугров каялся, божился, выслушивал с опущенной, как у школьника, головой от начальника яростно-цветистые монологи на иврите, арабском и французском. В общем, утряслось. Во всяком случае, верзилу-шкипера Аристарх у себя больше не видел, возможно, и тот избегал встречи и при имени доктора Бугрова впадал в оцепенение. Но спустя года четыре, будучи, как ему казалось, просто непробиваемым циником, с нулевой, как ему казалось, чувствительностью, Аристарх сорвался во второй раз.

Это был француз, раскованный красавец. Остроумный и, на первый взгляд, легкомысленно дружественный. Впечатление оказалось ложным: игривый француз буквально душу вытрясал, ковыряясь в историях болезней самых отъявленных головорезов. Называл он их даже не «политзаключёнными», а «правозащитниками». Доктор Бугров кратко и холодно отвечал на вопросы, под конец уже просто отмалчиваясь. Дело близилось к завершению, список страдальцев с жалобами на доктора был исчерпан, но даже брезжившее окончание пытки настроения не улучшало. Дело в том, что миляга француз, то и дело извиняясь за «занудство», повторял одну и ту же фразу: «На то мы и Красный Крест, приятель. Наше дело — радеть и спасать».

Кстати, с первой же фразы он перешёл на английский: «дадим отдохнуть нашему переводчику, а? Галерный раб — просто грёбаный чувак на танцполе по сравнению с этими работягами...» — и переводчик уселся на кушетку и задремал, смешно, по-детски, свесив коротковатые ноги.

Доктор Бугров взглянул на часы: красавчик торчал здесь с утра, радел и спасал, полностью игнорируя то обстоятельство, что в «обезьяннике» сидят в тесноте, ожидая приёма, те же заключённые.

— А вы откуда родом? — спросил доктор Бугров, внезапно переходя на русский. — Ах да, из Франции. Из прекрасной свободолюбивой Франции... Скажите, а когда сжигали Жанну д'Арк, где был ваш Красный Крест?

Француз недоуменно улыбнулся:

— Что-что? Я не очень это... по-русски?

Переводчик проснулся, будто его резко пнули в бок, и растерянно смотрел на обоих, стараясь

192 понять — с какого места переводить, и вообще, с какой дури этот угрюмый парень, отлично чирикавший с Домеником по-английски, внезапно забыл язык и покатил на русском какую-то историческую муть. Он пытался вклиниться в быструю отрывистую речь доктора, даже руками показывал — мол, стоп, стоп, дай же крошку-паузу!

— Или когда убивали Маргариту Наваррскую? А когда гильотина Революции расхерачила половину населения, вы там что — кочумали? Или возьмём чуток позже: когда французы сами депортировали своих евреев в лагеря, поставляя немцам больше людей, чем те у них просили? — что там с Красным Крестом случилось: он упал в обморок всем составом? Ведь он, кроме шуток, вполне уже существовал и, как вы справедливо раз двести сегодня заметили, «радел и спасал»? Ну, хорошо, евреи — ладно, это пыль под ногами великих народов. А когда после войны вы же своим женщинам брили головы за то, что те рожали от немцев, избивали их до смерти и волокли по улицам голыми... где был ваш разлюбезный Красный Крест, прятался?.. Зато теперь вы «радеете и спасаете», да? Вы святы и возвышенны, как старая блядь в монастыре, и преданы делу борьбы за регулярную клизму в жопу убийц и насильников. Переводи, переводи! — крикнул он в бешенстве замолчавшему переводчику. — Что ж ты заткнулся?!

— Я... не уверен, — пробормотал тот. — Это трудно перевести. Слишком образно.

— Тогда переведи, — ледяным тоном велел доктор, — чтобы проваливал, пока ему не врезали: у меня в «обезьяннике» скоро все заключённые обоссутся.

Француз улыбнулся и сказал:

— Не пойти ли нам пообедать?

Аристарх молча наблюдал, как тот аккуратно складывает блокнот и ручку в небольшую изящную сумку винного цвета; даже на расстоянии видно — из кожи отличного качества. В Союзе времён его молодости такие сумки называли «пидорасками». Перед тем, как покинуть кабинет, француз обернулся и так же легко проговорил:

— А вы неплохо знаете историю Франции, приятель.

За все годы вынужденных, вымученных встреч с представителями Красного Креста Аристарх всего лишь раз встретил человека с собственным взглядом на людей и на факты; человека, доверяющего только здравому смыслу и собственным глазам.

Томаш его звали. Родом из Словакии или из Словении. Он оказался в группе инспекторов Красного Креста, прибывших в тюрьму «Маханэ Нимрод» в суровые дни массовой голодовки заключённых.

В один проклятый день осуждённые за террор выбрасывают в окна все свои ложки-плошки-кружки и начинается кромешный ад, так называемая «чрезвычайная ситуация». Гудит сирена, и с этого момента весь персонал тюрьмы, а уж

194   медики — те особенно, сидят в стенах цитадели сутками, неделями — безвылазно.

Доктор Бугров, как и все остальные, третью неделю торчал в застенках, как осуждённый; ночевал на узкой смотровой кушетке в своём кабинете, практически не спал, бесконечным конвейером измерял давление, проверял у голодающих объём бицепса, трицепса... Похудевший, измученный, с красными от недосыпа глазами, с недавно возникшим неприятным головокружением, он практически не разгибался.

Заключённых притаскивали на носилках — те часто делали вид, что потеряли сознание; это тоже было одним из методов их борьбы.

Аристарх давно изобрёл собственный способ проверки на подлинность подобных голодных обмороков. На блошином рынке в Яффо купил медный кувшинчик и, когда приплывали носилки с очередным бессознательным голодающим, наполнял кувшинчик водой и выливал тому на физиономию, приговаривая: «В нашем климате это даже приятно». В подавляющем большинстве случаев тот мгновенно подскакивал и с вытаращенными глазами орал, что его пытают.

Тот парень, инспектор Томаш — маленький, тщедушный, с небольшой лысиной, — напоминал средневекового монаха: у него были чётки в руках, ониксовые, — идеально круглые крупные бусины, благородно светящиеся изнутри, когда на них падал свет. В первый же день Томаш прилепился к медсанчасти, сновал здесь, пытался помогать Аристарху и фельдшерам. Ничего не требовал, больше молчал. Однажды заметил взгляд доктора на чётки, приподнял их и улыбнулся: «Успокаивает».

— Я знаю, — кивнул доктор. — У меня тоже есть, янтарные.

Выдвинул ящик стола и показал. Янтарь был старым, отполированным пальцами; изумительно, солнечно-жёлтым. И градины тяжёлые одна в одну: щёлк, щёлк, щёлк...

Не стал уточнять, что они достались ему от Хадада Барзани, главаря военизированного крыла ФАТХа, приговорённого к пяти пожизненным за серию организованных им кровавых терактов. Вспомнил день, когда того, нажравшегося во время голодовки, на носилках доставили в медсанчасть с болями в животе. Зная, что в коридоре есть камеры, Барзани, пока тащили его, выкрикивал лозунги, кричал о победе, растопырку «V» свою показывал. В кабинете доктора притих — здесь камер не было, здесь соблюдалась врачебная тайна даже таких пациентов.

— *Ну что, живот болит?* — *участливо спросил доктор, щупая вздутое волосатое брюхо террориста.* — *Пирожками обожрался?*

— *Я голодаю!* — *вспыхнул тот.* — *Я в одиночке. Откуда там еда?!*

— *И правда вроде неоткуда...* — *с лёгкой улыбкой согласился доктор.*

Подложить пирожки террористу и заснять на видео, как человек, вдохновивший на голодовку сотни подвластных ему пацанов, воровато жрёт ночью в туалете, придумал именно он. Генерал Мизрахи долго колебался, говорил, что это — запрещённый приём. Наконец его уломали. И уже в утренних новостях видео показывали все каналы израильского телевидения: идеолог террора, инициатор массовой голодовки заключённых, жадно рвал зубами пирожки, стоя над унитазом.

Во время того приёма Барзани и потерял чётки, те из кармана выползли. Аристарх увидел их на кушетке — свернувшиеся, как блестящая змея: крупные тяжёлые градины, такие уютные в руке: щёлк, щёлк, щёлк... Потом Барзани посылал к нему охранника спросить — не находил ли доктор?..

— Нет, не находил, — велел передать доктор Бугров. Решил оставить себе сувенир, в память об удачном деле.

Через много лет прочитал в новостях на каком-то сайте, что Хадад Барзани, командир военизированного крыла «Танзим» (пять пожизненных и так далее), выдвинут на Нобелевскую премию мира. Посмеялся, достал из ящика стола чётки, покрутил их в руках; полированные пальцами убийцы янтарные градины, тяжёлые, как пули: щёлк, щёлк, щёлк...

Странно: тот инспектор, Томаш, ходил за ним по пятам все дни долгой муторной голодовки. Он ведь должен был страшно его раздражать? Нет, наоборот, его присутствие успокаивало; Аристарх даже как-то забыл, что тот имеет отношение к Красному Кресту. Помнил только один момент: приволокли очередного беспамятного, и Аристарх потребовал свой знаменитый «кувшинчик». «Кувшинчик доктора!» — крикнул Адам; «Кувшинчик доктора!» — разнеслось по коридору. Голодающий подскочил на носилках и завопил:

— Нет!!! Меня пытают!!! Я буду жаловаться!!!

В этот момент Аристарх ощутил, как сзади кто-то тихо взял его за локоть. Обернулся: Томаш. Глядя в красные бессонные глаза доктора Бугрова, тот проговорил, понизив голос чуть не до шёпота:

— Как я вас понимаю, коллега! Я бы просто дал им всем яду.

* * *

В огромные грузовые ворота тюрьмы, похожие на ворота замка, устроенные по системе шлюзов, въехала машина генерала Мизрахи. По закону, её должны досматривать на яме: охранник обязан спуститься вниз, осмотреть днище, открыть и проверить все ёмкости, отверстия и щели автомобиля. Однако делают это довольно редко. В конторе и без того головной боли хватает.

Генерал подъехал к дверям офиса, припарковался, кивнул Мадьяру, уже дожидавшемуся машины, и вошёл внутрь. Мадьяр приступил к ежеутренней почётной церемонии.

Он мыл машину начальника тюрьмы — высокая привилегия.

Генерал Мизрахи был уверен и часто повторял, что уголовник Мадьяр «стал человеком». Тот действительно ни разу не навлёк на себя недовольства надзирателей или начальства, не совершил ни одной подлянки, в камере вёл себя хорошо и, по общему мнению, заслуживал отпусков.

По общему мнению, не считая мнения доктора Бугрова, — но тот у нас тип известный.

Не сразу, не в первый год, но комиссия по отпускам всё-таки разрешила Мадьяру день выхода один раз в месяц. Мадьяр воспарил; «очень красиво благодарил» — по словам начмеда Безбоги, выдавшего ему медицинское заключение о «положительной динамике» в поведении. Лично подписал, ибо зануда и «русский шовинист» доктор Бугров упёрся и выдавать такое заключение за своей подписью не желал. Михаэль на это, как обычно, изрёк своё коронное: «ни одна тюрьма ещё не перевоспитала ни одного преступника».

«Да не надо его перевоспитывать! Пусть отсидит за решёткой ровно то, что заслужил». «Брось, — отмахнулся Михаэль. — Это же не террорист какой. Он школьный автобус взрывать не пойдёт». «Не пойдёт, — согласился доктор Бугров. — Он просто изнасилует и задушит дочку соседки, и закопает её в саду».

Начмед закатил глаза: некоторые высказывания доктора Бугрова давно стали притчей во языцех среди тюремного персонала.

Комиссия по отпускам, в которой сидела парочка социальных работников (пара бездельников, уточнял док), охотно выдавала разрешение на отпуск любой бывалой, хорошо притворявшейся уголовной мрази. А ведь нередко к тюремному начальству прорывались родственники такого «отпускника», со слезами на глазах умоляя держать подонка взаперти. Однажды Аристарх лично наблюдал, как мать такого «хорошего мальчика» встала на колени перед дежурным офицером, пытаясь поймать и поцеловать его руку, умоляя «пощадить семью». «Убьёт! — кричала она. — Выйдет, зарежет всех!» Не говоря уж о том, что частенько эти весёлые отпускники, оказавшись на воле, первым делом «вставляли марафет» и умирали от ядрёного передоза на собственном унитазе.

Он вышел из проходной, машинально проверяя карманы брюк, — не забыл ли мобильник, портсигар (батин, любимый), зажигалку и портмоне — всё, что вынимал перед рамкой, — и привычно направился в сторону медсанчасти. Вдруг — кратко, досылом — его окатило брызгами, вполне даже приятно.

— Простите, доктор, случайно! — вежливо-весело крикнул Мадьяр.

Высокий, жилистый, с пронзительными жёлтыми глазами на очень смуглом (или сильно загорелом) лице, тот поодаль привычно орудовал над машиной генерала. Очень старался... Он стоял достаточно далеко, случайно оттуда никак не мог достать. Оба знали, что Мадьяр это сделал не случайно.

Доктор Бугров отвернулся и проследовал к себе в медсанчасть. У ворот позвонил, Нехемия немедленно открыл дверь в привычный рёв, мат-перемат, песни и гогот из «зала ожидания» — всё из той же неизменной железной клетки. И — вонь... Проклятая вонь их отверженных тел. В последние годы он как-то притерпелся к ней: то ли дезинфекцию сменили, то ли заключённые стали лучше мыться.

В коридор из дверей «аптечки» высунулся *Боря-наш-этруск*, показал глазами «атас!», доложил полушёпотом:

— Док, там тебя баба из Красного Креста дожидается. Вроде спецвизит из-за одного пидараса.

Этого сюрприза недоставало! Недели три назад Красный Крест проводил свою плановую проверку, и доктор Бугров пока не соскучился. Что там ещё, чёрт побери! Пациентов сегодня до хрена, некогда ему с чиновниками возиться. Он прошёл по коридору к своему кабинету, раздражённо распахнул дверь.

Увидел статную спину и высокий затылок, на котором жгуче-чёрные волосы были подобраны и схвачены массивной серебряной заколкой.

Женщина сидела у его стола на стуле для пациентов, спиной к двери. Он поздоровался, она обернулась: лет тридцати, приятное лицо и роскошные, будто нарисованные, угольно-чёрные брови. Возможно, из-за них она казалась сдержанной, даже суровой. Представилась: Аида Мусаева, врач из Баку, сотрудник Красного Креста.

— Ваши ребята совсем недавно меня трепали, — почти приветливо заметил он. — Мне казалось, план по отбеливанию чёрных кобелей уже перевыполнен.

Она шутки не подхватила, сухо заявив, что

приехала специально встретиться с «политзаключённым таким-то». Не все его запросы и прось-
бы могут быть удовлетворены, и он уже знает об
этом, но доктор Мусаева хотела бы лично встретиться с «политзаключённым», всё объяснить, он
этой встречи ждёт.

— Да за ради бога, — ответил Аристарх.

Он выдал ей на ознакомление все бумаги, о которых она просила, вызвал надзирателя, чтобы
тот проводил в камеру. Пока она ждала, пытался
разговорить: хотелось увидеть, как она улыбается,
эта неприязненная дама.

— А вы всегда террористов называете «политзаключёнными»? Этот ваш политик, если я правильно помню, зарезал у Шхемских ворот девушку и двух австралийских туристов.

— Ваша так называемая «девушка» была сол-
датом, не правда ли?

— Правда. Но у неё такие же тонкие, как у вас,
были руки, и так же в дни месячных ломило по-
ясницу и тянуло живот. А теперь она мертва.

Доктор Аида Мусаева вспыхнула:

— Всякий, кто учил в школе такой предмет —
историю, понимает, что общество, содержащее
тюрьмы, в которых страдают политзаключён-
ные...

Аристарх перебил её, помимо воли любуясь
высокими взлётными бровями:

— Всякий, кто учил в школе такой предмет —
историю, знает, что понятие «политзаключённый» вовсе не синоним понятий «святой», «герой» или «освободитель». Тот тип, который взор-

вал Александра Второго, лучшего царя за всю историю России, тоже был «политзаключённый», хотя он — убийца великого реформатора.

Она сухо проговорила:

— А вы отменный демагог!

— А вы — отменная безмозглая курица.

Она вновь вспыхнула смуглым румянцем, резко поднялась: стройная женщина, довольно высокая, и одета со вкусом: серые свободные брюки, бледно-зелёный элегантный пиджак... Молча вышла; надо же, редкая женщина: не ответила на оскорбление. Крепкий орешек! «Ну ты и дурак же», — сказал себе доктор Бугров, и приступил к утреннему приёму.

— Ты новости слушал? — спросил Адам.

— Нет, а что?

Доктор Бугров стеснялся признаться, что в машине слушает только классическую музыку. После рабочего дня невозможно было впустить в себя ещё хотя бы миллиграмм этой чёрной копоти. Вспомнил, как в последнюю поездку к «Большому лунному кратеру» в Негеве средняя Лёвкина дочь, скандалистка, актриска и задрыга, закатила истерику именно по поводу непременного музыкального сопровождения в их путешествиях.

— Никогда, никогда нормальной музыки тут не услышишь! — кричала она. Когда принималась оттирать сестёр и качать права, её брови смешно задирались чуть не на середину лба и дыбом стояли, пока она не добивалась своего. За то и кличку получила: Брови-домиком. Её музыкальные предпочтения

метались между тяжёлым роком и рэпом. Вспомнил, как, отревевшись (он не поддался на скандал и просто умолк, и молчал километров тридцать, заодно не отвечая на вопросы остальной, невиновной публики), она притихла там, на заднем сиденье, а потом вдруг порывисто подалась к его спине, постучала кулачком по плечу и буркнула:

— Ну ладно, Стаха, я дура, дура! Ругатели идут пешком. Ставь этого своего... Альбинони.

— Ну, ты даёшь! Новостей не слушаешь? А что слушаешь — футбол? Ещё одного судью хлопнули. Это уже третий за полгода, а?

— Да ты что?!

Новость его огорошила. За последние месяцы кто-то планомерно отстреливал судей. Аристарх был уверен, что искать надо среди бывших или настоящих заключённых.

— Заключённые по камерам сидят, — заметил начмед Безбога, когда, вторым по счёту, убили судью Верховного суда Меира Коэна.

— Кто-то сидит, а кто-то и гуляет, — пожал плечами доктор Бугров. — Они же у нас отпускники...

Он вышел в предбанник и молча смотрел бесконечно крутящийся кадр: оцепленный автомобиль судьи Михи Грина возле его дома в Герцлии, где он и был застрелен вчера вечером, возвратившись от матери.

Горячую новость передавали по всем каналам. В «обезьяннике», как обычно, орали, телевизор, как обычно, включён был на крайнюю громкость.

Потому он и не сразу услышал крики — где-то за пределами здания, во дворе.

Они накатывали издали, приближаясь, приближаясь... «Доктора! Доктора!»

— Что там? — он бросился к окну.

По их тюремному плацу бежал, вернее, торопливо и меленько перебирал ногами надзиратель из четвёртого блока Салман. Бежать он не мог, ибо тащил, обеими руками обхватив, кого-то, чья голова была накрыта пиджаком. «Доктора!!! Доктора!!! Помогите!!!» — вопил он, продолжая тащить странный прицеп. За ним семенил задыхающийся, грузный мужчина в одной рубашке, — видимо, пиджак-то на голове того, кого тащат...

Аристарх заметил серые брюки, понял, кто это, похолодел, ещё не зная — что там, под пиджаком.

— Открывай! — крикнул Нехемии и вылетел наружу. Грузный мужчина — видимо, переводчик — скулил от страха, а женщина молчала. Господи, да как она держится на ногах?! Он подбежал, подхватил её с другого бока, вдвоём с охранником подняли и втащили её внутрь. Переводчик трусил сзади, скуля: «Аида... Аида...» Пока несли её по коридору в кабинет, надзиратель, сцепив зубы и задыхаясь, скороговоркой рассказывал:

— Карамель варил на плитке... ждал её, ублюдок... Как вошла, плеснул в лицо... Хорошо, успела головой дёрнуть, глаза не задеты.

Уложили на кушетку, пиджак упал на пол...

— Смывать!!! Боря!!! — крикнул доктор. — Морфин, силверол! И много, много воды! Скорее!

Страшная смесь кипящего с маслом сахара

прилипла к лицу — для кожи это равносильно взрыву. Боря притащил целый таз с водой, вкололи морфин, принялись смывать, промывать глаза — слава богу, хоть глаза не пострадали. Но с правой стороны лица кожа слезала слоями.

Она молчала... Смотрела в потолок остановившимися чёрными глазами, почему-то не теряя сознания от боли. Только дышала тяжело. Единственный выход был — немедленно везти её в больницу.

— Машину подгоните, скорее! Так, подняли, понесли, Салам! Боря, быстро за руль!

«Господи, как же она душераздирающе молчит!» — думал, держа её на руках, на заднем сиденье машины, пока Боря гнал по разделительной полосе. Он мечтал, чтобы она потеряла сознание. Он и сам мечтал потерять сознание, только не смотреть в её чёрные потускневшие, но упрямо открытые, вопящие глаза...

Вечером напился вдрызг в одиночку, хотя собирался ехать к Лёвке с Эдочкой: у тех сегодня была годовщина свадьбы. Отмечали, как всегда, узким кругом: пара друзей, дочери, ну и вечный неизменный Стаха, как же без него. Не смог: позвонил, уже пьяный, просил прощения... за всё!

— За что — «за всё»? Ты что — надрался? — спросил Лёвка, выслушав этот бред. И гораздо тише: — Ты что... нашёл — её?!

— Да нет, — сказал он. — Нет.

А сам подумал: надо же, Лёвка, — в самую точку попал! Почему, почему, когда ругался с врачихой из Баку, а потом тащил её на руках и смывал мерзкую жирную накипь с обезображенного лица, вместе с лоскутами запёкшейся кожи, и смотрел, смотрел на неё, понимая, что никогда уже эти прекрасные брови не будут лететь так надменно над чёрными глазами; и когда мчались по разделительной полосе, он сжимал её руки, мечтая, чтобы она потеряла сознание, лишь бы не страдала! — почему в эти минуты он представлял себе только её, свою Дылду — летящую с обрыва, глотающую речную воду, переломанную, кулём — поперёк Майкиной спины?!

Он знал, он просто знал, что она — жива, вот и всё. Но — как, где, с кем, — и кто держит её руки, когда ей больно? И куда ещё писать, в какое учреждение — в небеса, в преисподнюю, в соседние вселенные?!

И что ж ему делать, в конце концов, с этой своей грёбаной жизнью!

Глава 6

МОРЁНЫЙ ДУБ, КРАСНАЯ РТУТЬ И МЕДНАЯ ПРЯЖКА НАПОЛЕОНОВСКОГО СОЛДАТА

Жизнь постепенно выправлялась; налаживалась, как в том анекдоте с висельником, приметившим чинарик на грязном полу.

Правда, пришлось перемочь-переплакать, перевыть и перезевать — от постоянного недосыпа — первые месяцы жизни Лёшика. Дитём он оказался трудным, беспокойным и вопливым. Даже нянька-спасительница, Римма Сергеевна, которая «немало этого народца перевидала», называла его смешно, по-старинному: супостатом. А Надежду шатало от стены к стене, тем более что работы по выпуску первых книг она не приостанавливала ни на один день! Вот только в универе пришлось взять на полгода академический.

Марьяша, партнёр и акционер, уж на что деспотичный курильщик, а в её присутствии гасил сигарету. Тревожно смотрел на неё — бледную и смурную, говорил: «А ты — могучая баба, знаешь? Ты — непобедимая русская баба. Тебе надо быть толстой». «Окстись! — отвечала она мрачно, не в силах сдержать зевоты, вот уж поистине — могучей. — Если располнею, пойду и повешусь!»

Книги ещё были в работе у переводчиков, но типографию необходимо было искать уже на ближайшие недели. Надежда раскрыла справочник и села на телефон — уверена была, что уж это проще простого: звони, назначай встречи, торгуйся-улыбайся, вокруг пальца всех обводи. Вот наша бизнес-модель!

Не тут-то было.

Она стала догадываться, что угодила в закрытый и, как многие другие российские затеи в те времена, криминальный бизнес. Да и как иначе: типографские станки в те годы не книжки печатали — они печатали деньги, ибо тиражи были вселенские, размахом на всю страну; книжка в сто тысяч экземпляров считалась скромным проектом. Если же шёл бестселлер, типа «Анжелики» или другой слюнявой туфты, тиражи махали на миллионы.

В те несколько золотых лет прибыли книжного бизнеса затмевали нефтяные.

Тогда уже слепилось несколько крупных издательств, которые первым делом подминали под себя типографии простым и разумным способом: они делали директоров типографий своими партнёрами, отстёгивая немалые бабки за то, чтобы печатный станок всегда был на ходу и под рукой для «родных заказов».

Надежда, наивная девчонка с улицы, продолжала звонить по справочнику и кататься по типографиям. Во многих из них даже до разговора не снисходили. Получив отказы по Москве, она пустилась в экспедиции за её пределами: Можайск, Смоленск, Рыбинск, Ульяновск, Тверь, Ярославль...

Приезжала, сидела под дверью начальника планового отдела часа по два, и после короткой вялой беседы выяснялось, что все мощности забиты на год вперёд. «Приезжайте через год, может, посвободнее будет».

Она совсем отчаялась.

Однажды, получив очередной отлуп и приглашение заглянуть месяцев через восемь, Надежда вышла на крыльцо и остановилась под навесом, пережидая нудный дождь. Вслед за ней выскочила покурить какая-то девица — щуплая, остроносенькая, с косой стрижкой на одну половину лица, обнажившей круглое оттопыренное ухо, которое вовсе не обязательно было показывать. Девицу эту про себя Надежда сразу окрестила Нестором Махно. Та закурила, сняла длинным ногтем крошку табака с языка, тоже остренького, искоса глянула на Надежду.

— Что, — спросила, — облом?

Та даже не ответила, плечом дёрнула.

— У тебя бабло в наличке? — спросила девица.

Надежда обернулась, внимательно посмотрела той в лицо — не такая уж и молоденькая: вон, морщинки у рта и вокруг глаз. При слове «бабло» она, как всегда, подобралась. Слово было уважаемым, румяно-круглым, мобилизующим. Слово-ключ, слово-клятва.

— Есть, — ответила сдержанно. На случай немедленной предоплаты возила с собой приличную сумму.

— Давай сюда! — решительно проговорила та, мотнув головой, словно не сомневаясь, что девушка сейчас же вынет из сумки пачку денег и вручит совершенно постороннему человеку.

И Надежда именно так и поступила.

— Стой тут, — обронила ушастая, загасила сигарету о каблук, чинарик заначила в пустой очешник, открыла дверь в помещение и сгинула.

Её не было минут пятнадцать, за которые Надежда себя извела, истерзала, казнила. Сожгла бездарный труп и развеяла пепел... Она даже не спросила — как девицу зовут! Сейчас войти и искать её, требовать назад деньги? Не смеши людей — умных людей, которые все вопросы решают не на крыльце, а при закрытых дверях. Ну что с тобой делать, дура набитая, если ты и взятки толком дать не умеешь!

Дверь открылась, девица выскочила и, поёживаясь от сырого ветра, обняв себя за плечи, просто и буднично сказала:

— Заказ принят на двадцать седьмое. Годится?

— Ты... я... — онемелая от счастья Надежда слова выговорить не могла.

— Ну, лады. Вези предоплату, — спокойно отозвалась та. — Я — Татьяна, дела будешь вести со мной. Поняла, рыжая?

Надежда стояла и кивала, кивала... Дождик был приятный, изумительный дождик был. Симпатичную девушку звали Татьяной, и стрижка у неё была стильная, смелая. При чём тут Нестор Махно!

До выпуска первой книжки оставалось два шага! Неужто?! Неужто...

Первая книга Божены Озерецкой «Старая шкура» вышла тиражом в тридцать тысяч экземпляров. Мизер, конечно, по тем временам. Но, кроме Надежды, в Озерецкую не верил никто из соратников и друзей (кроме художника Витьки Скобцева: книжку она ему *рассказала*, и Витька объявил, что книжка — «убойная»); так что она рисковала, опасаясь и гнева зарубежных партнёров, и собственной неумелости. Ведь самое сложное было впереди: найти кого-то, кто согласится продавать эту ладную, стильную, прекрасно оформленную книжку талантливой польской писательницы; кто уболтает читателя достать кошелёк и выложить монеты за никому не известного автора. Называлось это мастерство-волшебство тоже производственно: *реализация товара*.

В начале девяностых ещё существовали советские монстры: Роскнига, Москнига, Союзкнига — гиганты, в распоряжении которых были склады, транспорт, рабочая сила и магазины. В течение месяца книги развозились, раскидывались по просторам страны, разбрасывались, как зубы дракона по пашне. И всходили они денежками, спелыми-сладкими денежками, сотнями, тысячами, миллионами рубликов-тугриков — самым прекрасным злаком в истории человечества.

Но уже к 1993 году все колоссы рухнули в одночасье. Новых распространителей, книгоношстояльцев на точках, производители книжного вала искали днём с огнём. Оставались ещё книжные магазины, но многие из них дышали на ладан и на магазины походили весьма отдалённо: половину помещения сдавали под мебельные салоны, продуктовые лавки, сомнительного пошиба клубы и даже подпольные казино. Да и как с ними дело иметь, с магазинами: продавать-то они продавали, а платили плохо; бывало, и вовсе денег не дозовёшься.

Зато реально и весомо существовал и бурлил «Олимпийский». И это уже эпоха, «Олимпийский», это образ самого Союза, развального, стрёмного, громоздящего новое на обломки старого; уродливого и ненасытного, ушлого и бескрайнего...

«Олимпийский» — гигантская муравьиная куча, где по своим неписаным, но строжайшим законам крутилась деловая жизнь: совершались сделки, вершились судьбы книг и книгоиздателей, где затаптывались амбиции и прорастали капиталы, где множились долги и отчаяние и гибли живые люди; где, как в муравейнике, обосновались матки — крупные оптовики, к которым протаптывали тропки лоточники со всей раздолбанной державы.

Одним словом, «Книжный клуб» в «Олимпийском» был местом кучкования всех мелких и крупных оптовиков, а также мелких лавочников со всей страны.

Место было опасным во всех смыслах.

Вокруг и между лотков и киосков, с тележками, нагруженными пачками книг, носились страшные мужики — то ли грузчики, то ли новые капиталисты; повсюду громоздились замки, высились бастионы из пачек книг, которые при неловком движении могли обрушиться и погрести человека под своим многотонным весом. В духоте, в столпотворении, в целеустремлённом напоре, в многоголосой бестолочи и алчбе ежесекундного свершения сделок со всех сторон неслось: «Ты мне ногу своей телегой отдавишь, блять!», «А ты не стой на дороге, уёбок!».

Торгующие мужики выглядели и диковато, и страшновато. Почему-то более всего это напоминало мясные ряды давным-давно сгинувшего Охотного ряда.

С романом Озерецкой в руках Надежда пятилась, отпрыгивала от несущихся на неё бастионов и колесниц, ошарашенно озиралась вокруг, совершенно не понимая, к кому сунуться со своей книжкой, кому её показывать, кому предлагать... Казалось, весь мир, отчаявшись в других родах деятельности, бросился писать, печатать, грузить на тележки, развозить, заключать сделки и торговать книгами. И какими разными книгами! Тут на любой вкус зеленели, багровели, золотились и серебрились обложки. Здесь твёрдо выучили: книга должна бросаться в глаза, иначе её не увидишь, не выловишь в этом безбрежном океане. Её попросту не продашь, не всучишь, не сбудешь с рук!

Какой уж там бизнес, какой азарт — Надежда чувствовала себя третьеклассницей, отставшей от школьной экскурсии по атомному реактору!

Она прошла верхние этажи, приставая к тем, чьё лицо казалось «более-менее приличным», безуспешно пытаясь заинтересовать торговцев своей элегантной, но — это стало так заметно здесь! — неброской, слишком «интеллигентной» книжкой.

Отказывали все. Кто вяло: «Ну, привезите пару пачек, посмотрим. Если пойдёт, возьмём больше», кто объяснял свой отказ: «Вряд ли: автора никто не знает, какая-то полька, кому сейчас нужны эти союзные республики» — а кто и с плеча рубил, едва бросив взгляд на обложку: «Ни к чему нам эта хренотень!»

Надежда чуть не рыдала... Становилось ясно, что пан Ватроба знал русский книжный рынок гораздо лучше её. Вот и нужно издавать всякую дрянь, вот и нужно долбить их всех нежным членом! И плевать, и пусть они все...

...Какой-то парень в закутке — не то чтобы сердобольный, но, может, не окончательно ожесточённый — посмотрел на неё, взглянул на книжку. Отказал. Но, когда Надежда повернулась уходить, окликнул её:

— Вы найдите Женю.

— Какого Женю? Где его...

— Спуститесь в подвал, там спросите, его все знают. Может, его книга заинтересует — он, вообще, и сам чудик, и с разным барахлом возится, иногда пристраивает.

Она спустилась в подвал, пометалась, как крыса, из одного закутка в другой, наткнулась на чью-то огромную спину, обошла её, как утёс обходят, и... оробела. Вот этот мужик был самым страшным: с какой-то сумасшедшей улыбочкой, с полубезумным взглядом. Высоченный, брюхо упитанное — прямо людоед из сказки. Сейчас слопает!

Тем не менее обратилась к нему — терять было нечего, а он-то как раз и оказался тем самым Женей. Робко-затверженно пробормотала текст про «талантливую польскую писательницу», показала книжку, стараясь не смотреть на людоедский оскал.

Женя этот самый вдруг широко улыбнулся, протянул лапищу, потрепал Надежду по волосам, сказал: «Какая шикарная хламида!» — и заржал.

Она от ужаса и возмущения чуть не подавилась. Отскочила, крикнула:

— Лапы держи при себе! Пожалеешь!

Людоед Женя улыбнулся ещё шире, вкрадчиво проговорил:

— А, ты ещё и кусачая! Мне такие нравятся. Ладно, давай сюда свою польку, потанцуем... Заеду завтра, заберу весь тираж. Посмотрим, что получится.

— Ну, весь тираж я тебе не отдам, — сказала она хмуро. Он снова заржал:

— Молодец, умная хламидка! Только я ведь всё равно тебя обставлю.

Назавтра приехал, забрал десять тысяч Озерецкой, а через пару дней позвонил, потребовал столько же. Пани Божена разлетелась в несколько дней: видимо, никуда не делись её поклонники, слегка скукожились от жизни, слегка пообтрепались, но встрепенулись и бросились навстречу любимому автору. Надежда ликовала! Талант, говорил папка, не пропьёшь и в гостях не забудешь.

А Людоед выдал деньги честь по чести, — похохатывая, то и дело порываясь наложить лапы на её волосы и по каждому поводу называя Надежду «роскошной хламидкой».

Со «Старой шкуры» блистательной пани Божены и началось многолетнее сотрудничество Надежды с этим странным, диковатым, порой невыносимым, временами трогательным... И всегда непредсказуемым человеком.

* * *

За годы она так и не разучилась его бояться: ни разу не пригласила домой, ни разу не угостила чаем. Встречалась с ним в метро или «на точке», забирала деньги и стремглав мчалась в банк, положить прибыль на счёт. Офис тогда размещался у неё дома, на кухне, где она жила и работала. Ибо комнату занимала няня с монархической персоной — с Лёшиком.

Полубандитского вида разнузданный бугай Женька, как выяснилось позже, окончил МИФИ; перспективный молодой физик-ядерщик, он работал в «Курчатнике», подавал надежды — до самой перестройки. А там уже отечественную науку выжгло под корень: проекты закрывались, зарплаты не платили... Женька поездил челноком по ближним закраинам советских просторов, кого-то там избил, сам получил сотрясение мозга; отсидел год, вышел... и подался в книготорговый шалман «Олимпийского». А толстым стал после Чернобыля — побывал там в ликвидаторах, нахватался всякой дряни, от которой — сам говорил, усмехаясь и ничего не стесняясь, «челдан не стоит, но светится». А выглядел здоровяком с румянцем на обе сдобных щеки.

Главное же, оказался Евгений феноменально образованным человеком с почти фотографической памятью. Как он знал живопись, архитектуру, поэзию, музыку! Рядом с ним Надежда всегда чувствовала себя двоечницей. Бывало, идут мимо витрины с постерами картин, а он, с этой своей издевательской улыбочкой, принимается её экзаменовать. Она кипятится, огрызается, а деться-то некуда — он так и сыплет: Мунк, Пикассо, Дюффи, Боннар... «Тебя хорошо образовывать, — говорил. — Ты пытливая, Хламидка, любопытная», — и якобы поощрительно запускал лапу в её непослушную густую гриву. «Руки убрал!» — отскакивала она. Женька смеялся — с нежностью людоеда.

Марьяша, акционер и задушевный приятель, относился к «нашему распространителю Евгению» очень подозрительно, говорил, что тот неадекватен, что наверняка «вставляет марафет», и уверял, что нахлебаются они ещё с этим типом, ох, нахлебаются.

Умный Марьяша как в воду глядел.

Впервые Женя *кинул их* на десять кусков с виртуозной лёгкостью, с той же улыбочкой объяснив, что это не кидалово, а вклад в партнёрский общак за бандитский наезд: якобы явились тут на днях, страшные, требовали...

Поди разбери: кто там явился и что там у него требовали.

«Да какие мы с тобой «партнёры»?! — в ярости выкрикивала Надежда. — У меня честный бизнес! У меня — издательство! Я налоги плачу, зарплаты, аренду склада! А у тебя из всех расходов — Сёмка-грузчик да плата за точку!»

Несколько дней от этой непередаваемой подлости она ни есть, ни спать, ни дышать не могла. И деться некуда: к тому времени на Женьке висели огромные долги за её книги. Вот когда она осознала, насколько умно, расчётливо и выгодно для себя «физик-ядерщик» выстроил их *сотрудничество*, поняла, до какой степени она — его заложница. Разумеется, месяца три она вообще не отдавала ему своих книг, но от этого сильно страдало дело: торгашом-то Женька был гениальным. А если ты рыжая девушка без крыши, без надёжной спины, кто угодно может сожрать тебя с потрохами и не подавиться. Чтобы оставаться на плаву, надо либо своих бандитов иметь, либо укрыться под брюхом кита — большого издательства, рискуя в этом случае только одним: что кит, огромный, равнодушный, проглотит тебя и даже не заметит, выпустив фонтаном в безбрежное небо такого же равнодушного океана.

Надежда крутилась как волчок, а каждый день приносил свою новость — дикую, страшную или смешную.

Такими вестниками часто бывали поляки, её зарубежные партнёрушки, от которых она уже мечтала избавиться, подкапливая деньги, чтобы подстеречь счастливый момент и выкупить их акции.

Польские паны рассчитывали, что московский «Титан» станет гнать по тридцать переводных книг в месяц и в карманы к ним хлынет дождь золотой. Но Надежда упрямо и бесстрашно продолжала гнуть собственную книжную политику: искала новые талантливые имена, каждую книгу издавала как единственную в мире. Повторяла удачное определение Марьяши насчёт издательства-бутика. «Зато нас уже знают, — говорила, — уважают нашу позицию и наше качество».

К концу года разочарованные поляки пригорюнились и стали искать новые пути бизнеса в России.

Был там у них один творчески возбуждённый ум, извергавший самые нестандартные идеи: Богумила, секретарь и наверняка зазноба пана Ватробы (а иначе, полагала Надежда, её давно бы на фарш провернули за подобное творчество).

Однажды утром — Надежда только и успела, что Лёшика переодеть и отправить гулять с нянькой, только сварила свой вожделенный кофе, намолов благоуханную горстку в старой бронзовой мельничке, купленной у старика на Тишинском рынке, — раздался звонок: Богумила, чтоб ей!

К тому времени, намотавшись в Гданьск и досыта наобщавшись с партнёрами, Надежда нахваталась много польских слов и обиходных фраз и вполне сносно изъяснялась, а главное, понимала сказанное (что было непросто: Богумила, вестник и глашатай пана Ватробы, и картавила, и шепелявила).

— Морёный дуб! — объявила та с ходу. — Вот что нам нужно. У вас в России морёный дуб можно купить по дешёвке. А на Запад продать вдесятеро!

— Что-что?! — удивилась Надежда, решив, что она не поняла каких-то слов в специфическом выговоре Богумилы.

— Дуб. Морёный. Который в воде лежал сто лет. Крепкий, как камень. Стоит миллионы!

— А при чём тут... книги?

— Ни при чём. Но ты — наш представитель в России, правильно? Ты обязана выполнять наши поручения.

Забыв о выкипающем кофе, Надежда сидела и думала: как избавиться от поляков? Морёный дуб находился за пределами её вселенной. Она и представить не могла, что когда-то в жизни упрётся в развилку, на которой окажется стрелка-указатель: «Дуб морёный».

Но она сосредоточилась и для начала совершила несколько разведывательных звонков по толковым людям. Те в основном предсказуемо каламбурили насчёт «кота учёного, что бродит по цепи кругом». Только Марьяша, умница, посоветовал начать с товарной биржи: выяснить специфику, раздобыть наводки на добытчиков сей экзотической древесины. Она собралась и поехала на ВДНХ. И там, покрутившись часа полтора по этажам одного из псевдоклассических павильонов, превратившегося в огромную товарную биржу, добыла кое-какие телефоны, с прозвона которых и начался круг дремучих-лукоморных, древесинных её мытарств.

Интернета ещё не было, вся информация добывалась «от людей». И потому в любом общении на любую тему возникал некий побочный улов, не всег-

да явный, порой потенциальный — так, на будущее. *Пока Надежда бродила по людям, расспрашивая каждого встречного про морёный дуб, народ предлагал купить что-то ценное и необходимое в хозяйстве, например, зерно. Она брала все координаты, даже те, что, на первый изумлённый взгляд, вряд ли могли пригодиться, — однако, как ни странно, весьма пригодились в будущем. (Так, в длинной колбасе записанных ею телефонов она обнаружила координаты одного заветного местечка, где можно было купить бумагу: в то время редкие типографии предлагали свои материалы.)*

Типаж тамошних биржевых маклеров был какой-то... диккенсовский: ушлые мужички с бегающими глазками разговаривали шёпотом, напирая и предельно сокращая расстояние с собеседником, что сразу наводило на мысль о чём-то незаконном. Заодно они давали возможность учуять их кулинарные предпочтения, в основном луковые и чесночные, а также вдохнуть запах немытых шей, гнилых зубов и прочие дурные вибрации духа и тела.

Одеты все были ужасно — в мятых штанах, в давно не стиранных рубашках, с кошельками-бананами под вислыми животами. Некоторые пытались выглядеть солидными, но их тесные костюмы с искрой выглядели ещё нелепее, чем мятые штаны и потные рубахи их коллег.

В то время она уже изучила азы науки, в которой затем достигла совершенства: по звучанию голоса собеседника, даже невидимого, ловить флюиды возможной будущей подставы. И как бы ни представлялись люди, чьи голоса лились в её ушную раковину, она мгновенно определяла, что настоящие их имена — Кидалов или Разводилова...

Наконец в одной из контор прозвучал человеческий голос — усталый, раздражённый, но *чистый*. Да, наш трест (*длинное бессмысленное сочетание слогов, упражнение логопеда, что-то вроде «морремпромстройдорконтора»*) предоставляет и эту услугу. Далее Надежде объяснили, где добывают и для чего используют такое полезное ископаемое — морёный дуб; обещали *разведать его*, выловить и даже выдать сертификат. (Вот слово «сертификат» и сработало, за что потом она себя проклинала.)

В Москва-реке, понятно дело, морёные дубы не водились, ехать надо было в тьмутаракань, куда-то в Смоленскую область. Она долго созванивалась с местными представителями треста, заполошно вслушиваясь в голоса, ловя флюиды, превозмогая желание отключиться и забыть «ловлю дуба» как страшный сон; и всё же уточняла, записывала, договаривалась...

Наконец назначена была дата, она поехала.

Стояли холодные дни конца августа. По утрам уже блестели инеем серёжки на берёзах. Окна в поезде стыли утренним туманцем, и мёрзлая трава серебрилась на косогорах. Надежда шёпотом хвалила себя папкиными словами — «Молодец, Надюха!» — за то, что прихватила куртку. В провинции, с её пронизывающими ветрами, могло быть гораздо зябче, гораздо холоднее, чем в Москве.

На вокзале в Смоленске её встречали два молчаливых, понурых и обтрёпанных мужика. Не завсегдатаи частного лондонского клуба. Один — без уха, как Ван Гог, а место, где оно раньше было, залеплено грязным пластырем. Второй — в очень коротком и узком плаще, неизвестно с кого снятом. Впрочем, трезвые. Она не испугалась, не удивилась: в провинции такая жизнь была — не до улыбок и не до светской бормотни.

На её вопросы мужики отвечали кратко, но ясно: место ловли заветного дуба находится в ста километрах от Смоленска, близ деревни, где из дворянского пруда девятнадцатого века пресловутый дуб предстоит ещё извлечь.

— Что значит: «извлечь»?

— Вытянуть.

— Хм.

— Ночью.

— Почему — ночью? — испуганно спросила Надежда. Она, вообще, думала, что дуб, как ленивый старый сом, давно вытащен из-под коряги и, толково упакованный, с надлежащим «сертификатом» дожидается её на складе треста. Однако...

Однако по виду двух «сотрудников» можно было уже и о самом тресте составить кое-какое мнение. Хотя дворянские имения давненько ушли в историческое прошлое, сам пруд и его содержимое, похоже, кем-то охранялись. Стало быть, «извлечение» дуба выходило делом незаконным? То-то и оно. «Когда, — думала Надежда ожесточённо, шагая по перрону вокзала между двумя угрюмыми «сотрудниками треста», — когда я избавлюсь от поляков?!»

До вечера сидели втроём на кухне, в доме чьей-то отсутствующей племянницы Юляши, пили чай, рассуждали о тяжёлых временах. Мужики — Слава и Николай — оказались семейными серьёзными людьми, но оба ныне безработные, так что...

— У Славки, вон, вообще рак уха нашли...

— А разве бывает — рак уха? — робко спросила Надежда.

— Бывает не бывает, а ухо оттяпали, — спокойно заметил Славка.

Надежда послушала их истории, повздыхала, согласилась, что жизнь сейчас пошла — чёрт её знает, что за жизнь...

К ночи собрались, вышли во двор. Там уже стоял под незрячей потерянной луной кем-то пригнанный «КамАЗ» — тоже, вероятно, левый, — на котором и предполагалось добираться до места. Надежду подсадили, она уселась между мужиками, и с погашенными фарами «КамАЗ» выехал на побитую трассу...

Гнали по ухабам в полном молчании и вроде как в беспамятстве, и в таком же беспамятстве неслись по небу тучи, поминутно распахивая рваную серую рогожу, из которой вываливалась всё та же убогая ворованная луна.

Через два часа Надежда сидела на каком-то пригорке, прижимая к животу сумку с немалыми деньгами, ощупывая глазами темноту, бегучие блики на маслянисто-чёрной глади пруда, в темноте — необозримого. Она нервничала, пытаясь угадать, что её здесь ждёт. Припустил занудный вкрадчивый дождик, она накинула капюшон куртки и сдвинула его козырьком на глаза.

А мужики, судя по всему, к работе этой оказались привычными и ловкими: достали из кузова «КамАЗа» багры — длинные палки с железными крюками на конце, верёвки, резиновые чёрные водолазные костюмы. Раздевшись до трусов у самой воды, натянули костюмы, нацепили маски и пошли...

Они медленно входили в тёмную и тяжёлую, наверняка холоднющую воду пруда, осторожно прощупывая дно баграми, а Надежда, поёживаясь от дождя, гадала — что они там подцепят, и откуда знают, где именно дожидается их бревно? И кто всё это *разведывает*, и кто определяет: действительно ли то морёный столетьями дуб или просто ствол какой-нибудь гнилой ольхи, пролежавший на берегу с прошлой весны и закатанный в воду позавчера? «Сертификат!» — вспомнила она, и ей стало ещё холоднее и неуютнее. Да они и слова такого не знают. «Трест»! Ха! Мужикам, судя по всему, было всё равно, где и чем добыть денег на пропитание семей. А вдруг они решат (это шепнула «Якальна»), что вытягивать старинное могучее бревно куда тягомотнее, чем отнять доллары, придушить девчонку и упокоить её на дне этого самого дворянского... «А у тебя, блин, Лёшик — сирота, никому, кроме тебя, не нужен, — вот дура ж ты окаянная! Послать к чёрту поляков, и послать как можно скорее — если выберешься отсюда живой, бревно ты морёное! — И спохватилась, и молча прикрикнула на себя: — Прекрати! Возьми себя в руки... Мужики как мужики. Тоже детные, тоже хотят на своих деток заработать».

Ночь катилась по чёрной воде озера, бликовала в пустых консервных жестянках на травяном склоне. Кроны деревьев скорбно шелестели под куполом мрака... Мужики то погружались, соскальзывая в воду по самую шею, то выставлялись из воды, изредка показывая взмахами рук — ничего, мол, терпи, жди! Снова ныряли...

Надежда сидела и ждала.

Отрепья сизого пепла летели над головой, то накрывая тусклый грошик луны, то вновь выкатывая его на чёрную бочку неба, и всё казалось: выскочат сторожа, наставят берданки, завопят «руки!», закуют в кандалы — и утащат куда-то от жизни, от Лёшика, от книг. А то и пристрелят сгоряча. Она уже полчаса как плакала безнадёжными стылыми слезами, шёпотом скороговоркой повторяя: «Господи и все святые-твои-пресвятые, какие только есть у тебя где-то там, мне бы только вернуться к моему ребёночку!»

Наконец оба водолаза тяжело поднялись из чёрной воды, продели каждый голову и плечи в верёвочную петлю, медленно развернулись к берегу... и двинулись, с бурлацкой натугой вытягивая что-то из глубины. Похоже, поймали этот самый морёный, заволновалась Надежда. Негромко позвала:

— Ну что, ребята, как? — Те молча выставили большие пальцы — порядок, мол! И тащили, тащили, отступая и оступаясь, снова натягивая грудью верёвки... Тащили, нещадно матерясь; дуб не дуб, а пёс его знает, что за саркофаг из глубин вытягивали.

Через полчаса огромное бревно выползло из воды на траву. Мужики стянули с себя мокрую резину и, раздевшись догола, совершенно не стесняясь Надежды, принялись растирать себя какими-то тряпками, валявшимися под сиденьем «КамАЗа». И она не отводила глаз — с ранней юности, ещё когда мыла и ворочала папку, привыкла считать мужское естество чем-то родным: папка, Аристарх, Лёшик — всё это была *родная плоть*. Заворожённо глядела на мокрые блестящие, коряво-мускулистые тела, серебряно вспыхивающие под воровской луной, ускользающей из туч.

Оделись, достали бутылку водки и разлили на троих во что попало — Надежде досталось лучшее: жестяная крышка от термоса. Она благодарно махнула всё разом — очень продрогла. Пока ребята возились с бревном, — распиливали его пилой на три части, уверяя, что каждая весит как гранитный памятник (и правда, блестящие срезы бликовали, как полированный гранит), — она посидела ещё на пригорке, покорно ожидая окончания работ.

Ночь выкипала клочьями серого тумана, уносила их дальше и дальше, и, по мере того как прояснялось небо, светлела и вода в озере, у берегов заштрихованная камышами. Когда развиднелось ещё, впереди восстал дальний берег с крутой горкой, на которой — вот и сюрприз! — вначале контурами, а затем и цветом проявилась и заголубела, отражаясь в воде, церковь с тремя ладными весёлыми куполами. «Утро, — подумала Надежда, откидывая капюшон, — утро, слава богу: жизнь, книги, Лёшик!»

— Славка, глянь! — услышала голос Николая. — Это ведь кто-то его завязывал, а?

В руках он держал длинную скользкую дохлую змею.

— Гляди, тут пряжка! Старинный какой ремнюга, давно бы должен сгнить. Кожаный...

— Если старинный, то настоящий, — отозвался Славка. — Потому и не сгнил. Надежда, хотите сувенир?

Он достал перочинный ножик, минут пять старательно что-то выковыривал, отделил пряжку от скользкой вонючей змеи, промыл в воде и подал Надежде.

— Вот это я понимаю: сертификат!

Пряжка была прямоугольная, с какой-то оттиснутой в ней, но забитой тиной буквой.

— Ничего не разобрать, — сказала она, — всё чёрно-зелёное... Кажется, медь.

— Вот дома ототрёте, будет память о наших местах. Привет от Бонапарта.

— Почему от Бонапарта?

— Так ведь он этими дорогами драпал. Говорят, многие французы добычу в воде прятали. С какого бодуна этот ремень тут к бревну прицеплен?

— А где ж тогда сокровище? — спросила она. — Златая цепь на дубе том? Утонуло?

Славка засмеялся и сказал:

— Значит, вернулся и всё забрал, сука. Увёз в свою Францию, жирует там.

— Дела давно минувших дней, — добавил Николай, наливая водки по новой.

А Надежда подумала — этот самый сгнивший ремень лучше любого сертификата, и пряжку, если что, она предъявит полякам. Опустила в карман куртки и сразу о ней забыла.

К утру ребята, намаявшись, подняли добычу на верёвках в кузов «КамАЗа», и втроём они тронулись в обратный путь — в Смоленск, куда-то на выселки. Там, на таможне они вместе провели ещё почти сутки. Наконец были выправлены все таможенные документы, розданы все взятки, дуб морёный погружён в открытый контейнер товарного вагона и, обвязанный жгутами и закреплённый железными прутьями, тронулся в путь навстречу хитроумным полякам...

Надежда — голодная, окоченелая, бессонная — выдала таким же измученным мужикам честно ими заработанную *штуку зелени*, попрощалась (они даже обнялись, породнённые этой холодной озёрной ночью), села в поезд и мгновенно уснула. И чудился ей гниловатый запах древесной трухи и рыбьей требухи, и снилась церквушка на дальнем берегу, морщинистый лик пруда на рассвете, рыхлая квашня серого неба и медная чёрная, скользкая от тины пряжка старинного французского ремня.

А через день раздался звонок, и рыдающая Богумила (ни слова было не разобрать!) кричала в трубку:

— Надежда, всё пропало, всё пропало! Этот проклятый дуб...

— Что?! Что?! Он настоящий, у меня сертификат... у меня — пряжка от Наполеона!

— Какой Наполеон?! — кричала в ответ Богумила. — Он полностью гнилой, этот дуб, ничего с ним не сделаешь, никто его не купи-и-ит. Тадеуш меня убьёт...

Надежда почему-то совсем не расстроилась.

Лёшик сидел перед ней в высоком стульчике и кушал яблочное пюре, поминутно его выплёвывая. Крепко держа в кулачке отчищенную пряжку с выдавленной буквой N, азартно стучал ею, победно посматривая на мать — каков я? Он умел уже коварно улыбаться синими глазами. У него уже вылезли два великолепных сахарных зуба. И каштановые кудри, которые обещали вскоре совсем потемнеть, вились круглыми, как у девчонки, будто циркулем отмерянными, кольцами — жалко их было стричь.

— Ешь, су-пос-тат! — восхищённым шёпотом проговорила Надежда, наклоняясь к нему и трогая губами тёплый смешной нос-пуговку. — Ну-ка, лопай, мучитель мой!

— Что?! — всхлипывая, спросила Богумила.

— Ничего. Это я не тебе, — улыбаясь сыну, сказала Надежда.

* * *

РобЕртыч влился в книгоиздательский процесс очень вовремя, ибо зарубежные партнёры жали на все педали, стараясь нащупать нишу, в которой таятся ещё неиспользованные возможности расширения бизнеса в дремучей стране, простёртой в обмороке посреди несметных своих богатств и чудес, но уже грозившей очнуться.

Едва оправившись от скандала с морёным дубом, неуёмная Богумила извергла новую идею, куда более экзотичную. Ей-богу, стоило восхититься глубокой верой пана Ватробы в интуицию этой дамы.

Позвонила она в тот момент, когда Сергей РобЕртыч, третью неделю исправно исполнявший должность «мужика на хозяйстве», сидел в офисе, попивал свежемолотый сваренный кофе и докладывал, чем закончился поход по выбиванию денег из хозяина сети книжных ларьков, — вокзальных.

Он был возбуждён и очень воодушевлён удачным исходом своего задания, сыпал энергичными словами вперемешку с музыкальными терминами: «...зап..здеть ему в рожу на фортиссимо!»

Как раз в этот момент и позвонила секретарша пана Ватробы.

— Ну, всё! — сообщила с разбегу. — Сейчас-то дело верно и просто: ты найдёшь и купишь для нас красную ртуть.

— Подожди, — сказала Надежда, горько наученная морёным дубом, и закрыла трубку ладонью.

— Что это — красная ртуть, не знаешь? — спросила она у РобЕртыча.

— Понятия не имею, — пожал плечами тот. — Я ж не химик. Я — лабух. Надо у Женьки спросить.

Но у Женьки ей давно спрашивать ничего не хотелось.

— Чем эта самая красная отличается от обычной? — осторожно поинтересовалась она у Богумилы, и та запальчиво отчеканила, что это знает каждый школьник: красная — это красная. Все разведчики и все террористы мечтают её заполучить, а в России сейчас она где попало валяется. Можно продать на Запад за бешеные деньги. Ты — наш представитель, тебе и карты в руки.

И в который раз, сцепив зубы, Надежда сказала себе, что поляки превратились в геморрой, в головную боль, в чирей на заднице! Что надо вырезать их из картинки и дальше, как это ни страшно, плыть самой.

Вот не было печали: разыскивай для них красную ртуть! Тут уже вдвоём они — Надежда и РобЕртыч — пустились в разъяснительную экспедицию по знакомым шаромыжникам. Никто ничего толком не знал, объяснить никто ничего не мог, а те, что потехничнее, сыпали загадочными терминами, переходили на шёпот и ссылались на секретные военные разработки.

Через неделю цепочка таких, в высшей степени подозрительных, контактов вывела их на предполагаемых продавцов.

Морёный дуб, Священное дерево, великий Учитель, Карнакский камень — ты многому нас научил!

На сей раз Надежда с продавцом не церемонилась, ехать к чёрту на рога отказалась, так что встреча была назначена в одной из высоток на Новом Арбате. В дрожащем, будто озябшем, лифте они с РобЕртычем поднялись на одиннадцатый этаж, отыскали квартиру, позвонили — в ту же секунду изнутри рванули дверь.

На пороге пританцовывал какой-то алкаш в трениках и в майке. За его спиной просматривалась пустая ободранная комната с одинокой тумбочкой у дальней стены. То и дело срываясь с места, он принимался метаться по комнате, как полтергейст, в неистовом, судя по всему, желании выпить. Однако некто (возможно, его личный Карнакский камень) велел ему здесь сидеть, возле заветной раздолбанной тумбочки, и алкаш высиживал положенный ему процент, который собирался пропить немедленно, неподалёку.

С РобЕртычем Надежда чувствовала себя куда уверенней, с РобЕртычем она была — орлица! Так что, когда продавец, сжигаемый изнутри грядущим опохмелом, потребовал показать деньги, сказала:

— Перебьёшься. Товар показывай.

Тут и была приоткрыта тумбочка, извлечена из неё майонезная баночка, в которой перекатывалась маслянистая горстка чего-то действительно красного.

— А как мы узнаем, что это красная ртуть? — спросила Надежда.

— Никак, — пожимая плечами, ответил алкаш. — Надо просто верить науке и э-э-э... создателям. Мы ж не хотим тут взорваться к чертям собачьим.

— Пойдём, душа моя, — сказал РобЕртыч.

— Подожди. И во сколько ты оцениваешь эти милые перспективы?

— В десять кусков...

— ...говна, — сказал РобЕртыч нетерпеливо. — Пойдём!

Они вышли из похмельной обители, спустились в соседнем, тоже качливом, как старый алкоголик, и тоже замызганном лифте с огромной жёлтой лужей в углу. Вот же припёрло человека, заметил РобЕртыч чуть ли не уважительно.

Вышли. За несколько минут, потраченных на идиотский польский сон о красной ртути, наступила весна. Так бывает, когда выходишь из вонючего лифта в развиднёвшийся полдень: небо расчистилось, голые деревья оказались обсыпаны зелёными прыщиками будущей листвы. Впереди был нормальный день, впереди была жизнь, и книги, и сын...

Надежда засмеялась и локтем подтолкнула хмурого РобЕртыча. Ей так хорошо было — просто оттого, что взрыва не будет, террористы и разведчики отдохнут, а Богумила, чем чёрт не шутит, наконец получит от начальника грандиозную головомойку.

— Вряд ли, — возразил РобЕртыч. — Скорее всего, она получит грандиозный перепихон.

Оказавшись на воле, РобЕртыч затребовал немедленно съездить в «Олимпийский» к Женьке, который — да, сволочь и кидала, и непременно опустит их обоих ниже плинтуса, но, по крайней мере, объяснит, что такое красная ртуть и на черта она сдалась полякам. Он же физик, не?

Они поехали...

Женька пребывал в удручённом настроении — в последнее время дела шли вяло, рынок скукоживался, и гордый Женя, к которому прежде все приезжали «на точку» в «Олимпийский», сейчас частенько сам развозил товар лоточникам.

Возможно, поэтому он особо не изгалялся. Просто сказал, что в природе такого химического соединения — «красная ртуть» — не существует, а если б и существовало, то хранить его надо было бы так же, как хранят компоненты для ядерной бомбы, а не в баночке из-под майонеза.

— Ого-го, Хламидка!— заметил он. — А ты постепенно образовываешься. И твой верный Росинант... — вдруг ему расхотелось их жучить, и завершил свою лекцию он вполне буднично и как-то устало: — Если бы красная ртуть существовала, она бы полностью изменила подход к ядерным реакциям и вообще вывела бы термоядерное оружие на новый уровень.

В этот день, вернувшись в «офис», они приняли три судьбоносных решения: во-первых, снять для издательства настоящее помещение, во-вторых, похерить поляков, в-третьих, похерить Женьку.

Но до того, как всё это произошло, Женька успел совершить ещё одну свою ослепительную подлость.

На деньги, вырученные от продажи книг «Титана», он закупил огромный тираж какой-то бодяги про тамплиеров — в неколебимой уверенности, что тамплиеры заинтересуют подавляющую часть нищего, но всё же романтичного населения страны. И то ли знаменитая интуиция ему изменила, то ли устал, то ли высокомерие подвело — только тамплиеры не шли совсем: не было им удачи в этой нищей, хотя и романтической стране.

По образному выражению РобЕртыча, Женька «сел на жопу».

В итоге он слил тамплиеров по сильно заниженной цене, и титановы денежки, тысяч двадцать зелёных, — нехилая сумма по тем-то временам, — уплыли в туманные дали тамплиеровых тайн. Отдавать их Женя и не собирался, сразу дал понять, что бывают в жизни истории пострашнее; нагловато улыбаясь, советовал «игнорировать неудачи».

— Знаешь, Хламидка, — сказал легко и даже подмигнул, мерзавец, — такое в бизнесе случается. Привыкай... и благодари за науку.

Она сидела напротив него за колченогим пластиковым столиком в кофейном закутке на «Олимпийском». Кофе там продавали омерзительный, в одноразовых стаканчиках, — тошнотворный кофе. И всё вокруг здесь было тошнотворным. Мечты снять приличное помещение рухнули одномоментно; откуда взять денег на зарплаты своим людям, да и себе — было непонятно.

— Знаю-знаю, о чём думаешь, — он опять дружески подмигнул. — Кого бы нанять, припугнуть Женю. А только — бесполезняк, у меня ничего нет. Ни-че-го. Просто такое в бизнесе случается.

— Просто ты — говнюк и подлюга, — сказала она. — Такое в бизнесе случается.

Встала и пошла. И шла по этажам, спускалась по бетонным ступеням, брела по коридорам, вышла на воздух... Небо вытряхивало из рваного подола последние крошки дождя. Оранжевый волглый туман фонарей пропитан был запахом мазута, влажного бетона и жареных на прогорклом масле пирожков — из ближайшего ларька. Внизу по проспекту, в промозглой весенней грязи, шли на нерест машины.

Зато в длинном подземном переходе было пустовато и гулко. Только сморщенная старушка-бомж, обложенная пожитками, сидела на сум-

ке и тоненько распевала песню из кинофильма
«Девчата».

«Отчего, отчего, отчего так хорошо? — неслось
Надежде в спину. — Оттого, что кто-то любит
гармони-и-ста». Затем пение стихло, и удивлён-
ный голос бомжихи звонко отчеканил:

— «Ну и ответ!»

Надежда вышла на другой стороне проспекта
и пошла куда-то... не то чтобы страшно горюя.
В конце концов, верно Женька сказал: в бизнесе
и не такое бывает. Шла себе куда-то и шла, повторяя одно и то же: ничего, главное — ты здо-
ровая, сильная, ты всё переможешь, и Лёшик
растёт, и дело движется, и книжки выходят...
И вдруг — будто кто её толкнул или с размаху
ударил прямо в сердце — остановилась за табач-
ным киоском и, ткнувшись лбом в дощатую гряз-
ную стенку, заскулила — горестно, безнадёжно,
почти беззвучно:

— Ариста-а-арх... Ариста-а-арх... Ариста-а-арх...

* * *

*Ничего, перемоглась, взяла кредит у знакомого
банкира, бывшего сокурсника, которого так и называла — Вова, под двести восемьдесят (ноль не
лишний!) процентов годовых и платила, платила,
платила... Через год переехала в здание «Молодой
гвардии», где печатала свои книги, — поближе
к процессу, контроль считала обязательным! Солидный у них с РобЕртычем офис был — метров
аж четырнадцать. Вову потом удачно застрели-
ли, хотя грех так думать, ох, нехорошо (простите*

мне, святые-пресвятые!). *Надежда и сама дважды попадала в перестрелки в помещениях новеньких банков, чудом осталась жива. Ветер дул, сбивающий с ног, но всё в её паруса, и кораблик набирал скорость, и два толковых редактора — пожилые бывшесоветские зубры, выросшие на учебнике Розенталя, все запятые на местах, — исполняли за неё работу, и три молодых талантливых переводчика были прикормлены (Надежда платила им на три копейки больше, чем платили всюду); и кое-какие западные авторы уже уютно обустроились в портфеле издательства «Титан», ибо зарубежные литературные агенты знали, как уговаривать: «Издательство небольшое, за права платит немного, но книга будет отлично переведена и прекрасно, стильно оформлена» — а чем ещё купишь авторское сердце! Ветер, ветер дул в паруса!*

И весьма удачно, как раз перед тем, как фантастический успех Божены Озерецкой принёс издательству серьёзные барыши, поляки отвалились, посчитав наконец российский рынок убыточным.

Марьяша, коммерческий директор «Титана», тоже отвалился, но по другой причине: забрав свои акции и подзаняв отовсюду «капусты», он открыл свой банк, ступив на скользкую дорожку расстрельного коридора, — всё с той же обаятельной насмешливой улыбкой, пританцовывая на особо опасных участках...

Надежда осталась при полной свободе и вольных хлебах, правда, денег катастрофически не хватало. Она снова взяла кредит, платила, торговала, возмещала, платила. Недурно заработала, продала квартирку в Люберцах, купила трёхкомнатную на

Патриарших — ведь это была её детская мечта, ещё с той поездки с папкой в Москву, когда с трибуны ипподрома она посылала восторженный ор летящему над землёй белокипенному Крахмалу...

Молодость проходила, и чёрт с ней, с молодостью; избавиться бы только от этих снов, от багряной накипи рябиновых гроздей, от старой серебряной ветлы, в чьём лунном подоле укрылись мальчик и девочка; от синих, нестареющих в памяти глаз, от буйной поросли непослушных кудрей.

Да где там! — когда собственный сын смотрит в душу теми же глазами, и улыбается, и не терпит походов в шикарную парикмахерскую, а когда Надежда, поднявшись на цыпочки, сгибает для него ветку рябины, говорит с обидой и завистью: «Хорошо тебе! Ты вон какая дылда...»

Глава 7

БУНТ

Доктор Бугров внимательно и чуть ли не заворожённо следил за пляской стоматолога Финского на тюремном дворе. Голый, обрюзглый, в голубоватую клетку — из-за сетки-рабицы наверху — он, пожалуй, мог стать центральным образом в спектакле на тюремную тему какого-нибудь режиссёра-модерниста.

Вот интересно, думал доктор: испытывая такое отвращение к казённым мокрым полотенцам, Финский мог бы из дому принести своё. А вдруг он и у себя после душа выбегает этак во двор, и пляшет, и подпрыгивает, и руками трясёт, пока кто-то из соседей не вызовет полицию?

— Смотришь на него как на тайну мироздания, док, — произнёс за спиной *Боря-наш-этруск*. — Уже столько лет смотришь, смотришь... Ждёшь, что тебе в этих плясках откроется смысл жизни? Ну не любит мужчина вытираться... Между прочим, он вчера презрел свою репутацию *доктора Айболита* и живому человеку зуб сверлил без наркоза.

— Что-что?! — доктор Бугров обернулся к фельдшеру.

— Только это секрет, ша! Он мне под горячую руку рассказал, от возбуждения. И лицо у него было как в побелке, и лоб вот в таких крупных каплях пота. — Боря показал на кончике указательного пальца. — Его ж ругают за излишнюю мягкость, да? Мудаком называют. А вчера доставили этого... снайпера, помнишь, застрелил годовалую девочку на руках у матери?

— Абдалла абу Тавил.

— Ну и память у тебя!

— Имя красивое.

— Ага. И этот Абдалла всё время хвастается своим подвигом: говорит, то была достойная мишень. В смысле: девчушка крохотная, поди попади...

— Ну?

— И вот сел он в кресло, пасть раззявил. Корень ему надо пролечить. Финский говорит: «...А у меня дверь открыта, шобы сквознячок...» У него кабинет, между прочим, гораздо удобнее расположен, чем твой. Мы тут за углом, к нам ветерок не дотягивает.

— Этруск! Ты можешь рассказывать, не мотая кишки на кулак?

— Нет, ты слушай. Финский говорит: у меня дверь открыта для сквознячка. Ну и вообще, представь: при его брезгливости занюхивать известные ароматы от клиентов.

Это доктор Бугров понимал прекрасно.

— Вот он и услыхал, как тот алибаба хвастал охраннику: мол, его за подвиг боготворят в его народе, а семья получает бабки от благодарного ХАМАСа...

— Ну, короче...

— А короче, сел он в кресло, расслабился — доблестный снайпер. «И я, — говорит мне Финский — а сам бледный как мертвец и весь в поту, вот-вот в обморок хлопнется, — я, — говорит, — набрал в шприц воды, вместо лидокаина, вколол, выждал, как положено, минут пять и пошёл сверлить». Тот завопил, как на дыбе... «Ах-ах, — говорит доктор Финский, — у тебя низкий порог боли. Давай ещё один укол сделаем». И снова набирает водичку. Тот сидит, подвывает, глаза на лбу — ему больно, чувак! — Боря рассмеялся мягким довольным смешком: — Снайперу больно, понимаешь, не, и он ревёт белугой. Доктор Финский снова бурит... Дикий вопль! Аж подбрасывает того! Вопит так, что охрана бежит к кабинету сломя голову. А Финский, мститель наш, бурит и дробит челюсть этому красавцу, и время от времени приговаривает: «Ну не берёт тебя лидокаин, что поделать! — И руками разводит: — Я уж три укола всадил». И бурррит! И бурррит!

— Понятно, — доктор Бугров обернулся, посмотрел на фельдшера Борю Трускова с каким-то новым любопытством. — Надеюсь, на мне эта волнующая сага завершится?

— Само собой.

— Поклянись своим древним этрусским предком.

— Та ладно тебе! — Боря задумался. — Думаешь, Пузан рассердился бы?

— А ты как полагал? У нас тут пытки запрещены, мы не истязатели.

Боря подобрался, насупился. Перевёл взгляд на тюремный двор, где приседал и подпрыгивал добряк Финский. Тот подбежал к перекладине-турнику, схватился за неё, раза три подтянулся, повисел мокрым мешком. Спрыгнул и побежал назад, к себе.

— Типа это бесчеловечно? — уточнил Боря.

— Да нет, — вздохнул доктор Бугров. — Это как раз таки *очень* человечно. А скажи мне, славный этрусец, ты когда по двору идёшь, а Мадьяр моет машину генерала... он на тебя брызжет водой из шланга?

— Не, — удивился Боря. — С чего это...

— А на меня брызжет. Легонько так, якобы юмор. В жару даже приятно. Но это не юмор... — Доктор Бугров перевёл взгляд в пустой прогулочный двор и задумчиво повторил: — Это. Не. Юмор.

— Та брось, он нормальный парень. Спортсмен. В чемпионате на первенство Европы участвовал. Просто девушку свою приревновал, ну и... пальнул в соперника. Прям на соревнованиях.

— Пальнул? — Доктор резко развернулся. — Как это? А где оружие взял?

— Та он же, я тебе толкую, — спортсмен был, при собственном оружии. Стрелок...

— Стрело-ок?!

И едва *Боря-наш-этруск* выговорил это щёлкнувшее затвором, летящее слово, всё мгновенно сложилось в голове у доктора Бугрова.

* * *

Вторую ночь в тюрьме шли обыски.

Искали в основном телефоны. Главари боевых группировок ХАМАСа и ФАТХа приказы на убийство отдавали из своих камер и потому с невероятной изобретательностью пытались заполучить мобильную связь. Их жёны, принося на свидание малых детей, прятали в подгузниках крошечные мобильники. Папаша сажал на колени младенца и незаметно извлекал драгоценный для дела борьбы палестинского народа предмет.

Нынешний обыск, внеплановый, был вызван позавчерашним скандалом на всю страну: член Кнессета, лидер арабской партии, пользуясь парламентской неприкосновенностью, пронёс на себе в тюрьму ни много ни мало сорок таких крошек-мобилушек. Обвязался ими, как шахид — взрывчаткой. Он шёл встречаться с главарём ХАМАСа.

Генерал Мизрахи пребывал в ярости. Ему до пенсии оставалось года три-четыре, а тут такой скандал, такое ЧП: ненавистная пресса наглеет, говнюки в Кнессете рвутся на трибуну, каждый норовит дать интервью...

Ночной обыск и в обычное-то время — дело муторное. Длится всю ночь, в нём и надзиратели задействованы, и командир отделения, и сам начальник тюрьмы. Ночной обыск! Это все части Марлезонского балета, грянувшие разом!

Группа охранников с выставленными щитами,

гуськом, на корточках вползают в отделение. При-
крыв щитом окошко двери, вскакивают, распахи-
вают её и вламываются в камеру. Заключённых из
камер выводят, и начинается рутина: дверь снима-
ется с петель, разбирается унитаз, и нет такой
щели, которая не подверглась бы тщательному ос-
мотру. На одну камеру уходит час-полтора.

В четвёртом блоке обыск шёл полным ходом.
Генерал Мизрахи сидел на своём любимом стуле, крепком и широком, с удобной спинкой. Если бы, неважно кто — судьба, небеса, министр
юстиции или сам дьявол — дал отмашку закончить этот, как называл это сам генерал, «великий
трах», — то, не сходя со стула, генерал уронил
бы голову на грудь и захрапел на всё отделение,
а может, и на всю тюрьму. И благородное эхо,
ютящееся в старых каменных стенах, подхва-
тило бы и разнесло по коридорам эти мирные
звуки.

— А, док, привет...

— Можно вопрос, мон женераль?

— А ты способен хотя бы сейчас говорить по-
человечески?

— Конечно. Интересуюсь, сколько ещё прод-
лится этот грёбаный бардак.

— Шесть камер осталось, значит, до утра.

— Да что вы ищете-то?

— Как что? Телефон!

— А если я найду телефон в течение минуты?

— Серьёзно? — генерал поднял голову и с интересом уставился на дока: — Каким образом?

— Прищемлю одному из этих яйца. Дверью.

Начальник оторопел, похмыкал...

— Ну, знаешь, — сказал и головой покрутил. — Я думал, мы, марокканцы, дикие, но у вас, русских, просто мамы нет!

Присев на корточки перед стулом генерала Мизрахи, доктор Бугров без малейшего интереса смотрел, как ребята проверяют снятый унитаз.

— А ты чего пришёл? — вдруг спросил генерал, по-прежнему хмуро глядя на рутинные действия охраны.

Аристарх помолчал и сказал:

— Тот парень, который машину тебе моет...

— А что — он? Плохо моет?

— Да нет, моет как раз хорошо. Он ведь выходит в отпуски, правда?

— Слушай, колючка в дырке. Я сто раз повторял: с заключёнными нужно работать не только кнутом, но и пряником. Вот у Анвара Сулеймани шесть пожизненных. Он хорошо себя вёл, сдал сообщников, и я снизил ему срок до пяти пожизненных.

Это была знаменитая хохма генерала, и он довольно улыбнулся. Доктор Бугров не улыбнулся в ответ.

— Так выходит он из тюрьмы или не выходит?

— Он образцовый заключённый, комиссия по отпускам одобрила его выходы. Что ты хочешь, говори?

Доктор Бугров поднялся, склонился к самому уху генерала, толстому и кудрявому, и тихо проговорил:

— На всякий случай: сверь даты его отпусков.

— Зачем? — встревоженно, в недоумении спросил генерал. Спать ему почему-то сразу расхотелось. — Проклятый док! С чем сверить, говори толком!

— ...с датами, когда отстреливали судей.

Он легко кивнул Реувену, командиру отделения (они приятельствовали и по вторникам играли в теннис), и пошёл на выход мимо ряда железных дверей. Перед тем как выйти, обернулся: вскочив со стула, генерал Мизрахи уже звонил по телефону.

* * *

«16 июня в тюрьме «Маханэ Нимрод» начинают голодовку палестинские заключённые.

По сообщению газеты «Гаарец», переговоры между Управлением тюрем и заключёнными (большинство из них — активисты боевых палестинских группировок) — провалились. Как утверждают заключённые, большая часть их требований к Управлению тюрем имела гуманитарный характер: заключённые требуют «полноценного лечения», прекращения ночных обысков в камерах, увеличения времени прогулок во дворе и разрешения фотографироваться с близкими во время свиданий. Один из главных пунктов в списке требований ХАМАСа к руководству тюрьмы — установить в том или ином блоке общественные таксофоны.

Как заявил в интервью корреспонденту газеты «Гаарец» Али Мансур Кадура, председатель «Объ-

единения палестинских заключённых», «для удовлетворения этих требований не нужны стратегические решения силовых ведомств, поэтому действия Управления тюрем можно расценить как преследование и дискриминацию». По словам Кадура, если ситуация не улучшится, лидеры заключённых рассмотрят вопрос о распространении акций протеста на другие тюрьмы. Ранее на этой неделе стало известно, что заключённые ХАМАСа угрожают объявить голодовку после перевода десятков из них в тот блок тюрьмы «Маханэ Нимрод», где установлены глушители сигнала мобильных телефонов.

Управление тюрем пока никак не комментировало претензии заключённых».

* * *

Он привык к опасности.

За годы его пребывания в мире насилия, постоянных угроз и риска ему доводилось ощущать острейшие мгновения страха. Был долгий период (в самом начале), когда по нескольку раз в день, прежде чем сесть в свою машину, он зеркалом на длинной палке проверял днище автомобиля.

Самый длинный отпуск (целых три недели!) он получил от генерала Мизрахи после того, как на дверь его квартиры была привешена граната. Она не взорвалась, так бывает, — но глухой негромкий стук, сопровождавший её прыжки вниз по ступеням лестницы, долго его преследовал. Он вскакивал среди ночи и, схватив пистолет, босиком летел к входной двери; затем часами стоял, приникнув к глазку: стерёг движение невидимого врага.

Однажды, не разрешив заключённому гулять во дворе голым по пояс, он услышал от этого пожилого и на вид простоватого мирного дядьки: «Поостерегись, доктор. Мои люди всюду тебя достанут». Со смешком рассказав это Арону-грузину, в ответ услышал вполне серьёзное: «Ну всё, доктор Бугров. Теперь я в твою машину не сяду. — (Арон жил неподалёку, и доктор, бывало, подбрасывал его до дому, если совпадало время дежурств.) — Это же Йосэф Багри, крутой авторитет. Весь юг в кулаке держит».

«Выпиши наркотики, доктор, — говорили ему с доброжелательной усмешкой. — Что ж ты несговорчивый такой. Мы ж знаем, где ты живёшь».

Поразительным было то, что заключённые, насельцы перевёрнутого мира, и в самом деле *знали всё* о тюремном персонале: состав семьи, адреса и телефоны, обстоятельства разводов и браков. Великая праздность, сопровождавшая великую несвободу, обостряла слух, память, разжигала любопытство, заставляла наблюдать и запасаться сведениями впрок — авось пригодится. И пригождалось!

По-настоящему его прошиб холодный пот, когда на очередном утреннем приёме, отказав заключённому в идиотском требовании какой-то немедленной высокоточной и дорогостоящей проверки (голова болит, живот болит, пятка болит, нос болит...), он услышал: «У тебя ведь три дочки, а, доктор? И все три такие рыженькие...

250 а старшенькой тринадцать, да?» Побелев от бешенства и страха, он заставил себя не поднять головы и даже не взглянуть в сторону ублюдка, — и услышал милейшее: «Да не, эт я просто, разговор поддержать... У меня внучка тоже рыженькая».

Это было впервые, когда, прометавшись две ночи без единой минуты забытья, на третью он принял хорошую дозу снотворного.

Словом, доктор Бугров повидал за годы своей тюремной практики множество опаснейших типов, пережил три нападения, остро чувствовал *температуру момента* и умел определять, когда она поднялась до точки закипания. Много лет трижды в неделю он посещал тренажёрный зал, где бегал, отжимался, изнуряя себя и накачивая мышцы, не доверяясь ни надзирателям, с их сучьей долей и запретом на ношение оружия, ни решёткам, ни наручникам: лично проверил, как со скованными руками расчётливый и остервенелый бандит может чикнуть тебя по шее осколком разбитой лампы. Ему казалось, что в любую минуту он готов ко всему, и, бывало, оставался в своём кабинете наедине с двумя или даже тремя опасными преступниками из закрытого блока. Знал, что заключённые говорят о нём — «непугливый», хотя это была абсолютная туфта, заслонка, ложь: он боялся.

Он боялся умереть, не дожив до той минуты, когда почта или интернет, или случайный вестник принесут ему знак, направление, по которому он бросится по следу. Как он боялся не дожить до того мгновения, когда в конце коридора, в дверях отеля, на пороге чужой комнаты, в лесу, на берегу моря — ни один сценарист за свою творческую жизнь не придумывал большего количества декораций для этой встречи! — он увидит отблеск золотого жара её волос, её горячие золотые глаза, мягкие губы. Да разве станет он рассматривать! — он просто всем телом собьёт её с ног и, как в детстве мечталось, всем телом закроет, как закрывают детей при бомбёжке, закроет всем телом, и оба они затихнут, не веря, не веря всем этим годам...

Почему же, спрашивал он себя в сотый раз, именно Мадьяр — этот улыбчивый *заводной* парень, так старательно намывающий зеркала генеральской машины, — вызывает в нём подлючий неконтролируемый страх?

Всё решилось на следующий после ночного обыска день, когда во время утреннего приёма затрезвонил его мобильный, и голос генерала Мизрахи, как обычно, густой и спокойный, весомо произнёс одно только слово: «Да!» — и оба они замолчали.

Мгновенно вспотев, будто вышел из душа, доктор Бугров молча ждал продолжения, перед пациентом стараясь делать вид, что ищет в компьютере нужные данные. Наконец проговорил: «Даты совпали» — утвердительно. И генерал повторил: «Да. Сейчас приедет следователь. Дёрнем на допрос».

Доктор Бугров выключил мобильник, посмотрел на пациента — пожилого араба, страдавшего от аллергической астмы, и сказал: «Дам тебе другой ингалятор, более сильный. Думаю, с ним тебе полегчает».

* * *

Первый крик — задушенный и негромкий — услышал не он, а Адам. Тот возился в «аптеке» у открытого окна, выходящего во двор, — не прогулочный дворик, а общий большой. Адам любил возиться в «аптеке» и торчал там каждую свободную минуту. Мечтал когда-нибудь выучиться на фармацевта и «завязать с проклятой тюрьмой». Адам первым и услышал крик, а потом и увидел *этот танец...*

Не поверил собственным глазам!

Мадьяр, прижав к себе Дуду, молодого надзирателя из третьего блока, приставив к его виску пистолет, медленно, как партнёршу в танго, подвигал его вперёд. Дуду, похоже, пребывал в полуобмороке и еле переставлял ноги. Он и работал-то второй месяц, его сюда пристроил дед, старый уважаемый надзиратель Гори, недавно вышедший на пенсию.

Кричал, конечно, не Дуду и не Мадьяр — они существовали в некой тишайшей капсуле, медленно катящейся по двору. Крикнул кто-то из надзирателей, увидев эту пару из окна «столярки». И тут же их заметили из окон блока террористов, взорвавшегося диким восторженным рёвом. Взвыла сирена...

Мадьяр, спаянный с Дуду, застыл и стал озираться в поисках укрытия: ближе всего было доковылять с заложником до медсанчасти.

...Со стороны казематов повалила вооружённая охрана, рассыпалась по периметру двора. Стрелять не могли, в напряжённом молчании следили за медленным смертельным танго на танцполе тюремного двора. Чего добивается Мадьяр, который и так купался в милости начальства, откуда взял оружие, что затребует и на что готов — никто не представлял: никому ещё не были известны новые обстоятельства его дела.

Вот и фельдшер спросил ошарашенно:

— Откуда пистолет? И зачем ему...

— Он стрелок, Адам, — глухо отозвался Аристарх, напряжённо следуя взглядом за мелкими шажками четырёх ног намертво слипшейся пары. — Если пистолет заряжен, запросто уложит нескольких. А он заряжен, и будь спокоен, ни одна пуля не пропадёт.

— Но — зачем?! — поразился тот. — Никогда ещё никому отсюда...

Доктор пожал плечами и пробормотал:

— Может, хочет красиво уйти. Это он судей отстреливал.

Всё пространство двора, выжаренного солнцем, будто освободили для какой-то чудно́й корриды. Мадьяр с заложником замедлили ход, и видно было, как заключённый в бешенстве встряхивал юношу, побуждая живее перебирать ногами. По лицу его катился пот, искажённые напряжением губы шевелились, он как бы напевал про себя песенку, под которую совершал все эти смертельные па, и при этом, чёрт побери, всё равно казался весёлым и *заводным*.

Но озирался с видом человека, пытающегося вычислить — в каком направлении двигаться. Неужели не продумал заранее, неужели нападение на охранника было спонтанным? Может, Дуду просто застал его с оружием и ему не оставалось ничего другого?..

Между тем вопли и восторженный визг заключённых террористов достигли невыносимого для слуха накала: казалось, сам воздух взорван грандиозным зарядом раскалённой ненависти, и стены зданий, земля, даже небо вибрируют в смертельной агонии последних мгновений человеческих жизней.

По периметру двора двигались цепочкой охранники, стараясь зайти Мадьяру за спину. Появился переговорщик, замначальника тюрьмы Шломо Бак, в руке — мегафон.

Шломо Бак — уравновешенный, миниатюрный, похожий на индийца, — идеально подходил для этой роли. У этого малыша был густой умиротворяющий бас. Шломо, уважительно замечал генерал Мизрахи, умеет торговаться. В ситуации бунта нет ему равных. «Понимаешь, — говорил, — Шломо чувствует момент. В этом долбаном садике фрукт должен упасть тебе в руку спелым, но не сгнившим». Едва появился Шломо, рёв и визг заключённых оборвался и наступила жадная тишина: они не могли упу-

стить этот грандиозный спектакль — переговоры. Все понимали, что Мадьяр — смертник, но жаждали, чтобы с собой он забрал как можно больше ненавистных тюремщиков. Такое можно было обсуждать в камерах годами.

Зажимая локтем горло молодого охранника, по-прежнему держа пистолет у его виска, Мадьяр резко дёрнулся и попятился к медсанчасти, волоча с собой заложника; через минуту стоял, прижавшись спиной к стене и озирая из-за плеча Дуду весь плац с рассыпанной по периметру охраной.

Из окошка «аптеки», где стояли фельдшер с доктором, уже невозможно было — из-за решётки — выглянуть и увидеть тех двоих. Интересно, на что рассчитывает Мадьяр?

Послышался спокойный мягкий голос Шломо Бака, и в ответ — отрывистые реплики Мадьяра: поднять ворота, оставить машину с открытой дверцей, отступить, оставить коридор, иначе... Вновь неторопливый голос Шломо, искажённый старым мегафоном: «...давай подумаем, Мадьяр, к чему тебе весь этот бардак, ты сам понимаешь...»

Вооружённые надзиратели ждали приказа, едва заметно подвигаясь в сторону медсанчасти.

— Адам... — тихо спросил доктор. — Где наша лестница, помнишь, крышу недавно чинили?

— В кладовке. А что... ты что?

— Принеси... — он не сводил глаз с цепочки охранников, медленно обходивших по периметру двор, но не смеющих приблизиться к гадючьему клубку. По направлению их взглядов видел, что Мадьяр с заложником в двух шагах от окна комнаты, где он сейчас находится. Близко, рукой подать. Кабы не решетка на окне.

Он понимал: едва на крыше появится хотя бы ворона, взгляды всех невольно укажут убийце — с какой стороны опасность.

— Не заговаривай мне зубы, сволочь! Я прикончу его и успею прикончить ещё шестнадцать твоих мудаков!

В дверях «аптеки» возник Адам с лестницей на плече, и молча, слаженным быстрым шагом они направились в конец коридора, где то ли по разгильдяйству, то ли из соображений пожарной безопасности никогда не запирался люк, выводящий на крышу.

— Пусти, я! — твёрдо сказал Адам. — Я моложе...

— Да пошёл ты, — доктор Бугров отстранил парня и, на ходу скинув куртку, полез наверх. Через минуту он уже распластался на плоской битумной, пересечённой проводами и трубами, очень горячей крыше и, прячась от непрошеного внимания охраны, медленно пополз к краю, чувствуя, как сзади неслышно подползает к нему Адам.

Следующие мгновения пронеслись беззвучно и вспоминались потом такими же: бесплотными, словно и сам Аристарх оглох и стал невесомым, а весь мир отключили от звуков и чувств — от голоса переговорщика и сорванных криков Мадьяра, от дрожи небесного свода, от горючего пота, заливавшего Аристарху глаза... Дождавшись очередного яростного рыка бунтовщика, он пружинисто взмыл на ноги, сгруппировался для прыжка и... — в ту же секунду, по дружному выдоху охранников ощутив, что опасность сверху, Мадьяр вскинул ствол и выстрелил в доктора, уже в прыжке. Тот ничего не почувствовал — просто свалился, всем весом придавив и Мадьяра, и Дуду, а за ним уже прыгнул и Адам, вырывая оружие из руки Мадьяра, давая охране те несколько секунд, необходимых для захвата убийцы.

* * *

Забавно, что первым, кого увидел Аристарх, придя в сознание после наркоза в палате интенсивной терапии, был его подчинённый — фельдшер *Боря-наш-этруск*. Тот сидел в своей медицинской куртке и, судя по страшно сосредоточенному лицу, играл в какую-то игру в мобильнике.

— Дай... попить... — прошептал Аристарх, удивившись, как больно отзывается в груди каждое движение голосовых связок.

— О! — Боря поднял голову. Он ничего не услышал, кроме какого-то шелеста. — Шо, я первый, кто застал дока в сознанке?

— Пить, твою... ма...

— Не, ну шо ты как маленький. Вот я губы тебе смочу, а жидкости ты получаешь достаточно. Ты вон какой красавец шикарный: в проводу весь, как в шелку...

И Аристарх смирился. Тела он не чувствовал, устал уже через три минуты, снова заснул на полтора часа и, как ни странно, открыв глаза, вновь увидел не кого-нибудь, а Борю.

— Тебя наняли? — спросил, и тот легко ответил:

— Давай, оскорбляй младшего по званию! Тут я уже получил отлуп от одной фурии. Тощая, лохматая, ведет себя как твоя хозяйка.

— Толстопуз... — прошептал Аристарх.

— Сказала, что это её дежурство, и шоб я проваливал.

Боря ещё говорил что-то... байду какую-то нёс: «Док, тебя наградят грамотой за мужество на посту, а орден хрен дадут. Вот у нас бы, в Кривом Роге...»

Аристарх снова уплыл...

Проснулся — было темно за окнами. В кресле, откинув голову и приоткрыв рот, спала Толстопуз. Опять её дежурство?.. Он хотел ей сказать, чтобы шла домой, но тут же решил — не надо, куда девочке ночью, пусть здесь спит...

А утром проснулся *человеком*, обрадовался, что башка ясная, что ничего такого особо страшного у него, видимо, нет, если и дня не прошло, как...

Оказалось, прошла неделя. Это Лёвка объявил, злой как чёрт. Вот он толково объяснил, по-нашенски, чисто доктор.

— Мудила! — сказал. — Ты куда попёрся?! Чего ты забыл на этой долбаной крыше?! Ну, всё, пипец тюряге. Будешь теперь в моей лавке сидеть, сиськи курортницам щупать.

Лёвка за те пару месяцев завершил оформление всех бумаг для открытия собственной клиники на Мёртвом море. Ездил то в Штаты, то в Европу, то в Россию; лично сопровождал ящики с новейшим медицинским оборудованием, ремонтировал подходящее помещение в курортном посёлке Эйн-Бокек, договаривался с местными отелями о скидках на размещение своих больных.

— Да нет, слушай... ну, при чём тут...

Лёвка не перебивал, выслушал всю речугу, кивая и сочувственно поднимая брови, будто Аристарх ему интересное кино пересказывал. Наклонился к самой подушке и тихо, внятно, отделяя слова, как для дебила, проговорил:

— Ты должен был сдохнуть: ранение в пах, повреждённая артерия — сам знаешь: сто процентов леталки. Кровь фонтаном била, как в плохом Голливуде. Просто тебе не говорят всего, чтобы ты от страха не откинулся. Ты хоть что-то помнишь?

— Не-а.

— Во... Тебе повезло, твой фельдшер оказался толковым парнем. Просто сунул палец в рану и жал как бешеный. Вот так, с его пальцем в ране, вы и доехали до больницы. А в приёмном покое твоего бойца сменил какой-то умный доктор и тоже давил, давил... С пальцем в ране помчались в операционную, сделали интерпозицию аутовеной. Погоди, ты ещё с годик эластичный чулок поносишь, подарю тебе розовую подвязку герцогини де Ромбулье.

— Что за герцогиня?

— А бес её знает. И вот что я тебе скажу: ты выполз из своего грёбаного ада, из геенны вонючей. Допустим, тебе там сильно нравилось, никогда не понимал — почему. Но только вот всё, ты выполз!

Они помолчали.

Лёвка догадывался, что держало друга (вернее, сам он себя держал) в тюремном аду. За что сослал себя в котлы, смердящие мертвечиной. Не даёт отвыкнуть себе от *той вины*, считал Лёвка. Покаяние пожизненное себе назначил, вериги такие. Вериги носит за то невинное, дурацкое, юношеское *происшествие*, в котором и виноват-то не был — по пьянке! Послушание себе придумал длиною в жизнь, етить твою! Наказание за измену — той девице, лица которой (Лёвка уверен был!) уже и не помнит, да у неё и лицо, поди, изменилось за столько лет, не узнал бы! Да что ж это за епитимья такая, что за неистовая монашеская жестокость к самому себе?! Старообрядец чёртов! Проклятый умерщвливец... умерщвлятель? Убиватель, короче, не плоти своей, а самой жизни своей, тьфу!

У Аристарха сейчас не было сил ни спорить, ни как-то противостоять другу.

— Помнишь, как ты меня из Поповки от Цагара увозил? — вдруг спросил он, медленно улыбнувшись. — Когда меня Пашка чуть не прикончил.

— Ещё бы не помнить.

— Ты угнал тогда «скорую».

— Это я тебе сказал. Я заплатил им весь на-
личняк, что заработал на нашу с Эдочкой свадьбу. Потому и гуляли так скромно. Только смотри,
Эдке не проговорись: я соврал, что меня ограбили на Лиговке, когда шёл вносить деньги за зал.

— Лёвка! Лев Григорьич...

— То-то же, — пробурчал старый друг. —
А сейчас долг платежом красен.

И расслабил галстук на шее — при такой жаре — галстук! Но Лёвка считал, что главврач новой, *европейского уровня* клиники обязан быть
при вечном параде. Каждый накладывает на себя
свою епитимью.

* * *

Генерал Мизрахи навестил Аристарха уже дома. Того только выписали и, несмотря на кипиш,
устроенный Эдочкой и девчонками, которые на-
строились выхаживать Стаху по собственному
адресу, он, измученный постоянной толпой вокруг своей койки, настоял, чтобы везли его домой.
Передвигался пока плохо, подбитым воробушком
подтаскивая ногу, но до уборной доползал, чего ж ещё... Жратвы Эдочка привезла на полк солдат, и непременно каждый день являлись то она,
то «рыжухи» (какие-то взрослые, длинноногие,
властные; какие-то... новые, словно он куда-то
надолго уезжал, и вот, вернулся, а они — гляди-
ка! — вымахали). Словом, покоя опять не было.

Генерал велел лежать и некоторое время просто молча сидел возле тахты, где, укрытый неве-

сомым жёлто-красным пледом, валялся страшно исхудалый и обросший доктор, из-за густых, с проседью кудрей, рассыпанных по подушке, похожий то ли на итальянского режиссёра, то ли на американского профессора, то ли на истощённого миссионера в джунглях.

— А ты правильно делаешь, что стрижёшься под корень, — заметил генерал. — Смотрю на тебя: не то артист, не то пидор.

Потом превозмог себя, свою восточную пышную гордость: благодарил, самыми отборными горячими словами, по-родственному, по-мароккански благодарил, повторяя: «Ну, ты меня просто спас! От кошмара спас — перед самой пенсией и перед всей страной». Страна и вправду несколько дней гоняла в новостях кадры с видеокамер: и крабово передвижение по двору Мадьяра с заложником, и цепочку вооружённой до зубов охраны, и красивый прыжок с крыши медсанчасти полуголого доктора Бугрова, уже в полёте этом — в алом облаке крови.

Рассказал самым подробным образом обо всех деталях, — и сразу стало ясно, почему он захотел именно домой явиться, не в больницу.

— Мадьяр был высокооплачиваемым киллером, так что для дела его нанимали только очень серьёзные криминальные авторитеты. Когда он первого судью кокнул, — уж сколько лет назад, помнишь? — он был среди подозреваемых. Как вынырнул? Сменил угол зрения. На соревнованиях, якобы приревновав подругу, стрельнул в соперника, ранил его... и перестарался: тот в больнице скончался. Укрылся он у нас, собака, со своим *непреднамеренным*! Потом паинькой выпросил для себя работу, старательный был, вежливый такой, улыбчивый, — ну, ты помнишь... Выцыганил отпуски... Тут и пошло. — Генерал пристукнул кулаком раскрытую ладонь: — Нет, но как только тебе стукнуло сравнить даты его выходов на волю с убийствами, — вот чем я восхищён! А знаешь, как он в тюрьму пронёс оружие? — с горечью добавил генерал. — Моя вина. Он ведь знал, где живу. Когда вышел в очередной отпуск, ночью вскрыл мой гараж и к днищу машины скотчем прилепил пистолет, аккуратист такой. А уже здесь, когда машину мыл, отколупал его и спрятал в камере.

— На что ему? — удивился доктор. — У него ведь удачно складывалось. Могли и срок скостить.

— Да знаешь ведь, как у них: на всякий случай. Думаю, такой профи, как он, просто страдал без ствола, человеком себя не чувствовал. И когда мы его дёрнули на первый допрос — прощупать, всё понял. Не думаю, чтобы всерьёз рассчитывал бежать; куда у нас сбежишь, я тебя умоляю. Скорее, решил хлопнуть дверью — напоследок. Человек десять мог запросто порешить. Но ты, док... ты ему не позволил.

* * *

Поправлялся он медленно, словно нехотя. Оказавшись в непривычном просторе свободных дней и ночей, сильно затосковал и, хотя старался ни в коем случае не показать своей хандры, Эдочка по каким-то признакам поняла. Вдруг заявилась с книжками, добрая душа.

— Бугров, я тут тебе поэзии натащила, тем боле ты так романтически зарос. Наслаждайся.

Он плечами пожал: зарос, да. Брился через силу, просто терпеть не мог курчавых зарослей пиратской бороды, а сил тащиться в парикмахерскую не было, хоть та и находилась на углу, в двух шагах от дома.

Поэзия? Спасибо... Только современной поэзией он давно не интересовался. В последние годы предпочитал книги не фантазийных жанров: с удовольствием поглощал историческую, научно-популярную литературу, биографии учёных, философов, изобретателей.

— Чего нос воротишь! Смотри, вот книжка: прекрасная поэтесса, наша, питерская, между прочим.

Он взял книжку в руки и, чтобы не обижать Эдочку, раскрыл, *типа интересно-интересно...* Выпало стихотворение — прямо в глаза: «Как Эвридика страшно умерла, Когда Орфей не выдержал обета. Уже не в Елисейские поля, а в Тартар чёрный, где горит земля, она слетает, пламенем одета»[1].

И сердце обдало жаром! К чему?! Ну, стихи... Нет, ты открываешь наугад книгу и тебе выпадает — такое?!

— Странные стихи, — пробормотал, закрывая книжку. — Хорошие, но... странные. В чём тут смысл: пламенем одета?

---

[1] Стихотворение Е. Игнатовой.

— Бугров, ты дикий или что? Какой тебе смысл, это же поэзия, метафора! Не хочешь — заберу.

— Оставь... — буркнул. Еле дождался, когда Эдочка уйдёт. Сердце колотилось в смутном, на скорую руку сляпанном предчувствии: *как Эвридика страшно умерла, когда Орфей не выдержал обета...* Чушь, какое отношение это имеет к нам с Дылдой?.. Вновь книжку открыл на безжалостных, рвущих душу словах: *«Как Эвридика страшно умерла...»* Да нет, чепуха, при чём тут... Это поэзия... *Она слетает, пламенем одета... в Тартар чёрный, где горит земля...*

Захлопнул книгу, вышел на балкон и закурил.

Суеверный дурак, что ты придумал! Да ты и не узнаешь, если *слетает, пламенем одета...* «Почему же не узнаю? — возразил кому-то настырному внутри, кто все эти годы возражал ему, вопросы ядовитые подбрасывал, насмехался: — По себе и узнаю. Я-то и сам сейчас слетал... и еле выполз!»

Он с отвращением загасил сигарету, смял, выбросил в мусорное ведро.

И больше уже курева в рот не брал. Вот как-то сразу, говорил своему врачу, *очень легко* бросил.

Глава 8

НАЕЗД

Впервые к ней подошли на книжной ярмарке в павильоне ВДНХ, где уже несколько лет «Титан» арендовал секцию. Этой ярмарки издатели ждали весь год. Первые числа сентября, золотая паутинка бабьего лета, в небе над городом — округлые дымки, будто от пушечных залпов, утки на прудах в Ботаническом саду сами себе кланяются — всё как полагается; а народ валит на гуляния — может, последние погожие выходные выдались! Заодно и книжки подкупить. Выручка за несколько дней собиралась праздничная, увесистая. Ну и весело же: музыка, толпища, на аллеях карусели-качели, целые клумбы воздушных шаров на ниточках; на каждом углу — сизые дымки и ароматы: шашлыки да чебуреки.

А внутри гигантского двухэтажного павильона, размером с небольшое европейское государство, — море, океан книг! Вот где радость, вот где азарт! Надежда с РобЕртычем управлялись сами, торговали бойко, отлучаясь только в туалет и покурить, ибо термос с кофе и бутерброды Надежда приносила из дому.

То, что к ней подошли, когда, сдав смену Ро6Ертычу, она вышла подышать-покурить (а она много дней кряду воспроизводила в памяти каждое слово, каждый миг того разговора), говорило о том, что люди наблюдали, выжидали и момент подстерегли.

Она стояла на широких ступенях центрального входа в павильон, — был там для куряк удобный закут с урной у стены, который огибала толпа, — курила и наблюдала за праздничной публикой. День выдался солнечным, в нежной дырявой облачной дымке: тут и цветы пахнут, и шашлычок благоухает; голубые и жёлтые шарики, упущенные ребятнёй, уже повисли на деревьях-проводах... В общем, третье сентября, лучшее время года. Народ одолевал ступени к центральному входу павильона, как Бастилию брал. Приятно! Всё-таки у нас книжная держава, думала она с удовольствием, затягиваясь в последний раз и ища глазами урну у входа.

Тут они и подвалили, *улыбаки*. Мужчина — высокий, бесцветный и лысоватый, голубые рачьи глаза — миллион таких, не запомнишь. А вот женщина — та весьма примечательная. И ужасная: кукольная фигурка, нежные, с поволокой, каре-зелёные глаза, точёный носик и, видать, какая-то аномалия с детства: массивная, клёшем книзу, нижняя челюсть, намертво перечёркивающая обаяние дивных глаз. Эта челюсть, подумала Надежда, деликатно отводя взгляд, великовата будет даже для какого-нибудь Шварценеггера.

Дама свою беду наверняка сознавала и потому отвлекала внимание разными средствами: например, умопомрачительной чалмой — зелёной, шёлковой, с золотой искрой. И глаза изумительно откликались этой чалме — прямо Шамаханская царица.

Оба были так приветливы, так рады *этой случайной встрече*: они *давно хотели познакомиться*... Она выслушала весь увлекательный, гладкий, разбитый на два голоса текст, машинально ещё улыбаясь.

— Мы давно следим за вашим опытом; «Логист-W», наш концерн, самый большой на Урале... Наши планы тоже включают издание иностранных авторов, мы бы хотели с вами *задружиться*, в чём-то пойти навстречу вашему маленькому издательству, так отважно плывущему в неспокойном море... Дело в том, что...

— Дело в том, — перебила Надежда, перестав улыбаться (к ней уже приглядывались разные концерны-блин-объединения, она уже получала разные нагловатые предложения и хлебнула этой волчьей охотки крупных хищников достаточно), — дело в том, что моё маленькое отважное издательство справляется со своими плавучими планами самостоятельно. Спасибо за внимание.

Она подалась чуть влево, обойти непрошеных друзей, которые как-то сразу дружно и навязчиво встали на её пути, а мужчина торопливо проговорил:

— Напрасно вы так, Надежда. У нас хорошее предложение, честное, достойное внимания. На вашем месте я бы его обдумал. Жизнь, она разная, знаете ли. Мы в Челябинске владеем большой типографией, что сильно удешевило бы... если б ваше издательство влилось в наш концерн... а вы могли бы стать нашим представителем в столице.

— Я уже была представителем, спасибо, — отозвалась Надежда, обходя парочку. И тогда в спину ей донёсся голос изумрудной чалмы:

— Мы надеемся на ваш здравый смысл... вам же на пользу!

Она в ярости обернулась: те уже спускались по лестнице, тихо и ожесточённо что-то обсуждая между собой. На неё не оглянулись.

К вечеру сведения о новом игроке на издательском поле были собраны по верным каналам, и сведения неутешительные: деньги немереные, своя мощная типография, свои магазины, вся инфраструктура... В общем, лихие уральские дела: сожрали уже несколько небольших издательств, собираются выйти на рынок с рядом популярных зарубежных писателей, в том числе — с Нейо Марш, Элизабет Питерс, Дороти Кэннелл и... с Боженой Озерецкой.

Словом, с теми авторами, которые к тому времени были украшением портфеля «Титана».

Они сидели с РобЕртычем на кухне, обсуждали ситуацию.

— Фуфло, — отозвался РобЕртыч. — Уж Озерецкая-то... родной наш автор. Ты ведь едешь в Польшу на той неделе? У нас продление договора на твёрдый переплёт, так? Позвони им заранее.

На другой день она позвонила литагентам любимого автора. Ей торопливо и смущённо, ежесекундно отвлекаясь на чьи-то голоса и неотложные вопросы, сообщили: о нет, договоры пересмотрены, потому что (вновь извинения, голоса вперебивку, зависание пауз), потому что, видите ли...

Вечером опять сидели на кухне у Надежды.

В общем, всё просто, объяснила она. Приехали из «Логиста-W» с чемоданом денег. Буквально: чемодан большой, денег очень много. Конец сюжета.

Лёшик с температурой лежал в своей комнате, капризничал, поминутно звал маму. Выторговал под *горло болит* всё, что смог: новый велосипед, не идти в школу до понедельника... Она вскрикивала: «Не шантажируй меня! Спать немедленно!» — возвращалась на кухню, где, пригорюнившись, сидел РобЕртыч.

— Ну что, неужели сдадимся? — спросила. Накануне битый час литературные агенты уговаривали её «передать все права» в пользу «Логиста-W».

— Фуфло, — твёрдо повторил Сергей РобЕртович. — У нас остались права на мягкий переплёт. Заплатим переводчице побольше, чтобы отдавала нам новые тексты на две недели раньше. И ребят напрячь: пусть вкалывают все — редактор, корректоры... Будем выпускать книги на рынок раньше «Логиста».

Потом она часто думала, что совершила ошибку, и казнила себя, и мучилась виной. Время было такое, повторяла, не сентиментальное; прямо скажем — зверское время. Конечно, надо было быть мудрее, продать все права хищникам из «Логиста», свернуть лавочку, затаиться. Возможно, потом, когда они все перестреляют друг дружку, подняться заново в полный рост. Да где там: выдержки, мудрости им не хватило; молодые были, бесстрашные, необученные новобранцы нового капитализма. Вот и пали в бою.

Сначала «те» напоминали о себе звонками. Звонили, конечно, не сами — не Аркадий Северьяныч и не Анна Михайловна, боже упаси, те люди интеллигентные! Голоса и лексикон вестников высшей воли были, как и положено, страшноватыми: обещали размазать, ощипать, пустить гулять с голой жопой. Богатые перспективы, усмехаясь, говорил РобЕртыч.

А потом, на две недели раньше изданные «Титаном», появились две книги Озерецкой и так чудно, так ходко покатили!

Дня через два в офис позвонили из типографии: куда, чёрт всех вас дери, девался Сергей РобЕртович? Обещал быть не позже трёх, а сейчас уже вон сколько, и мобильный его молчит. Сколько нам здесь сидеть, ждать его! Разве деловые люди так себя ведут!

Всё внутри у неё обвалилось, закрутилось в пургу. Она бросилась обзванивать больницы — такого не привозили. «Ну что, — спросила себя в панике, — похоже, морги пора объезжать?»

Догадалась позвонить Марьяше. Они давно не виделись. Тот уже с полгода вращался в финансовых сферах. Его долго не подзывали к телефону, пока она не наорала на одну из девиц, передававших её по линии с рук на руки. И тогда возник в трубке Марьяша. Он молча, не перебивая, выслушал дрожащий поток её слов. Сказал — сиди у себя, я пошлю к тебе двух ментов.

— Что им надо платить? — спросила она, трепеща от ярости и страха.

— Ничего, — ответил Марьяша. — Это наши, прикормленные.

Она в нетерпении выбежала на улицу встретить ментов. Стояла в глубокой арке, курила. Менты запаздывали.

В сумерках на углу улицы возник и потянулся обоз: две телеги, запряжённые лошадьми. В телегах сидели какие-то люди явно деревенской прописки — откуда они взялись здесь, в центре Москвы? В одну из телег была впряжена белая кляча, старенькая, понурая, — тяжело отбивала мостовую подковами. Телега поравнялась с аркой во двор, где в ожидании ментов стояла и курила Надежда, донеслись обрывки разговора:

— ...на Савёловском, что ли? — голос одной из женщин; ей ответил мужик:

— Ясно, на Савёловском, а ты думала, где — в Парыже?..

Да, явно из какой-то глубинки люди. Её как встряхнули: типография, куда Серёга ехал, находилась прямо у Савёловского вокзала.

Поравнялась с аркой вторая телега, тоже с разговором:

— ...а что деревня, говорю, чем те деревня не нравится! У нас и школа есть, и медпункт дважды в неделю открыт, не пропадёт твой сынок в деревне...

Проехали... Надежда стояла, оторопелая, глядя вслед удалявшемуся обозу. И сразу подъехал серый «опель», оттуда вышли двое, и Надежда кинулась к ним.

— Ну, что, — спросил тот мент, что поплотнее был, повыше и поживее с виду. — Москва большая. Где искать вашу пропажу?

— На Савёловском, — неожиданно для себя сказала Надежда. — На дальних путях, где, знаете, безлюдье, кирпичные сараи, рельсы для маневровых составов.

Тем же вечером, когда Серёгу — бессознательного, с пробитой головой и сломанными рёбрами — увезли на «скорой» в «Склиф» (молодец, Марьяша: менты помогли — и тащили, и правильным голосом вызвали машину, и в больницу сопровождали, отчего там к Серёге сразу отношение наладилось), она вспомнила две телеги, нереально-деревенские в центре-то Москвы, далеко от рынков; и белую лошадь, уныло влачащую свой груз. «Не пропадёт в деревне твой сынок, говорю!» Вышла из палаты в коридор, набрала домашний номер. Когда нянька сняла трубку, проговорила спокойным деловым тоном:

— Римма Сергеевна! Сейчас вы слушаете меня и делаете как скажу. Достаньте из кладовки синий чемодан, сложите туда вещи Лёшика, и куртку, и зимние сапоги. В правом ящике трюмо — деньги, возьмите всё, что там есть. Постучитесь к Володе, соседу, попросите от меня, чтобы отвёз вас с Лёшиком на Белорусский, как можно быстрее. Сейчас запишите, что сказать в кассе, куда взять билеты...

И поскольку растерянная от неожиданности Римма Сергеевна попыталась встрять с выяснениями, жёстко оборвала:

— Делайте, что говорю!

Она продиктовала с детства родной адрес — тот, что и ночью бы вспомнила: станцию, улицу-дом, телефон дяди Коли, маминого брата. Всё возвращалось на круги своя, в деревню Блонь, к совсем старенькой «Якальне».

А дед к тому времени благополучно помер. Именно «благополучно»: закончил все летние плотницкие работы по школе, пришёл домой, умылся, поужинал... Поправил ещё кое-что по хозяйству, сказал удовлетворённо: «Ну вот, вроде всю работу свою я и сделал. Больше вроде неча делать». Лёг на свою лежанку, а утром не встал. Надежда тогда далеко была, отдыхали они с маленьким Лёшиком в посёлке на Чёрном море. Не знала ничего, но в ту ночь ей приснился рыженький мальчик из дедова пастушьего детства: тот самый мальчик из огненного шара: «Я — Господь Бог!» Она сильно во сне удивилась и подумала: «Странно, когда это Аристарх рыжим стал?»

— Вы всё поняли? — уточнила она. — Отвезёте Лёшика к моей бабушке и возвращайтесь к себе, у меня оставаться опасно.

— Господи! — тихо воскликнула Римма Сергеевна, совершенно сбитая с толку. — А ты-то, Надя, ты сама — как?

— Я — ничего, — пробормотала она. — Ничего, всё образуется...

Ни черта не образовалось. Вернее, образовалось, конечно, всё на свете худо-бедно утрясается; но только совсем не так, как она надеялась.

Женька-оптовик, которого к тому времени Надежда не то что простила, но пожалела (он стал болеть, растерял большинство деловых партнёров, ещё больше некрасиво разбух, став уже не румяным, а каким-то апоплексическим), просился к ней на любую должность, она колебалась... Тем не менее проницательности своей Женька не растерял. И когда, отсидев над РобЕртычем три первые, самые тяжёлые ночи в больнице, Надежда вышла на улицу, ослепнув от дневного света, первым делом позвонила ему — рассказать и посоветоваться.

— Ну что, — задумчиво проговорил Женька. — Стрёмно... Это они в тебя целили. В нашем деле, книжном, обычно как: налоговую нашлют, какой-нибудь ОМОН грянет... слыхала же, как бывает? Вряд ли они на мокруху шли, попугать хотели. Хорошо, конечно, что Серёга выкарабкается... На твоём месте, Хламида, я бы усёк: типы они беспредельные, планы у них широкие. Возьми с них денег побольше да и живи. Видишь, как оно складывается. А у тебя малый сынок.

— Ты о моём сынке не волнуйся! — с неожиданной злостью отрезала она. — Им до него уже не дотянуться.

Потом, когда РобЕртыч себя осознал и стал тихо поправляться, они обсуждали случившееся, крутили так и сяк, со всех сторон.

— Сзади напали, прямо в подворотне, — знаешь ту арку в типографский двор, глубокую такую, всегда пустынную? — дали по башке, и с концами. Очнулся на каких-то шпалах, там снова били, били... Увлеклись. Темно уже стало, одни сапоги мелькали, и смутно — голоса.

Надежда старалась припомнить: кто знал, когда и куда едет РобЕртыч? А вот и получалось, что, кроме типографских, знали только они трое — она, сам Серёга и Женька, который сидел у них в офисе с утра, как пришитый: балагурил, в сотрудники напрашивался, торчал неприлично долго... Выходил в туалет — понятно, мог и позвонить.

А что, она прикинула, если те предложили Женьке стать их представителем в Москве? Она доверяла своей внутренней «Якальне» — подозрительной и цепкой. И несмотря на то, что Женька относился к ней с явной симпатией, волновался, что она вечно «шарашится одна по улицам» и даже звонил по вечерам — проверить, дома ли она, каждый раз повторяя: «Я не переживу, если с тобой что случится!» — Надежда, тем не менее, стала уклоняться от встреч и категорически отказала во всяких видах на участие в её бизнесе.

Но в одном Женька был прав: вряд ли те собирались идти на мокруху. Офис палить? Нереально: она снимала помещение в башне с охраной. Свою квартиру укрепила, как настоящий замок, разве что подъёмного моста надо рвом не возвела. Вот и звонили разными голосами, угрожали, обещали крепко научить.

Она перестала спать... Ночами, не зажигая света, стояла у окна, прячась за штору, — высматривала чужие машины во дворе, незнакомцев, любые подозрительные знаки, любые тени и звуки. Могла простоять так несколько часов.

Повторяла, как мантру: пугают, просто пугают. Вряд ли пойдут на мокруху.

Это так. Вряд ли тем двоим было дано указание убрать надоевшую, вставшую на пути большого бизнеса Надежду. Но — заказчик предполагает, а уж как дело покатит... Иногда оно иначе складывается. Иногда всё такой жопой оборачивается, что другого выхода и нет, как взбесившуюся сучку приструнить, успокоить да и выкинуть где-нибудь в пустынном месте. Таких мест под Москвой полно, вон, любая пустошь, любой овраг за МКАДом.

И ведь что особенно досадно: она экипировалась, как бравый Портос накануне военной кампании: в сумке носила импортный газовый баллончик, РобЕртыч где-то достал, а в кармане носила ножик — перочинный, конечно, но острый, на Даниловском рынке гном-точильщик навострил. (Ей показалось, что тот схалтурил, слишком быстро сделал, слишком пялился на неё, и она строго спросила: «Хорошо поточили?» — «Не беспокойтесь, мадам, — ответил гном и подмигнул. — Острые ощущения вам гарантированы».)

Нет, не пригодилось, хотя на отсутствие острых ощущений жаловаться не могла. Да и не станешь ты ножик доставать, когда двое ребят с симпатичными лицами, остановив машину, спрашивают — как отсюда на Якиманку выбраться? И выходят оба с картой в руках, уткнувшись в неё с озабоченным видом. Один очень смуглый, у неё ещё мелькнуло: цыган. Второй, как нарочно, для контраста, — белобрысый, чуть не альбинос.

— Бедным провинциалам в вашей столице совсем кирдык-тоска, — говорит белобрысый, и так приветливо ей подмигивает, что она подходит, склоняется над картой в его руках...

Отчего все подобные вещи всегда происходят ошеломляюще внезапно, под дых? Она как раз склонилась над картой, поворачивая её под правильным углом... как белобрысый сорвал сумку с её плеча и нырнул в машину (а она всегда носила с собой всё, как бомж в своём рюкзаке, как клошар в тележке: документы, деньги — всё, всё! Сегодня везла в типографию кучу денег!). Другой, цыган, юркнул за машину, сел за руль. Молниеносным умом понимая, что бандиты сейчас уедут, увезут, увезут! — Надежда кинулась к дверце, где белобрысый, схватилась, рванула её, навалилась всем телом и заорала благим матом на всю улицу: «Стой, свола-а-ачь!!!» Сунулась прямо в открытое окно, протянула руку, пытаясь нащупать где-то там, внутри, на сиденье, на коленях негодяя сумку... Белобрысый сначала бил по её руке наотмашь, потом схватил руку, дёрнул, переломил о раскрытое окно, как ветку — аж хрустнула! Надежда дико вскрикнула и осела, сползла на землю, не выпуская заднюю дверцу здоровой рукой, не давая её закрыть. Дверца распахнулась, Надежду подхватили под мышки и втащили внутрь, машина рванула с места...

— Бля, Витёк, на хера ты её подобрал! — заорал тот, чернявый, что за рулём. Белобрысый, отбиваясь от вопящей женщины, орал тому:

— Да случайно! Тормози, выкинем её!

А неслись уже людной улицей, не остановишь...

Надежда на заднем сиденье страшно кричала — и от боли, и от ярости, — одной рукой продолжая бить того, проклятого, кто крутился рядом, отбиваясь. При этом сумка, сумка неслась поверх и впереди дикой, невыносимой боли в руке. Сумку надо было нащупать и дверь — рвануть! И кричать, кричать — люди добрые! Цыган гнал машину, безостановочно матерясь, проклиная безмозглого Витька́, пытаясь перекричать пассажирку, мчась на красный, зелёный, жёлтый, вжикая тормозами на калейдоскопе светофоров.

— Да заткни ты её!

Белобрысый, в отчаянии и злобе — ох, мегера, дерётся как мужик! — бил наотмашь нападавшую Надежду по рукам, по голове, пытался достать до горла обеими лапами и душить, но мелковат был, тощеват и трусоват; яростно извиваясь, она отбивалась ногами и левой рукой — правая беспомощно висела. И вдруг обмякла, голова откинулась: кулаком, с размаху он долбанул её в висок, так что из носа хлынула кровь, заливая плащ... Она разом смолкла, осела...

— Я её убил... — пробормотал белобрысый, удивляясь.

Тело сползло с сиденья на пол, и очень кстати; баба лежала, как мёртвая, под ногами ошалелого Витька́. Тишина... Обалделый, он сидел за спиной матерящегося Цыгана, пока ещё не понимая, как это случилось и что это сейчас тут произошло.

— Давай, выпихнем её... — жалко повторил он. Больше всего на свете ему хотелось, чтобы женщины тут не было, совсем не было, — с её чёртовой сумкой, с её чёртовой кровью, которая заливала машину отца, взятую им из кооперативного гаража, пока тот в командировке.

— Куда, сука?! Куда — выпихнем?! Здесь, под носом у ментов? Сиди, блять, долбаный т-тупой кретин, дай мне думать!

Витёк замолк. Ему, взрослому двадцатитрёхлетнему мужику, хотелось плакать: всё пошло наперекосяк. Им было дано ясное указание: сумку сорвать и тикать. И бабла дали ровно столько, сколько это обычно стоит. Кто ж знал, что баба окажется такой упёртой и такой сильной! Вон, хруст какой стоял, когда он ей руку сломал, а она продолжала беситься и драться, как дикая пантера! Господи, и вот она уже дохлая, а теперь — куда? Что будет?! Тюрьма?!

Ехали в злобном молчании Цыгана часа два, уже в темноте, где-то по Симферопольскому, что ли, шоссе. Затем Цыган свернул на просёлочную дорогу и ещё ехал минут сорок, потом опять свернул, и машина запрыгала-заперевваливалась по немыслимым колдобинам, так что тело мёртвой бабы подпрыгивало и ударялось о ноги Витька. Он совсем закоченел, боялся спрашивать — куда едут. Как по нему, так уже часа три назад можно было съехать в лесочек, вынести и оттащить мертвячку в кусты (он был уверен, что она мёртвая!) и валить, не оглядываясь. Ему ещё надо думать, как кровь с сидений отмывать. С папашей в дурачка не сыграешь.

Но он свой язык в задницу-то засунул и молчал. Цыган знает, что делает, он головастый. Это он придумал с картой к девушке подвалить — мы, мол, провинциалы, заблудились... Всё могло получиться легко, играючи, если б не...

Наконец остановились перед каким-то тёмным сараем. Витёк откинулся на сиденье, опустил стёкла, закрыл глаза. Пахло деревней, далёким дымком, где-то глухо и тоскливо протрубила корова. И небо такое было чистое, звёздное — эх, вернуться бы часа на четыре назад, взять банку пива, завалиться к Маринке.

...Поодаль, на узкой, горбатой, почти заросшей травой грунтовке угадывался жёлтый туманец заблудившегося на сельском перепутье одинокого фонаря, а ещё дальше взлаивала собака.

— Вот, — наконец сказал Цыган. — Этот сарай от совхоза остался. Сюда вообще никто не суётся. Это тёткин бывший совхоз, так что я буду в курсе, если кто эту найдёт... Фонарь есть тут у тебя?

— Фонарик есть, да, в бардачке посмотри! — засуетился Витёк, показывая пальцем, где смотреть, словно Цыган не знал, что такое бардачок.

Цыган включил потолочную лампочку, обернулся, заглянул вниз... В тусклом и неживом свете залитое кровью лицо завалившейся на бок молодой женщины казалось изжелта-коричневым. Он головой покачал: надо же, во что влип из-за этого гадостного кретина! Вышел, оставив дверцу открытой, и подошёл к двери сарая, висевшей на петлях. Потоптался, вошёл внутрь, обошёл сарай. Вернулся к машине.

— Нормально, — сказал. — Там остатки старой соломы. Оттащим *эту*, закидаем соломой. Давай, вылезай, бери её под мышки!

Витёк, приободрённый сменой тона с матерного на деловой, нагнулся, подхватил под мышки и с натугой приподнял тело.

— Ты... за ноги её бери, — пропыхтел.

С трудом они вытащили тело из машины, понесли к сараю.

— Тяжёлая... — с удивлением отметил Витёк. — Большая...

Вспомнил, какой стремительной и лёгкой показалась ему молодая женщина, когда обернулась с напряжённым лицом, а потом заулыбалась, склонилась над картой, и закатное солнце вызолотило удивительные пряди её волос, выбившиеся из-под зелёного берета. Берет сейчас валялся где-то на полу машины.

Всё же большая разница между живым и мёртвым.

— Перестарались, — с сожалением пробухтел он.

— Заткнись уже, дебил! — рявкнул его приятель. — Если б не ты, мудак херов, дерьмо собачье!..

Они протащили тело девушки, бросили на пол в глубине сарая. За минуту-другую, подобрав охапки соломы с земляного пола, закидали её всю. Цыган светил фонариком.

— Слишком много не носи, заметно будет.

— Ты ж сказал, никто сюда не заходит.

— Казал-мазал! Мало ли... Всё, пойдём...

Но наклонился, подобрал ещё одну большую охапку соломы, отдельно забросал волосы девушки.

— Слишком заметные, — буркнул, — прямо горят, даже в темноте.

Горят...

— Слышь... А если? — Витёк достал зажигалку, показал Цыгану.

— Убери, идиот! — тот зыркнул с такой отчаянной злобой. — Ты что, вообще ни хера не соображаешь?! Так её через три дня, может, через неделю по вони найдут, и то если мимо кто гулять станет. А так — сбегутся сюда через полчаса. Пошли, я сказал!

Он повернулся и пошёл из сарая, не оглядываясь. А Витёк... Витёк совершил одну из тех вещей, о которых его отец, мужик неплохой, но зануда (он один воспитывал сына с двенадцати лет), говорил: «Витя, ты многое делаешь, не подумав!» Просто Витёк хотел, чтобы этой вот мёртвой девушки вообще не стало в природе, чтобы она исчезла в пламени, никогда, никому больше не напоминая о том, как он сдурил. Искоса кинув взгляд на уходящего к дверям сарая Цыгана, он быстро наклонился, высек огонёк из зажигалки и два-три мгновения держал под кучей соломы. Скорее всего, это — так, внутренний протест был против ругани Цыгана. Солома старая, дни стояли сырые... Вряд ли займётся от этого огонька хороший пожар.

— Ну?! — окликнул Цыган от двери.

— Иду, — торопливо бросил он и кинулся следом.

Когда вышли, Цыган споткнулся о здоровенную палку, небольшое такое брёвнышко. Привычно матернулся, но, остановившись, сказал:

— Ага. Это неплохо.

Поднял брёвнышко, закрыл дверь сарая и основательно её подпёр.

— Вот так, — проговорил удовлетворённо, отряхивая руки. — Теперь не каждый унюхает, ещё дня три-четыре выиграем. Всё, погнали отсюда на хрен!

* * *

Сознание к ней вернулось в то мгновение, когда, устав нести, они бросили её на холодный земляной пол. От удара и очнулась. Боль в сломанной руке оглушила, вгрызлась в самое сердце. Она едва не вскрикнула, но звуки вокруг, торопливый и злобный приглушённый мат, пыхтенье, хрусткий шелест курток, шарканье кроссовок заставили сжать челюсти и лежать, не шевелясь, пока они засыпали её чем-то колким и душным.

Их отрывистый разговор слышала, но не поняла — о чём речь: боль туманила мысли, выжигала узоры по всему телу. Она поняла только, что те вышли, ещё повозились с дверью снаружи... Потом хлопнули дверцы, заурчал мотор, и машина рванула с места и унеслась. И одновременно с этим странный шорох пробежал над головой, ужалил в висок, в щёку, в шею... Крысы?! Когда она поняла, что это — огонь, что её подожгли, — она уже занялась! — волосы уже горели, горел воротник плаща... Она закричала, перевернулась на бок, сбивая огонь левой рукой. Но уже и плащ горел... Поднявшись на четвереньки, она выползла из горящей соломенной могилы, воя от боли, поползла на коленях к дверям, привалилась к стене, поднялась, помогая себе левой рукой — голова кружилась, сарай весь качался, чёрные стены плясали вокруг неё, и жгучая боль разливалась по голове, отдавала в плечо и в локоть, широкий рукав плаща горел на ней, и было невыносимо больно сбивать пламя с этого рукава. Всем телом Надежда билась в подпёртую снаружи дверь сарая, катаясь по ней головой, плечами, пытаясь сбить пламя... И вдруг в противоположной стене, за озером разлившегося над соломой огня, увидела жёлто-красный месяц — словно стружку от земного огня. Там, в стене была щель! Она ринулась к ней — пламя уже плясало во всю ширину сарая — зажмурившись, напролом пересекла озеро огня, бросилась к щели в стене, продралась, сбивая пламя о неровные колючие края выломанных досок, вывалилась наружу и упала, и чадящим кулём покатилась куда-то вниз, вниз, перекатываясь через сломанную руку, крича от боли, гася пламя о влажную росную траву...

Там, по дну оврага, протекала небольшая речушка. Неглубокая, а захлебнуться в ней беспамятному человеку ничего не стоило. Но, выходит, выхлебала Надежда своё в большой реке Клязьме. Так и застряла на пне, во влажной прогалине, почадила, потлела и загасла...

Её нашли ребятишки, прибежав наутро посмотреть на сгоревший сарай. Он весь сгорел подчистую — головёшки чёрные торчали. Гришук сказал — отличные угольки, ими рисовать можно. В овраг они и не стали бы спускаться, но у Таньки позавчера пропала кошечка, и хотя Гришук уверял, что даже за короткое время кошаки вполне могут одичать, Танька, оскальзываясь на мокрой траве, карабкалась по склону оврага, цепляясь за ветви кустов и отчаянно тягучим голосом окликая: «Лю-уся! Лю-у-сенька-а-а!» Гришук-скептик тащился следом: стерёг двоюродную сеструху, чтоб не сковырнулась. Так и наткнулись на мертвячку.

Тётенька была страшной и обгорелой: башка обугленная, вспухшая, в волдырях. И посинелая, очень толстая голая рука торчала из чёрных лохмотьев. Но потом Гришук, внимательно рассмотрев дохлячку, сказал, что зенки у неё дергаются... И дети с победными криками помчались в деревню...

* * *

Из больниц они с РобЕртычем выписались с разницей в две недели.

Однажды утром он возник у Надежды в палате. За окном валил снег, казалось, что в окне ворочается, дышит и урчит белый лохматый зверь, и хотя по коридорам больницы да и в самой палате во всех углах жила стонущая, кряхтящая, мычащая боль, эта белизна в окне вымывала, крахмалила и заметала беду и болезни.

Надежда уже сидела и по надобности вставала, но была ещё с забинтованной головой-коконом и с гипсом на правой руке; смешные обгорелые брови, намазанные белой мазью, придавали ей дикий вид заблудившегося Деда Мороза. «Слава те, Господи, и святым-твоим-пресвятым, — повторяла она благодарно, — лицо практически не задело, врач говорит, рубцов не останется».

Серёга был тих, бледен и очень серьёзен. Признался, что для него готова американская виза, и там адвокат уже настаивает «на соответствующих действиях».

— И правильно, — сказала ему Надежда сочувственно. — Конечно, уезжай. Здесь тебе делать нечего.

— Сил как-то... — сказал он извиняющимся тоном, — нет больше сил, душа моя.

И чтобы утешить его, поддержать, Надежда повторила, как в плохом кино:

— Конечно. Надо признать, когда проигрываешь.

— Я... написал тебе письмо, — сказал он, не доставая конверта из кармана. — Ты прочитай и реши. Я знаю, понимаю, что... Ты сто раз говорила. Но, может, ты привыкнешь ко мне — потом, когда-нибудь?

Она смотрела на РобЕртыча своими золотыми глазами под намазанными мазью бровями Деда Мороза. Покачала забинтованным кочаном:

— Уезжай, мой дорогой.

Он всё же достал конверт, аккуратно приставил к стакану на тумбочке.

Говорили они в тот последний день мало, но о главном. Сергей РобЕртович принёс очень грустную новость: умер Женька, оптовик, физик-ядерщик, корифей книжных продаж, прохиндей-прощелыга, насмешливо и нежно влюблённый в Надежду последние лет восемь. Умер от сердечного приступа, доложил Серёга, никакого криминала: стоял на остановке трамвая, качнулся, успел присесть на лавочку, откинулся к спинке и сидел так, мёртвый, до поздней ночи, пока его какой-то мент не окликнул.

— Мать, Валентина Осиповна, — он ведь с матерью жил, ты знаешь? — три дня искала его по больницам, а нашла в морге, такие дела...

Такие дела...

Когда Серёга ушёл, Надежда вынула лист его письма, развернула и прочитала: «Душа моя!..» — но дальше читать не могла, сложила и спрятала. Во-первых, устала, во-вторых, знала, что в том письме. Долго смотрела в окно, вспоминая другой давний снег, творожный склон оврага... как мчалась она на лыжах в красной шапочке, сквозь колючие заросли метели, *мчалась в его беду*, как стучала в дверь кулаком, и как забилось сердце, когда он открыл и заплакал. И как переступила она порог, и они бросились друг к другу, прикипели щеками, лбами — не разлепить!

И не разлепились...

Метель бушевала за окнами больничной палаты, старая метель сплетала колючие косы в верёвки, в канаты неразрывные, в пожизненные вериги.

«Если до старости доживу, — подумала, — прочитаю Серёгино письмо — порадуюсь».

Выписавшись из больницы, Надежда позвонила Валентине Осиповне — выразить соболезнование. Та очень её звонку обрадовалась, с ходу горячо всхлипнула, обе они поплакали в трубку. И старушка-мама разговорилась.

— Он ведь, знаете, Надюша, стоял перед большими переменами в жизни, — доверчиво сказала она. — Самое большое издательство на Урале — из самых крупных в стране, забыла я, как называется, предложило ему стать их представителем в Москве. И Женя воспарил, перестал пить, твердил, что похудеет, станет ходить в спортивный зал... Но вот это происшествие с вами, Надя, прямо подкосило его, он ведь к вам с такой душой всегда, с такой душой... — она опять захлюпала, засморкалась. — Главное, в тот вечер, когда вы... когда вас... ну, когда это несчастье с вами стряслось... он ведь вам звонил, всю ночь звонил — помните, он всегда так волновался, что вы одна по улицам мотаетесь. Говорил: «Мама, эта девушка — абсолютно бесстрашная дура!» И в тот день, как всегда, позвонил. И звонил, и звонил... Потом лёг, и среди ночи — я проснулась даже — он с кем-то говорил по телефону, так яростно, знаете, он так рычал, так стонал! А на следующий день должен был ехать на какую-то важную встречу, и — не доехал.

Они уже попрощались, пожелали друг другу всего-всего, главное — здоровья! — произнесли каждая все положенные формулы, чтобы никогда больше друг друга не услышать, но вдруг Валентина Осиповна замялась, проговорила:

— Надюша, я вот что хотела спросить, что меня мучает. Может, вы знаете и просветите меня. В то последнее утро, уходя из дому, Женя так мрачен был, сам не свой, совершенно убитый, разговаривать даже не хотел, не мог, одну только фразу сказал, и с такой болью: «Мама, если б ты только знала, что я натворил!» Повернулся и вышел. Вот это меня мучает! Может, вам что-то известно? Что он натворил, мой бедный одинокий мальчик? Мне бы легче стало, если б я знала...

Надежда молчала... Молчала, не в силах произнести ни слова.

— Нет, — сказала наконец. — Я... ничего об этом не знаю, Валентина Осиповна.

* * *

А через месяц убили Марьяшу.

К Надежде и её бедам это убийство отношения не имело. Но не потому она резко пресекала попытки общих знакомых рассказать подноготную о «всех его махинациях». Едва кто-то начинал излагать очередную версию о том, как, продав чужие акции, Марьяша собирался «слинять с семьёй за границу», она немедленно эту повесть обрывала. Просто помнила всю жизнь его насмешливую улыбку и это: «Мама научила, что чужое брать нельзя», и его бесшабашные шуточки, лёгкую походку, которая не изменилась даже на скользком льду крутых финансовых виражей.

Когда с руки сняли гипс, она обстоятельно, не торопясь, следуя официальным российским закóнам, закрыла фирму и отпустила людей, выдав чуть ли не последние свои деньги в качестве компенсаций, отпусков и бог знает чего ещё. Просто собрала всех в офисе, достала толстую пачку всех своих накоплений и села отсчитывать на краю стола равные кучки. Девочки — два редактора и корректор Оля — плакали. Долю Веруни, своего могучего бухгалтера, сама отвезла в Люберцы, вместе с бутылкой водки, ибо, услышав о новости, та запила: «Организм стоит!» — доложила Надежде по телефону гнусавым заплаканным голосом.

Последним она отпустила шофёра и грузчика Мишу, и сразу пошла учиться на курсы вождения автомобиля. Сдала блестяще, с первого раза, экзаменатор даже похлопал в мягкие ладони, ибо придраться было не к чему. «Я ж пловчиха, — объяснила она ему весело, — координация движений, то-сё...» Но машину покупать пока не стала: и денег не было, и тесное пространство автомобиля слишком напоминало её последнее приключение.

А Лёшика до весны оставила в деревне у бабки. Она была ещё слаба — даже не физически, а как-то... нутром, духом слаба. Будто сырым соломенным огнём ей выжгло не волосы, не кожу, а что-то важное внутри и вокруг сиротливой души, и сейчас там зияла, не зарастая ничем, гулкая пустошь.

Но к концу апреля выпала целая неделя удивительно ласкового тепла. По утрам за окном надрывались, кто кого переорёт, звонкие птичьи голоса; высох асфальт, и деревья во дворе покрылись той струящейся атласно-зелёной дымкой, которая и сообщает заинтересованным особам, что пришла настоящая весна. Надежда сняла наконец берет, потому что сквозь обожжённую кожу головы стали пробиваться волосы, и как бывает с травой после пожара, пошли ровно, густо, дружно, так что какое-то время, пока не стали длинными, она ходила с очаровательной копной Гекльберри Финна.

А в конце мая, не предупредив своих деревенских, поехала за Лёшиком.

Вышла на станции и, как однажды в детстве, сама-одна пошла по цветущей лесной колее — разве что сушёной рыбины под мышкой не хватало.

Лес был полон оживлённой солнечной жизни: чёрно-рыжие тени в глубине соснового бора взрывались брызгами ослепительного солнца; справа тянулось засеянное поле с двумя островками тонких берёз: изумрудные облака их новёхонькой нежной листвы невесомо плыли над белоснежными стволами. Смолистый сосновый дух витал над полянами, тропинками, игольчато-розовыми косогорами, смешиваясь с более тонкими и сухими запахами трав, с терпким духом полыни. Всюду порхала, летала, гудела и жужжала, шебуршилась в траве и вдоль тропинок, перекликаясь тысячью лесных голосов, бесконечная возрождённая жизнь.

Надежда вдруг остановилась, будто кто коснулся её ласковой рукой, и, закрыв глаза, мгновенно отдалась тёплым оранжевым волнам пойманного в заглазье лесного света. Он накатил, этот свет, завибрировал в каждой клеточке тела. Отчаянная, пронзительная *жажда быть* вдруг захлестнула её, пронеслась внутри лихим сквознячком, сладкой истомой, проникнув до самой скрытной, самой тёмной глубины её тела...

И хотя от предстоящего свидания с сыном сердце в груди меленько и тревожно трепетало, она, как в отрочестве — когда Аристарх привёл её на поляну с душицей, — сошла с тропинки и легла в траву...

Со стороны станции сюда едва долетала бестолковщина гудков, перестука колёс, гундосого бубнёжа. Здесь дятел перебивал всю людскую суету, где-то близко, над головой клепая толстенный ствол, и своей мерной, как метроном, молотьбой дирижировал всей лесной живностью. Лес вскипал ликующими птичьими голосами, при этом — странно — ничуть не тревожа солнечного, глубинного древесного покоя. Высоко-высоко в берегах чёрных сосновых крон сплавлялись по васильковому небу сдобные хлеба облаков; а сосны кружились, кружились, Надежда то погружалась в их водоворот, то опять выныривала, вовлекаясь в вихрь неутомимой, дух захватывающей жажды бытия.

Так — под птичий щебет, под дятловы труды — она и заснула.

Рядом с ней — синими глазами в синее небо — лежал Аристарх лет пятнадцати, кудлатый, как нестриженый пёс, вся грива в сухих травинках, пахучий-травяной, сладко-потный, весь в то время нафаршированный поэтическими строками. Рядом лежал, крепко сжимая в руке её ладонь, что-то декламировал. Во сне это было так прекрасно и нежно, но смутно: про то, что вот, оба они спаслись из ада, очистились от смерти и скверны, от злобы и лжи... и теперь ... — а строк и не разобрать. Одна, всё же ясная, просочилась в сон: *«Крылатой лошади подковы тяжелы...»* — сказал он своим ясным, ломким в те месяцы голосом, который она бы узнала и в раю, и в аду... И тут же проснулась.

По деревне шла мимо заборов, за каждым из которых шмелями и пчёлами гудела, как трансформаторная будка, высокая густая сирень. Фиалковое небо деревенского полдня простиралось над крышами до тёмно-зелёной, чёрной почти кромки леса, а по окраинам его, как пар из-под крышки кастрюли, медленно выползали и восходили ввысь батистовые дымки. За чьим-то забором надрывался аккордеон, где-то стучал топор, у колонки гремело ведро. А на бабкином заборе сидела незнакомая Надежде пушистая кошка дивного черепахового окраса.

Возле самой избы громко возились какие-то дети — рослые, крепкие мальчики лет восьми-девяти, уже загорелые: лица — в тёмной позолоте. То ли игра у них шла, то ли драка — крики стояли, как на стадионе. Вдруг все умолкли, заметив незнакомую тётеньку.

Один из мальчишек, совершенно лысый, но с чёрным довоенным чубчиком, густой кудрёй торчащим надо лбом, выпрыгнул из кучи-малы, побежал к ней, остановился шагах в десяти, крикнул: «Скикы ж тэбэ ждать? Я вжэ вси жданыкы пойил!»

И она заплакала, засмеялась... Раскинула руки и сказала:

— Иди ко мне, засранец!

Глава 9

ВСТРЕЧА

Отдавая Лёвке деньги на клинику (просто выписал чек практически на весь свой «подвал» — за годы деньги собрались увесистые, он же, кроме как на сигареты-жратву-джинсы-кроссовки, на себя почти и не тратил, вся жизнь — в форме или в белой врачебной куртке; да один выходной костюм на свадьбы-похороны, да пять рубашек, да три галстука — неинтересный гардероб), легко оставляя этот солидный чек на краешке кухонного стола, Аристарх не подозревал, что друг сделает его партнёром по бизнесу. И поскольку состоятельные пациенты из России и прочих, сопредельных ей пространств полетели клином в заповедные края Содома и Гоморры лечить неизлечимый псориаз, лихая прибыль чуть ли не с первых месяцев заструилась в карманы партнёров.

Из Управления тюрем он уволился на раннюю пенсию — не из-за того разговора с Лёвкой в палате интенсивной терапии. Просто накануне выписки, стоя у окна, выходящего на склон виноградника (а за тем — ослепительной чешуёй сиял лоскут полуденного моря), Аристарх вдруг увидел мгновенную и сладостную картину: изогнутую серебряным ребром летнюю Клязьму, солнце в ворохе старой ветлы и только-только проснувшуюся Дылду. Ей лет пятнадцать, она зевает и потягивается гибко-высоко, и встаёт на цыпочки, так, что ноги её кажутся бесконечными, и голову наклоняет, а волосы — золотые на солнце! — каскадом, каскадом, на лицо и на плечи...

В этот миг он вдруг понял, что *его отпустили*. Кто отпустил, почему, зачем, за что отбывал наказание? Он даже не задумывался, просто ощутил острое, как ожог, чувство освобождения: слинял, отпустили, с концами! Он никогда больше не войдёт в проходную за бетонные стены тюрьмы, никогда не увидит колючие витки проклятого «концертино», никогда окно его кабинета не будет смотреть на тюремный прогулочный двор. Как там Лёвка сказал? «Ты выполз из своего грёбаного ада».

Лёвка не давил, после больницы предлагал отдохнуть ещё месяца два, но Аристарх очумел от безделья и рвался уже на любую работу, хоть и на костылях. Костыли, впрочем, не понадобились, но поправлялся он медленней, чем надеялся. Ещё полгода носил-таки эластичный чулок, хотя и без подвязки герцогини де Ромбулье, и, как денди, опирался на трость, подаренную Эдочкой.

Не сразу, но день за днём некоторая лёгкость бытия всё же проступала сквозь дела и заботы, сквозь лица пациентов — так протаивает отпечаток детской ладони в ледяной-узорной толще зимнего окна; чуть не каждую ночь снилась летняя, изогнутая серебряным рогом Клязьма, загорелая Дылда на зелёной крашеной скамье их речной «веранды». Бетонные блоки тюремных стен стали постепенно отплывать от него, покрываясь спасительным и долгожданным туманом, становясь наконец прошлым. Прошлым...

Неожиданно для самого себя он полностью поменял свой образ (тюрьма слезала с него клочьями, как грязные лохмотья): отрастил короткую — штрихом — эспаньолку и запустил длинные, с лёгкой проседью кудри, которые откидывал со лба пятернёй, — впечатляющий доктор. Пациенты обожали его неторопливую манеру расспрашивать, внимательно выслушивая и сочувствуя больному — глазами, голосом, всем лицом. Говорили, что уже после первой консультации чувствуют себя лучше.

Эта мягкость не сразу ему далась; долгое время он отвыкал от постоянного шумового фона прежней своей работы: воплей из «обезьянника», криков надзирателей, отрывистых голосов по громкой связи. Привыкал к тишине, плеску тяжёлых глицериновых волн, шелесту и скрипу старых пальм на променаде, детским голосам за окнами кабинета. Полюбил даже зимние дни, когда со стороны Иорданских гор по молочной глади моря катились серебряные шары тумана.

Для начала он снял, а потом и купил квартиру

в Араде — симпатичном белом городке в двадцати пяти кудрявых километрах от курортного Эйн-Боке́ка, с его отелями вдоль ломко-солёной накипи пляжей. Дважды в день петлявая дорога в холмах дарила ему новые изменчивые цвета холмов и неба. Ночью над лавандовой пустыней всегда блистала ярмарка фальшивых драгоценностей; поверить было невозможно, что эти бриллианты не сварганены на скорую руку ювелиром-мошенником, а рождены в мастерской великого Создателя... или как там его называть — высший разум? Большой взрыв? или просто — мама?

Клиника ему очень нравилась: она занимала первый этаж одного из отелей и отлично вписывалась в общий курортный фон этого местечка: новейшая медицинская аппаратура, прекрасно оборудованная лаборатория, удобная мебель, просторные кабинеты, — ненавязчиво дорого, солидно, современно.

На постоянных ставках здесь работали несколько общих врачей, физиотерапевты, дерматолог, сосудистый врач. А прочие специалисты — из них два-три уникальных, мирового уровня, — приглашались на консультации. Тут Лёвкин талант, обаяние и умение уломать кого угодно на что угодно — хоть и господа бога сварганить новую вселенную — сработали самым благоприятным образом.

Лёвка считал, что своей внезапной и бурной популярностью клиника обязана Толстопузу. Похоже, это было правдой.

300   Девчонки, все три, получились у Квинтов персонами штучными, каждая со своим талантом и характером. Средняя в четырнадцать лет уже снималась в каком-то идиотском сериале, в семнадцать — пела в известном молодёжном рок-ансамбле и готовилась ринуться в атаку на — держитесь, звёзды! — Голливуд. Её брови (домиком) так и взлетали, когда она — в обрезанных джинсах и крошечном топе, — извиваясь и скача по сцене, горланила очередной, как говорила Эдочка, «ужас» под оглушительные вопли юных поклонников.

Младшая с детства рисовала замечательно смешные многофигурные композиции на темы «из жизни», вставляя в них друзей, знакомых и родню. Она окончила специальную школу искусств для одарённых детей и поступила в академию Бецалель на факультет анимации. Эта была довольно сумрачной девицей, как и полагается хорошим карикатуристам, и, если кто из домашних или друзей без спросу лез в её папку полистать-посмотреть, буркала своё знаменитое: «Эй, отойди!» — за что в возрасте трёх лет и получила от Стахи кличку.

Но старшая, Шарон, неслась впереди всей семьи, хотя поначалу никто понять не мог, на что она сгодится, эта сова, все ночи просиживающая перед новой игрушкой: немыслимо дорогим компьютером, который выплачивала сама, два лета подряд тягая в кафе подносы и мусоля блокнотик заказов. И высшего ей образования, видите ли, не надо («Ты что, собираешься официанткой — всю жизнь, или сумки перед магазинами щупать?!» — кричала Эдочка). В армию пошла не как все её сверстники, по повестке, а пробилась к тамошнему генералу в военкомате с какими-то своими «наработками». Ни мать, ни отец, ни Стаха, давно отставший от малышни, давно оставивший свой шутливый тон, не понимали сути всей этой электронной абракадабры. Однако специальные люди в армейской комиссии, видимо, понимали чуть больше.

Сначала её отобрали на спецкурсы в разведывательной епархии; но спустя полгода выдернули и оттуда, на совсем уже суперсекретные курсы, куда каждый год со всей страны набирали считаных мальчиков-девочек, человек тридцать.

Из армии она вернулась другой личностью: насмешливо-сдержанной, в каком-то чине, с заслугами, о которых говорить не могла; с контрактом на работу в американо-израильской фирме, с окладом... — она назвала сумму, родители рухнули в кресла.

Далее в её работу никто не вдавался, разговоры велись с ней нейтрально-учтивые, домашне-культурные, кулинарно-портновские, — родители, увы, «не тянули». Загадочное слово «стартап» витало над головами всей семьи, и папа не мог понять: если придумана и изобретена уникальная программа по считыванию внешности преступника с чего-то там, типа его зажигалки, то зачем этот самый «стартап» (такой-растакой-удачный) продавать? Пусть даже за сотни миллионов, пусть и японцам, но... Далее следовало робкое родительское: не лучше ли заняться делом по-настоящему, углубив знания, получив нормальное образование и надёжную профессию?

Толстопуз снисходительно улыбалась, помалкивала, тратила несусветные деньги на всякое, как считала Эдочка, «безумие»: летала в Нью-Йорк на премьеру какого-то дурацкого мюзикла, остановилась в отеле на Манхэттене, одна ночь в котором стоит... — «Бугров, зажмурься: ты такую сумму получал в виде отпускных!»

Услышав, что «старички копошатся на своей грядке» и затеяли что-то там своё-барахолистое, она снизошла. Вникла... Просидела с отцом и Стахой полночи над расчётами. Выслушала Благую Весть о революции в курортном лечении в Израиле. Отправила всех в отставку, заявив, что они — из прошлого века, что к делу так не подступают, что — при чём тут медицина?! При чём тут ваши специалисты! Кто узнает о них в десяти километрах от вашей занюханной сараюхи!

Отец кипятился, доказывал, вскакивал и бегал, толстяк, по комнате. Стаха предусмотрительно помалкивал. Он так их всех любил. До слёз!

«Ругатели идут пешком!» — провозгласила Толстопуз.

И взялась за дело со своими друзьями. В считаные дни на пространстве многоязычного, многоярусного и бездонного интернета развернулись таинственные и не всегда явные войска. Засинели, забирюзовели морские пейзажи посреди популярных сериалов, острых политических репортажей и прочего суперновостного контента; засверкала голубыми кристаллами драгоценная соль целебного моря; смуглая гладкая кожа локтей и коленок в самых разных вариантах и ракурсах на разных ресурсах демонстрировала успехи в излечении на длительное время пресловутой ужасной болезни.

В коротких роликах импозантный даже в белом халате, тщательно выбритый, в великолепном галстуке, Лев Григорьевич Квинт, специалист по курортному лечению, возникал посреди самых интересных событий в мире и проникновенным убедительным голосом объяснял ценность *уникальной котловины, известной с библейских времён, настоящей природной барокамеры: вода, грязь, сероводород, а главное — фтор и бром, щедро разлитые в воздухе. Не говоря уже о мягком жемчужном солнце, сгореть на котором невозможно, ибо соляные фильтры в воздухе на такой глубине земной атмосферы представляют естественную защиту для вашей кожи.*

И началось! Рабочие ещё только завершали последний слой побелки кабинетов, ещё свинчивалась мебель, собиралось медоборудование, а две секретарши уже работали с двойной нагрузкой: принимали звонки, строчили десятки электронных писем, выстраивали расписание приёмов и процедур, связывались с отелями разных уровней — согласно пожеланиям и кошелькам будущих пациентов.

304   Толстопуз... Да, это была особа уникальная. Позвонила как-то уточнить индекс его почтового адреса.

— Понятия не имею, что за индекс, — сказал Аристарх. — Мне ж никто не пишет, всё по электронке, я даже нетвёрдо помню — где этот самый почтовый ящик находится. А на что тебе?

— Приглашение на свадьбу прислать.

— На чью?

— На свою, Стаха. Чего тупишь!

— Толстопуз... — его будто ударили под дых. Хотя понятно же: девушки иногда выходят замуж.

Вся жизнь здешняя прокатилась-пролетела лентой: их пикники, и как она обстоятельно, юбочкой, заворачивала вниз обёртку от мороженого, и какая у неё была липкая ладошка; и как самой большой проблемой этих поездок было запустить всю троицу в дамский туалет конвейером, с приказом «дружно пописать, иначе дальше не едем!». Он стоял в дверях, подозрительно изучая всех входящих и выходящих дам, и сам — подозрительный, странный, какой-то вечно одичалый.

Как быстро они вырастают...

— Тостопуз ты мой!

— Стаха, — сказала она, вздохнув, — ты видел мою талию?

Он вдруг вспомнил, что однажды отколола эта задрыга. Сколько лет ей было тогда — пятнадцать? шестнадцать?

Его разбудил дверной звонок часов в восемь утра — он только вернулся после тяжёлой ночи, провёл в тюрьме безвылазно двенадцать дней на очередной голодовке заключённых. Постоял сомнамбулой под душем, чуть там же не уснул, кое-как вытерся и рухнул в кровать с полотенцем на плечах.

В дверь звонили отчаянно, истошно, словно искали спасения. Он вскочил, промахиваясь ногой, натянул трусы, накинул банный халат, ринулся к двери...

На пороге торчала Толстопуз — взъерошенная, в домашних тапках, но с чемоданом.

— Что... случилось? — испугался он, запахивая халат. — Откуда ты... что...

— Всё! — выкрикнула она и зарыдала, и отодвинула его, вкатывая чемоданище через порог. — Я ушла от них навсегда! Свари мне какао.

Она любила какао... Полюбуйтесь на это чудо лохматое: уверена, что сейчас полумёртвый после жуткой тюремной каторги «Стаха» станет варить ей какао. Дулюшки!

Само собой, немедленно принялся варить...

А она, рыдая и давясь слезами, мотаясь по кухне и припадая к его спине, как к дереву, бурно перечисляла обиды: что-то там ей мать запретила, а отец не реагирует, до него вообще не достучишься, а эти две мерзавки, так называемые «сестрички»...

Он поставил перед ней чашку, пошёл умыться и почистить зубы, ну и одеться по-человечески. Прыгая в штанине джинсов, краем глаза увидел её: стоя в дверях с чашкой какао в руке, она внимательно его разглядывала, будто собиралась прикупить полезную для хозяйства вещь.

— *Это что за фокусы?!* — *рассердился он, застёгивая «молнию» на джинсах. Она подошла, жалобно проговорила:*

— *Стаха, я у тебя теперь буду жить, ладно?*

— *С какой это дури?* — *он нахмурился, натянул майку.* — *Допивай какао, иди домой и проси у мамы прощения. Готов быть парламентёром, сейчас ей позвоню...*

— *Нет!* — *крикнула она, сверкая заплаканными глазами.* — *Ты просто женишься на мне, вот и всё. Теперь я здесь, здесь! Я буду твоя жена!*

Он расхохотался изумлённым смехом... Склонил голову, любуясь копной её расхристанных волос. У неё, единственной из трёх, волосы потемнели до золотисто-каштанового оттенка, и зелёные, в крапинку, глаза чудесно с ними контрастировали. А ещё она унаследовала Лёвкины ямочки на щеках и победную улыбку, перед которой травы стелились, не говоря уже о мальчиках.

— *Знаешь, Толстопуз...* — *сказал он.* — *Когда рождалась твоя сестрица и папа повёз маму в роддом, мне выпало наказание* — *сидеть с тобой. Это было самое страшное приключение в моей жизни. Тебе был годик, и ты умудрилась трижды за час обделаться. Я был в ужасе, я мыл тебя под краном, боясь, что ты выскользнешь. А ты вопила, как резаная. У тебя была красная треугольная попа.*

— *Сейчас она не треугольная. Хочешь, покажу?*

Он вздохнул, прошёл в прихожую и распахнул дверь.

— *Пошла вон,* — *сказал.* — *Проваливай. Чемодан завезу ближе к вечеру.*

Она с оскорблённым видом вышла на площадку и вызвала лифт. Он стоял в дверях, как всегда проверяя, что лифт пришёл пустым и девочка благополучно спустится вниз. «Бугров, — говорила её непоследовательная мать, — тебе просто нельзя иметь детей: ты и сам параноик, и ребёнка таким же вырастишь».

Приехал лифт.

— Постой, — сказал он, подошёл, проверил, что лифт пустой, и обнял её, поцеловал в щёку. — Помни: ругатели идут пешком!

— А ты? Ты помнишь, как на бат-мицве[1] сказал мне: «моя дорогая девочка»?

— На бат-мицве тебе все это говорили.

— Нет! Ты сказал только мне, а им не сказал!

«Они» — это были сёстры несносные.

Он нажал на кнопку, двери лифта снова разъехались, она вошла внутрь...

— Отзвони, когда благополучно доберёшься, — сказал, придерживая двери.

— Госсподи!

Уехала, не отзвонила...

Он никогда больше её не обнимал.

Вот кто всегда резал правду-матку — Эдочка! Вот уж кто никогда его не жалел. «Откуда я знаю, что за тип, — отмахнулась от его въедливых вопросов о грядущем бракосочетании старшей дочери. — Жених и жених, посмотрим, что

---

[1] Достижение еврейскими девочками религиозного совершеннолетия (в двенадцать лет и один день). С этого времени они сами несут ответственность за свои поступки.

будет». — «Да, но кто он, из какой семьи, чем занимается?»

Она перестала вынимать посуду из мойки, выпрямилась — маленькая, пополневшая за последние годы, замечательная подруга, — сурово на него воззрилась: «Бугров, как это ты умудрился остаться незыблемым тираном и собственником, ни на капельку не изменившись! Время сейчас другое, понимаешь?! И что, ты можешь ей диктовать или лезть со своими старческими вопросами? Нам сказано: он из Нью-Йорка, программист, *нормальный*. Семья — *нормальная*. Работа — *нормальная*. — Она вздохнула, потянулась за кухонным полотенцем, вытерла руки. — Говорю тебе, что услышала, а остальное увидим сами тридцатого мая. И не смей соваться с руководящими указаниями!» Она поставила чашки на полку — одна в одну, пирамидкой. Снова к нему развернулась: «Взял бы да женился... Вполне можешь ещё своего родить и трястись над ним как ненормальный. Не маши на меня своей докторской лапой! Где та искусствоведка, Этель, манерная такая, ни словечка в простоте; всё повторяла, что твои глаза — «венецианская синь»? Или вот эта, последняя дамочка... Каро её звали, да? По-моему, вполне вменяемая была девица, и в детородном возрасте. Куда ты их всех сплавляешь? В море топишь, что ли, как котят?»

Каро... да, привязчивая, хорошая была. Почему — была? Она и есть — ну не топит же он их в море, побойся бога, Эдочка. Они сами уходят,

уходят, отчаявшись, убедившись, что «свято место» давно у него превратилось в место Лобное, и не осталось там ни одного пятачка, не залитого кровью.

В прошлом Каро была, вероятно, Кариной — её армянская родословная тянулась почему-то из Ташкента. Приличная состоятельная семья, мама — учительница музыки, папа — какой-то патентовик. Всё это было прекрасно, потому что не имело никакого отношения к его жизни, памяти и душе. Каро была похожа на своё имя — невысокая, полненькая, колечки крепких чёрных кудрей жили своей бесшабашной жизнью, жгучий язык не оставлял в покое ни одну, кажется, часть его тела. Своей энергией она умудрилась даже вымести на время из его снов длинноногую девочку, что выбегала и выбегала навстречу ему из рябинового клина; во всяком случае, совсем не каждое его пробуждение заканчивалось муторным стоном.

С Каро он даже пробовал жить — недолго, и где-то с полгода, возвращаясь домой, уже на лестнице чувствовал чудесный запах кофе. Но и Каро не выдержала; именно ночей-то она и не вынесла: он с детства взволнованно и связно произносил во сне целые фразы. Долго она молчала, скучнела, грустнела... Уж лучше бы выложила всё наотмашь, как это делали другие, натыкаясь на конверты из российских учреждений с официальными ответами на его запросы или раздражённо интересуясь — что это за железку он носит на пальце... Но Каро была так деликатна! И однажды он застал чисто *убранную квартиру с кофейником, укрытым поло-тенцем, — квартиру пустую, просторную, с милой его сердцу абсолютной тишиной и свободой вспоминать...*

Он сменил туфли на тапочки, чтобы не пачкать в такой красоте, прошёл на кухню, сел за стол... подумал словами Эдочки: «Ну и профессиональная же ты сволочь, Бугров!»

Раскутал кофейник и налил себе кофе, ещё горячий.

* * *

Он любил последние минуты рабочего дня, чувство усталой праздности: приём закончен, остаётся переодеться, набрать в дорогу воды из мини-бара, сесть в машину и, первым делом включив кондиционер, минут пять ещё выбирать в классере диск (скрипичную сонату Франка? взволнованный скрипичный концерт Эльгара? или — музыку титанов — фугу из Третьей сонаты Баха для скрипки соло?) — на те сорок минут, что пронесутся среди сутулых холмов, то рыжих, то фиолетовых, то мрачно-серых в свете яркой луны — в зависимости от времени дня и года. И наконец тронуться — вырулить за пределы курортной деревни Эйн-Бокек и покатить в сторону Арада.

В начале мая в котловине Мёртвого моря жарко даже под вечер.

Отпустив последнего пациента, Аристарх заглянул в туалет (батина привычка: отлить «на дорожку» — как мы с возрастом начинаем походить на наших стариков!), поколебался — не принять ли заодно душ по такой жаре, но решил, что уже дома расслабится, сколько той дороги. Дома в холодильнике застряли две банки пива, в кресле валялся недочитанный роман модного британского писателя. Не говоря уже о том, что надо было чемодан проветрить, простирнуть кое-что, — послезавтра он вылетал на неделю в давно намеченный Стокгольм.

Оставалось вернуться в кабинет, *сменить доктора на Сташека* и ехать себе помаленьку. В горах он никогда не лихачил.

В кресле у дверей своего кабинета он заметил пожилого господина с непроницаемым лицом азиата: седые усы, седые брови щёточкой. Нет, братан, у меня приём закончен. Ошибочка вышла.

Он подошёл, вежливо спросил по-английски:

— Вы заблудились?

Мужик, скорее всего, из Алматы, или из Бишкека, или из Ташкента, Душанбе... — что-то такое. Но в клинике правило: начинать с английского. Ну как же, психология: *наши европейские стандарты*. Потом, по выражению лица определив степень паники, можно и на русский перейти. Но тут никакой паники не наблюдалось. На прекрасном английском пациент объяснил, что — отнюдь, не заблудился, у него тут назначена процедура.

Ага, Лёвка, кажется, говорил, что у нас новый пациент чуть ли не из Швейцарии.

— Тогда вы ошиблись кабинетом и, боюсь, временем тоже. Физиотерапевты работают у нас до пяти, как и все.

Азиат огорчился, но никаких претензий не предъявил. Ещё несколько фраз на тему, что и когда здесь удобнее назначать... «Ну давай, друг, — подумал доктор Бугров, попутно прикидывая, что из вещей стоит брать в Стокгольм в мае, а следовательно, что из них закинуть сегодня в стирку, — давай уже, друг, вали себе с богом».

— Чем ещё могу быть полезен?

— Да нет, — поколебавшись, отозвался вдруг тот по-русски. Разгадал доктора, вывел на чистую воду. — Что уж теперь. Только на боковую... А мне вернут пропущенную процедуру, или как: мой грех, я и плачу?

Аристарх с улыбкой взглянул на мужика. Симпатичный, скромный такой, только грустный. Видимо, это не тот, что из Швейцарии.

— Зайдите, — пригласил он, открыл дверь и пропустил пациента в кабинет. — Вернут вам, конечно, ваш сеанс, не станем мы наживаться на оплошности. Вас принимал доктор Шпринцак? Я вас что-то не помню.

— Да, видимо, он. Такой... профессорского вида, неразговорчивый.

— Он хороший врач и, я уверен, прописал вам всё, что нужно.

— А вы, наверное, тот самый внимательный доктор, к которому мне советовал попасть Бруно.

— Бруно? А, из Цюриха, Бруно Фишер? Лечился у нас в феврале. Милый, хотя несколько мнительный человек. Но уверяю вас...

— Уверяю вас, — перебил азиат, — совсем не каждый врач после рабочего дня, уже по дороге в бар, домой или на теннис, пригласит в кабинет заблудившегося старичка.

— Ну какой же вы старичок, помилуйте! Вы ещё ого-го, а после нашего лечения помчитесь... куда вам, собственно, захочется мчаться?

— На кладбище, — ответствовал непрошеный собеседник.

Вот те на... Попытайся после такого ответа свернуть приятную беседу и ехать домой наконец. Доктор замолчал, разглядывая человека, которого сам же зачем-то пригласил в кабинет, чёрт бы побрал эту их (нашу!) «особую этику»!

— На кладбище, к жене... — спокойно продолжил восточный человек. — Жену недавно потерял, и сам не свой, как видите: путаю время приёма, путаю процедуры... Псориаз обострился так, что уже и дети послали лечиться. А сейчас тут бесстыдно расселся, пользуясь вашей любезностью, нет сил подняться и, честно говоря, нет сил просто жить. А ведь придётся, а? У меня двое прекрасных внуков, хотя бы ради них.

Та-а-ак... Получай, доктор Бугров, на что нарывался.

— Вот что, — проговорил Аристарх. — Садитесь-ка сюда, к столу. Измерим вам давление.

Азиат почти безучастно смотрел, как вспухает на его руке манжета тонометра, и совсем не удивился неприятным показателям.

— Так... — пробормотал доктор. — Не нравится мне это, знаете ли!

Давление было высоким, пульс зашкаливал. Понятно, откуда взялась слабость, на которую сетовал пожилой господин.

— Давайте и кардиограмму снимем.

Он уложил пациента на кушетку и, пока возился с проводками-присосками, думал: звонить Лёвке или погодить — похоже, это тот редкий случай, когда самый целебный на свете воздух и самое полезное солнце чрезвычайно — и такое бывало! — не полезны человеку. В таких случаях они, полностью возместив стоимость путёвки, отправляли пациента домой.

И кардиограмма оказалась не ахти: старые ишемические изменения на задней стенке.

— Когда вы перенесли инфаркт? Лет десять назад?

— Девять...

— Понятно. Я дам сейчас таблетку, вы слопаете её и немного у меня тут отдохнёте.

— Какую таблетку? — встревожился тот.

— Обычную от давления, — Аристарх налил воды в пластиковый стакан, достал из ящика стола и выдавил таблетку из блистера, протянул на ладони: — Глотайте. И не дрейфить! Через полчаса почувствуете себя бодрее. А я позвоню доктору Шпринцаку, и завтра...

— Нет-нет, не надо! Мы... вы... не могли бы и дальше меня курировать? Мне так спокойно с вами, я даже чувствую себя гораздо лучше — просто от разговора. Бруно прав: надо было с самого начала к вам проситься. Просто я имени не знал, не скажешь ведь: «Меня, пожалуйста, к внимательному доктору».

— Спасибо на добром слове, но, боюсь, не получится: завтра у меня последний рабочий день перед отпуском. В Стокгольм еду: в Национальный музей свезли несколько отменных Рембрандтов.

Сказал и мысленно застонал: стирка! Ничего не успеет высохнуть. Он терпеть не мог сушилку — и бельё, и рубашки, и брюки всегда развешивал на балконе: чистые вещи впитывали все травяные запахи пустынного ветра.

— Жалко... — проговорил азиат, глядя в потолок. — Я впервые за два года заговорил... о жене...

— Нет-нет! — возразил Аристарх, присел рядом на кушетку и положил руку на плечо больного. — Не про жену, а то я вам давления не собью. Расскажите про внуков. Хорошие ребята?

Пациент оживился, хотя его лицо для оживления не слишком было пригодным, но нечто вроде улыбки проявилось под седыми усиками.

— Внуки — о да: замечательные парни. Один — скрипач, очень талантливый, закончил школу «Джульярд» в Нью-Йорке, уже подписал контракт на будущий год с Филадельфийским оркестром, а сейчас выступает с концертами по Южной Америке. Младший ещё учится, этот, скорее, по дедовой профессии пойдёт, будет помощником, если, конечно, жизнь не заставит деда уйти на покой.

— Вы говорите с ними по-русски?

— Какое там! У меня и дочь, и зять франко-
зычные, обитают в Женеве, а жена — та коренная
швейцарка из Цюриха. Мы знаете как познако-
мились — она попала в Сеул с группой туристов,
а моя тётя — она гидом была, сопровождала маленькие частные группы на минибусе. Сама рули-
ла, для экономии. И вот, представьте, накануне
приезда той самой группы из Цюриха она упала
и сломала руку. Кошмар! Кого найдёшь за один
день, кому доверишь жизни семи иностранцев на
непростых дорогах? Ну я и предложил, что пово-
жу их. Это было ужасно не ко времени: я учился
в университете, пропускать неделю занятий —
смерти подобно. Но тётя... понимаете, я был ей
стольким обязан. Она меня вытащила в Сеул,
приняла и, по сути, содержала все годы учёбы.
Короче, я сел за руль. И увидел в зеркальце за-
днего вида свою будущую жену... Я и сейчас помню её лицо, тогда... её прекрасное...

— А русский язык ваш, — неучтиво перебил
Аристарх, — ваш прекрасный русский, он ведь не
выученный, правда?

Нельзя было допускать, чтобы от волнующих
воспоминаний снова поднялось давление. Чёрт,
и как это дети отпустили его одного за границу
в таком состоянии, с явно выраженной депрессией!

— У вас совсем нет акцента.

— Да что вы, — отмахнулся тот. — Какой акцент, я ведь советский парнишка. Советский ко-
реец. Из кавказских, может, вы слыхали, — кавказских корейцев.

— Да-да, конечно, и не только слыхал, но и был знаком...

Вдруг покатила в памяти тропинка, по которой он добирался на станцию Каменово, — тропинка, что наматывалась на переднее колесо «Орлёнка» и вела, вела до самого дома, где снимал комнату, вернее, угол... Заалел меж соснами просторный закат, вечерняя прохлада летних сумерек принесла запахи пыли, хвои, креозота, терпкий запах лавандовых кустов по сторонам дороги... Что-то смутно родное вспомнилось, от чего сжалось сердце, что жило в благодарной памяти все эти годы: узкие «индейские» глаза на смуглом гладком лице... Что-то неслось на него неотменимое, болевое, как тогда, с Зови-меня-Гинзбургом в питерской коммуналке.

— ...просто в начале войны моя семья бежала аж до Костромской области. Я там и родился, так что...

— ...в Нерехте... — пробормотал доктор, не сводя взгляда с седых усов, с седых бровей над узкими «индейскими» глазами пожилого господина из Цюриха.

Тот удивлённо приподнял голову:

— А вы откуда знаете, доктор?

— ...а потом семья собралась и уехала в какой-то посёлок на Чёрном море, да, Володя? — проговорил он. — Станция Каменово... Днём — скудные заработки на торфоразработках, а вечера заняты сущей морокой: пятилетним пацаном, который прилепился к тебе и, как по часам, прикатывал на «Орлёнке». Пацаном, которого ты учил грамоте и красивому почерку. И который страшно горевал, когда ты уехал, Володя Пу-И...

— Ё-моё! — совсем по-русски проговорил тот, поднялся и сел на кушетке. — Братишка! Ё-моё, братишка!

Они схватили друг друга за руки, как борцы — за бицепсы.

— Нет-нет, лежи! Ты сейчас пациент с высоким давлением...

Володя откинул голову на подушку, всё повторяя и повторяя своё «ё-моё... ё-моё!».

Встреча была удивительной, конечно, и очень трогательной — кто мог предположить, что когда-то в жизни они увидятся и, главное, разговорятся, а могли бы и разойтись в коридоре после двух-трёх равнодушно-учтивых фраз, — разумеется, не узнав один другого. Кто мог подумать, что они буквально врежутся друг в друга — при таких поворотах судеб да с таких дальних виражей! Впрочем, в жизни случается и не такое.

— Это кто, Эйнштейн сказал: «Совпадения — визитная карточка Бога»? — проговорил Володя. Кажется, он даже прослезился. — Знаешь, братишка, я ведь твоё имя позабыл: Славик?

— Сташек... А я, Володя, помнил тебя всю жизнь, и всё, что ты говорил, помню: «Слушай своё дыхание, тогда будешь писать грамотно». И то, как учил: «Смотри: что покажется тебе некрасивым, то может быть ошибкой». Помню, как ты закладывал за ухо длинную чёрную прядь. Я тебя обожал, Володя! Я даже дерусь всю жизнь так, как ты меня научил.

— О да... — засмеялся тот и отёр ладонью слезу **319**
на чисто выбритой скуле. — А я вот больше не
дерусь. У меня, помимо псориаза, целый букет
разных немочей, как видишь. Не дерусь. Я, брат,
совсем по другой части.

— По какой же?

— Деньги, деньги... — Володя интересно смеялся, поднимая брови, словно удивляясь самому
себе. — Люди по-прежнему «гибнут за металл».
А я им в этом помогаю: я — независимый эксперт, советник по инвестициям.

— Вот уж далёкая от меня область, — Аристарх
усмехнулся. — Я знаю только: «Он был титуляр-
ный советник, она — генера-а-альская дочь!»

Володя вновь рассмеялся:

— Точно! Всю жизнь по этой части. Начинал
с клерка, работал в огромных финансовых ком-
паниях, затем был управляющим хедж-фондом,
а последние лет десять считаюсь большой шишкой
в своей области. Независимый консультант част-
ных лиц, корпораций, аукционистов, банкиров...
Страшными деньжищами ворочаю, как тот старый
седой бес при котле с горящими грешниками; под-
брасываю дровишки в костёр — пропащая душа!

Он повторил с грустной улыбкой:

— Пропащая душа, братишка. И неважно,
сколько ты вбухаешь в благотворительность. Вижу я этих господ-благотворителей. Вот твоя профессия, это...

— Побойся бога, Володя! Если б ты знал, какое
отребье я лечил. Полжизни был тюремным врачом.

— Ох!

— Стой, не дёргайся, давай ещё измерим давление.

Дважды в кабинет заглядывал уборщик-бедуин. Бедняга, у него наверняка свои планы на вечер. Надо ему дать спокойно тряпкой отмахать.

— ...Уже выходим, *ахи!* — крикнул в сторону приоткрытой двери. И повернулся к Володе: — Получше. Явно получше... Можешь перейти в вертикаль. Тебя куда поселили?

— «Краун Плаза», приличный отель, хороший номер, жаловаться не на что.

— Ещё бы. Отель из дорогущих. Что, если мы посидим там у тебя, на террасе, сейчас уже можно дышать. Перекусим, поболтаем...

— А спиртное? — подмигнул Володя.

— Не обещаю. Впрочем, грамм пятьдесят коньяку можно. Для расширения сосудов.

— Ха-а-роший доктор!

...С панорамной террасы многоэтажного отеля распахивалась плоскость моря — та бирюза и лазурь, та шелковистая, тусклая нежность закатной воды, которая присуща только этому, в сущности, небольшому водоёму.

Галечная коса, как бумеранг, уносила в море ксилофонный ряд белых реечных навесов под высоченными гнутыми пальмами с тощими метёлками.

Хрумкая кромка застывшей соли издали и сверху казалась сахарной.

Им принесли пасту и салат — кафе в лобби называлось как-то по-итальянски и предлагало соответствующие блюда.

Аристарх поддел с тарелки длинные шнурки из теста, намотал их на вилку:

— Помнишь, в «Графе Монте-Кристо»: «...итальянская кухня, худшая в мире»?

— Да что ты! — Володя усмехнулся. — Не помню, но верю тебе на слово.

— Причём это не слова персонажа, это Дюма заявляет со всем своим французским патриотическим пылом.

— Хорошая книга. Не перечитывал с юности.

— Ты читал её всё лето в Каменово. И мне говорил: «Читай «Графа Монте-Кристо», узнаешь всё о чести и справедливости».

— Надо же, какой след я оставил в твоём детстве. Стоит книгу перечитать... А ты плакал, когда читал?

— В двух местах, как девчонка.

— Погоди, угадаю: когда «Фараон», утонувший корабль Морреля, входит в Марсельский порт?

— Точно! Новый «Фараон», гружённый товарами, в точности воссозданный Эдмоном Дантесом! Разорённый Моррель спасён за секунду до самоубийства!

— ...а второе место?

— Ну, это просто: когда Эдмон встречается с Мерседес, спустя целую жизнь...

(Он умолк: не сказал, что и сейчас, изредка перечитывая «Графа Монте-Кристо», плачет в этом месте, представляя себе постаревшую Мерседес: её стать, её высокие золотые брови, её золотые, как спинки пчёл, горячие глаза.)

Володя тоже вздохнул — видать, о жене вспомнил. «Хорошая книга», — пробормотал...

На иорданской стороне медленно тлели закатные горы; их складки бледнели с каждой минутой, меняя бальную розовость на сиреневатый, а затем и серый — Золушкин — оттенок, мертвея и остывая, как пепел в костре. Минут через десять кромка иорданского берега заслезилась голубоватыми огоньками. Море, вначале цвета жёлтого пива, тоже неудержимо серело и гасло, вдоль набережной зажглись голубые и жёлтые фонари, и огни их тотчас расцвели в тяжёлой прибрежной воде, будто кто расстелил вдоль берега сверкающее ожерелье.

Часа полтора уже Володя жадно, взахлёб, обращаясь к собеседнику, как в детстве — «Сташек», рассказывал о своей жизни.

«Внуки — отличные ребята, — думал Аристарх, — но где-то гастролируют, дети живут в Женеве, жена такую подлянку организовала — взяла и умерла. Некому человека выслушать...» Он сидел и слушал. Это он умел. Когда выходили из клиники и Аристарх обменялся короткими фразами с уборщиком (просто извинялся, что задержали, а тот бегло кивнул — мол, ничего, бывает, не вопрос, доктор), Володя сказал:

— А ты и правда «внимательный доктор». С каждым — на его языке. Ты как к нему сейчас обратился, ты его имя знаешь?

— Да нет, достаточно сказать «ахи».

— А что это означает?

Аристарх улыбнулся:

— То и означает: «братишка».

— Понимаешь... Вот эта штука: судьба, — говорил Володя, машинально меняя местами нож, вилку, складывая уголком салфетку и вновь её разворачивая. — Если бы мама не умерла так рано, если б отец не женился... Да не в этом суть, никто меня не обижал, не притеснял. Просто... отслужил я армию, в Перми было дело, — я таких морозов больше никогда не знал и, надеюсь, не узнаю: плевок на лету комочком льда замерзал; вернулся домой, а там — что? Тёплая провинция, глухой курорт. А меня прямо распирает: действовать, учиться, учиться, только не здесь. Тут тётя прислала письмо, мамина сестра из Сеула. И оказалось... ты не поверишь: слыхал ли ты, что Корея, как и Израиль, прописала в законе право этнических корейцев на репатриацию? Вон оно как — думаю! Ох, думаю, мать твою! — У него, у Володи, были красивые и молодые руки, без морщин, без старческих пятен. Аристарх смотрел на эти руки, и ему казалось, что Володя сейчас достанет ручку его детства и выведет на салфетке очередной *правильный и красивый* завиток, и скажет: «Повтори раз десять». — Этот закон, оказывается, действовал всегда. А наши то ли не знали, то ли очковали, а может, кто и подавал документы, да его не выпустили. Тут и тётя принялась кочегарить с той стороны: гуманитарный случай, воссоединение одинокой престарелой тётки с единственным племянником. Короче, отпусти народ мой! Редчайшая вещь в конце семидесятых. Но — выпустили! Наверное, решили: молодой, секретов не знает — пусть катится... Я и сам не верил до последнего, до трапа самолёта не верил! Всю дорогу плакал, как ребёнок, — здоровый парень, вчерашний солдат...

В лобби за раздвижными стеклянными панелями безмятежным каскадом свободных пассажей зазвучал рояль; затем к нему присоединилась труба. Беседующим приходилось чуть ли не докрикивать слова, чтобы тебя услышали. На террасе официанты принялись составлять столы и стелить скатерти — предполагалось какое-то широкое застолье. Видимо, пора было расходиться, но Володя так ожил, так помолодел — жалко было его обрывать, хотя Аристарх давно уже не вникал в абракадабру финансовой темы, на которую Володя говорил последние четверть часа. Он уже рассказал про болезнь жены (онкология, проклятье нашего времени), подробно изложил этапы покупки любимого дома в живописном пригороде Цюриха: «Ты обязательно должен ко мне приехать! Дай слово! Нет, дай сейчас же честное слово, что не будешь откладывать это в долгий ящик! У меня три гостевые комнаты пустуют, при каждой — туалет с ванной. Полная свобода, огромный участок, ручей протекает, косули приходят к самому крыльцу. Приезжай с женой. С детьми!»

«Как же должен изголодаться человек по нормальному разговору, — думал Аристарх, с улыбкой кивая и в нужных местах удивляясь, восхищаясь и округляя глаза, — как стосковаться по дружественному вниманию, что вот он говорит и говорит о себе, ни разу не спросив: а ты — как, вообще, жена-то у тебя есть? а дети?»

— Ты вот сказал: тема денег тебе не близка. Неправда, не бывает такого среди людей твоей профессии. Передо мной, голубчик, проходят шеренги, полки представителей разного-всякого люда. А уж врачи! Поневоле должен задумываться — что с ними делать, с деньгами.

— Брось, чего там думать! Для этого банки есть, — отмахнулся Аристарх, намереваясь как-то закруглить финансовую тему. И просчитался! На это последовала лекция о разнице между банками и инвестиционными и биржевыми фондами, о том, что такое «кредитное плечо», «короткие продажи» и «деривативы». Профессиональная косточка играет, отметил про себя Аристарх, порядком устав от того, что пытался всё время изображать острейший интерес. Зато Володя выглядел отлично: бодро, даже моложаво. Сейчас видно было, что совсем недавно, до трагедии с супругой, Володя наверняка посвящал много времени спорту — возможно, теннису, крикету или... гольфу? Подтянутый, ни грамма лишнего веса (наоборот, слишком сухощавый), он — в шортах и в спортивной майке — выглядел сейчас весьма презентабельным господином.

— Ты, наверное, поздно ложишься спать? — спросил тот, спохватившись.

— Ещё бы, — отозвался Аристарх, — при моём образе жизни...

Володя замялся, виновато глянул:

— Ты устал после рабочего дня, а? Ну какая же я свинья, Сташек, настоящая курортная свинья! Разболтался, как... Понимаешь, тут и радость, что встретились, и... давно я такого душевного собеседника не встречал. Понимаю, тебе отдохнуть надо. Тебе куда сейчас, далеко? Или где-то тут обитаешь?

— Да нет, мне ещё километров двадцать пять пилить по горам. Так что да, Володя, жалко, но надо разбегаться. Значит, ты вот что...

Весёлая компания, человек пятнадцать, оживлённо вывалилась на террасу: все нарядные, даже шикарные; дамы — в длинных вечерних платьях, загорелые груди, как дорогой трофей, эффектно оформлены бусами, кулонами или колье и поданы на всеобщее обозрение.

Аристарх пробовал докричаться через стол, но поднялся, пересел поближе к Володе.

— Доктор Шпринцак — хороший врач! — крикнул чуть ли не в ухо. — Не манкируй, слушай, что он скажет. Он, конечно, «братишкой» не назовёт и долго выслушивать про фондовую биржу не станет, но своё дело знает. Я позвоню ему завтра утром, он тебя прогонит по разным проверкам. Мне кажется, не стоит перегружать тебя процедурами, из-за сердца. Ты всё понял?

Володя кивнул, преданно глядя на доктора. «Да, — подумал Аристарх, — нужно попросить Шпринцака заняться серьёзно. Не нравится мне эта желтизна в глазах, цвет губ... Гемоглобин пусть проверит». Он приобнял Володю за плечо, крикнул:

— Запиши мне свои позывные, чтобы нам не потеряться. Есть на чём писать?

— Обижаешь! Я человек при визитках... — порылся в кармане шортов. — Чёрт, в номере оставил. Ручка зато всегда при мне. — Достал какую-то изумительную чернильную, с золотым пером, — ему по статусу положено такой писать. Подтянул к себе салфетку и даже на пористой узорной её поверхности написал чётким округлым почерком — адрес свой, электронку, телефоны.

Отзвучал «Чардаш» Монти, трубач прохаживался по маленькой высокой эстраде, вытирая платком лоб. Пианист тоже решил с минуту передохнуть. Компания, рассевшаяся за сдвинутыми столами, притихла, уткнувшись каждый в принесённые карты меню. Воцарилась не то чтобы тишина, но короткая передышка, если не считать доносившихся сюда воплей играющих в холле детей.

— Вот это почерк! — восхитился Аристарх, разглядывая написанное. Сложил салфетку, опустил в нагрудный карман майки. — Далеко мне до тебя. Ну, и мой телефон запиши, если уж ты такой каллиграф, я продиктую, пока они снова не вдарили.

— Давай, — подтянув к себе другую салфетку, Володя стал писать, проговаривая вслух: — Стани-слав?

— Вычеркни. Никаких Станиславов. Мы не столь банальны. Ты ведь и фамилию мою не знаешь, верно? На черта тебе, в Каменово, нужна была фамилия приблудного пацана.

— Да ладно тебе, диктуй...

— Пиши: Бугров, Аристарх Семёнович.

Володина аристократическая рука застыла и даже, как показалось, дрогнула. Он поднял го-

328 лову — не глаза, не брови, а всё лицо, — ошарашенное, как после неожиданной оплеухи.

— Нет. Этого... не может быть, — проговорил, запинаясь. — Это совершенно исключено.

— Что? — улыбнулся Аристарх. — Как это — исключено? — и тревожно хмыкнул: — Что с тобой, Володя?

— Это абсолютно невозможно! — твёрдо проговорил тот.

Его лицо по-прежнему выражало замешательство и... растерянность. Рука с дорогой ручкой подрагивала на весу. Он выпрямился и подался вперёд:

— Это же не Иван Иваныч Петров, не Александр Петрович Кузнецов... не...

— О чём ты говоришь, чёрт возьми? — тихо спросил Аристарх. — Что случилось? Моё скромное имя привело тебя в такой ажиотаж?

— Это не скромное имя! — выкрикнул Володя, страшно волнуясь. — Это! Не! Скромное имя!— у него забегали глаза, появился едва заметный тремор в руке.

— Тут... что-то не так, — пробормотал он.

Опять взвыла труба, вытягивая пассаж, трубач и сам потянулся на цыпочках, как пионер-горнист, трубящий зорю, и когда эффектно завершил фразу, её подхватил и синкопической гирляндой рассыпал рояль... Пошла известная джазовая тема, открывая новую композицию.

Тут и компания загалдела на разные голоса, подзывая официантов.

Володя резко поднялся, мотнул головой, предлагая идти за ним, и Аристарх, поднявшись из кресла, послушно за ним последовал, встревоженный этой непонятной свечкой, этой переменой в настроении, в поведении Володи.

У лифта они остановились. Володя впился в лицо Аристарха ввалившимися до щёлок, изучающими глазами. Плавно и бесшумно спустился огромный стеклянный стакан, в который, кроме них, набилась тьма народу, разделив их внутри. Видимо, Володя вёз его в свой номер. Неуютно... Аристарх пытался понять: что послужило причиной этой странной вспышки? — и не находил объяснения. При пониженном настроении, весьма объяснимом в его обстоятельствах, Володя всё же показался ему человеком уравновешенным и здравым. Чёрт возьми, они сейчас свободно и весьма дружески болтали часа два, не меньше!

Едва вошли в номер, тот бросился включать все лампы, торшеры, споты, суетливо бормоча: «Так... так... сейчас... быстренько!»

Номер оказался просторным фешенебельным полулюксом, светильники всюду, приятная мебель, глубокие кожаные кресла. Иллюминировав помещение, Володя встал напротив Аристарха и, тяжело дыша, явно волнуясь, проговорил:

— Извини, но... нет ли у тебя какого-то... документа, подтверждающего твою личность?

Обескураженный этим выпадом, Аристарх медленно произнёс:

— Видишь ли, Володя. Документ-то есть, да только ты в нём хрен что разберёшь: там иеро-

330 глифы почище корейских... А не сесть ли нам вот в эти кресла хотя бы, чтобы ты, если не западло, всё по-человечески и разъяснил? И не волнуйся так, ради бога. Не хватало ещё, чтобы ты мне тут выдал гипертонический криз.

Володя рухнул в кресло, как подкошенный, словно только и ожидал предложения сесть. Утонул в нём, утоп, съёжился. С силой потирая обеими ладонями лицо, будто пытаясь стереть из памяти некую нежелательную информацию, твёрдо проговорил:

— Аристарх Семёнович Бугров — мой старый клиент.

Нервный срыв, подумал Аристарх, рассматривая Володю с состраданием; паническая атака. С чего бы это? Ну да: жена три года болела, потом умерла... Усталость, горе, чувство заброшенности. И вот, неприкаянный и одинокий, он попал в непривычное место. А тут ещё наша встреча: разволновался.

И проговорил спокойно, мягко:

— Только не нервничай, Володя. Ничего страшного, ты просто устал. Ну подумай: как я могу быть твоим старым клиентом, когда...

— Да при чём тут ты! — выкрикнул Володя высоким голосом. — Речь о совсем другом человеке.

И далее, поминутно запинаясь, словно спотыкаясь о какие-то заградительные барьеры, мучительно хмурясь и пряча глаза, *инвестиционный советник* объяснил «Сташеку» («извини уж, так и буду тебя называть»), что Бугров, Аристарх Семёнович, уважаемый российский бизнесмен по части...

— ...тут, боюсь, я не совсем компетентен, да и прав не имею распространяться о его бизнесе, — бормотал Володя, — но... скажем так: он глава и владелец крупнейшей, а может, и самой крупной в России частной военной компании, которая... — ну, ты понимаешь, — поставляет боевиков, наёмников по всему миру... Более детально я и сам не знаю, моё дело маленькое: толково пристраивать и умножать его миллионы. Помню только название компании: «ЧВК-Когорта». Случайно в разговоре всплыло: он в руке газету держал, свёрнутую в трубку. Потряс так ею... и горделиво: «Мои ребята!» Какая-то статья там, или репортаж, или в новостях. Что-то в провинции Идлиб — город то ли взяли, то ли разбомбили, чёрт их знает. Вообще, он скуп на слова, как все эти... — Володя сделал неопределённый жест, словно отряхивал руку от пыли, глубоко вдохнул, помедлил... — Не знаю, Сташек, приходилось ли тебе встречать подобных головоре... ну, такого рода типов. Впрочем, да, — он усмехнулся: — Ты же сказал, что работал тюремным врачом, так что понимать должен. Разговоры наши с ним — исключительно по делу. Встречаемся редко, и только в моём офисе. Я отметил: он никогда не приходит вовремя. Но и никогда не опаздывает! Является минут на сорок раньше, а уходит как раз тогда, когда было назначено.

— А этот тип... — спросил Аристарх негромко, — тоже в Цюрихе живёт?

332   Он чувствовал себя совершенно сбитым с толку, обескураженным.

— Нет. Бывает там, и часто бывает, это связано с деньгами. А постоянно живёт в Португалии, где-то на побережье, — причём не в одном из курортных жирных местечек, где селятся русские богачи, а где-то в горах, на задворках. Живёт закрыто: никогда не встречал его на светских тусовках, ни на концертах, ни в театре. Никто, кого ни спросишь, с ним не знаком. Вообще, фигура затушёванная. У него и лицо такое... рыхлое, простецкое — из толпы. Хотя сколочен крепко: видный мужчина. В последние годы, правда, располнел, и дышит так... с присвистом. Ингалятор всегда при нём.

По выражению Володиного лица, побагровевшего, будто у него поднялась температура, видно было, как мечутся его мысли, какая работа происходит в памяти, в воображении; как он ищет и не находит объяснения странному совпадению очень редкого ныне имени, вернее, сочетанию всех трёх его компонентов.

— Не знаю, знаком ли ты с этой темой — частные военные компании. Да и я не великий спец, — так, слышал что-то, читал кое-что. Понимаешь, их деятельность в России не регламентирована. Их как бы не существует, но... российские военные наёмники присутствуют в разных странах — без опознавательных знаков, под разные секретные договора. И очень востребованы! Например, правительства стран третьего мира нанимают их в охрану — аэропортов, алмазных рудников, резиденций... чего угодно! И, если ты думаешь, что это — российское изобретение, то ошибёшься: таковые существуют во всём мире. — Он помолчал, сосредоточенно хмурясь. Добавил: — Возможно, и скорее всего, «Когорта» существует и действует под крышей транснациональной компании, а та зарегистрирована где-нибудь на Мальтийских островах, — тоже дело обычное. Как я понимаю, разбогател мой клиент на военных конфликтах последних лет десяти — Сирия, Донбасс... В самой России наверняка связан не только с военными кругами. Полагаю, он может ВСЁ. Хотя меня это не касается...

Говорил Володя долго, путано, сбиваясь и то и дело поправляя себя на более мягкие формулировки... Но видно было, что *хотел говорить*, просто жаждал, самому себе сопротивляясь, мысленно уверяя себя: ничего страшного, ведь не сообщает он «Сташеку», где, в каких бумагах, в какую недвижимость вложены несметные активы его клиента. Испытывал облегчение оттого, что проговаривает, выдавливает из себя весь этот, как давно считал и чувствовал, «сучий гной».

— Честно тебе скажу: меня перед каждой встречей с ним мороз дерёт по хребту, — сказал Володя. — А я не из пугливых, меня жизнь всяко трепала. Потом целый день колбасит, а настроение... просто ужасное. Хотя в смысле прибыли у меня с ним связаны только положительные результаты: как ты понимаешь, инвестиционный советник получает свой процент от сделок.

Аристарх, вначале просто ошеломлённый «совпадением» (это уже не визитная карточка Бога, а чёрная метка из Преисподней), по мере того как Володя говорил — всё более откровенно, нервно, даже с отчаянием, — в какой-то момент вдруг ощутил спазм в груди. Но ещё до удара полной ясности накатил на него затхлый запашок убоины, навалилась подземная ледяная тьма, во рту возник железисто-кислый привкус крови, горло сжали невидимые лапы... И — будто дверь распахнули в бушующее пекло!

Он вскочил, оставив бормочущего Володю, рванул на себя балконную дверь, запутался в занавеси, отшвырнул её с пути, — вышел наружу...

Здесь, после нежилой прохлады гостиничного номера, его облепила влажная жара, мгновенно майка пропиталась потом, обвисла на спине и груди.

Тёмно-синее небо с булавочными уколами звёзд горделиво выгнулось над тёмно-синим шёлком неподвижного моря, в котором плыла небольшая, с лёгкой щербинкой, соляная луна. Каждый вечер он видел это божье чудо, великий театр на донышке мира, а всё не надоедало.

Забыть! Немедленно выкинуть из головы происшествие! Немедленно сесть в машину и ехать, ехать, ехать домой, а завтра ночью — лететь на свидание с Рембрандтом!

Но из комнаты тянулся запах убоины, и кондиционер гнал в спину холод старого ледника в огороде гороховецкого дома, и Аристарх задыхался, пытаясь вдохнуть полной грудью парной вечерний воздух этого жарковатого рая.

Минут через пять он вернулся, внешне спокойный, встал перед Володей, сидящим в кресле.

— Это Пашка Матвеев, — сказал ему. — Просто Пашка Матвеев. Вор, насильник, убийца. Брательник мой — так считалось, хотя никакой кровной связи меж нами нет.

Володя медленно поднял голову, чуть ли не с ужасом уставясь на Аристарха, не произнося ни слова. А тот мысленно застонал, представив, что сейчас, хочешь не хочешь, должен рассказать, описать, вновь прожить то ужасное время потерь и бед; протащить Володю в гороховецкий подвал, куда Пашка сбросил его, полумёртвого, предварительно сорвав с него куртку с деньгами и паспортом... Неужели уже тогда он замыслил что-то, связанное с именем Аристарха Бугрова? Или на всякий случай прихватил документ, надеясь, что брат сдохнет в том подвале? Но ведь он не сдох, и Пашка это знал! — много лет Стах усмехался, представляя себе рожу мерзавца, когда, вернувшись к леднику, тот обнаружил воскресение из мёртвых! Но как же посмел он пустить в ход его паспорт, его имя, — зная, что брат выжил? Впрочем, как там Володя сказал: «он может ВСЁ»? И уж заменить фото в подлинном паспорте, а в своё время поменять его на другой, новый — такая чепуха для владельца самой крупной ЧВК, для человека, «связанного с определёнными кругами в России».

Аристарх говорил, и даже краткий рассказ — а он старался передать события чуть ли не конспективно — оказался настоящей мукой, поистине освежеванием памяти. Ведь он уже сто лет был

336 уверен, что прошлое сгинуло и никогда даже тень гороховецкой истории не мелькнёт на его пути. Может, просто уговорил себя, что *на той стороне* все поумирали — кто от старости, кто от пьянства; Пашка, думал, просто отстрелян в грандиозной бандитской бойне кошмарных девяностых. Но вот, он жив, жив, и под твоим именем загорает кверху пузом на побережье океана! И посылает наёмников туда, где больше платят, и Володя — его, Сташека, любимый Володя Пу-И — умножает его миллионы, а может и миллиарды, во всю свою профессиональную прыть.

Аристарх говорил не повышая голоса, мягко, даже сострадательно глядя на пожилого сухонького господина, что сидел в кресле напротив, как школьник, держа красивые аристократические руки на худых коленях. Между тем врач внутри него отметил, что надо бы дать Володе ещё таблетку (хорошо, что захватил всю упаковку!), да ещё одну оставить на утро, на всякий пожарный. А там уже доктор Шпринцак...

— Ты хотел посмотреть мои документы, Володя? — спохватился он. — Я вспомнил, при мне водительские права, а там фамилию набирают латиницей.

Он полез в задний карман джинсов, Володя руками замахал:

— Прекрати, Сташек, перестань! Ну, прости ты меня за этот... за эту... за страх этот подлый!

— Просто ты перенервничал. Мне кажется, это всё вместе: длительный стресс, усталость и горе, конечно. Тебе бы какой-нибудь мягкий антидепрессант попить.

— Да, я уже думал... — вяло согласился Володя. — Принимал где-то с месяц после смерти Анны, потом бросил. Для меня это неприемлемо. Не могу быть тряпкой с разжиженными мозгами. Я ведь привык владеть — собой, ситуацией... Я ведь крепкий орешек, мой друг, в нашей профессии нежности маловато. К тому же это непременно просочится, непременно станет известно среди клиентов — для моего дела реклама не из лучших. Человек со слабыми нервами не может заниматься тем, чем занят я.

Он вздохнул и передернул плечами, словно замёрз.

— Мне казалось, я справился, взял себя в руки. Но... вот сейчас: что делать? Я просто в шоке. Как вести себя — с ним? Порядочный человек, каким я себя считаю, должен бы в полицию заявить или... я не знаю — сообщить в министерство внутренних дел? Но ведь он — страшный человек, Сташек. Знаешь, однажды, когда я привез Анну в клинику на сеанс химиотерапии, я в холле увидел там русского парня, одного из тех, кто повсюду сопровождал Бугрова... своего хозяина. Парень был на костылях, с забинтованной головой, и кисть правой руки — в гипсе. Он встретился со мной глазами и тут же сделал вид, что не узнал. Но я окликнул его, спросил — что случилось, бедняга? Он сквозь зубы так: авария, мол. И добавил: «ошибся». Странное в этой ситуации слово, я подумал, он имеет в виду дорожную оплошность... но он повторил с какой-то адской гримасой — и я сразу всё понял. Ошибся! И его наказали... Вот так-то. И что ж теперь мне: делать вид, что ничего не случилось? Продолжать заниматься делами человека, укравшего твоё имя? А как же ты?

Аристарх улыбнулся, подался к Володе, ладонью по руке похлопал:

— А я, как видишь, отлично живу, не очень задумываясь об этом мерзавце.

Он помолчал, задумчиво проговорил:

— Однако мне вот что непонятно: у него ведь наверняка других «настоящих-убедительных» паспортов до хрена. К чему так долго использовать моё имя? Счета там, или что ещё, тоже ведь открыты и крутятся на этом паспорте? Зачем ему это? Вероятность нашего столкновения, конечно, мизерная, миллионная доля процента, но... вот случилось же: мы с тобой встретились. Разве что он считал, что меня давно нет на свете... — и самому себе пробормотал: — А что, вполне возможно: проверил по своим каналам, что такого человека в России нет. Я ведь внезапно уехал, и с концами. Потерялся, исчез с радаров...

Из открытой двери балкона повеяло наконец ветерком, взошедшая луна — яркости и голубизны необычайной — принесла с собой облегчение. Длинная занавеска на просторном, во всю стену, окне шевелила подолом, как испанская танцовщица перед выходом на сцену.

Аристарх подошёл к массивной тумбе у стены, открыл дверцу бара:

— Не возражаешь? Глоток чего-нибудь крепкого... до зарезу!

— ...и мне плесни, пожалуйста!

Доктор сурово погрозил пальцем, но, выбрав бутылочку виски, разлил в бокалы грамм по пятьдесят. Молча выпили.

Володя покатал во рту глоток, проговорил:

— Знаешь, вот живёшь так, в сущности, одинокой кочерыжкой. Друзья, конечно... Впрочем, их совсем не много, и у каждого свои проблемы, свои болезни. Кто-то уже покинул этот свет. А живу я, Сташек, в прекрасной стране с безукоризненными законами, в абсолютно волчьем окружении: профессия такая. Ежеминутно рвать постромки, держать ушки на макушке... Чёртово напряжение мозгов и нервов: ведь в твоих руках чужие несметные бабки! Потом у тебя едет крыша от усталости и горя, и дочь посылает тебя на какой-то там, чёрт его знает, курорт, — всё по телефону. Правда, она говорит: «Папа, я обязательно подскочу собрать тебя!» — но как-то не получается, она в Женеве, занятой человек, у неё в университете три докторанта должны защищаться. И ты собираешься сам, старый недотёпа. Делов-то: закинуть шмотки в чемодан, как попало. Понимаешь ли, чемоданы всегда собирала Анна — она такая аккуратистка, такая... я всегда шутил, что вот она-то и есть настоящая зомбированная азиатка! Словом, ты прилетаешь лечиться. А здесь всё чужое, жара, сердце бухает в горле, наваливается слабость, тяжесть во всем теле... И вдруг некий доктор в коридоре, — случайная встреча, ошибка! — уже собравшись домой, смотрит на твою потерянную физиономию

340 и зазывает к себе, и возится с тобой, как нанятый. И ты торопишься рассказать ему всю свою жизнь, только бы он не ушёл, только бы не покинул тебя ещё минут десять! А потом этим доктором оказываешься ты. Ты, братишка! И потому... — Голос Володин сорвался, он прокашлялся, выждал мгновение... и проговорил уже спокойно и холодно: — И потому к чёрту всю хлёбаную этику моей работы, к чёрту профессиональные секреты, а меня самого уж и подавно — к чёрту! Я, может, скоро сдохну, но, по крайней мере, не буду грызть себя поедом оставшееся время.

Медленно, словно расправляясь, словно выпрастываясь из морока, Володя поднялся и подошёл к окну. Отодвинул занавеску и с минуту глядел на разгоравшуюся розовую луну: свет был настолько ярким, что его седые усы и брови тоже казались розоватыми. В звёздной пыли сияли крупные созвездия, небо дышало, шевелилось, ворочалось — казалось живым и многослойным. С каждой минутой на нём проступали всё новые горящие искры, голубые, белые, красноватые. И всё это сокровище вселенной ежесекундно творило новую единственную ночь.

«Какие здесь невероятные звёзды!» — еле слышно пробормотал Володя. И обернулся к Аристарху:

— Сейчас я тебе расскажу, братишка, почему, несмотря на опасность разоблачения, пусть и невероятно малую опасность, этот самый Пашка существует под твоим именем, — произнёс Володя. — Он просто обязан быть тобой, понимаешь? Вряд ли выгорит то, что он задумал, но... пока есть хоть малейшая надежда на это, он обязан! быть! тобой!

Он подошёл к журнальному столику, взял свой бокал и одним глотком прикончил оставшийся виски.

— Тебе известно что-нибудь о банковской ячейке, арендованной одним из твоих предков? — спросил, ставя на стол пустой бокал. — Это было очень давно, в конце пятидесятых годов девятнадцатого века, в одном из небольших семейных банков Цюриха.

— Известно, да! — живо отозвался Аристарх, удивляясь, что много лет не вспоминал и совсем не думал об этом. — Семён Аристархович Бугров его звали, как моего отца. Ха! У меня в роду два мужских имени чередуются, как бедный узор на платье приютской сиротки. Хочешь не хочешь, а быть тебе либо Семёном, либо Аристархом — выбор небогатый. Если б у меня родился сын, я просто обязан был бы назвать его Семёном. В честь бати, понятно. Семейная традиция...

— Правильно. А знаешь, откуда эта традиция? — Володя сузил глаза, пристально глядя на Аристарха, так что показалось, он и вовсе смежил веки. — Оттуда, что в копии завещания, оставленного на попечении банка, указано, что содержимое сейфа должно быть передано в руки Бугрова, Аристарха либо Семёна. Точка.

— Я читал, хм... До меня кружными путями дошли несколько разрозненных страниц из воспоминаний моего прапрадеда. Первого Аристарха Семёновича Бугрова. Прочёл их в одну несчастную для меня ночь, после смерти матери. Ничего юридического, насколько помню, там не было, — обрывки описания его скитаний в период наполеоновской кампании. Интересно, трагично... и жутко! Но завещания среди листов не было.

— Так вот, оно имеется, — перебил Володя. — И оно в руках у этого типа.

Внезапно — как в детстве — застывшим мгновением ужаса: летящая на него огромная деревянная бобина из-под кабеля.

Аристарх вскочил, инстинктивно уворачиваясь от удара, и быстро заходил по комнате... Отличный просторный номер, здесь хорошо играть чемпионат по шахматам, шаркая по ковру и обдумывая следующий ход.

— Выходит, Матвеевы не только ключ у бати слямзили, но и записки старика прошерстили, прежде чем их выкинуть или печку ими запалить, — прошептал он. Затылок вдруг заломило, охватило вязкой пульсирующей болью. — Завещание нашли и припрятали, там ведь какая-нибудь печать нотариальная была, а остальное закинули на чердак, и правильно: болтовня старика — вздор, а вот завещание — это дело. Может пригодиться. Люди были основательные, деловые. Они помнили, сколько выручили за один-единственный перстень, который мой дед, умирая, передал им «на образование сына», бати моего. Только никакого образования он не увидел.

Ограбили пацана, и всю жизнь попрекали куском хлеба.

— Да, но потому как и сами были малограмотные, просто не удосужились завещание прочесть до конца, — подчеркнул Володя. — А там закавыка одна, в указаниях, данных банку: к предъявлению прав на наследство необходим также реестр всего, что в данном сейфе хранится. Реестр! — то есть описание каждого предмета. Вот его-то у самозваного Аристарха Бугрова и нет как нет.

Теперь уже Володя ходил по комнате, то и дело останавливаясь, застревая то перед окном, то перед Аристархом. Говорил, будто вслух размышлял:

— Не знаю, в курсе ли ты подобных дел. Попробую тебе растолковать... Коды доступа к любому запертому в сейфе наследству существуют разные, и всё обговаривается в бумагах, оставленных банку: и ключ, и два ключа, и такое вот завещание, и ещё что-то, без чего завещание недействительно. В нашем случае — без того самого РЕЕСТРА. И это понятно: когда наследник является и его права подтверждены, сейф торжественно отпирают в присутствии целой гирлянды банковских понятых. С реестром в руках наследник проверяет — всё ли на месте, не продал ли ненароком банк за эти годы какую-нибудь э-э-э... золотую египетскую статуэтку шестого тысячелетия до нашей эры. Не выдал ли директор банка поносить своей дочке алмазную диадему под номером двенадцать в списке... А между тем... — Володя развернулся к Аристарху, лицо нахмуренное и даже торжественное: — Между тем, не далее как двадцать восьмого мая сего года директорат банка прекращает аренду сейфа. Срок аренды и без того продлевался долгое время. И это — отдельная тема.

Зря выпил... — пробормотал он, растирая ладонью грудь. — Кружится, сволочь, и болит... Главное, мысли не собрать. Погоди... я же тебе всё самое важное должен... Да, сейф! Вот, посуди сам: на какой срок можно арендовать сейф? На сто лет? Это крайне редко случалось, в те годы банки сидели в небольших семейных особняках и на сейфах они тоже зарабатывали. Чтобы обеспечить сто лет хранения, банку следовали не только солидные комиссионные, но ещё и гарантии прибыли. То есть взять в аренду сейф на огромный срок — а твой прадед снял его на сто пятьдесят лет! — можно было либо за большущие деньги, вложенные на счёт, либо... — он выразительно прищёлкнул языком, — за «участие в судьбе банка». И такое «участие» отмечено в ваших документах: при открытии счёта и помещении некоего груза в банковскую ячейку в активы банка было внесено весьма ценное колье восемнадцатого века, которое — не так и давно, между прочим, всего двадцать девять лет назад — было продано владельцами банка на аукционе «Доротеум» за колоссальную сумму какому-то, если не ошибаюсь, ближневосточному шейху.

— Откуда ты знаешь всё настолько подробно, Володя? — спросил Аристарх тихо. — Какое ты имеешь ко всему этому отношение?

— О, вот это как раз просто объяснить, — отмахнулся тот. — Во-первых, я говорил тебе, что консультирую и банки тоже, «Дрейфус и сыновья» — в числе моих клиентов. Цюрих город небольшой, полмиллиона жителей, это не Сеул, а банки — не закусочные. Их, конечно, тоже хватает, но всё же... К тому же мы давно знакомы с Себастьяном, нынешним директором банка. Когда-то вместе начинали клерками, вместе увлекались лошадьми, он — страстный лошадник, ну и я большой любитель... Неважно, дело не во мне и не в банковских служащих. Я хотел разъяснить тебе ситуацию, при которой... в которой, собственно, сейчас разворачивается интрига.

— Интрига?! — Аристарх удивлённо хмыкнул. — А что, ко всему этому вестерну ещё и интрига прилагается?

— Ты совсем меня не слушаешь! Срок аренды сейфа, говорю тебе, заканчивается двадцать восьмого мая, то есть вот-вот... Понимаю, тебе сейчас не до банковского ликбеза. У тебя, может, сердце выпрыгивает из горла от ярости. Но очень тебя прошу: выслушай, попытайся понять какие-то вещи, с которыми наверняка никогда не сталкивался. Потому что вся эта история касается тебя, тебя лично! — он наставил на Аристарха указательный палец, будто целился пистолетом в грудь. — Твоего, понимаешь ли, наследства.

Он выдвинул стул на середину комнаты, оседлал его, опершись обеими локтями о спинку.

— Значит, штука вот в чём... Пока сейф сдан на такой невероятно длительный срок, банк крутит те деньги, что на счету; с прибыли, между прочим, и сейф оплачивается — даже после истечения срока договора. В сущности, банку вообще не выгодно искать владельцев-наследников: денежки-то в его распоряжении. Так что забыть сроки и продолжать что-то там хранить — это воля банка. Добрая, но... с душком.

— Почему — с душком? Если наследник не появляется...

— ...если наследник не появляется, — подхватил Володя, — это значит, с ним что-то случилось: например, он сожжён в печи Освенцима или Дахау — самый распространённый случай последнего века. А его пятилетний сынок на то время был спрятан в бенедиктинском монастыре и ныне прозывается не Исаак Данцигер, а, скажем, Людвиг Крамер. И вообще ничего не помнит, он был малыш. Но монахи-то помнят, и, возможно, хранят его свидетельство о рождении, вытянутое из его детской котомки. Так что, согласно недавно принятому закону, банки обязаны выявлять подобные невостребованные активы, и — внимание! — предпринять усилия к поискам наследников. С одной стороны, банки для того и существуют, чтобы хранить добро, дабы в своё время передать его в руки найденных внуков-правнуков. С другой стороны — хрен они что хотят вернуть. Они сидят тихо-тихо и ждут иных законов. Са-авсем иных законов, мой дорогой.

Но есть ещё одна штука: если истекает срок аренды сейфа, банк имеет право обнаруженное в сейфе содержимое либо и дальше оставить в хранилище, либо... продать на аукционах как невостребованное имущество. Если наследник выскочит — вот тебе отчёт о продажах, Петя-Вася-Карлуша-Абраша. Если не выскочит, то всё будет считаться *выморочным*, то есть поступившим в доход государства.

— Подожди-ка... — Аристарх ладонью крепко потёр затылок. Он давно не спал, отработал целый день, потом занимался Володей, и теперь, в двенадцатом часу ночи, на него рухнули все эти невероятные события, вся эта наследственная хренотень: сейфы, банки-аукционы... У него, как и у Володи, разболелась голова, глаза закрывались сами собой. А ведь сегодня ещё домой добираться по серьёзной горной дорожке. Как бы за рулём не заснуть. — Подожди, Володя, у меня кавардак в башке: завещания, фонды. Злодеи-пираты... Ты же говоришь, что у Пашки нет этого... ну, обязательного перечня, что в сейфе хранится? Как же он собирается доказывать свои права, даже если все думают, что он и есть Аристарх Бугров?

— Пойди, умой физиономию! — в сердцах проговорил Володя. — Ты уже ничего не слышишь и не соображаешь.

— Точно. А знаешь... — пробормотал Аристарх, поднимаясь из кресла, — с твоего позволения, я бы и душ принял. Можно?

— Ради бога! — воскликнул тот. — Я пока чай закажу. Тебе чёрный?

— Любой, но покрепче, — крикнул Аристарх из ванной.

Когда он вышел из душа, на круглом столике уже стоял поднос с чайником, чашки, блюдце с нарезанным лимоном, два круассана, креманка с мёдом, и другая — с маслом.

— Красота...

— Я и мёду попросил. Правильно?

— Именно! Давай, завершай эту криминальную новеллу, мне б ещё поспать сегодня.

— Ну, у тебя нервы железные...

— Да нет, просто я большую часть жизни провёл среди разной людской швали, меня мало что может смутить.

— Да? — тихо спросил Володя. — Неужто? Ну тогда слушай дальше... Этот... господи, меня всё время тянет назвать его Аристархом Семёновичем! — этот твой не родной родственник уже лет десять назад, едва только возник в наших краях, пытался получить доступ к наследству. Предъявил всё: правильное имя, паспорт, ключ, то самое завещание... Казалось бы, комар носу не подточит! Но реестра-то нет. Неполный комплект доказательств. Он поначалу растерялся, не ожидал. Психанул даже: вы что, мол, с ума тут посходили!? Это в вашей Швейцарии пятьсот лет тишь да гладь, а у нас в стране всё горело, всех расстреляли, сослали, убили-задушили, я последний остался... Ну хорошо, говорят ему, но от отца-деда-прадеда вы по цепочке памяти должны были знать, что там в реестре перечислено. Такие сведения передаются от отца к старшему сыну, а тем более к единственному. Хотя бы что-то в памяти сохранилось? Какие-то детали, наименования — суть наследства, так сказать! На что вы претендуете, кроме немалых денег на счету, которые за это время скопились? Что лежит в сейфе? Он заметался, язык проглотил. Притих... Как — что, говорит: золотые монеты, слитки золота. Нет-с, отвечают ему, вы ошибаетесь. Условия выдачи на руки наследства исчерпывающе чётко оговорены в документах, и вы не соответствуете критериям... Бери мёду, он как шёлк. Лимон? Нет? Зря... Почему это я тебе цитирую прямо по ролям, будто под столом там сидел? — спохватился Володя. — А мне самАриста... вот этот самый твой Пашка и рассказывал. Ведь тогда-то он меня и нашёл, это и была первая консультация: как выпутаться из положения. Ему кто-то присоветовал меня как человека, имеющего отношение к банку. Помню эту первую встречу: он моложе был, худее, но уже тогда показался мне матёрым волком. Пригласил на обед в один из лучших ресторанов и выложил всю историю: и как его под белы рученьки охранники вывели из кабинета управляющего, и как полицию пригрозили вызвать... Полагаю, он по своей привычке большой шухер там устроил. Очень возмущался. Но не на тех напал: старый управляющий был господином трудным, законником был. Старый управляющий, не Себастьян... Не Себастьян! — повторил Володя значительно и помолчал, отхлёбывая из чашки. — А когда стала надвигаться дата и банк принял решение готовить почву для закрытого аукциона, тогда он снова и возник, твой Пашка.

— Что такое закрытый аукцион? — спросил Аристарх, помешивая мёд в чае. — Извини, я и в этом — швах.

— Когда в торгах принимают участие только специально приглашённые лица. Узкий круг: человек семь, восемь... Восемь чудовищно богатых людей, которые знают, что им предложат. Там свои правила: участники не видят ставки оппонентов и не могут изменять свои ставки. А заявки подаются в закрытых конвертах. Более того: предстоящие торги с распродажей твоего наследства будут так называемым «аукционом первой цены» — когда победителем выходит тот, кто предложит самую высокую цену.

— Но как и от кого Пашка вообще мог узнать о такой закрытой тусовке?

— Вот то-то и оно. У меня подозрение — только подозрение, причём бездоказательное! — что за последние годы он обзавёлся кротом в банке. Во всяком случае, недавно, где-то с месяц назад, попросил представить его Себастьяну. Какое-то время я отнекивался, отговаривался делами, всячески увиливал... — говорю тебе, у меня мороз по хребту, когда он входит ко мне в офис, но он меня дожал. Деваться было некуда. Дело в том, что... — Володя зачерпнул ложкой мёд, опустил её в чай и стал медленно помешивать. — Дело в том, что недавно, в присутствии управляющего банком и трёх служащих высшего звена, сейф твоего прадеда был открыт. Как ты думаешь, что там оказалось?

— Драгоценности, — мгновенно отозвался

Аристарх. — И странно, что Пашка не догадался, впрочем, он мог и не знать о «царском перстне» — когда он родился, память о кольце давно развеялась, в семье вспоминали о нём неохотно. В сейфе должно быть много первоклассных старинных драгоценностей. В тех разрозненных страницах воспоминаний старика, которые я читал, есть прямые намёки. По горло в ледяной воде привязал баул к коряге озёрного топляка мой прапрадед Аристарх Бугеро, вернее, Ари Бугерини, сын венецианского врача. Кстати, меня-то здесь как раз и зовут — Ари. Звучит вполне по-местному. «Аристарх» им не выговорить ни за какие коврижки.

— Вон оно как... — задумчиво протянул Володя. — Но реестра нет и у тебя. А между тем ты даже вообразить не можешь, какие ценности полтораста лет в этом сейфе отдыхали, дожидаясь, вероятно, чтобы четыре поколения перевелись из тех, кто мог на них наложить лапу. Умным сукиным сыном был твой предок!

— Да! — с уважительной усмешкой отозвался Аристарх. — Семён Аристархович, прадед мой, сын старика Бугеро, был гениальный карточный игрок, ходы просчитывал на много шагов вперёд.

— Причём ты должен понять, почему так важно наличие реестра в руках наследника! — горячо перебил его Володя. — Не только списка драгоценностей, но и сведений об их происхождении. Сами по себе антикварные драгоценности — это лом, когда у них нет истории. Ты удивлён? Я объ-

352 ясню... — Он с удовольствием отхлебнул горячего чаю из чашки. — Старинные технологии не позволяли так виртуозно гранить камни, крепить их, отливать ажурно золото, как это позволяют технологии современные. Бриллиант восемнадцатого века из какой-нибудь царской короны сегодня выглядит мутной стекляшкой. И кольцо с изумрудом, и колье, и диадема... С пяти шагов — красиво, а в руки возьмёшь... и плечами пожимаешь: сплошное разочарование. Сегодня любая побрякушка из китайского стекла и сверкает зазывней, и выглядит дороже. Просто она не имеет ни биографии, ни имени, ни легенды... — как дворняжка. А вот когда у драгоценности есть легенда, когда на ней стоит клеймо мастера или вензель королевского дома, да если она находилась во владении знаменитой личности, или — ещё лучше — запечатлена на старинной картине или гравюре, — тогда дело другое! Это уже совсем иные цены. Принеси сегодня на продажу аукционисту бриллиантовую диадему, и, положим, экспертиза подтвердит, что это — восемнадцатый век; цена её будет икс тысяч евро. Если же экспертиза и розыскной отдел аукционного Дома подтвердят её *провенанс*, то стоимость вырастет не в десятки, а в сотни, в тысячи раз! Сегодня полным-полно супербогатых людей, кто за обладание исторической ценностью, за раритет, за Имя готов платить куда больше, чем за самые чистые бриллианты более крупного веса.

Я такие случаи знаю, — добавил он, доливая из чайника чай в чашку Аристарха. — Даже в знакомых семьях. Дама собралась продать ожерелье, фамильную ценность. Ты совсем мёд не берёшь! У тебя что, аллергия на него?

— Да нет, ты бери, это для сердца полезно.

— Ага: так ожерелье. В превосходном состоянии, бриллианты, сапфиры, то-сё... Но по оценочной стоимости вся эта красота не тянула даже на пятьдесят тысяч евро. Дама ушла от эксперта, оскорблённая в лучших чувствах: понимаешь, в семье знали о своих итальянских, императорско-дворянских корнях. Ещё предки их обеднели, богатство испарилось, а потом пошло: республика, Муссолини... Сейчас — вполне обычная семья, горожане, со своими проблемами и вечной нехваткой денег. Ожерелье в семье берегли веками, но прижало: дочку надо замуж выдавать. Дама — кстати, приятельница моей жены — эксперту не поверила (скажу тебе по секрету, среди них встречаются отъявленные мошенники!) и сама стала заниматься историей цацки. И в одном из Пармских музеев среди прочих экспонатов обнаружила портрет своей прапрабабки, какой-то не то герцогини, не то аж королевы Ломбардии... в этом самом ожерелье, пожалте, прямо как на фотографии: слава богу, художники в те времена выписывали детали одежды и украшений на совесть, тонкими кисточками. И семейная ценность ушла на ближайшем аукционе за полтора миллиона евро... — Володя поднял ложку, как молоточек аукциониста, и повторил с нажимом: — Полто-ра! Мил-ли-она! Люди и дочку выдали, и все свои дела поправили.

— Отрадно слышать, — Аристарх поднялся с кресла. — Ты действительно потрясающе осведомлённый человек во всей этой мутотени, Володя. Я же знаю только, как из гвоздя заточку сделать и ткнуть прямо в сердце такому вот мерзавцу Пашке. Не пугайся, шучу. Пошёл он к чёрту... Я, видишь ли, из другого мира, хотя и знаю, что женские портреты русских живописцев — Левицкого, Боровиковского — писаны без всяких колье и тиар. Редко когда там серёжки в ушах... Можешь посмотреть в интернете. Так что с провенансом тут вряд ли проканает.

— Не торопись, сядь... — настойчиво проговорил Володя. — Понимаю, что ты чертовски устал. Кстати, можешь тут у меня и переночевать, на этой вот тахте — она вполне удобная, зачем колесить ночью по горам. Просто дослушай до конца. Твой братец уже понимает, что официально вряд ли сможет завладеть наследством полностью... Он собирается предложить Себастьяну сделку: если банк номинально признает его право на наследство, закрыв глаза на отсутствие «реестра», то он согласится на аукцион: половина аукционной прибыли пойдёт ему, половина — банку; в противном случае всё состояние, как выморочное — я упоминал уже, — перейдёт государству, а этого не желает ни наследник, ни, как ты сам понимаешь, банк. Деталей я не знаю, но у Себастьяна явно свои резоны пойти навстречу клиенту. Возможно, помимо прочего, он чувствует некоторое неудобство из-за того давнего инцидента, когда этого человека, вроде как имеющего все права на наследство, кроме какой-то единственной плёвой бумаженции, фигурально говоря, вытолкали из банка взашей... Во всяком случае, Себастьян согласился встретиться и переговорить. В несуетной, приятной обстановке.

— Да? И где же такая обстановка случается...

— О, это очень приятное место, высоко в горах, как гнездо орла — над всякой цивилизацией. Я бывал там раза три и всякий раз приходил в восторг: дикая природа, невероятные виды... Главное, полнейшая оторванность от мира. Просто замок Иф из «Графа Монте-Кристо», только без подземелий и решёток и вознесённый под небеса.

— Что, действительно — замок?

— Да нет, конюшни! — засмеялся Володя. — Серьёзно: бывшие конюшни, кошары, перестроенные в великолепный отель а-ля конная ферма. Правда, отель всего на девять номеров. Но с мишленовским поваром, с открытым и закрытым бассейнами, с сауной, дивным садом... Главное, с отборными лошадками лузитановой породы. Ты когда-нибудь имел дело с лошадьми?

— Давно, — отозвался Аристарх, — в юности. Сейчас вряд ли бы решился сесть на лошадь. Это что за порода — испанская?

— Скорее, португальская. Когда-то ценилась в кавалерии, их даже разводили вдоль границы, где постоянно шли бои. Лузитано, — Володя мечтательно улыбнулся, — лошадки великолепные: сильные, отважные, — идеальные для корриды. У них, понимаешь, врождённые равновесие и приёмистость, маневрируют с лёгкостью, уворачиваются от быка. Ну и в выездке прекрасны... Короче, это конная ферма одного нашего клиента, Манфреда. Он — очаровательный господин, меломан, покровитель искусств, так сказать. Обожает те дикие места и время от времени собирает там, на ферме, такие вот «мальчишники». Честно говоря, это своеобразный мужской клуб. Жён брать туда не принято. Собирается своя компашка — семь-восемь «парней», вечером наслаждаемся замечательными винами и потрясающей жратвой (а Манфред непременно ещё и какой-нибудь музыкальный сюрприз приготовит), наутро спим, как сурки или как свиньи — выбирай, что точнее, а после завтрака — конная прогулка по горам. Два дня пролетают, будто побывал на другой прекрасной планете.

— Это где-то в Швейцарии?

— Нет-нет, Манфред считает, что все швейцарские красоты выглядят и пахнут как после влажной уборки. Это в Испании, в горах над Рондой. Мощная скалистая природа, довольно суровая. Добираться туда — целая история, в несколько приёмов: самолёт, потом машиной до горной деревеньки Эль-Гастор, а там уже тебя забирает джип, который они высылают с фермы. Зато никаких затрат ни на охрану, ни на приватность. Заповедник полностью свободен от такого зверя: туристов. Манфред скупил все горы-ущелья на много гектаров вокруг. Вот там, на ферме, двадцать пятого мая и соберётся наш «мальчишник». Полагаю, при всех приятных разговорах, концерте — приглашена известная виолончелистка, Ванесса Прейслер, — при бассейнах и сауне, конной прогулке и прочих винных усладах, речь непременно пойдёт и об этом аукционе: Манфред большой знаток и коллекционер антикварных драгоценностей и не упустит свой шанс... А я, притом что мечтал бы пропустить именно это событие, непременно обязан там быть, — добавил Володя уныло.

— Почему?

— Потому что должен представить своего гостя: Аристарха Бугрова.

— Ты его и представишь, — вдруг сказал Аристарх, прямо взглянув на Володю. — Ты представишь меня.

— Но... постой, — Володя смотрел на него чуть ли не испуганно. — Как мы это сделаем? Утром я встречаюсь в аэропорту Малаги с... в общем, я должен встретить этого мошенника, он прилетает из Лиссабона. Вместе мы поедем на такси в Эль-Гастор. Оттуда, как обычно, нас заберёт их джип и отвезёт на ферму. Я... не представляю, как ты...

— Володя, Володя... — Аристарх хлопнул его по колену. — Я нагряну в этот рай попозже, часа через два после ужина, когда честная компания разогреется, а Пашка выпьет и размягчится. Появлюсь неожиданно и грозно, когда он будет думать, что находится в двух шагах от половины жирного наследства. «Читай «Графа Монте-Кристо», узнаешь всё о чести и справедливости». Давай засадим этого гада — за подлог.

— Но... как ты достигнешь фермы? Говорю тебе: из Эль-Гастора гостей забирают на джипе...

— Пешочком прогуляюсь, — легко отозвался Аристарх. — Сколько там километров?

— Понятия не имею. Езды... минут десять, пятнадцать. Правда, по весьма извилистой дороге.

— Значит, пёхом минут сорок, ну час — если сильно в горку.

Он сел напротив Володи, заглянул тому в глаза:

— Не бойся. Помни: «Что кажется некрасивым, то может быть ошибкой». Давай сыграем эту партию красиво. Знаешь... я все драгоценности из того долбаного сейфа своими как-то не считаю. Плевать на них. Думаю, и мой прапрадед попал с ними в переплёт как кур в ощип. Не знал, как отделаться, в записках своих называл «зловещим сокровищем». А вот своё имя я вполне ощущаю своей принадлежностью, последним звеном нелепого, затерянного в России рода. Мне не нравится, когда сукин сын Пашка Матвеев этим именем распоряжается. Понимаешь? И потому я запихну ему в глотку его фальшивый паспорт.

Он поднялся, снова вышел на балкон и долго там стоял, успокаиваясь, озирая призрачно-балетное, сахарное свечение солёного моря, пустой, мерцающий фонарями променад, огромную тревожную красноватую луну. Отель спал, тихо светясь ночными жёлто-голубыми огнями.

— Я переночую у тебя! — сказал Аристарх негромко. — Спасибо за приглашение. И правда, глупо — ночью, по горам. Где тут у тебя подушки-простыни?

— В шкафу... — отозвался Володя. И повторил: — Ну и нервы у тебя! Канаты...

Аристарх невесело засмеялся, вернулся в комнату, принялся рыться на верхних полках шкафа, доставая постель.

— Володя, я тюремщиком был. А тюрьма — ремесло окаянное, и для дела сего истребованы люди твёрдые. Пётр Первый... Меня пять раз убивали, а я всё ещё тут.

Володя прилёг на кровать и, закинув руку за голову, наблюдал, как «Сташек» развешивал на балконных стульях свою постиранную майку, как искал — и нашёл! — в шкафчиках ванной комнаты зубную щётку и мини-тюбик зубной пасты. Как, в два приёма застелив простынёй тахту, разделся догола и повалился навзничь, и буквально через минуту уже густо дышал, что-то мирно прибормативая.

А Володе не спалось... Его и страх точил, и потрясение от этой небывалой встречи. Привычная тоска по жене выпиливала в груди свою тихую молитву. Но впервые за долгое время в ночной комнате кто-то дышал, бормотал, иногда ворочался, и комната, безликий гостиничный номер, казалась удивительно живой и уютной.

Глава 10

«ЛА ДОНАЙРА»

Аристарх сидел за простым деревянным столом в прохладном помещении этого то ли кафе, то ли офиса, то ли гостиной частного дома, пил отлично смолотый и на совесть сваренный для него чёрный кофе и, пригубливая по глотку, поглядывал в проём распахнутой наружной двери, за которым мощённая булыжником, ослепительная под солнцем улочка круто сбегала под гору меж белёными стенами домов.

Деревня Эль-Гастор была рассыпана по горе пригоршней сахарно-белых домиков под черепицей нежных карамельных тонов. На каждой крыше громоздилась несоразмерно массивная каминная труба, отчего казалось, что деревня наставила в небо стволы каких-то мощных орудий.

Он приехал сюда на снятой в аэропорту машине.

Конец мая и здесь был жарким, но, по мере того как дорога, прошмыгнув мимо Ронды, стала взбираться в горы, ветерок, трепетавший в открытом окне его «фольксвагена», с каждой минутой свежел и рвался, шибая в лицо терпким запахом полыни и хвойным запахом алеппских сосен, наклонно бегущих вдоль дороги.

Ему нравился этот деревенский дом, приспособленный хозяевами под незамысловатый бизнес, — полы из мелкой серой гальки, искусно выложенной «ёлочкой» и отполированной подошвами сотен башмаков; деревянные столы, расставленные по комнате как попало; плетёные табуреты, для экономии места задвинутые под стол.

Справа от двери громоздилась такая же грубая, как остальная мебель, крашенная морилкой деревянная стойка, на которой лежал раскрытый «журнал постояльцев», куда сами же постояльцы и вписывали свои имена, настоящие и не очень. Там же стоял телефонный аппарат древнего образца, чем-то напоминавший телефон в коммуналке *Зови-меня-Гинзбурга*. И он действовал: то и дело один из двух мужчин, играющих в карты на внутреннем дворике, являлся на долгий пронзительный звонок, снимал трубку и отвечал на испанском, в связи с чем было неясно, кто, собственно, в данном заведении хозяин или управляющий, или хотя бы официант.

Кофе Аристарху сварила и подала пожилая женщина, не спускавшая с рук черноглазого младенца месяцев семи-восьми. Она и джезву над огнём держала, переваливая ребёнка из одной руки в другую, а кофе в гранёном стакане принесла на отлёте, отставив подальше от мальчика.

Украшением, а в холодные месяцы наверняка и центром жизни был здесь камин из розового кирпича с массивным конусом уходящей в потолок белёной трубы, с которой, блудливо ухмыляясь в рыжеватые клыки, пялилась на посетителей стеклянными глазками голова вепря.

На скамье у камина воссела та самая грузная пожилая тётка с резвым младенцем, который с неиссякаемым воодушевлением плясал на толстых бабкиных коленях, приседая, отталкиваясь, закидывая голову и хохоча, когда бабка с такой же неиссякаемой энергией утыкалась лицом в нежную шейку, губами выдувая на ней трубную зорю.

По-английски разговаривать тут было не с кем, Аристарх уже проверил, а его испанского хватило только на приветствие и просьбу о кофе, а ещё на краткий отчёт о происхождении — когда он понял, что тётка интересуется, откуда он приехал. «Исраэль! Исраэль... Джерузалем!» — огляделся и подбородком указал на небольшое крашеное распятие с измождённым от страданий, истерзанным (как всегда в Испании) Иисусом. «Там, где Он жил», — что вызвало взгляд недоуменный и слегка осуждающий.

Он сидел тут уже часа полтора, поглядывая на белёную, с синей заплатой одинокого ставня, стену дома напротив; дожидался вечера. Так они уговорились с Володей. «В дорогу выйдешь на склоне дня, — сказал тот. — Жди моего звонка».

Все гости прибывали на ферму «Ла Донайра» с утра, и сам Володя, ранним рейсом прилетев в Севилью, должен был встретить и привезти сюда своего клиента. Скорее всего, они уже на ферме, Володя принял душ, пообедал... и вот-вот должен позвонить Аристарху, «выпуская» его в дорогу.

Он готов был сидеть здесь сколько угодно, под заливистый хохот младенца и неприличные звуки, издаваемые бабкиными губами на его нежной шейке. Но минут пять назад кое-что случилось, и сейчас, стараясь сохранять незаинтересованное туристическое лицо, Аристарх напряжённо прислушивался к репликам молодой особы, по зычному зову матери сбежавшей со второго этажа, — тёмная деревянная лестница пряталась в глубине помещения. И вот эта особа как раз-таки говорила по-английски. Во всяком случае, понимала и отвечала незамысловатыми фразами.

— Нет, сеньор Манфред, он так и не приехал. Конечно, я помню его: китаец небольшого роста. Не китаец? Ну всё равно... Нет, он не звонил. Зато ему без конца звонил тот, другой ваш гость, русский, и тоже — без пользы... И очень злился, так что в конце концов мы отправили его наверх одного — он ведь уже на ферме, и не в претензии, так? А китайца нет. Ну да, не китайца... Кроме него, все гости уже на месте, правда? И та девушка с огромной бандурой тоже... Можно уже отпустить Антонио? Он боится, что Хосефу прихватит, у неё срок не сегодня завтра... Если тот приедет? Конечно, доставим, делов-то! Не беспокойтесь, сеньор Манфред, спасибо, сеньор Манфред! И хорошо вам повеселиться!

364   Она положила трубку, перегнулась через деревянную стойку и пронзительно что-то крикнула в глубину дома, в сторону патио, где среди кадок с буйными красно-розовыми кустами герани сидели и играли в карты те двое мужчин. Один из них, видимо Антонио, неохотно поднялся и поплёлся через комнату к открытой на улицу двери — не скажешь, чтобы он сильно волновался о родах жены; через минуту взрыкнул мотор, и чёрный джип, стоявший на углу, покатил вниз по улице.

Значит, вот какое дело: Володя не прилетел из Цюриха. Никому не позвонил, не известил ни своего «гостя», ни даже хозяина фермы, Манфреда. Это интересно... Аристарх извлёк телефон из кармашка рюкзака и набрал Володин номер... Нет, недоступен был сегодня данный уважаемый абонент. Хм. Что же случилось? Абонент так перепуган предстоящим разоблачением своего клиента перед горсткой сильных мира сего финансового, что попросту куда-то слинял? Не придумав даже убедительной и приличной причины своего отсутствия? Странно. Ведь Володя — не преступник, который только и жаждет смыться. Он человек уважаемый, при своей фирме, на покой пока не собирается. Не случилось ли с ним чего плохого? Но... в этом случае кто-то рядом непременно ответил бы на звонок. Значит, всё-таки... струсил? Струсил... Отключил телефон, чтобы впоследствии придумать убедительную отговорку. Да и придумывать тут нечего: человек пожилой, нездоровый — мало ли. Бедняга, он так боялся *Пашки, Пашки-говнюка, своего Аристарха Семёновича Бугрова* — *голема, слепленного из глины, из снежной грязи гороховецкого огорода, из крови, пролитой в том проклятом леднике.*

Аристарх неторопливо поднялся с табурета, подхватил с пола свой тощий рюкзак (сущая декорация, но без рюкзака он был бы подозрителен), расплатился за кофе и приветливо спросил у той же *говорящей* девушки, по какой дороге лучше выйти из деревни к горам?

— А на что вам? — спросила та. — В горы? На ночь глядя? Вы можете снять у нас комнату, это недорого.

— Да нет, я люблю ночевать на природе. Так в какую сторону?

— Но при вас ни спальника, ни одеяла.

Молодец: толковая въедливая девка.

Подхватив своего сыночка на руки и усадив его на бедро, она стояла перед Аристархом, слегка изогнувшись.

— Я поспорил с приятелями, — сказал он, улыбаясь, — что переночую в горах один. Если совсем околею, то где-то там, мне сказали, есть ферма, где тоже можно снять...

— О, нет... — она рассмеялась, покачала головой. — Только не там, только не сегодня.

— Но мне сказали, это отель...

Она замялась, закивала:

— Отель, да, и очень дорогой. И туда приезжают, конечно, но... не каждый с улицы. И не сегодня!

В проёме открытой на улицу двери возник Антонио, лениво прошёл в патио и уселся продолжать игру.

— Короче, сегодня ферма закрыта, — сказала молодая женщина, презрительным взглядом провожая этого бездельника. — Хозяин принимает там своих друзей. А вам нужно... — она направилась к двери, Аристарх двинулся следом. Они встали на пороге. Со всех сторон над деревней круто вздымались курчавые зелёные склоны с жёлтыми вкраплениями цветущего дрока. Над ними громоздились исполинские серые скалы, подпирая горбами уже не голубое, а фиолетовое небо, какое бывает на юге, в горах, перед закатом.

Девушка махнула рукой в сторону тёмно-зелёного распадка:

— Туда не ходите, напрасный крюк. Идите вон туда... — указала в противоположную сторону. — Минут через сорок дойдёте до полянки с рожковыми деревьями, днём конюхи отводят туда коней сеньора Манфреда, но к вечеру там уже пусто. Вы узнаете место по трём огромным острым камням, они стоят сгрудившись, говорят, очень древние, племенные, там приносили в жертву людей, жуть, правда? И осторожнее: в тех местах водятся кабаны!

Аристарх поблагодарил и шагнул с порога в солнечный обвал...

Улица сбегала вниз, подскакивая на ступенях, и — белая — казалась обнажённой под горным испепеляющим солнцем, под небом павлиньей синевы. Сейчас надо было скрыться от глаз наблюдательной мамочки. Лучше бы он спросил дорогу у Антонио, который гоняет джип на ферму и обратно по десять раз на дню, наверняка не замечая уже ни дороги, ни лиц постояльцев. А сейчас поздно, увы, его уже приметили, его запомнили. Какого чёрта в разговоре с бабкой он не придумал себе страны попроще, чем Израиль! С них станется позвонить сейчас на ферму и предупредить о некоем подозрительном типе, который шатается по округе и на ночь глядя собрался в горы. *Собрался в гости...*

Он обернулся. Молодая женщина — лицо в золотистой тени — всё ещё держа на бедре младенца, крикнула вслед:

— Вы поняли? Там ферма, в ту сторону не ходите.

В ту сторону он и пошёл. Правда, навертел ещё петли тесными белыми улочками, уходя от внимания молодой женщины. Слегка заблудился, удивляясь себе: обычно он прекрасно ориентировался в чужой местности; дважды — чертовщина какая-то! — выходил на маленькую площадь с крошечным круглым фонтаном... Вот тебе и деревня: клубки переулков и тупичков здесь были запутаны, как в Венеции.

Наконец нащупал правильное направление. Очень этому помогли трогательные ориентиры: в застеклённых нишах угловых домов стояли деревянные крашеные фигурки Девы Марии и какого-то святого, местного покровителя этих

368 крыш, этих труб, курчавых тёмно-зелёных гор и фиолетового неба.

Выйдя за пределы деревни, опять набрал телефон Володи. Чёрт, здесь не было связи!

В задумчивости стал подниматься по грунтовой дороге, почти тропе, — как тут две машины разъезжаются! Впрочем, наверняка здесь только один Антонио и гоняет на ферму да обратно: заповедник, к тому же — частное владение. Он поднимался медленно, в замешательстве продолжая обдумывать расклад событий, не совсем понимая, зачем пустился в дорогу, как проникнет на ферму без Володи, как в двух-трёх словах докажет — пока не погнали взашей, — кто он?

Весь замысел, тщательно ими выстроенный по минутам, замысел, который он обдумывал и лелеял весь отпуск, даже стоя в музейном зале перед картинами Рембрандта, — полетел к чертям из-за Володиного предательства. «Ну-ну, не будем использовать слишком сильных слов, — поправил он себя. — Не предательство это, а обычная осторожность: человек обдумал ситуацию и признал её для себя опасной, вот и всё. «Ты взвешен на весах, и признан лёгким»[1].

С чего ты решил, в конце концов, что Володя чем-то тебе обязан, что пойдёт ради тебя на смертельный риск? Да, говорил он убедительно, сильно, откровенно, целую лекцию прочёл об особенностях хранения драгоценностей в швей-

---

[1] Перефразированное изречение из «Книги пророка Даниила».

царских банках. Хороша была лекция, особенно про колье на портрете королевы Ломбардии. Чего только не вывалишь в первом впечатлении от встречи. Ну и ладно, повидались, потрепались... Отпусти, дурачина, детский любимый образ: «Если что-то кажется некрасивым, это может быть ошибкой».

...Растительность вокруг преображалась, являя всё новые кусты и деревья. Помимо клочковатых, причудливо гнутых ветром алеппских сосен, стали попадаться стройные пинии с изящной зонтичной кроной, мастиковые кусты, кряжистое рожковое дерево, пересыпанное коричневыми стручками, и земляничник — дерево славное, гербовое, чеканный символ на местных канализационных люках. Зелёными перевёрнутыми каракатицами сидели на склонах огромные агавы, на одном из крутых выступов рос, наклонясь, старый дуб, с кроной настолько прихотливо закрученных ветвей, что она казалась кудрявой. И всюду, где только позволяла землица, темно зеленел благородный, источавший смоляной дух можжевельник.

Дорога поднималась всё круче, уводя то вправо, то влево, то ныряя в глубокий пах холма, густо заросший мимозником, то выскакивая на небольшое плато с нависшими над ним сколами скальных пород, с блёстками слюды под закатным солнцем. Впрочем, солнце уже ослабляло хватку, удлиняя тени и углубляя ущелья. Дважды Аристарх останавливался и отдыхал, глядя на оставленную им внизу деревню. Отсюда, с высоты, в окружении виноградников, расчерченных как по линейке, она вновь напоминала рассыпанные кубики рафинада и лежала словно бы в ожидании, ещё отзываясь слюдяными сполохами окон под косыми лучами уходящего солнца, но с каждой минутой погружаясь в вечернюю тень.

Медленно загребая крылом, над головой плыла какая-то крупная птица, напомнив их с Дылдой венчальный день: как плыли они в лодке, загребая веслом, в прозрачном берёзовом небе разлива.

Наконец, в очередной раз подняв голову, он увидел над скалистым выступом две мощные трубы, а ещё через пару минут подъёма показалась крупная крапчатая черепица высоких скатных крыш, и целый арсенал каминных труб, победно трубящих в вечернее небо: вот и она, вот и она — конная ферма «Ла Донайра».

Успокаивая дыхание, он свернул в сторону и, спустившись чуть ниже, присел на крапчатый валун с сухими островками серебристого мха. Прямо под ногами круто обрывался гребень ущелья, приветливо и не страшно поросший жёлтым дроком.

Здесь блаженно зависла последняя капля уходящего дня. Мерно и тоненько ронял секунды какой-то птичий часовой механизм. Сладко гудел закатный шмель, любовно облетая веточки невзрачного куста; слабый ветер трепал над травой лепестки маков. Запоздалые бабочки косо, плоско ложились на цветок; всюду, куда ни глянь, росла по склонам и на террасах горная лаванда, выбрасывая тонкие стрелы с лиловым оперением.

Здесь, в затенённой впадине горы, царила та особая солнечная сумрачность, шелковистость мха, влажная изумрудная мшистость, какая гнездится летом внутри старинной беседки, где всё испятнано, забрызгано мелкой россыпью подвижных и юрких солнечных бликов.

Запах лаванды, перемешанный с пыльцой трав, кустов и деревьев, еле ощутимый запах конского навоза в мягком воздухе, ласковая печаль смешивались с вечерней свежестью, что заливала крутые окрестные склоны волнами тёмно-синих теней. Но высокий купол неба ещё сиял мягким эмалевым блеском, и самые высокие вершины, исполосованные резкими чёрными морщинами, ещё золотились гранитными гранями.

Со стороны фермы сюда доносилось приглушённое расстоянием отрывистое лошадиное ржание. Кто-то крикнул, ему отозвался другой, высокий мужской голос... и женский голос ответил раскатистым звонким смехом. Там сегодня гостья, виолончелистка, вспомнил он. Ну и обслуга, конечно. Интересно, сколько человек обихаживает *нашу скромную компанию.*

Он сидел на прогретом солнцем валуне и не мог подняться.

Странным образом закатная сладость перетекала в него и грузла в каждой клеточке тела, пре-

образуясь в томительную слабость, в апатию...
Он отяжелел, он устал не от пройденной дороги;
устал какой-то неподъёмной, вязкой усталостью
от пройденной жизни, в которой спрессовались
Вязники, Питер, смерть близких и тяжкий подъ-
ём эмиграции, и добровольные застенки его личного Чистилища; а также его тоска, неизбывное
одиночество и неустанные, безутешные поиски
утерянной любви.

Где он, зачем? как и почему здесь оказался?
для чего мчался сегодня среди алеппских сосен,
вдыхая живой и терпкий смолистый дух? что
и кому стремится здесь доказать? Все эти люди
понятия о нём не имеют, а их выпасы богатства
и загоны честолюбия так от него далеки! Не говоря уже о пресловутых сокровищах, найденных
и заныканных его предком. Всё это — дерьмовая
жалкая тщета, если вспомнить о самой большой
потере в его жизни.

«И чего ж ты карабкался на такую высоту, —
спросил он себя, — ты, не мальчишка, — чтобы
осознать эту ближайшую истину! — И легко себе же возразил: — Нет, здесь красиво, не жалей.
Когда бы вот так ты взобрался на вершину, огля-
дывая окрестности мира, вдыхая царственные запахи величественных гор? Ведь хорошо, ей-богу
же, хорошо!

«Ну посиди, отдохни и спускайся обратно по-
добру-поздорову, — сказал он себе. — Переночуй
в том гостеприимном доме, а наутро — в аэропорт и домой. И хорошо, что Володя его подвёл,

струсил, или какие там у него были резоны. Да, резоны и опаски у каждого свои, и пора уже тебе прекратить перебирать ветошь детских воспоминаний, не нужную ни тебе, ни ему преданность детской дружбе».

А вот отпуск был хорош; ни сам Стокгольм, ни «Заговор Цивилиса», одна из вершин Рембрандта в Национальном музее, куда он ходил три дня подряд как на работу, не разочаровали.

Значит, решено: посидеть минуту-другую и двинуться по той же дорожке обратно. Может, и не зря прогулялся; может, и хорошо, что судьба привела тебя на эту развилку, развернула перед тобой такую щедрую красоту, поставила на самый край каменного выступа, предлагая шагнуть... или отступить подальше, бежать, не оглядываясь на пропасти человечьего зла.

Отсюда деревня Эль-Гастор казалась уже щепоткой крупной рассыпанной соли. Прямо на неё, на виноградники сползало солнце — празднично-зловещее, как перед казнью, — и мерещилось, что оно раздавит сейчас, раскатает огненным катком ничтожную горстку людского жилья! Нет, пощадило, закатилось, угасло.

В небе всё ещё пенилась алая кровь заката, постепенно сменяясь налитым кровью сумраком. Высоколобый свод небес тихо плыл над горами, медленно остужая свои тёмно-фиолетовые воды; и в центре его, и по окраинам вспыхивали пригоршни звёздной пшёнки, словно кто-то невидимый сеял урожай на полях своих необъятных угодий или рассыпал щедрый корм для своих невиданных птиц. И зачарованно глядя на картину великой ночной жизни горных вершин, беспредельного неба, глубоких ущелий, рассыпанных домиков внизу, глядя на ряды напоённых за день горячим солнцем уснувших виноградников, Аристарх мысленно благодарил кого-то, кто приволок его на такую высоту и показал всю эту мощь и мужество, труд и ласку и научил, надоумил, смирил, наконец, — как смиряют норовистого жеребца-одногодка...

«Слава богу, — думал он, — слава богу: я свободен, я чист, мне плевать...»

Вдруг сверху донёсся смех, громко хлопнули пробкой открываемой бутылки... забасили, загомонили несколько голосов и — показалось? — кто-то произнёс его имя: Аристарх.

Ледяным огнём ожгло его изнутри!

Кровь плеснула в виски, подкатила к сердцу кипящей волной, и сердце заколотилось отчаянно, бешено... Какая там слабость, какая апатия! И следа этого морока не осталось в его часами тренированном на спортивных снарядах сильном теле. Всё оно, с головы до ног, было сейчас натянуто и звенело яростью в каждой мышце. Он вскочил! Сел... Снова вскочил на ноги...

Одна лишь мысль о том, что Пашка Матвеев... что это Пашку зовут, это — к Пашке так обращаются!.. Одна лишь мысль, что его имя, как потерявшийся ребёнок, как девочка — по вокзалам, как... — эта мысль скрутила внутренности огненным жгутом. Словно его имя было живым существом, которое держали в вонючем застенке, насилуя, издеваясь и насмехаясь. Словно это батя, мальчишка, сирота, звал его из подземелья измученным голосом. И надо было ринуться, раскидать, уничтожить — защитить!

И всё было решено! И никак иначе быть уже не могло.

Лёгкий, пружинистый, неслышный, как дикая кошка, он осторожно поднимался по склону, намеренно выбирая трудные для подъёма участки, чтобы обойти ферму справа с большим запасом и остаться незамеченным. Вскоре поднялся до уровня хозяйственных построек — те сидели выше по склону, — а затем, не останавливаясь, вскарабкался ещё выше, на относительно ровный, заросший кислицей пятачок горы, откуда ферма открывалась вся целиком — голубая в лунном свете, с высоченными трубами, в темноте — угрожающими. Надо было оглядеться, сориентироваться, понять, что его ждёт; надо было решить — что делать.

Глупо и бессмысленно свалиться на головы всей компании в отсутствие Володи. Можно только представить, в какое бешенство придёт хозяин, Манфред («очаровательный человек!») — уверенный в полной безопасности и уединённости своей фермы. Да и на что ему сейчас вся эта публика? Не за наследством же он сюда явился, ей-богу. Ему нужен был только Пашка собственной персоной.

Где-то внизу смутными жёлтыми крошками теплились огоньки деревни Эль-Гастор, но их стремительно поглощала ночная стихия. На небе в голубой дымке, словно завязь в цветке, повисла небольшая белая луна. Дальние скалы громоздились на горизонте широкой и плотной чёрной грядой.

Внизу, на трёх террасах ступенчатого плато уютно и ладно угнездилась ферма. В сумерках голубели составленные кубиками части Большого дома: столовая, гостиная с концертной залой, жилые комнаты — всё под высокими скатами крыш, под четырьмя каминными трубами. От другого дома, поменьше, сложенного из крапчатого булыжника, резиденцию отделяла светлая песчаная площадка. Архитектор, перестроивший старые конюшни под дорогой отель, своё дело знал: издали два огромных окна — столовой и гостиной, — прорубленных в полуметровой толще старых стен и застеклённых так, что казались просто кубами жидкого прозрачного янтаря, придавали Большому дому, да и всей ферме, изысканно дорогой, несколько призрачный вид.

Выше по склону смутно угадывались другие, тёмные сейчас постройки, о которых рассказывал Володя: крытый бассейн — с сауной, спортивным залом и прочими удовольствиями для гостей; и открытый бассейн, в котором сейчас плескалась бледная луна... Ярусом выше тянулись конюшни, обустроенные в одном длинном каменном строении, а также пустые загоны и «бочка» — огороженная площадка с песчаным покрытием и высокими стенами, обмазанными красноватой глиной. Лошадей уже завели на ночь в крытые стойла.

Минут сорок он сидел среди кустов можжевельника, рассматривая голубую желтоглазую ферму, не в состоянии придумать, как выудить Пашку из гостеприимных объятий высокого общества. Тут не Гороховец, напомнил себе, тут он поссать на крыльцо не выйдет.

Наконец решил спуститься, подобраться ближе к Большому дому, проследить — куда, в какой из номеров проследует пьяный Павел. А он надеялся, что Пашка нажрётся, невзирая на важную задачу, которая перед ним стояла. Но... дальше? Дальше — что? Постучать в дверь и назваться? Преградить путь в пустом коридоре, надеясь, что тот не захочет поднимать шума? Ничего в голову не шло. Тёмная ослепляющая ненависть по-прежнему пульсировала в нём, ища выхода. Что-то подвернётся, лихорадочно думал, выпадет шанс, вывезет дорожка. Мы столкнёмся!

Спустившись до крытых конюшен, он пошёл вдоль старой каменной стены с рядом массивных деревянных дверей, поделенных надвое — нижняя часть запиралась, не давая животному выйти. То были стойла. Некоторые двери в верхней половине были открыты, и в темноте оттуда слышалось лошадиное фырканье, перестукивания, хруст, шумные вздохи — дивные звуки лошадиной жизни. «Крылатой лошади подковы тяжелы» — вспомнилась строчка, которую любила цитировать мама, а он — вслед за ней...

Лошадьми здесь пахло, прекрасными лошадьми. Сверкающие соцветия звёзд висели над головой в бисерной пшёнке, разгорались, гнули луки, звенели и цокали, посылая небывало яркий, небывало голубой, золотой, красноватый свет.

Вдруг в распахнутой створе верхней половины одного стойла показалась лошадиная морда, белая в темноте. Благородная голова, плавный изгиб носа, лебединая шея, мощная у основания... Аристарх остановился и застыл, любуясь этой красавицей. Осторожно и тихо подошёл поближе. Лошадь фыркнула и высунула навстречу голову. Эх, угостить нечем! Он тихонько позвал — просто в память о другой красавице: «Майка... Маечка!» Легко коснулся пальцами тёплой замшевой морды, погладил, похлопал, обнял обеими руками и приник лбом, всем лицом... И стоял так минуты три, щекой ощущая тепло животного, вдыхая терпкий лошадиный дух. Эта изумительная лошадь породы Лузитано наверняка стоила бешеных денег...

Спустившись ещё на два яруса, он оказался на засыпанной белым, мертвенно поблескивающим песком площадке, что отделяла Большой дом от здания поменьше и попроще, с поилкой для лошадей, оставленной дизайнером для пущей натуральности. Судя по схеме, нарисованной Володей на салфетке, в этом доме, покрытом шкурой густо шевелящегося на ветру плюща, размещались два великолепных люкса.

Не доходя до угла дома и не ступая на разоблачающий песок, он остановился. Тут, у самой стены, захлёстнутой волной остролистного плюща, росло рожковое дерево — невысокое, но с массивным стволом и плотной кроной, весьма удобной: разглядеть что бы то ни было в её ночной тени было невозможно. К тому же Аристарх был одет в тёмно-синие джинсы, в серую рубашку-поло с длинными рукавами, в тёмные кроссовки. Не готовился — просто удобство такого дорожного прикида было оценено много лет назад.

Прямо перед ним, буквально в десяти шагах, двумя огромными аквариумами сияли столовая и гостиная Большого дома. Возможно, из-за толщины стекла, из-за окружающей внешней тьмы, фигуры людей внутри дома, их движения, жесты казались плавно замедленными.

Небольшая компания уже закончила ужинать и перешла в гостиную, где от бывшей конюшни оставлены были только высокие неровные белёные столбы. Трёхметровый концертный «стейнвей» со сверкающей крышкой, поднятой на малый «камерный» шток, уже ждал исполнителей. Рядом, лакированным бедром опершись на сиденье простого обеденного стула, отдыхала оставленная хозяйкой виолончель изумительного — волнами, от светлого к тёмному — цвета янтаря. Видимо, после ужина артистка отлучилась в свой номер, переодеться.

Всюду в прихотливом порядке были расставлены столики, козетки и мягкие кресла, в которых уже сидели гости — семеро мужчин в солидном возрасте. Здесь не было никого моложе пятидесяти и ни единой головы, чья причёска не нуждалась бы в популярной ныне процедуре восстановления волос.

Он боялся не узнать Пашку, и не узнал бы — не только потому, что тот сидел спиной к окну; Пашка оплешивел, как старый полушубок, пятнистая лысина расползлась по всему темени, а оставшиеся седые прядки над ушами и кисею под затылком он благоразумно сбрил, наверняка предпочитая выглядеть старым бандитом, нежели почтенным пердуном. Вдруг он приподнялся и повернулся, что-то сказав румяной лысине в соседнем кресле... И в профиль это был всё тот же Пашка: со скошенным подбородком, с пришибленным носом алкоголика — ну просто вылитый дядя Виктор. Пашка, Пашка! Тот привстал и, пошарив в кармане пиджака, вынул какой-то предмет и поднёс ко рту. Ингалятор! Володя же говорил, что у «Аристарха Семёновича» астма. Хм... как же он сидит там, среди гостей, вальяжно раскуривающих сигары? Видать, боится прервать важную для него беседу, видать, румяная лысина — это и есть Себастьян, нынешний управляющий банком, куда более либеральный к условиям вхождения в наследство.

Кстати, неужто Павел настолько выучил английский, чтобы на нём объясняться? Или жизнь заграничная заставила, заграничные партнёры по разнокалиберным войнушкам? Скорее всего, он надеялся на Володю как на переводчика и если общается, то междометиями, а значит, сегодня и он подставлен хитроумным азиатом? и он — пострадавший от предательства?

В аквариуме гостиной появился бритый наголо высокий, очень худой мужчина в чёрном смокинге; подошёл к роялю, тронул клавиши, обернулся и что-то сказал, видимо, очень смешное, так как компания покатилась со смеху — даже сюда, под тёмную крону рожкового дерева, докатился мужской гогот. Интересно, это стекло так хорошо пропускает звуки? Ах нет: боковая дверь залы распахнута в тишину и ароматы ночи, дверь, то ли стилизованная под старые конюшенные ворота, то ли и вовсе родная-старинная, оставленная от конюшен: рассохшаяся от времени, с рядами ржавых шляпок от гвоздей.

И в тот же миг — он даже отпрянул ближе в тень, чуть ли не вжавшись в ствол дерева, — совсем рядом, за углом того дома, где он стоял, открылась дверь, и, уронив на булыжник дорожки прямоугольник света, мимо Аристарха прошла тонкая женская фигурка в длинном концертном платье; мелькнула, спустилась по ступеням к площадке. Испанская виолончелистка... Интересно, как такая колибри справляется с внушительной дамой — виолончелью?

Приподнимая подол платья и осторожно ставя ноги в песок, шёпотом чертыхаясь (а и правда, идиотская затея — оставить между зданиями это песчаное пространство, стилизацию под площадку для выездки), она прошла к боковой двери в гостиную и через мгновение уже возникла внутри аквариума янтарного света — грациозная, и даже отсюда видно: жгучая испанка. Длинные чёрные волосы висят на спине ровной шторой, и такая же блестящая смоляная шторка-чёлка закрывает лоб. Загудели приветственные и восхищённые мужские голоса... Манфред (тот длинный, бритый, сутулый, конечно, и был Манфред) поцеловал ей руку, подвёл к стулу с отдыхающей виолончелью, а сам сел за рояль. Интересно, что они выбрали для игры...

«Манфред — уникальная личность, — рассказывал Володя, — он же приютский мальчишка». — «Приютский?!» — «Ну... интернатский, неважно. Родился в многодетной семье пятым ребёнком, уставшая мамаша отправила его в интернат. Всем, чего в жизни достиг, обязан исключительно себе: он учредитель одного из крупнейших в мире хедж-фондов. Вообще, чрезвычайно одарённый человек, не только в бизнесе. Представь, когда ему стукнуло тридцать пять, он сказал себе: «Как же так: я — австриец, более того, я — венец. И я не умею играть на рояле!» И стал брать уроки музыки. Понятно, что он в состоянии выбрать лучшего педагога в Европе, и выбрал — не помню уже, кого именно. А сейчас, спустя двадцать лет, играет — на мой простоватый вкус — просто замечательно!»

Ну-ну, посмотрим, не испортит ли этот самородок игру профессионального музыканта. В самолёте Аристарх глянул в интернет: Ванесса Прейслер, сказал Володя, лауреат конкурсов, концертирует по всему миру. Это сколько же баблища надо было отвалить девушке, чтобы выдернуть её — между каким-нибудь Манчестером и каким-нибудь Пекином — на этот «скромный мальчишник», на высоту орлиного гнезда? А что, если этот самый Манфред — самовлюблённый жалкий любитель? Неужели она не оскорбится, неужели будет с ним играть? Впрочем, днём они наверняка репетировали. Вон как уверенно, крепко и в то же время нежно, «под горло» берет девушка инструмент, как садится, слегка поёрзав, на стул, утверждая на нём ягодицы, как не смущённо, по-мужски расставляет ноги, между которыми, уперев шпиль в деревянный пол бывшей конюшни, устраивается виолончель пленительно благородной, надо отметить, формы.

Манфред уселся на рояльный табурет, вздёрнул подбородок, как бы изучая высокий, метров в шесть, потолок, опустил руки на клавиатуру. Дымки сигар дружно поднимались вверх, даже зрительно уплотняя воздух гостиной. Да, если Пашка надолго осядет там, в кресле, вытаскивать из кармана ингалятор ему придётся всё чаще.

Зато здесь, снаружи, воздух был напоён свежестью горной ночи, из которой чуткое обоняние жадно вытягивало запахи лаванды, чабреца и целого хоровода горных трав, что сплетались в неповторимом, сладостном, головокружительном коктейле.

Вдруг он музыку узнал: «Арпеджионе» Шуберта! Шуберта ни с кем не спутаешь: это густое пение бесконечно печальной взволнованной виолончели — глубокий человеческий голос!

И как обычно с ним случалось — на концертах или в тишине собственной квартиры, когда новый диск вплывал в дисковод и на секунду-другую он замирал, предвкушая мгновения счастья, — в памяти возник другой голос, голос старухи, подарившей ему целую вселенную — Музыку.

— «Арпеджионе... Что это значит? Что за имя, какого чёрта? Уверяю тебя, большинство людей, которые считают себя знатоками музыки, понятия не имеют — что это за штука: арпеджионе. А это просто инструмент, фантазия венского музыкального мастера Иоганна Георга Штауфера. Тому в 1823 году пришло в голову поэкспериментировать, и он сварганил такого музыкального ублюдка: шестиструнную виолончель с ладами — хочешь, щипай струны, хочешь, води смычком. Её называли «гитара-виолончель», «гитара любви»; музыкальные критики сравнивали верхний регистр с гобоем, а нижний — с бассетгорном. Но рождение нового инструмента — такая же тайна, как рождение человека, судьба его тоже на небесах прописана. И вот, арпеджионе не повезло: «гитара любви» быстро публике надоела, и, скажу тебе — поделом: нечего выдуриваться, против виолончельного звука не попрёшь. Но Шуберт... он так легко отзывался на любые новшества. Тут же сочинил для новинки сонату, которая ужасно полюбилась венской публике, а потом и другим исполнителям. Так и получилось: сам арпеджионе, бедный бастард, всеми забыт, а соната, совершенно гениальная, — осталась. Вот, слушай...»

Она осторожно опускает порядком износившу-

ма наискосок. — Одинокая баба — холостая кобыла». (Изюм с восторгом доносил все сплетни.)

Затем он входил в дом и закрывал за собой двери.

В тот первый раз, когда она собралась в Москву, он расписиховался до стыдобы. «Зачем? Куда?! — повторял, чуть ли не в панике. — Разве ты не можешь работать из дому? Три часа переть по загруженной дороге, водилы наглые, аварии через каждый километр! А если ты не вернёшься?!» — и в глазах взрослого бывалого мужика метался настоящий детский страх. «Лёшик, — подумала она, стараясь не улыбаться. — Это просто Лёшик».

На пороге веранды схватил её и не отпускал — не в шутку, всерьёз, — она поняла это по клещевому захвату, с которым прижал её к себе. Тогда она принялась гладить плечи, уши ему трепать, как Лукичу, шёпотом приговаривая что-то шутливо-успокоительное, дурацкое, ласковое... медленно разнимая его руки, как разнимала когда-то руки вцепившегося в неё сына, ненавидевшего садик, школу, любое сборище чужих людей.

И Аристарх остался в доме один.

Прибрел в кухню, сел на стул. Животные — оба, словно почувствовав его настроение, — мгновенно возникли рядом: Лукич, безгрешная душа, подошёл и лёг у ножек стула, а лукавый Пушкин, красноречиво поглядывая на стол, ещё не убранный после завтрака, так и вился у ног, не решаясь пока вспрыгнуть на колени (и транзитом — на стол) к этому странному гостю, который задержался в доме так надолго.

418   Впервые в полной тишине Аристарх заметил
и услышал тиканье трёх разных часов на первом
этаже, а чуть погодя — и разговор их: вежливый
краткий бом, рассыпчатый звон хрустальных рю-
мочек и властный велосипедный звонок.

Поднялся и впервые обошёл все закоулки-эр-
керы, кладовки-закутки этого странного, приду-
манного хозяйкой, ни на что не похожего дома-
приключения; спустился в подвал, где обнаружил
три огромных холодильника, забитых консерва-
цией и рядами бутылей с пятью, по крайней мере,
сортами наливок; поднялся на верхний — просторный, без перегородок, и пустой — гуляй-ве-
тер — третий этаж, с единственным, но огромным
предметом мебели: старинным кованым и совершенно пустым сундуком, будто принесённым сюда из русской сказки на ковре-самолёте. Зачем,
господи?! На черта ей этот сундук?!

Расхохотался... прослезился... С острейшей
пронзительной ясностью вдруг осознал и ощутил,
что ни один мужик не бывал здесь хозяином —
чувство стыдное, горькое, опалённое их необъятной разлукой и тяжёлым солнцем их любви, — но
такое понятное любому ревнивому сердцу. Впервые подумал этими вот словами: «Наш дом...»

Спустился вниз, побродил, трогая все дико-
вины, узнавая свой, *уже, конечно, свой Восток*,
иерусалимские медные турки-плошки с арабско-
го рынка, зная уже, что где-то там, в пригороде
Иерусалима живёт близкая Надежде душа, какая-
то Нина («Я тебя непременно познакомлю! Она
чем-то, знаешь, на тебя похожа...»).

Сел опять на стул, растерянно поглаживая колени ладонями, скрепляя сердце и готовясь превозмочь этот день — без неё...

Под плетёным диванчиком — якобы из имения Гончаровых, Полотняного Завода, и Пушкин якобы на нём сидел — катались клочья пыли. Ещё бы: всю эту неделю Дылда возилась, кормила, выслушивала, парила в баньке, оглаживала и выхаживала и во всю бабью мощь любила своё староновое приобретение. Подумал: позор и ужас! Ты разве мужик? Ты — ничтожество и слякоть!

Тряхнул башкой, снял майку, закатал до колен штаны, вынес из кладовки пылесос, ведро-тряпку-швабру — принялся за уборку. Полдня пахал, как самый добросовестный, *чистый с утра* алкаш, которому не по часам платят, а за сделанное, вот и старается истово, зная, что праведный опохмел — вот он!

В общем, *въехал в дом...*

И теперь, к возвращению Дылды с работы, хозяйство сверкало, докипало на огне и вкусно пахло, а также досыхало на лужке или, уже выглаженное, лежало стопкой на пушкинском диване...

За столом обычно уже восседал Изюм, которого гонишь в дверь, а он в окне торчит. Надежда считала, что Аристарх Изюма возмутительно разбаловал. «А как соседа чаем не напоить!» — возражал он. Тем более каждый вечер тот приносит новости со всей округи. Серединки знает, как собственный сарай.

К тому же Изюм проникся к Аристарху, которого упорно продолжал именовать «Сашком», медицинским уважением. Оказался пламенным симулянтом, почище какого-нибудь заключённого террориста, и каждый день находил в своём организме новую интересную хворобу, которую жаждал с доктором обсудить.

«У меня на копчике грыжа, — сообщал открывшему дверь заспанному «Сашку». — Боль в копчике, чтоб ты знал, приравнивается к зубной, — подсказывал на всякий случай. — Слышно, как кровь в жопе бьётся!»

И шёл следом в кухню, наблюдая, как едва проснувшийся доктор набирает в чайник воду, включает его, затем смешивает в чашке холодную с кипятком, выдавливает туда половинку лимона и выпивает. «Полезно?!» — спрашивал преданно и выслушивал лекцию о пользе щелочной среды.

Лето всё длилось — щедрое, жаркое... Иногда потряхивали грозы в тополях — налетит, окатит кипятком и — мимо, мимо... И небо уже снова поднялось, томно выгибает синий свод, выкипает молочным паром облаков, а лужок дымится под солнцем. Дни мчались, как безумные, — травные-пахучие, грибные-ягодные.

Ночи были медленными и юными, исходящими тёмным любовным мёдом...

Дважды Изюм помогал Аристарху косить траву, и после работы они — умытые, праздные, босые, — сидели на крыльце в длинных тенях, любовались лужком. Небольшой отряд грачей неторопливо обходил свежевыбритый газон — казалось, что смотришь на пингвинов в перевёрнутый бинокль, так они степенно, вперевалочку, а главное, коллективно передвигались по лугу.

Лукич с Пушкиным, шкодливая парочка, тоже выходят и садятся рядком, как в кино, — наблюдают. Лукич просто глазеет, у него охотничьи инстинкты спят крепким сном. А вот у Пушкина мышцы под шерстью ходуном ходят волнами, от башки до хвоста. По меткому замечанию Изюма, «он понимает теперь, что такое неосуществимая мечта». Хотя данную мечту Пушкин ежедневно осуществляет: пойманных пленников тащит в дом и там пожирает. Только вчера Дылда обнаружила под собственной кроватью холмик из перьев, крыльев и хвостов, поймала Пушкина и мордой тыкала в эту кучу, после чего ещё побила своей тяжёлой рукой. Громко поклялась, что прикончит, если ещё раз он «устроит под кроватью кладби́ще».

— Похудели они у тебя... — замечает Изюм ревниво.

— Почему похудели? — Сашок пожимает плечами. — Я их кормлю.

— Знаю, как ты кормишь: крапивным супчиком.

Изюм, конечно, переживает присутствие Сашка́ в своей нынешней жизни, хотя и понимает, что оно не обсуждается. Но отказать себе в удовольствии поучить нового соседа, покритиковать, просто прокомментировать то-сё, не может.

— Вот скажи, зачем Петровне красить дом в кофе с молоком? — замечает как бы невзначай. — Покрасишь дом в кофе с молоком, обязательно что-то сопрут. У неё вообще тяга к великим делам. А я говорю, как Толстой: сделай сначала малое — купи светящуюся нить, шило купи сапожное, создадим тапки, как итог и вершину моей творческой мысли. Я весь интернет облазил: такого нет нигде. Ни в Швеции, ни в Гренландии. Никто не допёр, кроме меня! Фонарики в тапки вставляют! И что же: встаёшь ты ночью, сунул ноги в тапки, фонарик зажёгся — ты идёшь в туалет? Это ж бредятина полная. Пошлость!

Изюм сейчас временно безработный, так что взгляд окрест у него широкий, ничем не ограниченный. С Межуры ушёл после скандала, о котором предпочитает говорить обиняками, «как Печорин»: «После того, что со мной было — Гнилухин, Жорик хитрожопый, — я на них смотрю как на ромашку. Но я устал. И я ушёл...»

Сашок больше молчит. Он вообще, на взгляд Изюма, большой молчун и, в общем, мужик суровый. Тем более Изюму непонятно, как такой мужик согласился сидеть при бабе в домработницах. Хотя, если подумать, говорит себе Изюм, а ты-то — кто? Ты и есть домработница при Маргарите. И разговоры у тебя все одомашненные.

— Я как-то сделал сорок кэгэ жульена! — вспоминает он мечтательным голосом, после какого обычно распахивается занавес и из-за кулис, перекатываясь через голову и легко вскакивая на ноги, в блёстках и перьях выступают цирковые акробаты. — Купил пятнадцать кэгэ шампиньонов, двадцать банок сметаны, восемь кэгэ лука, шесть куриц. Два дня лук жарил! За это время потихоньку одну курицу схомячил. Целый день занимался грибами: в жульен, понимаешь, только шляпки идут. Пожарил... на это ушло полтора кэгэ сливочного масла. Смешал — смотрю, густовато. Налил туда молока, пачки четыре... и понял, что никогда это всё не съем. Стал ходить раздавать. Два месяца ели всей деревней! Ко мне из Коростелёва приезжали! Люди моим жульеном макароны поливали!

— Изюм... — спрашивает Сашок, — а зачем пятнадцать кило, а не два, не три?

— Дак в лотке же пятнадцать! — объясняет Изюм бестолковому. — А скидка на лоток пол-тыщи рублей! Просто захотелось бешеного праздника...

Он задумывается и спокойно, даже проникновенно добавляет:

— Надо что-нибудь такое изобрести, чтобы радовалась душа. Например, я могу вести авиамодельный кружок. Или секцию тенниса. Ну когда-нибудь же это будет?

Хмельное сумасшедшее лето наконец утомилось, стало угасать... Днем солнце ещё грело, ещё трепетали мотыльки над кустами, но утренники уже были холодными. В лес в этом году ходили нечасто, там была пропасть кабанов. А грибов белых так и не дождались, довольствовались лисичками.

Чубчик у лесной кромки пожелтел. За одну ночь берёзы на участке Надежды будто опрокинулись в позолоту, и их опаловые стволы плыли в вечереющем воздухе, перекликаясь с опаловым светом небес. С угасанием дня березы начинали светиться в сумерках — призрачно, мертвенно, таинственно. Зато раскалилась, как безумная, рябина — пылала даже в преддверии ночи.

С утра уже наползали серые фланелевые туманы. Пруд поскучнел и морщинил холодную шкуру. Вот-вот должны были зарядить смурные дожди.

* * *

По своей грунтовке Надежда всегда ехала аккуратно, медленно переваливаясь по колдобинам с боку на бок, жалея любимую «Тойоту». А сегодня ехала ещё медленней. Оттягивала...

Мечтала оттянуть до вечера — на *послеужина*. А хорошо бы: приехала, а Аристарх спит. Тогда не надо делать первоначально беспечного лица (хотя он температуру её настроения измеряет не зрением, а губами — как мать температуру заскучавшего ребёнка).

Он иногда валился днём — внезапно и коротко, и спал полчаса, как в обмороке, а просыпался бодрый. Говорил, что это тюремная привычка после многих лет рваного образа жизни. «Я пытался жить». Тюремная привычка... Не дай нам, Боже!

Подъехала. Посидела с минутку в машине, прислушалась: надо выходить... В доме — сонная тишина, полутьма, рольставни приспущены, часы только тикают — торопятся друг друга обогнать. Даже Лукич не выбежал; дрыхнет, поди, наверху вся святая троица. Животные совсем обнаглели: Аристарх, великий воспитатель, позволял им прыгать на кровать, и там, обложенный с двух сторон, блаженно растягивался в своём лохматом зверинце. Тоже мне, доктор, — гигиена побоку!

Она бросила сумку на стул, придержала себя: вроде там кто-то... шаги? Нет, спят. Вот и хорошо, вот и отложим на вечер...

...и сразу устремилась по лестнице наверх, изо всех сил сдерживая накопленную в груди горючую лаву.

Он проснулся от её шагов, сел на кровати, взъерошенный со сна. Его волосы и сейчас росли как бурьян, — уже неделю он напоминал церковного певчего. Протянул к ней обе руки — требовательно, как ребёнок: бери его на ручки. Она подошла и молча прилегла рядом.

— Проспал, возмутительно. Который час? — спросил, обняв её.

— ...пятый, четыре двадцать.

— Господи, я спал минут пятнадцать. Ждал-ждал тебя... и заснул. — Он зевнул, запустил обе руки в её волосы, стал перебирать, перебрасывать пряди с боку на бок. — Я свекольник сварил, холодный, но он ещё не остыл. Ты кладёшь в свекольник картошку?

— Нет.

— Напрасно, картошка гущину даёт, а так — будто воду хлебаешь.

Она лежала, положив голову ему на живот, прикрыв глаза, держась изо всех сил, выпивая эти последние минуты, растягивая их жизнь ещё на чуть-чуть...

— Иван Анатольич сказал сегодня, что я — красавица.

— Ну, это — известный мрачный факт нашей биографии. А кто этот милый старый пердун?

— Он не старый пердун. Ему лет сорок пять, очень элегантный седоватый мужчина. Известный врач. Сосудистый.

— Та-а-ак. Я смотрю, у меня предвидятся некие затруднения...

Она резко села и, не оглянувшись на него, торопливо тоненько выговорила:

— А ещё он сказал, что у меня аневризма! — и зарыдала внезапно и бурно, каким-то обвалом слёз, заходясь в бабьем вое, обмякнув всем телом, так что ошеломлённый, мгновенно взлетевший с постели Аристарх не мог ни поднять её, ни добиться хоть какого-то внятного объяснения.

И судя по тому, что лица на нём не было, Надежда поняла, что новость её слёз и отчаяния ой как стоит. Голова раскалывалась от боли и, как в детстве, во время бурного плача, на неё напала икота. Аристарх, сверзившись вниз, перевернув на кухне аптечку вверх дном, отыскал наконец валерьянку или какие-то ещё капли, вернулся, заставил её выпить.

Она лежала навзничь, беспамятная, одуревшая, зарёванная, хватала его за руки и быстро бессвязно лепетала все слова, которые услышала сегодня от доктора Качурина — отличного, как сказали ей, специалиста, к которому она тайно от Аристарха пошла узнавать правду о своих мигренях. Что в голове она «носит тикающую бомбу», и что аневризма её какая-то *неудобная* (показал на снимке, она ни черта не поняла) и потому опе-

рировать будем по старинке, Надежда Петровна:
откроем череп, чтобы свободный доступ...

— Это он себе пусть череп откроет, пидарас! — мрачно изрёк Аристарх с каменным лицом. — Ну-ка, помолчи. Успокойся. Где твой телефон...

Нашёл его, обыскав знаменитую на всё издательство необъятную суму.

— Постой! — прогундосила она. — Опасно же! Нельзя тебе звонить...

— Лежи, не дёргайся... — и в телефон: — Это я. Срочно. Молчи. — И заорал как бешеный: — Молчи!!! — Так что Надежда вздрогнула, испугалась международного скандала, даже выть перестала.

Он вышел из спальни, притворив за собою дверь, и она слышала доносящийся из коридора его голос: негромкий, отрывистый. Видимо, с этим другом своим говорил, со страшным дяденькой Львом Григорьевичем. Тот ведь тоже доктор. Но как, однако, Аристарх умеет кричать! Это она слышала впервые.

Потом наступила долгая тишина... То ли слушал он, то ли думал, то ли в себя приходил... В гостиной внизу басовито пробили часы. В голове так же басовито тикала бомба. Надежда её представляла: круглая, проводками опутана, и тикает — в висках, в затылке. А взорвётся — вся башка осколками прыснет по комнате. Она прислушалась. Там, в коридоре, Аристарх явно стоял за дверью и почему-то не входил. Трусил? Готовился? Собирал себя в кулак? Вот судьба мужчины: был видный жених, станет видным вдовцом.

Наконец он открыл дверь и вошёл: спокойный уверенный доктор — так и есть, подсобрался. Интересно, он и в тюрьме таким был перед тем, как на него бросались с заточкой? Господи, вся жизнь прошла, все его шрамы без неё заживали... Что она наделала, дура проклятая!

Он присел на кровать, взял её руку, нащупал пульс, замер... отпустил.

— Всё хорошо, — сказал. — Тебя прооперирует замечательный хирург, мировое светило, и твоя черепушка останется целой. Лёвка договорится обо всём.

— Но... Аристарх... это же огромные деньги!

— Не думай о чепухе, у меня деньги есть.

Есть, гляньте-ка, у него деньги! Какой-нибудь пенсионный фонд на старость, который он спустит на её дурацкую башку, а когда она сдохнет, будет оставшиеся годы в доме престарелых сухую корочку сосать.

Она помотала головой:

— За твоими счетами сейчас наверняка отлично приглядывают, ждут, где ты проявишься. Ты сам говорил: с Интерполом не шутят. Аристарх... — спросила жалобно, — что это за штука такая... у меня, вот тут? — И приставила палец к виску жестом самоубийцы.

— Аневризма? — спросил лёгким, почти беззаботным голосом. — Это локальное расширение артерии в мозге; в переводе на человеческий: представь, как жвачку изо рта пузырём выдувают. Может стать причиной кровотечения. А может и не стать, люди с этим живут десятилетиями, не зная, что носят. Но оставлять аневризму — тревожно, она ведь не объявит заранее, когда захочет лопнуть. Да и зачем тебе всё время об этом думать. И потому недели через три профессор Мансур тебя прооперирует, как он оперировал сотни, тысячи больных, которые сейчас гуляют по Лиссабону...

— По... Лиссабону? — повторила она растерянно.

— ...или по Парижу. Или по Тимбукту... Или сидят в ресторане, или трахаются, на здоровье, с кем попало, или покупают внуку велосипед, не думая ни о какой аневризме. Ты поняла?

— И я... — спросила она робко, отирая ладонью мокрую щёку, — ... и мы ещё поживём?

— Мы проживём с тобой ещё сорок лет, — сказал он, — дождёмся внуков, погуляем на свадьбе у правнучки... А потом умрём в один день, для экономии, — чтобы Лёшик не заморачивался дважды с похоронами, он ведь к тому времени и сам будет старый хрен.

Она засмеялась, потянулась к нему... и минут двадцать они целовались, как в юности не целовались: нежно, затихая надолго, и снова легко касаясь друг друга губами, ладонями, пальцами. Провалялись до вечера...

Потом спустились вниз и слегка поругались насчёт свекольника: сметану класть в него или скромную ложечку майонеза. Аристарх уверял, что майонез даёт нужную кислинку, Надежда вспомнила (не к ночи!) майонезный цех бывалого коммерсанта Изюма, вставив, что дома престарелых как раз и используют майонез вместо...

На это Аристарх рассказал, оживившись, про дом престарелых, где они с Лёвкой начинали карьеру: мыли стариков, одевали, усаживали в кресла, везли кормить... и с какой феноменальной скоростью это проделывал Лёвка, которого боялись все проверяющие.

— Почему — боялись?

— Понимаешь, там главная комиссия состоит из пенсионеров министерства здравоохранения. Они давно на пенсии, но считают эти проверки своим гражданским долгом. Являются по семь-восемь бодрых старичков, дамы в бриллиантах, с причёсками, — ходят по комнатам, проверяют порядок, пробуют еду.

— По-моему, это прекрасно, ведь эти люди...

— ...эти люди, — подхватил он, — и сами претенденты на подобные заведения. Вот слушай. Однажды явилась компашка проверяющих. А у нас на третьем этаже в отделении Альцгеймера такой круговой коридор был. Вся группа пошла по часовой стрелке, а одна из дам замешкалась, огляделась... и пошла против часовой. Навстречу ей Лёвка катит пустое кресло.

«Мылась?!» — спрашивает грозно так. Ну ты слышала, как он может орать. «Не-ет», — отвечает старушка, оробев. «Садись!» — Плюхнул её в кресло, поволок мыться... Короче, когда комиссия сделала круг по комнатам, эта дама, помытая и переодетая в чистое, но чужое, уже сидела за столом и ела кашу...

Надежда хохотала, кричала: «Врёшь, врёшь! Сейчас придумал!» И Аристарх божился *чтобяз-дохом*, и *воттекрестом*, что...

Ну, и так далее.

К ночи оба пришли в настроение пусть не прекрасное, пусть тревожное, но бодро-деятельное: все планы были выстроены, будущее обозначено. И она очень удивилась, обнаружив, что он крепко спит, не дождавшись, когда она явится после душа — во всём своём, как говорил обычно, «волнующем великолепии». Прислушалась к дыханию, поняла: «Врёт!» — и расстроилась: значит, он так же, как и она, боится этой самой *бомбы-аневризмы*, боится, что та взорвётся в самый распрекрасный, самый бешеный миг их любви... И значит, эта самая сучья зараза будет сейчас шантажировать их, угрожать, лежать между ними обоюдоострым мечом из средневековой рыцарской новеллы.

Результаты исследований были отправлены Льву Григорьевичу, имя которого Надежда произносила теперь полностью и с опасливым благоговением. Ждали возвращения из Дании профессора Мансура. Наконец тот вернулся, и дата операции в столичной больнице «Адасса» была назначена. Вот и приблизилось неотвратимое: приблизился Иерусалим, место Лобное.

— Лёвка тебя встретит, — говорил Аристарх, отводя глаза, — прямо на выходе из «рукава», у него есть специальное разрешение. Будет стоять с табличкой, своё имя ты пока помнишь.

— Да ты же мне показывал Льва Григорьича в интернете, очень внушительная внешность, я его сразу узнаю, перестань психовать.

(А у самой, лишь вспомнит, что его не будет рядом, сердце закатывалось. Да ещё и Нины сейчас там нет. Но не станешь же вызывать человека из Америки из-за какой-то операции!)

— С деньгами он уже всё уладил, не смей даже задумываться.

— Хорошо. — Она и не задумывалась, просто гнала эти мысли. Выживем — увидим. В крайнем случае, дом продадим.

— У тебя будет отдельная палата и личный — слышишь? — личный русскоговорящий анестезиолог.

— Да-да...

— И очень скоро после операции я заволоку тебя в кровать.

Что поделать: не мог он с ней лететь, не мог! Так и сказал: возьмут прямо в аэропорту.

Вот он первым и не выдержал.

В один из вечеров, когда Изюм уютненько так припёрся на чай — ну не погонишь человека только потому, что ни у кого нет сил выслушивать его буйную поливу, — Аристарх вдруг поднял на него глаза и спросил:

— Изюм, а ты мог бы отлучиться из дому дней на пять, десять?

— За каким?..

— Сопроводить Надежду Петровну на лечение в Израиль.

Надежда аж ложку в стакан уронила: он что, с ума сошёл?

— Ха! — сказала. — Беспаспортным вне очереди...

— А чего сам не сопроводишь? — серьёзно и резонно спросил Изюм.

— Не могу. Я в розыске, — отозвался тот совершенно спокойным тоном, каким обычно за-

мечают, что у штиблеты подмётка оторвалась. —
Я, Изюм, человека убил.

Наступила шелестящая тишина: это Надежда в ужасе смяла в кулаке бумажную салфетку, а Изюм суетливо салфеткой отёр губы.

— За что? — с интересом спросил он.

— За тебя. — И вперил в Изюма, сощурил свои синие— до рези! — глаза.

— Я извиняюсь... — пробормотал Изюм, в растерянности переводя взгляд на Петровну. Та сидела как истукан, потрясённая, — страшно смотреть. — Это что значит?

— То есть за себя, конечно, но, в частности, и за тебя. За то, что он тебя ограбил, обидел, — помнишь, ты рассказывал, — в армии?

Изюм поднялся со стула, снова сел, как подломился. Он молчал, ошарашенный. Не понимал — что говорить тут, зачем? Может, уйти...

— Пашка?! Прапор Матвеев?!

Аристарх прокашлялся:

— Это мой брательник троюродный... да нет, никакой. Просто батя мой в их семье вырос. А мы знали друг друга с детства. Он ненавидел меня всегда.

— Аристарх! — тихо, умоляюще воскликнула Надежда. — Замолчи! Что ты такое...

— Не хочу отпускать тебя одну, — твёрдо ответил он, не глядя на неё.

— Да ведь меня встретит...

— Самолёт, — сказал он, и Надежда похолодела от правды: вот оно, боится, боится, потому что — полёт, высота, давление... Значит, что же: хочет научить Изюма бить тревогу, если она

434 вдруг... А если с ней что-то в пути? — и, глубоко
вздохнув (вот же зряшный, опасный разговор!),
пробормотала:

— Да ведь у Изюма даже паспорта нет!

Тут Изюм встрепенулся. В кои веки почувствовал себя важной персоной, покойником на
похоронах. От него зависело... От него всё сейчас
настолько серьёзно зависело, что вот тут минуту
назад натуральный преступник признался в злодеянии против закона, — еттить твою, хорошо-т
как, что он Пашку, гада, кокнул!

— Своего, положим, и нет, а я у Шурки возьму, — проговорил решительно и оживлённо,
словно собирался одолжить молоток или сверло на починку нужника. — Мы с Шуркой хуже
двойников. Оба — вылитый папаша в расцвете
алкогольного воздержания. Шурка тоже три года
уже не пьёт. Я у него всегда, если что, паспортягу
одалживаю, ни разу не соскочило.

— Прекрасно!

— Ужасно!

Это они одновременно воскликнули, Надежда
и Аристарх.

* * *

*Потом Изюм будет толковать Лёхе, что Петровна (в бесконечных, бесконечных разговорах
с Алексеем станет называть её торжественно:
«мать») — что та «всё чуяла» и по дороге в аэропорт смотрела в окно такси «как в последний раз».
Обычная Изюмова брехня! Просто было ей боязно
оставлять Аристарха одного, хотя — тоже глупости! — ребёнок он годовалый, что ли! Ну, побудет*

недельку-другую бобылём, свекольник себе сварит, пусть и с майонезом. А там уж она вернётся как новенькая, да и Лёшик подвалит из своего джазового турне. (Тоже задача не из лёгких: как-то составить на одной сценической площадке, как-то притереть друг к другу этих двоих, одинаково ненормальных.)

И как славно, как гладко всё получилось с Изюмовой «паспортягой»: девчонка в окошке только мельком глянула на его рожу. С другой стороны — чего на него особо смотреть: мужчина как мужчина, гражданин необъятной страны.

В международном Шереметьеве Изюм оказался впервые, и потому полтора часа ожидания посадки пролетели у него как праздничный сон, как интереснейшая экскурсия, — ну что с нами поделаешь, с деревенскими жителями. Ему даже матрёшки были интересны в сувенирном киоске, он как бы примеривался на подарок их купить: мол, еду в далёкие страны, повезу аборигенам нашу народную особенность. Кое-какие в руки брал, разнимал, рассматривал, снова складывал... — ну, ей-богу же, как ребёнок! Кружил и кружил по шикарным и бесполезным ему магазинам, надолго исчезая с поля зрения, так что, когда в очередной раз причалил у кресла, в котором сидела напряжённая и собранная, как перед экзаменом, Петровна, та сказала:

— А ну сядь немедленно, *сопроводитель*! Хватит шляться как слабоумный.

Минута в минуту прошли на посадку, сели в кресла... Изюм рассмотрел как следует, что к чему тут крепится, где что застёгивается. Всё было очень толково устроено, хотя Изюм мог бы кое-что предложить конструктору. Стюардессы, все жутко симпатичные, сновали туда-сюда, помогали укладывать сумки и чемоданы в верхние ящики. Пахло так... интересно: казённым составным воздухом, не продумали они тут с озонированием. Это ведь как можно было сделать: райским букетом, понимаешь, дивным сном! Достаточно такой небольшой пульверизатор присобачить к моторчику... Наконец вся колготливая толпища расселась по креслам... А самолёт всё не взлетает.

— Пассажира ждём, — объяснила стюардесса. — Ещё секундочка, билет там купили в последнюю минуту, прямо перед посадкой.

— А чё его ждать! — сказал кто-то сзади. — Опоздал, пусть на себя пеняет.

— Вон, вон, бежит-торопится!

Все уставились в проход, по которому — без багажа, без куртки, весь какой-то взъерошенный, как бомж, — боком пробирался...

Надежда охнула, откинула голову на спинку кресла, а Аристарх навис над ними: глаза ввалились, небритый, в старых джинсах, в домашнем свитере — прямо настоящий уголовник, чёрный ворон! Весело скалясь, сказал Изюму:

— Думал, уступлю тебе место рядом с моей женой? Ни за что! Иди вон на сорок шесть бэ!

И сунул в руку свой отрывной талон. Ну не драться же с этим бешеным — Изюм поднялся... А Надежда зажмурилась и тихо заплакала.

Аристарх плюхнулся рядом, схватил в ладони

обе её руки, стал целовать — жадно так, будто (*тут вновь закадровый голос Изюма*) — будто в последний раз!

Старушка, которая у окна, чуть концы не отдала. Всю дорогу сидела лицом в иллюминатор, деликатная такая.

А эти так и летели все четыре часа рука в руке, и Аристарх говорил, не умолкая, — что Лёвка прав, что жизни надо смотреть в глаза, что — да, надо мужественно сдаться самому, скорее всего, уже на паспортном контроле, что всё надо сделать тихо, цивилизованно, *они* терпеть не могут «штучек», всех этих киношных погонь... А адвокат Кислевский — ты не знаешь, он там знаменитость, он самых распоследних подонков вытаскивает, а меня уж как-нибудь... Лёвка всех знает, со всеми знаком... А с Испанией, Кислевский сказал, можно договориться, потому что — вынужденная защита; он помнит — куда выбросил пистолет, можно найти, доказать, что это Пашкин пистолет, что никакого намерения... Да, он немного посидит у своих же ребят, его не обидят, и там есть комнаты для свиданий...

Она кивала, кивала, плакала, кивала, сжимая его руки. Боль ломилась в виски и стучала в затылке, будто хотела пробить там какой-то тайный выход.

Зато потом, говорил, они надолго уедут куда-нибудь далеко, например, в Доминикану — хочешь в Доминикану? — там райские виды, зелёный океан... Там белые лошади!

Зато потом, повторял, и поминутно опускал лицо в её ладони, зато потом...

438   Потом было вот что.

На выходе из «рукава» стоял сам Лев Григорьевич, невысокий лысый толстяк, одетый в костюм
с галстуком. Несмотря на рост, он был заметен
издалека — солидный и уверенный... Увидев Аристарха, опустил табличку, а в лице не изменил-
ся ни капли. Во крепкий мужичок, восхитился
Изюм. Они даже не обнялись, только перекину-
лись негромкими словами. Но по тому, как тот
двигался рядом с Сашком, касался его плечом
и на эскалаторе мельком тронул ладонью его спину, было видно, что эти двое очень крутые и дав-
ние друганы, и ещё стало ясно, что Петровна теперь в надёжных руках.

Далее они двигались в толпе пассажиров
каким-то не отменимым конвейером по жёлтым
полированным плитам аэропорта. Миновали высокие стеклянные стены с видом на круглый зал
этажом ниже, со странным, среди мрамора и ко-
жаных кресел озерцом, куда с потолка лилась
кисеёй вода. Двигались к паспортному контро-
лю, на котором — Надежда понимала это и ждала с пугающим внутренним ознобом, — должны
были увести Аристарха, отнять, снова его отнять!
Но этот самый контроль никак не показывался,
а главное, никого из этих страшных людей в форме даже близко не было видно.

Наконец вышли в зал, к нескольким длинным
очередям, над которыми реяло множество чёрных
шляп... Из-за этих адвокатских, смутно диккен-
совских шляп всё пространство казалось строгим,
судейским, хотя тут и детей было до чёрта, и люди громко разговаривали и смеялись... Но страх,

особенный, *казённый страх* заползал в душу, парализуя её, и Надежда уже не верила, что «всё будет прекрасно», ибо видела лицо Аристарха, и ей казалось, что арестовать его можно с лёту, выудив прямо из толпы, не проверяя документов, только по выражению лица.

Они стояли тесной настороженной группкой в одной из очередей, и Лев Григорьевич что-то тихо и напористо говорил другу, то и дело переходя на шершавый иврит, и, будь то где-то в другом месте, в другое время, она бы залюбовалась, как Аристарх гладко и быстро умеет говорить и понимать полнейшую тарабарщину. (Точно так же, но иначе, легко и смешливо, её изумляла когда-то Нина, умеющая с остервенелой улыбкой торговаться на этом языке на арабском рынке.) У Надежды сильно кружилась голова, но она не решалась придвинуться к Аристарху, взять его под руку, не решалась вклиниться в их напряжённый разговор.

И Изюм был непривычно тихим. Он бы хотел спросить — куда так быстро Аристарх пристроил нашу живность — небось, к Дарье Ниловне безотказной? Но стеснялся встревать. Он понятия не имел — чего и от кого здесь ждать, на кого смотреть, от кого шарахаться. Просто вздыбленной холкой чувствовал страшное напряжение между двумя этими людьми: Львом Григорьевичем и Сашкóм. Он к ним ближе стоял, чем Надежда, и кое-что слышал, когда Лев Григорьевич поднимал голос, переходя на русский — вероятно, этот язык у него имел больше прав на эмоции. Он говорил, что «не стоит устраивать здесь спектакль с поимкой... просто и спокойно подойти к любому человеку в форме...». А Сашок — потухший, словно полёт забрал последние его силы, — что-то тихо и монотонно ему отвечал: про операцию, что он *должен быть с ней в операционной*... а после, мол, — *ради бога, надевайте браслеты, ведите меня хоть на электрический стул*... И поминутно поднимал на Надежду такие глаза, что странно, как до сих пор ещё к нему не подошла охрана. Не хочет, понял Изюм обречённым чутьём, оставлять её не хочет, ни в какую. Душу себе рвёт!

И всё же к окошку Сашок вышел первым, шлёпнул паспорт на прилавок, молча ждал, уперев отчаянный взгляд в красивую девушку за стеклом. А та... та слегка словно бы замешкалась, глядя на что-то в компе, обернулась к молодому человеку, стоявшему за плечом... полистала-полистала паспорт. Но потом улыбнулась, кивнула... стукнула печатью, выдала какую-то бумажку, — вернула документ. Сашок растерянно оглянулся на Петровну, на их тесную напряжённую троицу и молча победно поднял кулак.

Ожидая багаж, они ещё посматривали по сторонам, поглядывали на сотрудников аэропорта, на всех, кто был в форме и сновал туда-сюда вокруг багажных лент... Но с каждой минутой воздух как будто легчал, хотя толпа пассажиров прибывала и кто угодно мог из неё выпрыгнуть. Но — нет, вполне дружелюбная толпа, каждый свой чемодан высматривает, детишки крутятся, мамаши орут, сложенные коляски расправляются; словом, все вчетвером они слегка ожили, даже какой-то спотыкливый разговор у них наладился...

Выхватив чемоданы с ленты, покатили, вышли в белокаменный, с высокими колоннами, пестрящий рекламой зал, пересекли полукруглый загон, куда не пускали встречавших... На выходе орали, улюлюкали и прыгали слишком раздетые подростки, встречая группу других подростков, тоже, на взгляд Изюма, одетых кое-как. Он даже слегка приглох. Всё вокруг было очень пестро, по-летнему, люди какие-то... развинченные. Вообще, многовато, решил Изюм, голых рук и ног, и мужских, и женских. Сквозь мельтешение этих галдящих клоунов они покатили тележку с чемоданами к выходу, к раздвижным дверям, к безумной влажной жаре... Вышли — задохнулись! «Хорошенький курорт, — подумал Изюм, — хуже, чем в Сочах». (В Сочи он никогда не бывал.) Пересекли несколько автомобильных полос и поехали дальше, где, как понял слегка оглушённый Изюм, на крытом паркинге стояла машина Льва Григорьевича.

— Второй этаж, — сказал тот.

Вкатились в грузовой просторный лифт... и следом за ними, возникнув как бы из воздуха, скользнули внутрь ещё двое парней, неуловимо отличных от всего здешнего столпотворения и при этом неуловимо одинаковых. Одеты в простые немаркие брюки и просторные немаркие рубашки, они и не разговаривали друг с другом, даже отвернулись к стенке. Почему-то перед глазами Изюма мелькнули те менты с Белорусского, которые сто лет назад завалили его с валютой на заплёванный пол в привокзальном кафе. Хотя те были обыкновенные, голодные на валюту менты... но, боже мой, почему все, кто приходит за нами, за нашей свободой, любовью и душой, так друг на друга похожи!

Изюм разом весь озяб изнутри, а когда поднял глаза на Сашка́, увидел: тот серым стал, — может, из-за щетины на лице, может, из-за освещения в кабине. «А ну-ка, парень, подними повыше ворот», — мелькнуло у Изюма...

И едва двери разъехались, Сашок неожиданно прыгнул наружу и в сторону, и кинулся бежать, а те двое, будто и не сомневались в таком сценарии, молча кинулись за ним, очень быстро его нагоняя. И все втроём они — Петровна, Изюм и Лев Григорьевич тоже вывалились из лифта, забыв про тележку с чемоданами, и тоже побежали, как уж могли, неизвестно куда...

Лев Григорьевич бросился было вслед тем двоим, что-то выкрикивая на иврите, да где ему... Но Сашок и те парни как-то очень быстро, молча — как в компьютерной игре — сновали между машин; один цапнул Сашка́ за свитер, но тот вырвался, прыгнул на крышу машины, перекатился через неё, приземлился на той стороне... и вдруг легко-легко побежал-понёсся к бетонному барьеру — зачем? Наружу вылететь? По небу полететь? Может, он сошёл с ума? А наперерез ему уже неслись те, молодые, тренированные: настигли, подсекли, повалили, долбанули по темени рукоятью пистолета, так что Сашок осел... заломили руки за спину, поволокли по бетону.

Сильно и коротко вскрикнула за спиной 443
Изюма Надежда, будто ей горло вспороли, нет:
будто в грудь ей плеснула волна и она захлеб-
нулась ею. Лев Григорьевич исступлённо что-
то кричал, грузно подбегая к тем незаметным,
смертоносным, — они уже вздёрнули Сашка́ на
ноги, надели на него браслеты. Один выставил
навстречу Льву Григорьевичу обе каменных руки, запрещая приближаться, второй даже вы-
хватил пистолет из-под свободной рубахи и наставил на него. Тут же подкатил полицейский
джип, Сашка́, с лицом, залитым кровью, толкну-
ли к машине и бросили внутрь... Джип развернулся и уехал, и Лев Григорьевич ещё с минуту
зачем-то бежал за ним, продолжая кричать что-то
вслед.

*Грамотно сработано... Выждали, чтобы не
в людном месте, аккуратно так проводили через
все эти площадя. Толково. Не придерёшься...*
Потрясённый Изюм остался стоять в гулкой
бетонной шаркатне, в далёких чьих-то выкриках
и смехе, не в силах двинуться с места. Его как вы-
потрошили... Он боялся повернуться к Петровне,
которая, конечно, видела весь этот ужас, погоню,
весь геройски-идиотский вестерн Сашка́. И как
же теперь её утешать прикажете, как успокаи-
вать...

Голову понурил и обернулся.

Петровна сидела на земле, неловко завалив-
шись к серебристой дверце чьей-то машины: голова запрокинута, глаза пристально изучают бе-
тонный потолок паркинга. А золотая корона надо

444 лбом тихо шевелилась в ласковом ветерке и была такой живой, и так шла ещё не погасшим глазам, и бледному лицу, и всему этому солнечному приветливому климату.

* * *

«Гражданин Израиля врач Аристарх Бугров, задержанный два дня назад в аэропорту Бен-Гурион по подозрению в убийстве российского бизнесмена Аристарха Бугрова, минувшей ночью покончил с собой в камере следственного изолятора на «Русском подворье» в Иерусалиме, вскрыв лезвием бритвы бедренную вену».

— Костя!

— А?!

— Эт что за хрень тут, мать твою! Ты смотришь своими глазами или куда?

Ответственный за выпуск новостной ленты израильского русскоязычного интернет-портала грозно вылупился на своего подчинённого.

— А чё, Андрюх?

— У тебя тут человек сам себя грохнул, а потом ещё вену себе чикнул. Ты совсем сбрендил?

Костя вперил многомысленный взгляд в сообщение на экране, поморщился:

— Э-э... да, — хмыкнул, — глупость получается. Убери одного.

— Уберём обоих, — решительно проговорил Андрюха, вычёркивая двойного Аристарха и про себя удивляясь: надо же, какие дикие имена встречаются в наше время!

«Алё, Нина... алё? Надеюсь, вы как-нибудь сюда заглянете, в моё окошко. Не знаю, как начать. Это я, Изюм, помните? Ваш дальний знакомый водила. Вёз однажды вас из Обнинска в Серединки, а потом мы баранинкой угощались в доме у Петровны (прокашливается). Вы простите, что влетел в ваше звуковое гостеприимство... Впервые пробую наговорить речугу в вотсапе... Написал бы вам письмо, но в писанине я дебил дебилом... Да я бы вообще не осмелился: вы — человек известный, вас, поди, многие такие достают, но... просто, Лёха сказал, что вы звонили ему аж из Америки, когда весть дошла... и сильно так плакали, ну, я и подумал... (вздыхает) Подумал, вам будет важно услышать». (Прокашливается, запись обрывается.)

«Алё, Нина, это опять я... Простите, оно у меня срывается... Не умею и... руки мокрые... В общем, подумал, вам будет важно узнать, что наша Петровна... что она так легко отлетела, в один миг, я оглянулся, а она уже... не на нас глядит... (давится) Лев Григорьич — это врач, крутой такой мужик и друг Сашкá, — он, когда понял, что мы опоздали, что алё, зря летели, и зря Сашок подставился, он ка-а-ак заорёт, ка-а-ак шарахнет кулаком по крыше того невинного авто, и ещё раз, и ещё! Я даже думал, он чужую машину расколотит в прах или кулаки на хрен отобьёт... Такие дела... Не хочу вас омрачать всей этой... романтикой морга, да я и не помню многого — знаете, будто колпак мне на башку насунули, будто я и сам

446 кувыркнулся. Лев Григорьич, бедный, всюду таскал меня за собой прицепом — видел, что меня и самого в морг... недолго. Он с виду грозный, но внутри... такой человечный. Говорил: «Ты, Изюм, мне здорово помогаешь. Ты очень жизненный субъект...» Ну и в тот же день мы встретились с их знаменитым Кислевским, поехали с ним в следственный изолятор, куда Сашку́ привезли. Это где-то в центре Иерусалима, а площадь почему-то называется «Русское подворье», какое думаю, совпадение!» (Запись обрывается.)

«Ой, простите, не знаю, дослушаете вы или нет... но только мне нужно это сказать... из меня это прёт и прёт, успокоиться не могу, сколько уже ночей не сплю. Совпадение, думаю, какое — «Русское подворье»! Подъезжаем, а Лев Григорьич сидит в машине, голову повесил... и не двигается. «Иди, Абраша, — Кислевскому говорит, — у меня ноги не идут. Только смотри, ни слова ему о жене. Ни словечка!» Ну и тот пошёл. Там ведь всё равно, кроме адвоката, никто и не может встретиться с обвиняемым, пока приговора нет... Эх, пустили бы к нему Льва Григорьича, друга его пожизненного, так, может, Сашок был бы жив... Но мне кажется, Нина, что эти двое, Сашок и Петровна, почему-то не могли порознь жить, — *всёрна* как в той древней легенде, какую мне Сашок рассказывал — забыл все имена, — когда чувак за умершей женой на тот свет живым попёрся. Я, помню, ещё говорю Сашку: «А чё ж он, мудила, обернулся?» А Сашок: «Не смог выдержать смертную разлуку», и таким это голосом сказал, у меня аж печёнка ёкнула. Так и эти: на земле порознь — смогли, а под землёю — нет. Это как человека надвое разрубить. И вот... разрубили.

А пока мы сидели в машине, Лев Григорьич мне всю жизнь Сашка́ рассказал, всю его любовь невероятную... как он всегда один, несмотря что бабы вокруг так и вились, он же красавец... А уж то, что она всю жизнь одна, эт я знаю, как никто! Я слушал, обалделый... Как это, думаю, в наши лёгкие-незамутнённые дни такой Шекспир приключился, такой, понимаете, душераздирательный Монте-Кристо?!

С полчаса, что ли, мы сидели... Вдруг скачет Кислевский, глаза на лбу, и сам прямо в ярости: ка-а-ак рванет дверцу машины, ввалился, кричит: «Кто ему сообщил?! Кто сообщил о смерти жены?!» Мы: как, что, не может быть?! Не было такого, он в камере без доступа! А Кислевский: «Да он меня этим встретил: «Нет её, говорит, нет уже моей дылды». Странное какое прозвище у его покойной жены...»

В общем, Сашок не хотел ни о чём говорить, *не шёл на контакт*, — это так у них называется. Только денег попросил. И вот эта его фальшивая просьба, Нина, она как-то успокоила Кислевского: раз человек денег просит, значит, у него какие-то планы на жизнь, верно? Кто ж знал, что он у соседа по камере, у какого-то бандюка, выкупит эту бритву одноразовую, бе-зо-пас-ную! вроде как — «побриться, а то, мол, оброс». Кто ж знал, что проклятущая эта бритва...» (Давится, запись срывается.)

«Всё, всё! Простите, Нина, я — всё, в полном порядке! Больше не повторится. Я коротко, у вас и времени нет мои стенания прослушивать. Я — коротко.

Наутро Кислевскому позвонили, сообщили, что заключённый Бугров... что он ночью себя порешил... что он, Сашок, вскрыл себе — забыл, как называется, — вену эту в паху и до рассвета кровью истёк... И что на этом следствие, значит, закрыто, хана. Тут, значит, что: как в песне, что ли, — бери тела, иди домой — правильно я понимаю?» (Запись срывается.)

«...Простите, Нина... Всё! Сейчас я — кремень. Рассказываю чётко, и больше не повторится. Дальше было — всё как по ранжиру, типа правительственного регламента. Вызвал я Лёху; у меня его телефон есть, Петровна давным-давно выдала, сказала — на всякий случай, мало ли что. И вот — пригодился. И Лёха прилетел метеором по небу, прямо ночью... Не знаю, знакомы ли вы с этим перцем. Он, конечно, золотая молодёжь, и тот ещё засранец, но внутри себя характер имеет. Держался молодцом — это ж представьте только, что на человека рухнуло: смерть матери да отца, которого он в глаза не видал, ухом не слыхал... И теперь давай, парень, волоки обоих родителей хоронить за тридевять земель. А Лёха — ничего оказался — мужик. Бледный, правда, был, как смерть, и не жрал ни черта. А ещё раза два ночью я слышал, как он в подушку давится и бьёт её кулаком. Но это же понятно: легко ли молодую мать хоронить. С отцом у него — что... тоже свидание не из лёгких. Как подошёл, глянул в гроб, пока не завинтили, сказал: «Ха! Будто сам лежу, только постарше». И Лев Григорьич — могучий всё-таки мужик, — не знаю уж, какое неуважение ему в тех словах Лёхи почудилось, только насупился он и: «Парень! — говорит. — Дай тебе бог кого-то так в жизни любить, как твой отец любил твою мать!..» А уж кто меня пробил до самого киля — так это девушка, старшая дочка Льва Григорьича. Они все, конечно, плакали — и жена его, и девочки. Сбились в кучку, такие несчастные. Но та, старшая — как она билась! Её муж держал, бессловесный, американский. А она так кричала, бедная: «Стаха! Стаха!» — будто, не приведи бог, отца хоронила. «Ругатели идут пешком!» — кричала. Совсем не в себе, видимо, была. Даже Лёха был в ауте, смотрел на неё во все глаза.

Вот такие дела... Не знаю, что вам ещё рассказать. Народищу пришло — на проводы, перед тем как их в самолёт загрузить, — хренова туча. Столько военных, все в форме, такие молодцеватые! Лев Григорьич сказал, что это сослуживцы, Сашок-то и сам был майором, тоже полжизни в форме проходил. Генерал какой-то, толстый мужчина, говорил-говорил, сморкался... я ж ни бельмеса не понял. Хорошо там, рядом со мной, мужичок подвернулся из наших, Боря зовут, фельдшер он, немного переводил мне, через пень-колоду, потому как тоже был не в себе, и всё башкой крутил и повторял: «Ну, док! Ну, что ты учудил над собой, док!»

«Снова сорвалось тут... простите... Ну вот, скоро дорасскажу. Там ещё один узбек подходил, руки нам с Лёхой тряс. Вернее, не узбек, конечно, а кто там у них из этих народов. Тоже в форме, сам тощий-тощий, а волосы — шаром. Помните, в нашем школьном детстве героическая бандитка была, Анжела Дэвис? Вот точно такая модельная стрижка. Мне Боря, фельдшер, рассказал, как Сашок без оружия, один, да ночью, прямо в разбойничье логово ради него поехал. Выкупил того Дэвиса у родни — там такие братки, они бы его непременно кокнули. В общем, спас парня, и потом, когда тот из тюряги вышел, держал его у себя дома где-то с полгода, пока не пристроил.

Ну и вот... Сами понимаете, Нина, в любой стране летающие покойники — это большой геморрой. Но Лев Григорьич такой крутой мужик — он даже президента ихнего лечил, так что всё прошло как по маслу... Какая-то серьёзная фирма этой всей *переправой* там занималась. Лев Григорьич смотрел-смотрел, как в брюхо самолёта плывут эти два гроба, — глаза красные, кулаки сжаты, и непонятно так говорит: «...Переправа через воздушный Стикс». Что интересно: у них возвращение на родину покойников тоже называется «репатриация». Лев Григорьич намекал, что, мол, Сашка́ лучше бы прямо там похоронить, но уж Лёха упёрся, как зверь: «Нет, говорит, они на родине рядом будут лежать!» А скулы ходят, глаза синие, прям лютые... — тут я и увидел, кто чей сын.

А здесь уже... эх, что сказать! Вот вы приедете, отвезу вас: это Лёха нашёл такое место умильное, смиренное кладби́ще — неподалёку тут, при нашем маленьком храме. Там уже не хоронят и всё рябиной заросло, издали грозди полыхают... Мать ему, понимаете, рассказывала, что в её родном городе была в заповеднике целая роща рябин, да и в доме она всегда рябиновые ветки с ягодами в стеклянную вазу ставила.

Там не хоронят уже, говорю, но вы ж знаете, как у нас: когда чего нельзя, то удобряют денежками... И тут народу понаехало — как на фестиваль! И какого народу! Что за имена! Прям не похороны, а литературная энциклопедия. Сергей РобЕртыч автобусов заказал — как на экскурсию. Тоже сильно помог.

Вот приедете, повезу вас: там такая красота: Тургенев! Монте-Кристо!.. Стоишь на холме, а вдали внизу белая-белая монастырская стена змеёй вьётся среди осеннего кипучего леса... (давится) Простите, Нина... простите меня... Не получается удержаться... Последнее-последнее, и больше ни гу-гу. Я всё о той бритве думаю, отвязаться не могу: ведь он, Сашок, думаю, да, и побриться хотел тоже, а почему ж нет? Чтоб, значит, красивым к ней туда прибыть, чтобы как... как муж к жене, которые... навсегда теперь...» (Запись срывается окончательно.)

Глава 12

ЦАРСКИЙ ПЕРСТЕНЬ

Года через полтора Лёшик, Алексей Аристархович Бугров, решил всё-таки продать деревенский дом своей матери. «Ну что поделаешь, некогда, — пояснил он Изюму, который жил теперь в окружении зверья, как Робинзон Крузо на острове: тут и Нюха, и Лукич, и Пушкин-хитрюга под ногами восьмёры крутит, — некогда сюда наведываться, — Лёха сказал, — а пустым дом оставлять негоже». От Москвы путь неблизкий, машину он только-только освоил, свободного времени нет совсем; при встрече долго рассказывал, какими сейчас международными проектами занят. Диплом художественного института он всё-таки получил — уж больно мать за это переживала, — но в целом больше времени посвящал музыке, организации джазовых фестивалей.

«Ну, дай ему бог», — покладисто говорил себе Изюм.

Сам он держался: не пил, восстановил паспорт, исправно работал в одной бригаде надёжных ребят, похерив Альбертика; неплохо зарабатывал и на Костика выдавал каждое первое, как по часам. Марго даже недавно обронила, мол, при данном раскладе она ещё подумает, не сойтись ли с таким солидным мужчиной обратно в семью. Видать, Дэн-то этой козе дал от ворот поворот! Ну ладно...

Царские хоромы Петровны так жалко было продавать, так жалко! — тем более что Лёха собрался продать имение со всеми его незаурядными потрохами. «А куда мне всё это девать?» — сказал. Хотя грех ему жаловаться, при его-то площадях... — Лёха стал весьма состоятельным человеком: квартира на Патриарших, и дом, и машинка почти новая. А ещё какая-то там отцова доля в международной клинике обнаружилась, да квартира, да... Ну ладно чужие дивиденды считать! Вот, значит, дом-то материнский Лёха решил продать со всей антикварной душевной начинкой. А уж как она, Петровна-покойница, красоту эту самую собирала, то и дело бегая к Боре-Канделябру в его пыльный, но прекрасно-таинственный подвал...

Они сидели на кухне у Петровны, перекусывали на скорую руку: Лёха купил по дороге штук восемь чебуреков, да Изюм занёс кастрюльку гречневой каши и литровую банку малосольных огурчиков. Чем не пир на весь мир, заметил Лёха, совсем как Петровна.

Так вот, и хорошо, что Изюм о Канделябре вспомнил! И Лёху надоумил. Канделябр, поди, за этот дом — истинную пещеру Али-бабы! — собственную душу продаст. Лёха идею одобрил, тут же и позвонил Борис Иванычу, представился сыном покойной Надежды Петровны. Тот, конечно, слышал эту историю — её даже в Боровске пересказывали, и Лёхе все полагающиеся слова соболезнования продекламировал от всего сердца — ахал и охал в трубку минут десять. А и понятно: такую верную покупательницу потерял. И дело не столько в покупках, а в родственной душе человека, жадного до истории отдельных личностей, пусть те и жили сто или даже двести лет назад. Ох, беда, беда...

Тут Лёха ему и сделал солидное предложение. Борис Иваныч даже обмер (Лёха ладонью трубку прикрыл, шепнул: «Обморок!»), заквохтал, подхватился и буквально через полчаса приехал — вот что значит воображение профессионала, вот что значит понимание момента и вечное ожидание чудес!

И всё сложилось, будто сценарий кто писал: антиквар-канделябрыч с первого взгляда воспылал к этому, как сам его назвал, «четырехпалубному лайнеру» страстным восторгом! Давайте, говорит, пока вы не проснулись, подпишем предварительный договор. Человек с юмором! И цену дал достойную, — на Лёхин взгляд, даже чересчур. Но, во-первых, что тот Лёха-джазист понимает в старине, во-вторых, надо учесть: то добро, которое Канделябр Надежде Петровне за все годы впарил, оно к нему же и вернулось — продавай опять, кому хочь!

Лёха, конечно, взял на память о матери какие-то небольшие вещи: лампу с мужиком голым парнокопытным, кресло с раскудрявой спинкой из спальни, семейную икону Божьей матери-заступницы, что уж сколько лет семью хранит, хоть и неважнецки у неё это выходит, да те часы из гостиной, что отбивают время, а сердце замирает, будто они отмеряют последний день твоей жизни.

И Изюму сказал: выбери, что хочешь.

Изюм застеснялся, подумал: ложечку какую попросить или вон чашечку, с лиловыми цветками? Опустил свои роскошные ресницы, потупился от смущения.

— Отдай мне её письменный стол, — сказал кротко. И сам заробел от своей наглости.

Но он с полгода назад приобрёл новый компьютер — мощный, уважительный такой агрегат. Влюбился в него, впаялся, влип по самую душу. Каждый вечер, умывшись после работы, присаживался к компу и «выходил в мир», нащупывая такие чудеса, что глазам своим не верил. Например, топ-десятку самых красивых в мире канатных дорог! И входил в виртуальную кабинку, и плыл один-одинёшенек по-над озёрами и лесами, между заснеженных пиков Швейцарских Альп, — так что потом они ему снились бесконечным скольжением в искристом голубом просторе.

— Я на него поставлю комп, каждый вечер буду Петровну поминать и благодарить.

— Хороший у тебя вкус, — отметил Лёха. — Германия, середина девятнадцатого века, красное дерево. Недурно. Ну ладно, бери!

Значит, джазист не джазист, а тоже понимает? Даже вызвался помочь перетащить столешник, — а что тут, вниз по лестнице да два шага по улице. Они разобрали ящики, попутно выбрасывая использованные ручки, заколки-зеркальца, патроны с губной помадой, коробочки со старой пудрой, — всё то, что собирается в ящиках и на полочках у всех, даже самых аккуратных женщин. Были ещё какие-то рукописи, видимо, писательские. Лёха сказал: ну их на фиг, в помойку этих гениев.

В самом нижнем ящике стола лежали в прозрачном файле ещё какие-то листы, не обычные, а побольше, желтовато-старые, плотные на ощупь.

— А эти — куда? — спросил Изюм. Вспомнил, как Боря-Канделябр впаял Петровне эти листы, которые, жаловалась она, так и недосуг прочитать. А потом, видать, и вовсе про них забыла. Да их и прочесть-то непросто, разве что засев на целый вечер.

— И эти туда же, — махнул рукой Лёха. — В помойку. Лабуда какая-нибудь.

Однако Изюм — он как ищейка. Именно это старьё желтоватое он не поторопился выкинуть — ещё чего! Петровна за него деньги платила; в крайнем случае, надо листочки эти обратно Канделябру всучить. В общем, унёс к себе...

А ближе к вечеру протёртый полиролью, бликующий благородной красноватой древесиной старинный стол уже стоял у окна, из которого (Изюм место это с умыслом выбрал) виден был дом Петровны и окно её спальни. И если создать себе в уме настроение и виртуально войти через веранду в гостиную, а потом по лестнице наверх, в спальню прекрасной рыжей его соседки, то можно думать о ней, представляя её живой и здоровой, представляя, что это Петровна там не спит — колобродит, читает рукопись какого-нибудь современного Перца.

В общем, Изюм надел очки (недавняя реалия!), вынул листы из файла, разложил перед собой. Да: с писаниной у него получалось не шибко, но читать-то он пока не разучился. Он же в детстве прочитал четыре стеллажа библиотечных книг!

С этими листами дело оказалось не быстрое, спотыкливое... буквы блёклые, вот-вот истают, — короче, напрягаться надо. Но Изюм, в память о Петровне, был не прочь напрягаться. Пусть ему кажется, будто она и читает.

Первый лист, правда, оказался полной бредятиной. Озаглавлен: «Реестръ поименованных драгоценностей, кои помещены в хранение банком «Дрейфус и сыновья» в городе Цюрихе пятнадцатого сентября 1858 года».

Далее, по пунктам, шло утомительное перечисление каких-то «аметистовых жирандолей княгини Белозерской», «камеи с профилем, вырезанном на колумбийском изумруде, собственности

458 Ея Высочества Анны Павловны», «кулона из редкости необычайной: огромной чёрной жемчужины неслыханной величины, личной принадлежности Ея Высочества Елены Павловны», «кулона с огромным сапфиром, осыпанного бриллиантами, владение княгини Репниной-Волконской», «Бриллиантовой тиары царской с чистейшими сапфирами-слёзками», «Парюры бант-склаваж владения фрейлины Марии Разумовской», «Серёг изумительной ценности, принадлежности Ея Величества императрицы Екатерины II — бриллианты, шпинели, золото»...

Вся эта бабская дребедень мелким убористым почерком шла до самого конца листа. Изюм сие чтение прекратил в первой трети списка, а лист смял и выбросил — кому и на что сдались старые цацки давно померших графинь — вон, даже Маргаритины цацки он спокойно похерил, а те были настоящими, не на бумаге!

Зато уже на другом листе стало ужасно интересно — несмотря на то, что там история шла без начала и, как оказалось, без конца. Но с первых же слов выходило так, будто Изюм влетел в комнату, где сидят и разговаривают два человека; прямо посреди интереснейшей беседы влетел, и многое отдал бы за то, чтоб прочитать, с чего всё началось!

«...после ужина пробовать сигары из нового ящика, который сын мой Шимон, Семён то бишь, выписывал из-за границы; предаваться отдохновению и очень приятной беседе, когда, низко склонившись

к моей руке (на краткий миг мелькнула у меня дикая по своему невероятию мысль, что почтенный гость вдруг вознамерился раболепно припасть к моей особе), он достал из кармана жилета лупу, с какой не расстаётся ни один уважающий себя ювелир, и, поднеся её к глазам, осторожно молвил:

— Достопочтенный сударь Аристарх Семёнович, ваш перстень... помилуй Бог!»

Изюм так и подскочил на табурете, чуть не сверзился — это что тут значит: Аристарх Семёнович? Это какой тут? Почему это? Откуда?! И с какого случая Боря-Канделябр ещё два года назад впендюрил Петровне листы, явно относящиеся к её мужу, по крайней мере, к его имени, а с таким именем — какие могут быть совпадения? Никаких, тут без шанса и без шуток!

Изюм вообще в случайности не верил. Скорее, он бы заподозрил какую-то антикварную аферу. Но откуда Канделябру знать про Сашка́? Может, барахольщик-то и есть настоящий шпион?

Он стащил с носа очки, протёр их полой фуфайки, снова насунул на глаза. У него, как у собаки, захватывало дух, разве что хвост не вертелся как бешеный.

«...Едва превозмогнув желание отдёрнуть руку, я медленно произнёс:

— Помилуй Бог всех страждущих... Что смутило вас, милейший Серафим Михайлыч, в моём перстне?

— Камень... Если не ошибаюсь, это — голубой бриллиант?

— *Надеюсь, что так.*

— *Невозможно спутать!..* Этот чистейший васильковый свет... Он и при свечах сияет, как на солнце. Очень, очень редкий камень, и редкой, я вижу, величины. Возможно, вы не знаете: такой цвет получается за счёт присутствия в бриллианте вещества alunten. Элемент этот разведал не так давно датчанин Ганс Эрстед путём нагрева. Восстановил амальгамой калия... Поразительно: здесь тоже полностью отсутствует серый цвет, нежелательный в голубых бриллиантах.

— *«Тоже»?* — прилежным голосом повторил я. — *Что вы имеете в виду?*

— *Только то, что ваш перстень, вероятно,* — собрат того, другого... Не будет ли дерзостью поинтересоваться: какими путями он добрался до вас?

— *Напротив,* — легко, насколько позволяло моё трепетавшее нутро, ответствовал я человеку, в силах которого было погубить меня в мгновение ока, ведь Серафим Михайлович Брегер многие годы был придворным ювелиром Ея Величества и, будучи изрядным мастером, к тому же весьма неплохо разбирался в придворных тонкостях. — *Всё очень просто: моя покойная супруга, которой перстень достался от тётушки, перед смертью пожелала, чтобы я носил его до тех пор, пока мы с ней не соединимся в лучшем из миров.*

— *Хм... э-э-э... потому как, видите ли, похожий перстень существовал и многие годы считался единственным в своём роде, принадлежа царственной особе.*

— *Которой особе?* — *удивился я.*

Усмехнувшись, мой гость проговорил:

— *Ея величеству Екатерине Второй... Затем был подарен ею графу Ш. — не осмеливаюсь произнести полностью это имя, так как не знаю, но догадываюсь, за услугу какого свойства граф был ею щедро одарён. Впрочем, это неважно! Значит, существовал и второй такой же... хм...*

Он задумался...

Собрав в кулак всю весёлость гостеприимного хозяина, я воскликнул:

— *Но ведь не диво, что в одно и то же время две похожие вещи имеют двух хозяев.*

— *Не скажите,* — *по-прежнему в задумчивости отвечал мой гость.* — *Тут надо знать историю его пропажи.*

— *Так он пропал?!* — *по-прежнему оживлённо восклицал я, хотя, видит Бог, мне эта весёлость давалась всё с большим трудом.* — *Когда, как это случилось?*

— *Увы, очень давно... Старая история, ещё прошлого столетия. Почему столь подробно эту историю я знаю и, думается, могу уже рассказывать, не чинясь,* — *потому что в молодости встречался с внуком графа Ш., мы даже в приятелях числились, пока он не поддался ужасному наследственному пороку и не спился, бедняга, в своём великолепном имении, которое совсем не пострадало в Наполеонов пожар, хотя там и размещались части Богарнэ, зато пострадало чуть позже, и тоже от огня, якобы случайного. Поговаривали, что красного петуха подпустил крепостной люд, уж больно* над мужиками там измывались. Мне случалось бывать в том доме, больше похожем на дворец. Возможно, и вам приходилось ездить по той дороге?.. Она проходит недалеко от Немецкой слободы, со стороны...

— Нет! Нет, никогда не случалось, — быть может, слишком поспешно заверил я его. — И что ж это за история?

Признаться, я трепетал не только от опасения быть разоблачённым, но и от острейшего, сжигающего меня любопытства. Загадка тягостного для меня сокровища, тайна и проклятие всей моей жизни, могла объясниться в ближайшие минуты.

— О, это совершенно драгоценная сказка в самом прямом значении, ибо касается драгоценностей, и несметных! — Гость мой умолк, вновь задумавшись, и, будто очнувшись, повторил: — ...Несметных! А началась в годы правления Государыни. Тогда, знаете ли, из Франции, из Германии, из Дании... выписывали искусных ювелиров, ибо Государыня Екатерина Великая известна была своей любовью к украшениям и знала в них толк. Это ведь она ввела при дворе моду на бриллианты. Так в России оказались первостатейные мастера: Георг-Фридрих Экарт, Иеремия Позье, Людовик Дюваль, Леопольд Пфистерер...

Вот и тогдашний граф Ш., торопясь копировать моду Государыни, пригласил из Страсбурга великолепнейшего ювелира. Звали его Жан-Луи Мобуссэ, и в Россию приехал он не один, а с маленькой дочерью, у которой за пазухой на длинном шнурочке висел кожаный мешочек, из тех, знаете, где лежат нехитрые гроши или что-нибудь незамысловатое, но сердцу бедняка дорогое. Ежли спрашивал кто из прислуги, девчушка отвечала, что хранит там пару серебряных колечек да гранатовую заколку для волос, память о маменьке. Но, любезный мой Аристарх Семёныч, хотите ли знать, что на самом деле хранилось в том мешочке? Великая редкость — цветные бриллианты! Вернее, цветные алмазы, которые её отец предполагал огранить, оправить и сделать бесценными. Бес-цен-ными! — повторил мой гость, подняв костлявый палец. — Ибо среди камней были два великолепных синих, два редчайших, чистейшей воды зелёных камня (возникающих за счёт примесей хрома), изумительно яркий голубой камень и, наконец, самый дорогой, самый, пожалуй, редкий — а возможно, единственный в мире — красный алмаз!

И знаете, что удивительно: девочка сама была необычайно талантлива.

Эта крошка уже лет семи от роду рисовала пером и чёрной тушью столь пленительные и сложные узоры, что оторопь брала. Отец использовал их в своей изысканной работе. Вся знать и царский двор в том числе наперегонки делали заказы мсье Мобуссэ. Да и граф был чрезвычайно доволен: для постоя он выделил чужеземным гостям прекрасные комнаты, и не во флигеле, как следовало по предварительному контракту, а прямо во дворце, где приглашены они были и столоваться с графом. Между ним и ювелиром было уговорено, что драгоценности, сделанные по его заказу, обойдутся графу чуть не в половину цены. Так оно и пошло.

464   *Девочка росла, стала помогать отцу в работе,
и порой то, что делала она, вовсе не уступало отцову мастерству. Напротив, многие заказчицы из
числа дам высшего света утверждали, что вкус
ювелира с годами становится более утончённым.
Да, это была необычайно даровитая юная особа;
элементы, которые она привносила в работу, — та
микроскопическая золотая сетка, в глубине которой камень как бы рождался и нежно сиял — пле-
нённой жемчужиной в глубине перламутровой рако-
вины, — сообщали драгоценностям особое потаён-
ное очарование... Её руки, — проговорил мой гость
с внезапной горечью, — руки её, вот что было под-
линной драгоценностью, досточтимый Аристарх
Семёнович...*

*Мой гость, похоже, слегка опечалился от соб-
ственного рассказа. Я же пребывал в неистовом на-
тяжении всех своих внутренних жил и боялся, чтобы его рассказ был чем-то или кем-то прерван. Невольно поморщился, когда Роман, слуга, следуя моим
предварительным распоряжениям, внёс на подносе
початую бутылку французского бренди и два бока-
ла. Молча, движением руки я велел ему поставить
поднос на маленький столик между мной и моим
гостем и отослал прочь. Сам поднялся и разлил
«Cortel» по бокалам.*

*— Попробуйте-ка, дорогой Серафим Михайло-
вич, этот бренди, очень приятный на вкус, мой сын
выписывает из Франции...*

*И какое-то время наш разговор крутился вокруг
напитков: мой гость оказался тонким ценителем
крепких напитков, увлёкся, мы выпили ещё по бока-*

лу... *Видит Бог, сколько душевных сил, даже изворотливости мне понадобилось, чтобы ненатужно, избежав подозрений, воротить его к прерванному рассказу.*

— *Однако...* — *его рука потянулась к сигарному ящику.* — *Прекрасные сигары у вас, дорогой Аристарх Семёныч, крепчайшие,* — *проговорил он, выбирая, кружа над плотным рядом золотистых дорогих сигар, к которым и я, признаться, пристрастился в последние годы. Далее я наблюдал, как с поистине ювелирной точностью он её обрезал: вставил в отверстие гильотины, резким движением свёл ножи,* — *и шапочка сигары отлетела и укатилась под его кресло. Боже, боже, подумал я, так и голова преступника: легко слетает с плеч под ножом истинной гильотины. Однако беда пришла с неожиданной стороны...* — *Вы не находите, достопочтенный Аристарх Семёныч, что жизнь всегда умеет удивить нас и... ошарашить?* — *спросил мой гость, остро глянув в самое моё сердце* — *мне так показалось! Я молча понурил голову, не в силах вымолвить на это ни слова, а он продолжал:* — *Вышло так, что граф стал оказывать настойчивые знаки внимания мадемуазели Мобуссэ, и когда она вполне расцвела (а как нарочно, граф в то время потерял супругу), домогательства его стали нестерпимы. Дошло до того, что однажды, застав мадемуазель одну, граф позволил себе невероятную дерзость, так что бедняжка с трудом вырвалась из его цепких объятий и убежала в деревню, где отсиживалась у знакомой бабки несколько дней.*

466   Тогда разъярённый отец предстал перед вельможей для объяснения, и разговор их происходил без свидетелей. Якобы граф принёс свои извинения и, признавшись в любви к мадемуазель Мобуссэ, даже предложил её отцу некое «особое положение» для девушки, с соответствующим изрядным содержанием... Может, полагал, что юную француженку прельстит положение богатой содержанки? Но ей ли, семнадцатилетней красавице, к тому же искусной мастерице по ювелирному делу, пристала пусть и завидная, но отвратительная связь со старым вельможей?! Она с негодованием отвергла предложение графа. Отношения вконец разладились, и весьма скоро, после очередного безобразного оскорбления стало очевидным, что несчастным чужакам остаётся лишь одно: покинуть имение графа незамедлительно. Мсье Мобуссэ объявил, что они возвращаются в своё отечество.

— Если б так оно и случилось, — продолжал мой гость, щуря глаза в сигарной дымке, — большой беды в том бы не было: много лет этот незаурядный мастер жил у графа на всём готовом, зарабатывая своим искусством немалые деньги благодаря заказам двора и знати. Надо полагать, во Францию он бы вернулся богатым человеком... Однако хитроумный француз, оскорблённый низким поведением графа, озлобился на весь свет и задумал одну презабавнейшую штуку: всем, кто заказывал у него когда-то украшения, в том числе знатнейшим персонам царского двора, среди которых были и Белозерские, и Репнины, Барятинские и Салтыковы, Разумовские и *Бутурлины... и много, много кто ещё... не говоря уж о высочайших особах, — он написал, что получил из Франции некую новейшую смесь, придающую драгоценностям не тускнеющий блеск, а также специальную шлифовальную машину, передвигать которую невозможно, а потому предложил, чтобы драгоценности присылали к нему, в имение графа. Понятно, что дамы, вечно ослеплённые блеском драгоценных камней, бросились посылать ювелиру с нарочными некогда изготовленные им бесценные колье, кольца, тиары, жирандоли, броши, серьги, кулоны и браслеты... чтобы те засияли новым неугасимым блеском!*

Между тем ювелир с дочерью подготовились к побегу с величайшим тщанием: задолго выправили паспорта, тайно договорились с возницей, который всю ночь должен был гнать лошадей до ближайшей пограничной заставы... Все драгоценности сложили в сумку из необычайно крепкой свиной кожи и назначили себе ночь побега. Но... то-то и оно. Не убереглись! Были раскрыты, когда спускались по чёрной лестнице. Горничная услышала крадущиеся шаги и подняла тревогу, думая, что это воры.

Ювелира схватили сразу, а мадемуазель, в общей суматохе, в криках, в темноте и бестолковой беготне слуг, метнулась назад и... ухитрилась в считаные минуты куда-то спрятать суму, да так, что обнаружить её не оказалось возможным, ибо воровка не выдала тайны. Граф — когда разбудили его, — пришёл в ярость непередаваемую! Кричал: «Пытайте её! Ломайте ей пальцы!» Но девушка и под пытками не призналась, куда схоронила со-

кровища: сильная духом была, куда крепче отца. *Пытали-то её перед стариком, и крепко пытали: и вправду ломая её драгоценные пальцы, и тот рыдал, и умолял дочь открыть место схрона, но барышня молчала насмерть, так что бедный отец, не выдержав этого зрелища и криков любимого чада, там же на месте испустил дух. А девушку, — тут рассказчик снова вздохнул, — так ничего и не узнав (хотя клочья её волос устилали ступени дворца — её волокли за волосы по лестницам и залам), в конце концов бросили в подвал без еды и питья, где очень скоро она угасла: кровью истекла. Перестарались, как у нас водится. Хватились, а она уж и бездыханная, да в содружестве с крысами. Всё одно — не допросишься. Обыскали дворец снизу доверху, вдоль и поперек, подвалы-чердаки... Ничего не нашли! И главное: «Где-е-е?! Ка-а-ак?! — кричал граф. — За считаные минуты?!»*

Мой гость умолк, задумавшись. Я же сидел, в бессилье откинувшись к изголовью кресла, куда не доставал свет от слишком пышного, двенадцатисвечного, канделябра. Руки мои озябли, как на морозе, душа помертвела, зато полузабытая картина — мраморный камин в той давней зале графского имения — ожила перед глазами с пронзительной ясностью. Та фальшивая полка, полая изнутри камина, куда меня повлекло когда-то проклятое неуёмное любопытство. Возможно ли, что и юная француженка знала об этом незамысловатом тайнике ещё по отчему дому в Страсбурге — как и я, венецианский мальчишка, озорник, прятавший в подобной же полке отцову трубку да кисет с табаком?..

— *История для графа получилась, сударь, весьма конфузная*, — *наконец нарушил молчание мой гость*, — *граф пребывал и в бешенстве, и в горе, ибо* — *чорт с ними, французами*, — *должен был отвечать за пропажу неслыханных богатств перед множеством знатнейших семейств, которым ещё долженствовало доказывать, что схрон так и не найден. Как?! В собственном доме?!* — *всё это выглядело весьма подозрительным, никто ему не поверил, тем более что граф известен был как одержимый игрок, продувший за свою жизнь в карты три родовых поместья. По требованию некоторых высочайших семей, пострадавших в этой катавасии, был возбуждён иск, и дело передано на рассмотрение в Сенат* — *из-за колоссальнейшей суммы общего убытку... Однако не кончилось ничем, и от графа отвернулись многие, многие. Впрочем, он и сам довольно скоро скончался, ибо жестоко запил, не в силах вынести этой цепи потрясений... Между прочим, однажды мне попал в руки реестр пропавших драгоценностей*, — *продолжал ювелир оживлённо.* — *Внук графа Ш. попросил секретаря Сената снять копию с того листа, что фигурировал в деле. Я тоже не поленился и снял копию* — *из чистейшего любопытства. Если захотите, могу вам прислать. Это весьма поучительный реестр, я бы назвал его ос-леп-ля-ющим! Дух захватывает даже при чтении, драгоценный Аристарх Семёныч!*

Голос гостя моего обладал прямо-таки чарующей гибкостью и силой. Ему бы не ювелиром быть, думал я, ускользая взглядом на шкафы с книгами, на лю-

470 *стру, где уже полвека недоставало семи хрустальных серёг, на любимую гравюру Фабера дю Фора,
где с изрядным мастерством изображён был второй
день переправы войск Императора через Неман. (Я,
бывало, часто, с мучительный грустью, смотрел на
это изображение и видел не толпу солдат, лошадей, орудий и повозок, а голубой щербатый лёд своих
дальнейших скитаний, кровь несчастных беглецов,
прощальную соль на губах.) Не ювелиром быть ему,
думал я о госте, а на подмостках выступать в Им-
ператорском театре.*

*Словом, смотрел я куда угодно, только не на
пытливое лицо с аккуратными бакенбардами и двумя странными бородавками над обеими бровями,
что придавало его в целом приятной внешности
некоторую двусмысленность, арлекинную шутли-
вость.*

*Тут впервые я обратил внимание на его жилет.
Гость мой был одет по моде последних лет: фрак
и брюки чёрного цвета, с шёлковыми лацканами
и лампасами из шёлковой тесьмы, дабы пепел от
сигар легко соскальзывал с костюма. Говорили, такая отделка вошла в моду благодаря Бенджамину
Дизраэли, ещё одному моему соплеменнику, достиг-
шему небывалых высот при английском дворе.*

*Но жилет моего гостя... Я пригляделся: искусно
вышитые зелёные попугаи шли вкруговую по груди, спускаясь к животу. От этих весёлых попугаев (один был даже вышит на кармашке для часов)
я не мог отвести глаз, и как же издевательски они
маячили перед глазами, намекая, а возможно, даже
угрожая... но чем же, чем?!*

— *Так вот, одной из пропавших драгоценностей был как раз знаменитый перстень государыни Екатерины Великой, с точно таким* (он вновь достал из кармашка и поднёс к глазу лупу, склонился к моей руке, безвольно лежавшей на ручке кресла, после чего выпрямился), — *с таким же голубым бриллиантом, как на вашем пальце, милейший Аристарх Семёныч, эк играет он, сердешный, завлекает, душу мутит... И ведь полнейшая тайна, как тот перстень, который граф Ш. не снимал с руки ни днём, ни ночью, оказался украден. Что, согласитесь, наводит на мысль: а не решилась ли молодая француженка добыть его... э-э-э... путём известным и двусмысленным, поставив графу условие... Впрочем,* — спохватился мой гость, — *домыслы эти бесполезны и неделикатны.*

Ошеломлённый его рассказом и столь пристальным вниманием к моему перстню, я едва мог продолжать беседу и чуть не лепетал, чуть не оправдывался... Вскоре, отговорившись подагрой, удалился в свои комнаты.

Беспокойной выдалась та ночь. Голова моя горела, как в огне, перед взором вихрилась блестящая морозная пыль, ледяная вода поднималась к самому горлу, и окоченевшие пальцы скользили по коже ремня убитого вольтижёра, которым я приторачивал к коряге свою знаменательную кровавую находку, пытаясь ухватить в воде ременную пряжку. Были минуты, когда меня подмывало закричать на весь дом: «Да! Это я, Аристарх Бугеро, я, Ари Бугерини, нашёл схрон несчастной француженки!» — и всякий *раз меня окатывало испариной ужаса, и губы мои стыли в немоте. Вся моя жизнь проходила грозными картинами перед...»*

В яростной досаде, бурно дыша и чертыхаясь, Изюм принялся шарить и проверять — не упустил ли он где-то хотя бы ещё один лист, не написано ли на обороте какого-то... Нет! Облом, коллапс и ужас! Обрыв сериала, и телик сгорел на хрен! Он прихлопнул ладонью листы: что было там до, что было после этой встречи; откуда этот самый Аристарх Семёныч взял перстень, куда делось остальное богатство из схрона француженки и какое всё это имеет отношение к Сашку? Там был ещё один лист — про скитания, про павших лошадей, про мёрзлую картофелину из-под снега... Но то уже была просто оборванная история французского офицера, затерянного в наших снегах: видать, несло Аристарха Семёновича, с целым набором его имён и фамилий, как со связкой воровских фомок; несло нашими вьюжными ветрами, морозило нашим морозцем, прихватывало так, что мама не горюй. Но, по всему, выжил, а? Значит, выжил и до-о-олго прожил француз в России, скрывая свою историю, свою родину и свою душу.

Изюм набрал телефон Лёхи, мельком глянув на часы: ох ты, мать честная, третий час ночи! Но в окне спальни Петровны горел свет, — значит, и Лёхе не спалось. Может, бродил в последний раз по дому или сидел, разбирая какие-то материны письма в компе, или думал об отце, которого судьба ему показала в гробовую щёлочку.

Лёха ответил сразу и вроде как даже не удивился, услышав голос Изюма.

— Слышь, Лёха, — с напором торжествующего первопроходца выпалил тот. — Листы те, старые, — не лабуда! И выбрасывать их не стоит. Потрудись и прочитай. Уверен, это ваше — семейное.

Через две минуты он уже торчал на крыльце, и когда Лёха открыл, вручил ему находку. Вообще-то, он надеялся, что Лёха пригласит в дом, заварит чаёк, а Изюм, поскольку одолел уже эти перемудрённые буквицы, выразительно зачитает ему на голоса: он это любил, помнил радиоспектакли своего детства и частенько Костику изображал «Властелина колец» или «Гарри Поттера» — женскими и мужскими (при надобности) голосами.

— Во... — произнёс в возбуждении, пытаясь пальцем указать — в жёлтом свете лампочки над входной дверью веранды — то место, где начиналось про «достопочтенный сударь Аристарх Семёныч...»

Но Лёха аккуратно вынул из его руки листы и стал читать прямо там, на крыльце, поднимая брови и медленно шевеля губами.

— Видал, видал?! — торжествуя, выкрикнул Изюм. — А ты хотел — в помойку! Если б не я... Хорошо, что я предусмотрительный. Это ж не совпадение?! Там и фамилия есть: *Бугеро* — ведь похоже, почти Бугров, да?

Лёха поднял голову и уставился на него, будто не понимал, о чём сосед толкует.

— Изюм, — проговорил он так трудно, словно ему было больно глотать. — Ты иди... пожалуйста. Я хочу остаться один.

И Изюм не обиделся: видать, это семейный у них характер. Видать, нравные парни все эти... *Бу-ге-ро*.

А Лёшик, Алексей Аристархович Бугров, не спал до утра...

Он вновь и вновь возвращался к уцелевшему обрывку жизненной повести своего предка, о котором ничегошеньки не знал и уже, конечно, не узнает. И ещё он думал о последних минутах жизни своего отца, Аристарха Семёновича Бугрова, — незнакомого ему, к сожалению, человека, — пытаясь ощутить, что чувствовал тот, решив немедленно пуститься в дорогу за своей возлюбленной, догнать, настичь её — навеки.

О чём думал его отец? Чей голос слышал в последние мгновения, опытной рукой врача отворяя собственную душу?

Голос Веры Самойловны произнёс над самым ухом: «Ан-гель-ский! Ты слышишь, Аристарх? Ангельский рожок!» — и вслед за этим кто-то искусный, не такой разгильдяй, как Сташек, а настоящий виртуоз, заиграл «Мелодию» из «Орфея и Эвридики» — прекрасную до боли и прощальную, как догоравшая свеча.

«Соберись и исполни, — сказала старуха Баобаб, ободряюще ему улыбаясь. — Сыграй как в последний раз». Он кивнул, вдохнул и — всей грудью,

сердцем полетел над музыкой, направляя её вверх, вверх и поднимаясь вслед за нею, — и правда в последний раз.

Крылатая цыганская лошадь тряхнула гривой, взмыла к сметанным облакам и понеслась по небесной гряде над плавной волокитой Клязьмы, над медвяным обмороком летнего луга, над песней жаворонка, над медным глянцем вечерней реки. Понеслась, лихо раскачивая старый брезентовый фургон, из которого на землю сыпались свистульки, и тугие, из аптечных сосок дутые шары, и китайские синие кеды, и прочая восхитительная дребедень.

Плеснула на окраине памяти цыганская юбка Папуши, и далёкий голос её, уже не земной, участливо проговорил: «Как же ты её любишь, как старательно для неё учишься!»

А рожок всё пел, утомлённо замирая, — так стихала его любимая, чьё тело светилось лампадой в шатре старой ивы. Он рванулся, догнал её... и вместе они вошли в певучую воду, забредая всё дальше, всё глубже — по грудь, по самые глаза — в тихий простор этой мелодии, постепенно растворяясь в жемчужной боли ангельского рожка: сладостно-щемящей, как сама любовь, и такой же безутешной...

Иерусалим — Дворяниново,
Сентябрь, 2019

Благодарности

За несколько лет, в течение которых я работала над этим огромным, в трёх книгах, романом, меня незримо (как правило — электронно, но и душевно, и мысленно) сопровождало множество людей: и те, кого я давно считаю друзьями, и те, с которыми познакомилась совсем недавно. Каждый из них помогал, как мог, своей памятью о городах и обстоятельствах жизни или своими профессиональными знаниями. Это самые бескорыстные и благородные советчики на свете — те, кто делится с писателем приметами и людьми детства и юности, судьбами близких. Их я и хочу поблагодарить:

Николая Павловича Алексеева, Веру Чернову, Татьяну Пугачёву, Катю Соллертинскую, Виктора Леви, Аллу Штейнман, Диму Березнего, Романа Скибневского, Маргариту Чёрную, Владимира Зисмана, Сергея Баумштейна, Ларису Герштейн, Илью Гольдина, Лёшу Осипова, Софью Шуровскую, Александру Белибу, Веру Рубину.

А ещё сердце моё полно вечной благодарности *Наде Холодовой — моей Надюше, Надежде Кузьминичне, — которая, увы, не сможет ни прочесть эту книгу, ни услышать меня, и с уходом которой я так и не смирилась.*

Дина Рубина

Оглавление

Все права защищены. Книга или любая ее часть не может быть скопирована, воспроизведена в электронной или механической форме, в виде фотокопии, записи в память ЭВМ, репродукции или каким-либо иным способом, а также использована в любой информационной системе без получения разрешения от издателя. Копирование, воспроизведение и иное использование книги или ее части без согласия издателя является незаконным и влечет уголовную, административную и гражданскую ответственность.

Литературно-художественное издание

Рубина Дина

НАПОЛЕОНОВ ОБОЗ
Книга 3
Ангельский рожок

Ответственный редактор *О. Аминова*
Младший редактор *Е. Шукшина*
Художественный редактор *А. Дурасов*
Технический редактор *О. Лёвкин*
Компьютерная верстка *О. Шувалова*
Корректор *О. Степанова*

ООО «Издательство «Эксмо»
123308, Москва, ул. Зорге, д. 1. Тел.: 8 (495) 411-68-86.
Home page: www.eksmo.ru E-mail: info@eksmo.ru
Өндіруші: «ЭКСМО» АҚБ Баспасы, 123308, Мәскеу, Ресей, Зорге көшесі, 1 үй.
Тел.: 8 (495) 411-68-86.
Home page: www.eksmo.ru E-mail: info@eksmo.ru.
Тауар белгісі: «Эксмо»
Интернет-магазин : www.book24.ru

Интернет-магазин : www.book24.kz
Интернет-дүкен : www.book24.kz
Импортёр в Республику Казахстан ТОО «РДЦ-Алматы».
Қазақстан Республикасындағы импорттаушы «РДЦ-Алматы» ЖШС.
Дистрибьютор и представитель по приему претензий на продукцию,
в Республике Казахстан: ТОО «РДЦ-Алматы»
Қазақстан Республикасында дистрибьютор және өнім бойынша арыз-талаптарды
қабылдаушының өкілі «РДЦ-Алматы» ЖШС,
Алматы қ., Домбровский көш., 3«а», литер Б, офис 1.
Тел.: 8 (727) 251-59-90/91/92; E-mail: RDC-Almaty@eksmo.kz
Өнімнің жарамдылық мерзімі шектелмеген.
Сертификация туралы ақпарат сайтта: www. eksmo.ru/certification

Сведения о подтверждении соответствия издания согласно законодательству РФ
о техническом регулировании можно получить на сайте Издательства «Эксмо»
www.eksmo.ru/certification
Өндірген мемлекет: Ресей. Сертификация қарастырылмаған

Подписано в печать 14.10.2019. Формат 84x108¹/₃₂.
Гарнитура «Ньютон». Печать офсетная. Усл. печ. л. 25,2.
Тираж 65000 экз. Заказ 10452.

Отпечатано с готовых файлов заказчика
в АО «Первая Образцовая типография»,
филиал «УЛЬЯНОВСКИЙ ДОМ ПЕЧАТИ»
432980, Россия, г. Ульяновск, ул. Гончарова, 14

18+

В электронном виде книги издательства вы можете
купить на **www.litres.ru**

ЛитРес:
один клик до книг

Москва. ООО «Торговый Дом «Эксмо»
Адрес: 123308, г. Москва, ул. Зорге, д. 1.
Телефон: +7 (495) 411-50-74. **E-mail:** reception@eksmo-sale.ru

По вопросам приобретения книг «Эксмо» зарубежными оптовыми
покупателями обращаться в отдел зарубежных продаж ТД «Эксмо»
E-mail: **international@eksmo-sale.ru**

*International Sales: International wholesale customers should contact
Foreign Sales Department of Trading House «Eksmo» for their orders.*
international@eksmo-sale.ru

По вопросам заказа книг корпоративным клиентам, в том числе в специальном
оформлении, обращаться по тел.: +7 (495) 411-68-59, доб. 2261.
E-mail: **ivanova.ey@eksmo.ru**

Оптовая торговля бумажно-беловыми
и канцелярскими товарами для школы и офиса «Канц-Эксмо»:
Компания «Канц-Эксмо»: 142702, Московская обл., Ленинский р-н, г. Видное-2,
Белокаменное ш., д. 1, а/я 5. Тел./факс: +7 (495) 745-28-87 (многоканальный).
e-mail: kanc@eksmo-sale.ru, сайт: www.kanc-eksmo.ru

Филиал «Торгового Дома «Эксмо» в Нижнем Новгороде
Адрес: 603094, г. Нижний Новгород, улица Карпинского, д. 29, бизнес-парк «Грин Плаза»
Телефон: +7 (831) 216-15-91 (92, 93, 94). **E-mail:** reception@eksmonn.ru

Филиал ООО «Издательство «Эксмо» в г. Санкт-Петербурге
Адрес: 192029, г. Санкт-Петербург, пр. Обуховской обороны, д. 84, лит. «Е»
Телефон: +7 (812) 365-46-03 / 04. **E-mail:** server@szko.ru

Филиал ООО «Издательство «Эксмо» в г. Екатеринбурге
Адрес: 620024, г. Екатеринбург, ул. Новинская, д. 2щ
Телефон: +7 (343) 272-72-01 (02/03/04/05/06/08)

Филиал ООО «Издательство «Эксмо» в г. Самаре
Адрес: 443052, г. Самара, пр-т Кирова, д. 75/1, лит. «Е»
Телефон: +7 (846) 207-55-50. **E-mail:** RDC-samara@mail.ru

Филиал ООО «Издательство «Эксмо» в г. Ростове-на-Дону
Адрес: 344023, г. Ростов-на-Дону, ул. Страны Советов, 44А
Телефон: +7(863) 303-62-10. **E-mail:** info@rnd.eksmo.ru

Филиал ООО «Издательство «Эксмо» в г. Новосибирске
Адрес: 630015, г. Новосибирск, Комбинатский пер., д. 3
Телефон: +7(383) 289-91-42. E-mail: eksmo-nsk@yandex.ru

Обособленное подразделение в г. Хабаровске
Фактический адрес: 680000, г. Хабаровск, ул. Фрунзе, 22, оф. 703
Почтовый адрес: 680020, г. Хабаровск, А/Я 1006
Телефон: (4212) 910-120, 910-211. **E-mail:** eksmo-khv@mail.ru

Филиал ООО «Издательство «Эксмо» в г. Тюмени
Центр оптово-розничных продаж Cash&Carry в г. Тюмени
Адрес: 625022, г. Тюмень, ул. Пермякова, 1а, 2 этаж. ТЦ «Перестрой-ка»
Ежедневно с 9.00 до 20.00. Телефон: 8 (3452) 21-53-96

Республика Беларусь: ООО «ЭКСМО АСТ Си энд Си»
Центр оптово-розничных продаж Cash&Carry в г. Минске
Адрес: 220014, Республика Беларусь, г. Минск, проспект Жукова, 44, пом. 1-17, ТЦ «Outleto»
Телефон: +375 17 251-40-23; +375 44 581-81-92
Режим работы: с 10.00 до 22.00. **E-mail:** exmoast@yandex.by

Казахстан: «РДЦ Алматы»
Адрес: 050039, г. Алматы, ул. Домбровского, 3А
Телефон: +7 (727) 251-58-12, 251-59-90 (91,92,99). E-mail: RDC-Almaty@eksmo.kz

Украина: ООО «Форс Украина»
Адрес: 04073, г. Киев, ул. Вербовая, 17а
Телефон: +38 (044) 290-99-44, (067) 536-33-22. **E-mail:** sales@forsukraine.com

**Полный ассортимент продукции ООО «Издательство «Эксмо» можно приобрести в книжных
магазинах «Читай-город» и заказать в интернет-магазине:** www.chitai-gorod.ru.
Телефон единой справочной службы: 8 (800) 444-8-444. Звонок по России бесплатный.

Интернет-магазин ООО «Издательство «Эксмо»
www.book24.ru
Розничная продажа книг с доставкой по всему миру.
Тел.: +7 (495) 745-89-14. E-mail: imarket@eksmo-sale.ru

ISBN 978-5-04-106025-1